TRACI DOUGLASS

Un invité pour les fêtes

Traduction française de
VIRGINIE CANTIN

BLANCHE

HARLEQUIN

Collection : Blanche

Titre original :
HOME ALONE WITH THE CHILDREN'S DOCTOR

HARPERCOLLINS FRANCE
83-85, boulevard Vincent-Auriol, 75646 PARIS CEDEX 13
Service Clients — www.harlequin.fr
ISBN 978-2-2805-1047-9 — ISSN 0223-5056

Édité par HarperCollins France.
Composition et mise en pages Nord Compo.
Imprimé en novembre 2024 par CPI Black Print (Barcelone)
en utilisant 100% d'électricité renouvelable.
Dépôt légal : décembre 2024.

FSC www.fsc.org MIXTE Papier issu de sources responsables FSC® C159065

Pour limiter l'empreinte environnementale de ses livres, HarperCollins France s'engage à n'utiliser que du papier fabriqué à partir de bois provenant de forêts gérées durablement et de manière responsable.

1

Les vacances ne s'annonçaient pas de tout repos pour Kalista.

Et pas seulement pour les raisons habituelles : excès de stress, de dépenses, de nourriture, de tout ! Avec un soupir, le Dr Kalista Mitchell ferma la porte de son appartement derrière elle, jeta les clés dans le vide-poche posé près de la porte où elle et sa colocataire, Jen, les laissaient, puis s'adossa au mur et ferma les yeux. Une fois de plus, sa garde à l'hôpital Beacon de Boston avait été épuisante et elle était heureuse de rentrer chez elle.

Elle prit une profonde inspiration et savoura le silence – un luxe, parce que Jen était très bavarde et sortait rarement. Ambulancière, elle avait pris quelques jours de congé pour se rendre en Israël auprès de sa famille, laissant Kali – qui ne s'en plaignait pas, au contraire – seule pour Noël.

Après avoir enlevé son manteau et ses chaussures de travail, Kali entra dans le salon où se prélassait Wednesday, le chat noir qu'elle et Jen avaient adopté l'année précédente. Elle n'était donc pas *complètement* seule pour les fêtes, songea-t-elle avec un sourire, tandis que la voix de son thérapeute, toujours présente dans sa tête, lui soufflait que c'était une bonne chose. Diagnostiquée à vingt-sept ans comme « souffrant d'un trouble du spectre de l'autisme », elle n'avait pas encore assimilé ces mots, qui lui semblaient étranges. Ils étaient nouveaux, mais ils expliquaient tant de choses sur elle : les problèmes qu'elle avait eus quand elle était enfant, ce qu'elle vivait encore aujourd'hui... bref : tout ! Ce diagnostic avait été à la fois une bénédiction et une malédiction.

Une bénédiction, car elle avait enfin mis un nom sur ce qu'elle ressentait depuis toujours en présence d'autres personnes. Sa tendance à vouloir savoir ce que les autres attendaient d'elle et à faire en sorte de les satisfaire, sa réticence à regarder les gens dans les yeux, ses « évitements » permanents destinés à cacher son insécurité profonde et son incapacité à juger de la « bonne » façon de réagir dans une situation donnée. C'était épuisant !

Mais aujourd'hui, elle faisait de son mieux pour être plus vraie, à l'écoute de ses propres émotions et réactions, et tentait d'agir en conséquence au lieu de copier les autres. Cela ne fonctionnait pas toujours, mais elle était en progrès. Aucun de ses patients ne s'était plaint de son comportement à leur chevet ces derniers temps, et ses collègues semblaient plus amicaux, moins distants qu'auparavant.

Son diagnostic d'autisme était cependant devenu une malédiction lorsque Kali avait pris la décision déraisonnable de se porter volontaire pour des gardes supplémentaires ce mois-ci, au lieu de prendre elle-même des congés bien mérités. Mais elle s'était dit que c'était mieux que de rester seule dans l'appartement et de se retrouver à nouveau coincée dans une de ses « boucles » – un autre terme que son thérapeute avait inventé pour expliquer les moments où l'anxiété de Kali devenait incontrôlable et où elle répétait sans cesse les mêmes schémas ou les mêmes actions pour éviter d'affronter ses peurs. Elle détestait ces moments-là, car elle se savait incapable de les gérer. Pourtant, son thérapeute lui avait assuré qu'elle y parviendrait.

Mais cela prendrait du temps, et Kali n'était pas très patiente. À vingt-huit ans, elle en avait assez de rester sur la touche, de regarder les autres construire leur vie. Elle voulait une maison, des enfants, une famille, une histoire d'amour... Et au fil des années, son désir devenait de plus en plus fort.

Et bien sûr, elle avait suivi suffisamment de séances de thérapie pour savoir qu'une partie de ce désir venait du fait qu'elle avait grandi sans cette stabilité dans sa vie. Le mariage de ses propres parents avait été un véritable désastre. Ils avaient divorcé alors que Kali n'était qu'une enfant, et elle avait été ballottée entre deux mondes chaotiques – celui de son père, qui enchaînait les conquêtes, et celui de sa mère, une femme charmante, mais une piètre éducatrice.

Kali sourit quand le chat vint se frotter contre ses mollets. Elle sortit son téléphone portable de sa poche pour le recharger sur son socle, mais elle ne prit pas la peine de consulter le message qui venait d'arriver : c'était sûrement Jen, et non l'hôpital. Sa meilleure amie avait atterri plus tôt dans la journée à Tel Aviv, et elle voulait probablement juste lui dire à quel point c'était merveilleux là-bas, au soleil, alors que Kali devait supporter le froid et la grisaille de Boston !

Le chat dans ses bras, Kali alla dans le salon pour mettre de la musique. Ce mois-ci, elle voulait respecter son emploi du temps habituel autant que possible, même si elle avait l'appartement pour elle seule. Elle avait appris depuis son diagnostic que les routines lui étaient bénéfiques. Elles l'aidaient à rester sur la bonne voie et à réduire son stress. De plus, comme elle était seule pour les vacances, elle espérait que ses habitudes lui permettraient de passer le temps plus rapidement. Elle avait prévu de faire beaucoup de promenades, de préparer des biscuits et d'éviter de trop fréquenter de gens en dehors du travail. Bien sûr, la plupart de ses collègues à l'hôpital étaient pressés de partir fêter Noël, ce qui la faisait se sentir encore plus seule.

Soudain, Wednesday sauta à terre et s'enfuit. Toutes les stations diffusaient des chants de Noël en boucle, alors Kali en choisit une au hasard, avant de se diriger vers sa chambre, où elle se déshabilla.

Cela faisait du bien de se détendre un peu après avoir passé toute la journée à gérer les émotions d'autres personnes. Introvertie et studieuse, Kali avait toujours été du genre discret, une tendance qui n'avait fait que se renforcer pendant son adolescence et au début de l'âge adulte, lorsque ses troubles autistiques étaient devenus difficiles à ignorer. Au début, Babs – sa mère préférait qu'elle l'appelle ainsi plutôt que « Barbara » ou « maman » – avait d'abord mis les « bizarreries » de sa fille sur le compte d'une adolescence difficile, persuadée qu'elles disparaîtraient avec le temps.

Mais l'année dernière, Kali avait pris rendez-vous avec un thérapeute pour comprendre ce qui n'allait pas, avant d'abandonner l'école de médecine le temps de faire les examens nécessaires à l'établissement d'un diagnostic. Le fait de savoir qu'il y avait d'autres personnes comme elle avait rendu son autisme plus facile à gérer. Elle s'était sentie un peu moins seule. Babs croyait encore qu'elle pourrait un jour « surmonter » ses troubles, mais Kali n'avait pas de temps à perdre à tenter de la convaincre, et avait choisi ses combats...

Une fois dans la salle de bains, elle ferma la porte derrière elle, puis ouvrit le robinet de la douche tout en chantant à tue-tête pour évacuer le stress de la journée. Elle avait oublié de prendre une serviette de bain dans l'armoire à linge du couloir, mais ce n'était pas grave. De toute façon, il n'y avait personne pour la voir !

Alors qu'elle entrait dans la cabine de douche, elle entendit un bruit sourd. Le chat avait dû renverser quelque chose dans le salon, songea-t-elle.

Elle coupait l'eau et s'apprêtait à aller voir quand des pas résonnèrent dans le couloir. Le cœur battant, Kali se figea.

Il y avait quelqu'un dans l'appartement.

Kali se souvenait parfaitement d'avoir fermé la porte à clé en rentrant, alors...

Oh ! mon Dieu !

Comme les pas se rapprochaient, elle sentit le sang battre à ses oreilles.

Son téléphone était toujours dans la cuisine, là où elle l'avait laissé, et ses vêtements éparpillés dans la chambre voisine. Elle attrapa une serviette pour se couvrir et chercha des yeux une arme à utiliser contre l'intrus.

Un rasoir ? Non, pas très efficace. Elle et Jen utilisaient toutes deux des rasoirs en plastique dont les lames étaient rétractiles. La brosse dont elle se servait pour se laver le dos ? Pas beaucoup mieux. Il restait la bombe de laque dans l'armoire à pharmacie. Ce n'était pas grand-chose, mais si Kali pouvait en vaporiser dans les yeux de l'intrus, elle aurait une chance de courir jusqu'à son téléphone.

Armée de sa bombe, Kali maintint sa serviette en place d'une main, puis plaça l'autre sur la poignée de porte en métal froid juste au moment où les pas s'arrêtaient de l'autre côté du battant. Les yeux écarquillés, elle prit une profonde inspiration pour se donner du courage. Trois, deux, un…

Elle ouvrit la porte à la volée et, le doigt sur la buse, elle se figea, fixant le visage de la dernière personne qu'elle pensait revoir un jour.

— Dylan ?

Le Dr Dylan Geller s'attendait à beaucoup de choses lorsqu'il avait accepté de confier son cabinet de Providence à son associé pour venir à Boston soutenir la mère célibataire de l'un de ses jeunes patients. Il s'attendait en premier lieu à se reposer, confortablement installé dans l'appartement de sa sœur. Ce à quoi il ne s'attendait pas, surtout pour sa première nuit ici, c'était à y découvrir une femme nue. En particulier celle-ci… Il savait que Kali serait là. Elle vivait ici. Mais il n'avait pas envisagé la scène qui se déroulait en ce moment même.

Il lui fallut une seconde pour se remettre du choc de revoir Kali après six ans, puis de la stupéfaction de réaliser qu'elle était pratiquement nue, à l'exception de la petite serviette qu'elle tenait devant elle et qui ne laissait pas grand-chose à l'imagination. Il avait oublié toutes ces taches de rousseur qui recouvraient son corps merveilleux, tout en courbes douces, en peau crémeuse et...

— Euh, bonjour.

Dylan força les mots à franchir ses lèvres soudain serrées. Il toussa, puis réussit à articuler :

— Je pensais que tu savais que je venais.

— Bien sûr que non, je ne savais pas !

Kali braquait toujours la bombe de laque sur son visage. Ses jolis yeux bleus brillants de colère, elle lui lança :

— Qu'est-ce que tu fais ici ?

Il leva les mains et recula d'un pas pour échapper au jet meurtrier. La dernière chose dont il avait besoin était une vision compromise alors qu'il avait un cas important à traiter en consultation à l'hôpital dans la matinée. De plus, il avait accepté de travailler bénévolement à la clinique pédiatrique, en manque de personnel, pendant la durée de son séjour, alors il était indispensable d'avoir les yeux en état de marche.

— Jen m'a dit que je pouvais utiliser sa chambre pendant que j'étais ici. Elle t'a laissé un message, non ?

— Un message ?

Kali fronça les sourcils.

— Je n'ai pas reçu de message.

— Je ne sais pas quoi te dire, Kali. Je suis désolé, mais tous les hôtels du coin sont pleins pour les vacances, alors c'était ma seule option. Je suis à Boston pour quelque temps et...

Mais elle l'avait déjà dépassé et se dirigeait vers le hall, ses fesses à demi nues ondulant à chaque pas. Une fois de plus, Dylan resta sans voix. Son derrière était la dernière chose qu'il aurait dû regarder, mais comment résister ? Ferme et rond, il était superbe, et le souvenir de ces globes dans ses mains, cette nuit-là, sur la terrasse de ses parents, envahit son esprit avant qu'il ne puisse le repousser. Six ans, déjà...

Cet été-là avait été une révélation à bien des égards. C'était la première fois qu'il souffrait d'un véritable chagrin d'amour.

Sa petite amie l'avait quitté pour son meilleur ami, et il avait cherché du réconfort dans ce qu'il savait n'être qu'une aventure. Une aventure avec Kali...

Il avait vingt-six ans, elle vingt-deux, et bien qu'ils aient toujours été proches à cause de Jen, il n'avait jamais fantasmé sur Kali jusqu'à cette nuit fatidique où elle était apparue sur la terrasse. Ils s'étaient assis là, seuls, et avaient écouté les grillons en humant la bonne odeur de l'herbe fraîchement tondue. Puis Kali s'était tournée vers lui et lui avait posé la dernière question à laquelle il se serait attendu : « Veux-tu être mon premier amant ? »

Aujourd'hui encore, Dylan ne pouvait se défaire du sentiment que tout cela n'avait été qu'un rêve. Kali était si belle, si fragile ! Certaines nuits, il lui arrivait de rêver du goût de sa peau, de ses soupirs entre ses bras...

Arrête de penser à ça !

Il avait dépassé cela maintenant, et relégué sa nuit avec Kali au rang des souvenirs de jeunesse. Au fil des ans, Dylan était devenu un véritable play-boy, du moins à en croire sa sœur. Pour lui, le sexe était une fin et non un moyen, une façon d'évacuer le stress. Il refusait de s'engager, et rompait dès qu'il sentait que sa partenaire commençait à développer des sentiments pour lui.

— Mince ! s'écria Kali, à l'autre bout de l'appartement, le tirant de ses pensées. Je l'ai reçu !

Prudemment, Dylan se dirigea vers elle, sans trop savoir s'il devait se protéger les yeux. Il la trouva dans la cuisine, soulagé de voir qu'elle avait enfilé le chemisier bleu qu'il avait aperçu dans le couloir un peu plus tôt.

— Qu'est-ce qu'il y a ?

Elle lui jeta un regard renfrogné tout en collant le combiné à son oreille.

— Jen m'a bien laissé un message, dit-elle.

Il se dirigea vers le salon, puis s'arrêta lorsqu'un chat noir agrippa la jambe de son jean et se mit à lui grimper dessus. Le regard vert perçant du chat le mettait au défi de l'en empêcher, tandis que ses griffes s'enfonçaient dans sa peau telles de minuscules aiguilles. Il aurait bien chassé cette sale bestiole, mais Kali avait posé son téléphone et s'avançait maintenant vers lui, plus sexy que jamais dans sa blouse...

Mon Dieu, qu'est-ce qui n'allait pas chez lui ? Il n'était plus un adolescent, tout de même ! C'était un homme de trente-deux ans qui avait réussi, le patron d'un florissant cabinet pédiatrique à Providence, Rhode Island. Mais il aurait dû savoir qu'il ne fallait pas faire confiance à sa sœur lorsqu'elle lui avait proposé d'utiliser son appartement pendant son séjour en ville. Avec Jen, il y avait toujours des complications.

Kali lui jeta un regard méfiant et se dirigea de nouveau vers le couloir.

— Attends-moi ici. Je vais me changer, puis nous discuterons.

Elle disparut, laissant Dylan avec le chat qui avait maintenant atteint sa poitrine et le fixait dans les yeux, comme s'il devinait ses pensées. Peut-être était-ce le cas, d'ailleurs. Peut-être devrait-il lui demander ce qu'il lui arrivait, parce que lui-même n'y comprenait rien.

Avec un soupir, Dylan se laissa tomber sur le canapé, le chat toujours collé à lui. Heureusement qu'il n'était pas allergique et qu'il aimait bien les animaux !

— Bonjour, chaton. Comment t'appelles-tu ?

Le chat siffla et lâcha prise, avant de s'éloigner fièrement la queue en l'air, comme seuls les félins savent le faire.

Une fois seul, Dylan laissa échapper un soupir de soulagement. Son trajet, qui aurait dû durer une heure au maximum, avait fini par en prendre près de trois à cause de la circulation. Et il n'avait rien avalé depuis le petit déjeuner parce qu'il avait été très occupé avec ses rendez-vous, comme d'habitude. Il frotta ses yeux fatigués, puis regarda autour de lui pour la première fois depuis son arrivée.

Les décorations de Noël étaient inexistantes. Si elle avait été là, Jen aurait couvert toutes les surfaces disponibles de bonshommes de neige, d'étoiles et tout ce qui brille, comme quand ils étaient enfants.

Tandis que la radio diffusait un chant de Noël sucré comme de la guimauve, Dylan posa sa tête contre les coussins et regarda le plafond, heureux que le chaos de cette journée ait pris fin.

Quelques minutes plus tard, Kali revint, en survêtement gris et grosses chaussettes d'intérieur. Ses longs cheveux roux étaient relevés en un chignon désordonné et elle avait bonne mine, avec ses joues roses. Pour être honnête, elle semblait en meilleure santé, plus heureuse, plus mûre que dans ses souvenirs.

Plus directe aussi, à en croire leurs précédents échanges. Il avait toujours eu un faible pour les femmes sûres d'elles.

Il la vit sortir deux mugs du placard de la cuisine, ouverte sur le salon, puis les poser sur le comptoir.

— Je suis désolée pour l'accueil, déclara-t-elle. Mais comme je l'ai dit, j'ignorais que tu devais loger ici. Mon emploi du temps à l'hôpital est chargé depuis Thanksgiving et cela va continuer jusqu'en janvier.

Elle brandit une casserole.

— Je fais du chocolat chaud. Tu en veux ?

— Euh...

Dylan avait l'estomac dans les talons. Il passa la main dans ses cheveux en désordre, puis haussa les épaules. Ce n'était pas un dîner, mais c'était mieux que rien.

— Oui, je veux bien. Merci.

— Je t'en prie, dit Kali en se retournant pour préparer leurs boissons. Prenons quelque chose de chaud ! Ensuite, nous essayerons de régler ce problème.

2

— Pour quelle raison es-tu à Boston ? demanda Kali quelques minutes plus tard en posant une tasse sur la table basse, devant Dylan, avant de s'installer dans un fauteuil, en face de lui.

Elle prit soin de garder un ton neutre au lieu de trahir l'anxiété qui grondait en elle. Elle avait une chance de renouer avec lui. Elle ne voulait pas la gâcher.

Ils ne s'étaient pas revus depuis la fameuse nuit où, seule avec lui sur la terrasse, derrière la maison de ses parents, elle s'était jetée à l'eau et était allée au bout de ce qu'elle voulait. À l'époque, il s'agissait de perdre sa virginité, enfin… Elle avait vingt-deux ans et n'avait aucune romance à l'horizon. Dylan, de quatre ans son aîné, lui avait toujours semblé équilibré et sûr de lui. Mais sa petite amie venait de le quitter, le laissant le cœur brisé. Après quelques bières, il lui avait tout avoué, et elle avait ressenti ses émotions comme si elles étaient les siennes – la trahison, la blessure, la conscience aiguë que rien ne serait plus jamais pareil. Comme elle n'avait pas encore reçu son diagnostic d'autisme, elle avait interprété tous ces signes comme la preuve qu'il y avait quelque chose de spécial entre eux, une proximité qu'elle n'avait jamais ressentie avec quiconque. Elle s'était alors juré de faire en sorte qu'il se sente mieux. Or quel meilleur moyen d'y parvenir que le sexe ? Toutes les personnes qu'elle connaissait en parlaient avec enthousiasme, et Kali voulait en faire l'expérience à son tour.

Alors, quand il s'était tourné vers elle pour trouver du réconfort, elle lui en avait donné. Cela, et bien plus encore...

Aujourd'hui encore, il lui arrivait de se réveiller la nuit, en nage, et très excitée par le souvenir de leur étreinte. Elle avait eu d'autres partenaires depuis, mais aucun ne l'avait autant bouleversée que Dylan Geller. Et pas seulement parce qu'il était son premier. Le soin qu'il avait pris d'elle, sa façon de la traiter comme un bijou précieux, de la serrer sans ses bras, et surtout de la regarder avec de l'admiration et de l'émerveillement dans les yeux, l'avaient marquée à jamais.

Mais elle voulait chasser ces souvenirs à présent, les reconnaissant pour ce qu'ils étaient : une illusion.

En y repensant, c'était sans doute à cause de son autisme qu'elle avait ressenti les choses avec une telle intensité. Une nuit d'amour, aussi merveilleuse soit-elle, ne pouvait en aucun cas relier deux personnes pendant aussi longtemps – à moins qu'ils aient conçu un enfant... Or, même vierge et inexpérimentée malgré ses vingt-deux ans, Kali savait qu'il ne fallait pas faire l'amour sans protection. Elle était « différente », pas stupide !

Dylan se racla la gorge alors qu'il plongeait le nez dans sa tasse, attirant de nouveau son attention.

Il avait l'air en forme. Aussi séduisant qu'il l'avait été, ce soir-là. Peut-être davantage encore, parce qu'il avait mûri. Ses cheveux épais, d'un blond cendré, avaient tendance à lui tomber sur le front, l'obligeant à les repousser sans cesse avec la main. Il avait un corps athlétique, bien bâti. Une peau bronzée. Et ses yeux mordorés étaient super sexy ! Avec son mètre quatre-vingts, Kali était grande, mais Dylan la dépassait d'une tête.

Au fil des ans, Kali s'était dit qu'elle avait imaginé ce personnage de prince charmant, de garçon parfait, et se considérait comme chanceuse de l'avoir connu, même brièvement. Puis ils s'étaient séparés, lui pour retourner à son internat à New York, elle pour commencer ses études de médecine à Boston. Elle ne s'attendait pas à le revoir ce soir. Elle ne s'attendait pas à le revoir un jour, pour être franche. Elle s'était contentée de ranger ces souvenirs dans un coin de sa tête, sans jamais dire à personne qu'elle avait couché avec Dylan, et surtout pas à Jen. Elle avait d'ailleurs bien l'intention de continuer ainsi.

— Tétralogie de Fallot, déclara Dylan.

Kali avala une nouvelle gorgée de cacao, ses joues s'échauffant lorsqu'elle réalisa qu'il avait parlé pendant tout ce temps et qu'elle n'avait rien écouté.

— Pardon ?

Dylan fronça légèrement les sourcils, puis planta ses yeux dans les siens.

— Pourquoi fais-tu cela ?

— Faire quoi ? répliqua-t-elle, soudain nerveuse.

Il pencha la tête sur le côté, et ses sourcils se froncèrent davantage.

— Je me souviens, maintenant ! Tu as toujours fait ça, en fait : tu fixes le front des gens au lieu de les regarder dans les yeux.

Pendant une seconde, Kali ne sut pas quoi répondre. Elle avait été prise en flagrant délit. Personne d'autre que son thérapeute et Jen, les deux personnes dont elle était le plus proche au monde, ne l'avait jamais surprise auparavant. Tout le monde était-il au courant de son problème ? Tous ses collègues savaient-ils, et se moquaient-ils d'elle derrière son dos ? Dylan se moquait-il d'elle, en ce moment ? Elle avait envie de disparaître dans un trou de souris, mais comme ce n'était pas possible, elle essaya plutôt de donner le change.

— Mais non, voyons ! Je ne fais pas ça.

— Tu imites aussi mes gestes et mes expressions, ajouta-t-il.

Sur le point de nier, elle réalisa que c'était le cas. Sa tête était penchée sur le côté comme la sienne, son expression fermée, ses yeux mi-clos.

— Mais non...

Kali s'adossa dans son fauteuil et se força à se détendre. Elle prit une gorgée de chocolat chaud et savoura la douceur du breuvage, tout en se rappelant qu'il fallait rester prudente. C'était un test, et elle était déterminée à le réussir !

Dylan continua à l'observer attentivement pendant un moment, puis s'assit pour poser sa tasse de cacao intacte sur la table basse.

— As-tu quelque chose à partager avec moi ?

Kali sentit le malaise l'envahir. Lorsqu'elle était enfant et que ses parents se disputaient, il lui arrivait de sortir toutes les casseroles d'un placard et de se réfugier à l'intérieur pour se couper de la réalité. Ils la retrouvaient toujours, bien sûr, et la ramenaient dans le chaos du monde... En ce moment, Kali aurait tout donné pour avoir un placard à sa disposition !

Elle réussit à dire :

— Non. Pourquoi ?

Un long silence s'écoula avant qu'il reprenne :

— Oh non, rien... Oublie ce que je viens de dire.

Dylan sourit, et Kali reconnut le sourire qui avait fait fondre son cœur, cet été-là. Un cœur qui battait si fort, en cet instant, qu'elle craignait qu'il ne s'échappe de sa poitrine. Les conseils de son thérapeute à la fin de leur dernière séance résonnaient dans sa tête.

« Prenez garde à vos mots, à vos gestes. S'ils ne vous paraissent pas fidèles à ce que vous êtes, vous épuisent ou ne vous rendent pas heureuse, demandez-vous pourquoi vous les faites. Et s'il n'y a pas de bonne raison... alors abstenez-vous. »

Jusqu'à présent, Kali avait plutôt bien réussi à suivre ces conseils. Au travail, elle s'efforçait de développer un comportement authentique avec ses patients plutôt que de leur dire ce qu'ils voulaient entendre pour les satisfaire. Et elle essayait de montrer à ses collègues qui était la vraie Kali, même si cela impliquait d'être parfois un peu trop directe et audacieuse.

La plupart des membres du personnel de l'hôpital, infirmières et internes, étaient habitués à sa personnalité étrange, mais les nouvelles recrues mettaient un peu de temps à la comprendre, si tant est qu'elles fassent l'effort. Ce n'était pas grave. Elle aimait être seule.

Comme Dylan l'observait avec insistance, elle réalisa qu'il attendait une réponse de sa part.

Kali ouvrit la bouche, et il lui fallut un certain temps pour dire :

— Peux-tu répéter, s'il te plaît ?

Au plus profond d'elle-même, elle savait qu'il allait lui poser une question qu'elle n'aimerait pas, et elle eut soudain très chaud sous son survêtement. Une part d'elle aurait voulu lui hurler qu'elle était trop fatiguée pour supporter ça et qu'ils feraient mieux d'en reparler plus tard... ou jamais ? Et une autre part avait envie de pleurer, parce qu'elle était en train de tout gâcher. Dylan la regardait avec bienveillance, et si elle décelait de la pitié dans son regard, elle en serait mortifiée. Finalement, il n'en fut rien, et elle resta immobile, tel un cerf dans les phares d'une voiture, parce que c'est ce qu'elle faisait toujours quand les choses autour d'elle la dépassaient : elle se figeait. Parfois même, elle était incapable de parler.

Dylan la regarda une seconde, puis il se passa la main sur le visage avant de dire :

— Tu m'as demandé ce que je venais faire ici. Je viens voir un de mes patients. Il s'appelle Jiyan Chowdhury et il a quatre ans. Il est né avec une grave malformation cardiaque appelée tétralogie de Fallot, qui n'a pas été diagnostiquée jusqu'à il y a quelques mois, lorsque je l'ai découverte lors d'un examen. Sa mère et lui sont ici pour une consultation avec un chirurgien pédiatrique, le Dr Ben Murphy, qui pratiquera une intervention pour corriger la maladie. Je suis là pour apporter mon soutien à la maman de Jiyan et répondre à toutes les questions qu'elle pourrait se poser. Amita est mère célibataire.

— Oh...

Kali déplia ses doigts raidis pour relâcher la tension, surprise que sa tasse ne se soit pas brisée sous la force de sa prise.

— Je vois...

Dylan laissa échapper un bâillement, puis allongea le bras sur le dossier du canapé, envahissant un peu l'espace de Kali. C'était un geste très masculin, qui provoqua un étrange picotement sur sa peau. Sortir avec un homme était difficile pour elle et, avec son emploi du temps surchargé en plus, Kali avait du mal à faire des rencontres. Si l'on ajoutait à cela sa maladresse sociale, le nombre de prétendants se réduisait drastiquement. Il ne restait plus que les collègues, mais les relations professionnelles étaient elles aussi semées d'embûches. C'est pourquoi elle ne sortait pas beaucoup, voire pas du tout.

— Tu es en deuxième année d'internat, n'est-ce pas ? demanda Dylan. Comment ça se passe ?

Les ombres sous ses yeux suggéraient qu'il était aussi fatigué qu'elle.

— Pas trop mal.

Kali décroisa ses jambes et posa sa tasse sur la table basse en s'efforçant de sourire.

— Je fais mon stage de pédiatrie à l'hôpital Beacon. Je vois souvent Ben Murphy, et je peux te présenter, si tu veux.

— Ce serait super !

Dylan lui sourit et ajouta :

— Tu es spécialisée en médecine interne, n'est-ce pas ?

— Oui.

Elle se leva, se demandant si Dylan était vraiment sincère ou s'il voulait juste se montrer poli. Il la voyait sans doute encore comme cette jeune femme naïve qui s'était jetée à sa tête, par une belle nuit d'été, six ans auparavant. Mais Kali était différente aujourd'hui. Elle aimait que chaque jour soit identique au précédent. Se réveiller, prendre son café et son toast, aller au travail, voir ses patients, rentrer à la maison. Répéter cette routine encore et encore et encore...

Elle toussa pour se ressaisir, puis se leva brusquement et lança :

— Je vais te montrer la chambre de Jen pour que tu puisses t'installer !

Il n'eut guère d'autre choix que de la suivre dans le couloir.

— Je te suis vraiment reconnaissant d'accepter de m'héberger, Kali, dit Dylan tandis qu'elle ouvrait la porte de la chambre. Je sais que tu viens de recevoir le message de ma sœur, mais cela m'aide beaucoup d'être si proche de l'hôpital et de mon patient. Et je te promets que je ne te dérangerai pas du tout. J'oublierai même que j'ai revu tes jolies fesses.

Kali ne put s'empêcher de se raidir, et le regretta immédiatement en voyant s'évanouir le sourire de Dylan. Pour éviter qu'il se sente mal à l'aise, elle rit – un rire tendu et aigu qui lui écorcha les oreilles.

Elle n'aimait pas mentir, pourtant, mais elle le faisait tout le temps. Son thérapeute avait raison : il s'agissait de petits mensonges inoffensifs pour ménager les autres.

— Kali ? Ça va ?

Il avait l'air inquiet maintenant, et elle prit une grande inspiration.

— Oui, ça va. Je suis fatiguée, c'est tout.

Déstabilisée, Kali s'éloigna de Dylan, comme pour tenir à distance les souvenirs qu'il faisait resurgir. Elle avait travaillé trop dur pour mettre tout cela derrière elle, et elle refusait de se laisser submerger de nouveau.

— Je... vais te chercher des draps propres.

Elle s'arrêta brusquement au son de la voix de Dylan.

— Merci encore, Kali, dit-il d'un ton plus grave. J'apprécie vraiment ton aide.

— Pas de problème, répondit-elle en se dirigeant avec raideur vers le placard.

Après avoir attrapé deux draps et une couverture, elle referma l'armoire avec sa hanche avant de lui tendre le tout.

— Fais comme chez toi. Si tu veux que je te présente à Ben, fais-le-moi savoir. Bonne nuit.

Sur ces paroles, Kali s'éloigna, Wednesday sur ses talons, en espérant qu'il ne regardait pas son derrière, mais persuadée qu'il le faisait.

Dylan défit ses valises, puis prit une douche, sans cesser de songer à ses étranges retrouvailles avec Kali.

Six ans, c'était long, et les gens changeaient. Kali avait sans doute changé. Lui aussi.

Il enfila un pantalon de pyjama ample et un T-shirt, puis se glissa dans son lit, épuisé. Il avait besoin d'une bonne nuit de sommeil avant d'aborder son premier jour à l'hôpital. En plus de s'assurer que le petit Jiyan et sa mère allaient bien, il devait revoir le dossier avec Ben Murphy. Le cas du petit garçon, qu'il avait longtemps étudié, était pratiquement gravé dans son cerveau, mais il ouvrit les fichiers sur sa tablette et les passa à nouveau en revue, juste pour s'assurer qu'il était prêt pour la consultation du lendemain.

Dylan avait toujours été très consciencieux dans son travail, ce qui avait fait de lui un médecin si performant qu'il avait fait fuir la seule et unique personne qu'il avait fréquentée sérieusement ces dernières années. Du moins, c'est ce que Lisa lui avait dit le jour où elle avait rompu avec lui, et quitté sa vie pour s'installer avec son meilleur ami, dont elle s'était rapprochée car Dylan la négligeait à cause de sa carrière. C'est ce qu'elle avait affirmé, et elle avait raison.

C'est à ce moment précis qu'il avait décidé qu'il ne pouvait pas avoir les deux. Il fallait choisir entre sa vie sentimentale et sa vie professionnelle.

Il avait opté pour la seconde option.

Et plutôt que de rester sur le campus, cet été-là, et de s'apitoyer sur son sort, Dylan était rentré chez lui, à Providence, pour soigner son cœur brisé et se remettre les idées en place.

Ses deux premières semaines de vacances s'étaient bien passées... jusqu'à sa rencontre avec Kali. Ce soir-là, il était assis sur la terrasse, chez ses parents, et buvait une bière en regardant le coucher de soleil, lorsque Kali était apparue. Avec ses cheveux qui dansaient dans son dos et ses longues jambes bronzées, elle était magnifique, solaire... et il avait été ébloui.

Leur étreinte avait été folle, passionnée. Elle s'était donnée à lui sans retenue, comme si elle n'avait attendu que lui. Quant à lui, il s'était montré insatiable, et ils avaient passé ensemble une nuit inoubliable...

Mais, lorsqu'il s'était réveillé, le lendemain matin, Kali avait déjà disparu, ne lui laissant que des souvenirs...

Dylan soupira et jeta sa tablette de côté, puis frotta ses yeux fatigués avant d'éteindre la lumière et de se tourner vers le mur. Ce passé qui resurgissait n'était rien d'autre qu'un poison. Kali et lui étaient tous les deux passés à autre chose. Cette nuit-là n'avait été qu'un regrettable écart, une erreur en quelque sorte.

Mais alors qu'il fermait les yeux et essayait de dormir, la douleur sourde qui lui serrait la poitrine semblait suggérer qu'il se trompait. Il soupira et se tourna de l'autre côté, frappant son oreiller avec plus de force que nécessaire.

Peut-être ferait-il bien de se rappeler que l'amour n'apportait rien d'autre que de la souffrance et des regrets ?

D'ailleurs, il était à Boston pour une chose, une seule : l'opération du petit Jiyan.

Plus vite il reprendrait son travail et regagnerait sa zone de confort, mieux cela serait. Il avait des patients à aider, des gens à sauver. Il n'avait pas de temps à consacrer à une histoire d'amour. Surtout avec Kali Mitchell.

3

Kali n'eut pas besoin de réveil, le lendemain matin, et elle ouvrit les yeux à l'aube. Normalement, la première chose qu'elle faisait était de vérifier si elle avait des messages sur son téléphone. Aujourd'hui, le regard rivé au plafond, elle pensait à Dylan, qui dormait juste au bout du couloir.

Il lui avait fallu une éternité pour s'endormir la veille, car tout tournait en boucle dans son esprit. Elle se remémorait ce qui s'était produit dans la salle de bains. Elle repensait à leur conversation dans le salon et, surtout, à la nuit qu'ils avaient passée ensemble il y a six ans...

Dans un premier temps, ces retrouvailles avec Dylan l'avaient inquiétée, mais elle s'était rappelé les conseils de son thérapeute et avait décidé de faire face à la situation. Après tout, il n'y avait pas vraiment de *danger*. Dylan resterait à l'appartement, puisque sa sœur l'avait invité. Elle ne pouvait plus rien y faire. Cela la mettait mal à l'aise, mais elle ne voulait pas se montrer impolie.

Ils s'arrangeraient donc pour que les choses se passent au mieux. Elle tenterait d'améliorer ses compétences sociales. Ils pourraient parler, sortir, peut-être même flirter un peu ? Elle ne se torturerait pas en observant ses réactions et en essayant de deviner ce qu'il voulait. Pourquoi le ferait-elle ? Ils avaient couché ensemble une fois, et il avait été son premier amant. Pas de quoi en faire toute une histoire ! D'ailleurs il serait bientôt parti.

Ce problème résolu, Kali se leva et se prépara pour partir au travail, puis alla prendre un café dans la cuisine. Tandis qu'elle savourait sa première gorgée, elle entendit la porte s'ouvrir au bout du couloir, puis les pas traînants de Dylan et le bruit de la douche. Quelques minutes plus tard, il entra dans la cuisine.

— Bonjour ! lança-t-il.

Du coin de l'œil, elle remarqua sa chemise bleue, sa cravate marine et son pantalon assorti, ses cheveux encore humides coiffés en arrière. Quand il passa derrière elle pour aller remplir sa tasse, son souffle s'accéléra, et elle se rappela soudain la sensation de son corps contre le sien. Son odeur familière de bois de santal et de savon. Dylan était là, bien réel, et elle allait devoir lui faire face...

Cette évidence la plongea dans un état de panique, et toute la détermination et la fermeté dont elle avait fait preuve plus tôt s'envolèrent. Comment se comporter avec quelqu'un qui en savait trop sur elle, et la connaissait... intimement ? Car Dylan n'était pas juste un amant d'un soir. Il était le premier, l'homme qui avait pris sa virginité.

Comme elle l'avait presque supplié de le faire.

Oh ! mon Dieu !

Elle serra sa tasse si fort qu'elle aurait pu la briser, le visage en feu. Elle devait à tout prix se ressaisir. Elle avait un emploi du temps chargé à la clinique pour enfants, aujourd'hui, et en plus, elle était de garde ! Le manque de sommeil et l'anxiété ne l'aidaient pas du tout, mais le fait d'être coincée avec Dylan dans cet appartement pendant les prochaines semaines, eh bien... cela la perturbait beaucoup. Pourquoi ne pouvait-elle pas faire comme s'il n'était pas là ?

Comme elle se levait d'un bond pour aller se servir une autre tasse de café, elle se heurta à lui.

Cette poitrine ferme. Ce corps solide et chaud... C'était terrible, et merveilleux tout à la fois.

Il saisit doucement ses bras, puis recula pour mettre un peu de distance entre eux.

— Oups ! dit-il en lui adressant un petit sourire.

Elle aurait voulu dire « désolée », mais elle n'y parvint pas, tandis que son regard restait braqué sur son cou.

Elle se demanda ce que cela ferait d'y enfouir son visage, peut-être aussi de mordiller le lobe de son oreille, de goûter le sel de sa peau bronzée. Une image lui revint soudain à l'esprit : Dylan et elle, enlacés, gémissant de plaisir…

— Euh… Je cherche les céréales, dit-il en pointant du doigt un placard. Elles sont là ?

Elle avait oublié à quel point Dylan était beau lorsqu'il souriait ainsi. Subjuguée, elle le fixa sans rien dire l'espace d'un instant, avant de lâcher :

— Il n'y en a plus.

— Oh… Pas grave. Tu as du pain, peut-être ?

Sans lui répondre, Kali se servit du café, puis alla poser sa tasse sur le comptoir, avant de s'asseoir sur un tabouret et de consulter ses messages sur son portable.

Dylan trouva le comportement de Kali très étrange, mais n'osa rien dire. À son tour, il se versa un café, puis alla s'asseoir en face d'elle et déclara d'un ton neutre :

— On est le 4 décembre.

Kali leva les yeux vers lui, puis continua à faire défiler ses message un instant, avant de répondre :

— Oui, et alors ?

— Alors ?

Dylan écarta les bras, lui offrant un aperçu de ses pectoraux qui se dessinaient sous le fin tissu.

— Eh bien, où sont tes décorations de Noël ?

Kali fronça les sourcils.

— Quoi ?

— C'est bientôt Noël, tu sais ? Vous n'avez pas fait de sapin ?

— Je ne veux pas de sapin, grommela-t-elle en reportant son attention sur son téléphone. Les arbres sont une nuisance et présentent des risques d'incendie. Quand ils se dessèchent, il y a des aiguilles partout, et l'odeur de pin me fait éternuer. Quant aux faux arbres, ils sont fabriqués avec toutes sortes de produits chimiques nuisibles à l'environnement.

— Hmm...

Dylan s'était levé et, adossé au comptoir, ses longues jambes croisées au niveau des chevilles, il lui sembla qu'il prenait toute la place dans la petite cuisine. Mais Kali tenta de l'ignorer.

— Et les couronnes ? Les guirlandes ? Le gui ? Tu n'aimes pas ça non plus ? insista-t-il, un brin taquin.

Kali serra les dents, ce qu'elle faisait toujours lorsqu'elle était stressée. Quand elle remarqua que Dylan l'observait, attendant manifestement une réponse, elle relâcha aussitôt sa mâchoire et lança :

— Bon, j'avoue, je n'aime pas Noël, d'accord ? C'est Jen qui s'occupe habituellement de ce genre de choses et comme elle n'est pas là...

— Je vois.

Les secondes s'écoulèrent lentement, et Kali espéra qu'il en resterait là. Mais Dylan se redressa et contourna le bar pour venir s'asseoir sur le tabouret, à côté d'elle. Ses genoux frôlèrent les siens, et Kali garda les yeux rivés sur l'écran de son téléphone, ignorant sa présence.

Cela ne fonctionna pas longtemps. Comme le silence s'éternisait, elle se tourna brusquement vers lui et lui lança :

— Qu'est-ce qu'il y a ?

— Rien, dit-il sans cesser de l'observer par-dessus le bord de sa tasse.

— Sérieusement, Dylan... Si tu as une question à me poser, pose-la !

— C'est juste que...

Il soupira, avant de tapoter d'un doigt le comptoir.

— J'ai remarqué certaines choses chez toi hier soir. Ce sont des comportements que j'observe chez beaucoup de mes jeunes patients autistes, et je me demandais si... tu avais été diagnostiquée.

Son cœur se serra douloureusement tandis que l'adrénaline envahissait tout son corps. Il ne pouvait pas savoir. Elle ne l'avait dit qu'à ses parents et à Jen, et Jen avait juré de ne rien révéler à personne. Était-ce si facile à deviner ? Sa bizarrerie était-elle si évidente aux yeux de tous ? En proie à la confusion la plus totale, Kali balbutia :

— Je ne vois pas de quoi tu parles.

Il haussa les épaules.

— D'accord, mais c'est toi qui m'as demandé, alors...

Il avait raison. Elle l'avait sollicité, mais elle ne s'attendait pas à ce qu'il devine aussi rapidement. Maintenant qu'il savait, cela changerait-il quoi que ce soit entre eux ? Il était médecin lui aussi, et avait mentionné ses patients autistes. Cela signifiait-il qu'il la verrait différemment, désormais ? Ou pire, qu'il tenterait de la guérir ? Elle ne comptait plus le nombre de fois où on avait essayé de le faire. La rendre plus sociable, plus heureuse, plus enjouée, plus amicale et plus facile d'accès... Avant, Kali prenait tout cela en compte, faisait des efforts pour correspondre à une norme impossible à atteindre, et était dévastée lorsqu'elle décevait les autres, encore et encore... Mais maintenant qu'elle avait mis un nom sur sa différence, les gens étaient censés accepter ses bizarreries et passer à autre chose.

« Vas-y, Kali, dis-le... »

La voix de son thérapeute qui résonnait dans sa tête l'encouragea, et elle répondit :

— Cela signifie-t-il que vous allez essayer de me guérir, docteur ?

Elle avait parlé d'un ton sarcastique, mais elle avait très peur, cela se sentait dans sa voix. Son sourire trop franc vacillait, et elle le savait.

L'instant d'après, il la prenait dans ses bras. Cela faisait longtemps que personne ne l'avait touchée ainsi, et elle fut tellement stupéfaite qu'elle ne sut pas quoi faire.

— Tu trembles, murmura Dylan, son souffle chaud sur sa tempe la faisant frissonner au plus profond d'elle-même. Je suis désolé...

Kali se contenta d'enfouir son visage contre son épaule. Elle pensait qu'il la laisserait partir, mais ses bras se resserrèrent autour d'elle, fermes et protecteurs. Les yeux fermés, elle savoura cette étreinte. Pendant un long moment, ils restèrent ainsi sans bouger, puis la voix grave de Dylan résonna à son oreille :

— Comment vas-tu, Kali ?

— Mieux, dit-elle sans s'éloigner de lui, même si elle savait qu'elle aurait dû le faire. C'est agréable.

Il eut un petit rire.

— Je suis un expert en câlins.

Sans pouvoir s'en empêcher, Kali se lova contre lui.

— Vraiment, oui.

— Les câlins aident mes patients lorsqu'ils se sentent dépassés lors de leurs visites, et j'ai appris à les pratiquer.

Kali leva les yeux vers lui. Il *savait*. Cela aurait dû lui faire peur, mais ses bras autour d'elle la rassuraient. Ce n'était pas la fin du monde, après tout. Et honnêtement, le fait qu'il réagisse ainsi signifiait beaucoup pour elle.

Ils se rassirent et sirotèrent leur café, le plus naturellement du monde.

Puis Dylan se leva et s'approcha d'une bibliothèque qu'il examina avec curiosité. Kali réalisa qu'il n'était jamais venu. Jen rentrait généralement à Rhode Island pour voir sa famille, qui ne se déplaçait pas jusqu'à Boston. Cela était étrange d'avoir un homme à la maison, dans son espace. Et le fait qu'il s'agisse de cet homme-là la troublait au plus haut point...

Il se posta devant les portes-fenêtres, de l'autre côté de la pièce. Kali ne pouvait s'empêcher de l'admirer alors qu'il contemplait la ville en contrebas. Il dégageait une confiance en lui, une assurance qui n'existait pas il y a six ans. Il s'était assagi, réalisa-t-elle. Il savait qui il était et elle trouvait cela très sexy.

— C'est un bel endroit, dit-il. J'adore le balcon. Jen ne m'en avait pas parlé.

— Nous ne l'utilisons pas beaucoup, car nous travaillons toutes les deux énormément, expliqua Kali.

Il lui jeta un coup d'œil inquisiteur par-dessus son épaule, qui suffit à la faire fuir.

— Au fait, tu as dit que tu voulais des toasts, non ? lança-t-elle en se tournant vers la cuisine.

Elle coupa deux tranches de pain et les mit dans le grille-pain, puis sortit un couteau et un pot de beurre de cacahuète. Quand Dylan revint s'asseoir, elle sentit son regard brûlant dans son dos.

— Et toi ? demanda-t-elle. Tu fêtes Hanoukka, n'est-ce pas ?

Une fois le pain grillé, Kali le tartina de beurre de cacahuète, puis lui tendit une tranche.

— J'avais l'habitude de le faire, quand j'étais enfant, avec mes parents. Mais je ne suis plus vraiment pratiquant. Honnêtement, je ne peux pas te dire quand j'ai été à la synagogue pour la dernière fois.

Un sourire se dessina sur ses lèvres tandis qu'il la regardait.

— C'est difficile, avec mon emploi du temps chargé…

— Oui, je comprends. Dans ma famille, nous n'avons jamais été très pratiquants non plus. Mais ce n'est pas pour ça que je n'aime pas les fêtes.

Dylan ne répondit pas, et la laissa prendre son temps pour développer.

— C'est trop. Trop de cadeaux, de nourriture, de musique, de tout ! Le plus souvent, je me retrouve avec ma mère et sa conquête du moment, alors qu'en vérité je préférerais rester tranquille ici et profiter de mon temps libre.

— Hmm, répondit Dylan, pensif. Mais pas trop quand même.

— Comment ça ?

Il hésita, puis reprit la parole.

— Je ne suis pas un expert en autisme, mais je sais que trop d'isolement n'est pas bon non plus…

Il termina son petit déjeuner, puis ajouta :

— Peut-être que ma présence ici n'est pas une mauvaise chose, après tout.

— Je ne suis pas seule, tu sais. Pendant mes gardes, je vois même trop de monde ! J'aurais été très bien ici jusqu'à ce que Jen revienne.

— Je n'en doute pas, dit-il avec un sourire désarmant. Mais peut-être pouvons-nous rendre ces quelques semaines agréables pour nous deux ?

Comme elle ne répondait pas, il se leva et vint s'appuyer au comptoir, à côté d'elle.

— Et si on recommençait tout depuis le début ? suggéra-t-il.

Il lui accordait un répit pour gérer son embarras, et elle lui en était reconnaissante.

— J'aimerais bien...

Il sourit et tendit la main.

— Bonjour, je suis le Dr Dylan Geller, pédiatre.

Kali le regarda un instant, puis répondit :

— Dr Kali Mitchell. Interniste.

— Enchanté, Kali.

Les doigts chauds de Dylan serrèrent doucement les siens, puis les lâchèrent.

— J'ai une idée !

Kali gloussa.

— Oh ! oh... Ce n'est jamais bon.

— Non. Écoute-moi.

Il fit les cent pas dans le salon, puis se tourna vers elle.

— Puisque c'est un nouveau départ pour nous, et que ni l'un ni l'autre nous n'aimons la période de Noël, commençons par inventer de nouvelles traditions !

— De nouvelles traditions ? répéta-t-elle, étonnée.

— Je suis sûr qu'il se passe beaucoup de choses en ville. Nous pourrions choisir quelques activités qui ont l'air amusantes et aller voir ?

L'idée d'affronter les foules des fêtes de fin d'année donnait des vertiges à Kali.

— Je ne sais pas. Je pense que nous serons tous les deux très occupés à travailler et...

— On ne peut pas travailler tout le temps, n'est-ce pas ?

Il n'avait pas tort, elle devait bien le reconnaître. Aussi dit-elle d'un ton conciliant :

— Je t'écoute. Mais fais vite. Il me reste à peine un quart d'heure avant de partir pour l'hôpital.

— Parfait.

Dylan sortit son téléphone et s'assit sur le canapé, avant de tapoter le coussin à côté de lui pour l'inviter à prendre place.

— Voyons ce que Boston a à offrir en matière de fêtes de fin d'année.

Dix minutes plus tard, ils avaient consulté une foule de sites. Kali n'avait jamais réalisé que la ville recelait autant de possibilités.

— Il faut absolument participer à l'allumage de la ménorah géante, jeudi. Après tout, je dois me rappeler que je suis juif, de temps en temps ! dit-il avec un clin d'œil. Ensuite, nous pourrions aller au café Landwer, si j'arrive à réserver. On y sert la meilleure carpe farcie de la ville.

Kali plissa les yeux devant l'écran. De la carpe farcie ? Goûter de nouveaux plats n'était pas son truc, mais ce n'était qu'un dîner, après tout. Elle pouvait supporter ça.

— Pourquoi pas ? dit-elle.

— D'accord...

Dylan lui sourit.

— Et si tu te sens mal à l'aise, nous partirons. Promis.

Et, pour la première fois depuis très longtemps, elle se réjouit de l'approche des fêtes de fin d'année.

La première fois que Dylan entra dans l'hôpital Beacon de Boston, il eut l'impression d'être dans un hall de gare. Les gens venus de toutes les directions se bousculaient tandis qu'il suivait Kali dans le hall d'entrée joliment décoré. Il vit même un authentique renne, dans un grand enclos aménagé près des baies vitrées qui donnaient sur la rue, et un arbre de Noël géant devant lequel les enfants pouvaient se faire photographier. Le nom de « Tinsel » était gravé sur le collier incrusté de cloches que l'animal portait autour du cou. Dylan se promit d'amener Amita et Jiyan le voir plus tard dans la journée. Un immense mobile aux couleurs vives qui tournait lentement au rythme des chants de Noël diffusés par les haut-parleurs pendait au plafond de verre du hall. Il s'arrêta pour l'admirer un instant, avant de rattraper Kali qui fendait la foule en direction des ascenseurs.

Elle appuya sur le bouton et ils montèrent dans la cabine avec plusieurs autres personnes. En voyant Kali collée contre la paroi, il lui parut soudain évident qu'elle présentait des « troubles du spectre de l'autisme ». Elle le cachait plutôt bien, mais ses tics nerveux, son évitement, son envie de satisfaire autrui ne trompaient pas le médecin qu'il était. Il allait devoir faire attention à ce dernier point, d'autant plus qu'il avait suggéré qu'ils fassent des choses ensemble pendant son séjour ici. Il ne voulait pas que Kali se sente obligée d'accepter juste pour lui faire plaisir.

Mais ce n'était pas le moment de penser à ça ! Une journée bien chargée l'attendait. Sa première priorité était de s'assurer que Jiyan et Amita étaient bien installés. Il lui fallait ensuite rencontrer le Dr Ben Murphy, le chirurgien qui allait pratiquer l'intervention complexe et délicate de Jiyan dans quelques semaines, une fois tous les examens nécessaires effectués. Enfin, il devait commencer à travailler à la clinique de jour pour venir en aide aux enfants défavorisés et à leurs familles. Lorsqu'il avait parlé pour la première fois au Dr Javier Pascal, le chef du service de pédiatrie de l'hôpital, Dylan s'attendait à devoir apporter un simple soutien moral à Amita et Jiyan. Puis Javi avait mentionné le manque de personnel à la clinique de jour et lui avait demandé s'il voulait bien l'aider pendant qu'il était ici. Dylan avait accepté tout de suite, autant pour rendre service que pour rester occupé.

Le fait que Kali et lui travaillent tous deux à la clinique était un bonus, songea-t-il, ravi de sa décision.

Quand l'ascenseur s'arrêta à leur étage, Kali l'emmena dans la salle du personnel, puis partit assister à une réunion. Dylan trouva un casier vide et y déposa ses affaires avant d'enfiler la blouse blanche qu'il avait apportée de Providence. Son nom était brodé sur la poche de poitrine gauche. Puisqu'il était nouveau ici, il avait pensé qu'il serait plus facile, ainsi, de le reconnaître. Après avoir accroché son stéthoscope autour de son cou, il ferma son casier et gagna le poste des infirmières pour voir s'il pouvait trouver la chambre de Jiyan.

— Bonjour, dit-il à une jeune femme en blouse verte qui tapait furieusement sur un ordinateur. Désolé de vous interrompre. Je suis le Dr Dylan Geller et je cherche mon patient, Jiyan Chowdhury. Il a été admis hier.

D'abord, l'infirmière ne réagit pas du tout, et Dylan se demanda si elle l'avait entendu. Puis elle leva vers lui ses yeux bleus furibonds, qui se posèrent sur le nom inscrit sur sa blouse, avant de remonter vers son visage.

— Ah oui ! Docteur Geller. Nous vous attendions !

Elle se leva et lui tendit la main, à la manière d'un sergent instructeur.

— Je suis Linda Wachowski, l'infirmière en chef.

Sa poigne était solide.

— Votre patient est dans la salle d'examen 412, docteur. Au bout de ce couloir, sixième porte sur votre droite.

— Merci.

— Je vous en prie, dit Linda alors qu'il s'éloignait. Et bienvenue à l'hôpital Beacon !

Il frappa brièvement à la porte de la chambre 412 avant d'entrer. Jiyan était au lit, ses jouets étalés sur la table roulante devant lui.

Amita, sa mère, s'était installée dans un fauteuil à son chevet. Elle aidait le garçon à assembler ce qui ressemblait à une sorte de super-héros.

— Bonjour ! dit Dylan en levant la main pour faire signe à la maman de rester assise.

D'après ce qu'il savait, Amita était mère célibataire et faisait de son mieux pour tenir le coup pendant ce qui devait être l'une des périodes les plus difficiles de la vie d'une maman : voir son enfant malade et ne pas savoir comment l'aider. Mais avec un peu de chance, il pourrait faire quelque chose pour elle et surtout pour son fils. Si l'opération se déroulait bien, elle devrait permettre de guérir complètement le petit Jiyan.

— Docteur D ! lança Jiyan, tout excité. Tu veux voir mon nouveau jouet ?

Dylan s'approcha du lit.

— Waouh ! s'exclama-t-il en admirant la créature mi-dieu grec, mi-cyborg que l'enfant lui tendait. C'est impressionnant, Jiyan. Tu l'as assemblé toi-même ?

— Oui, répondit fièrement le gamin, montrant ses dents de lait.

Il tenait déjà de son défunt père, un ingénieur, et le regard d'Amita réchauffa le cœur de Dylan.

— Il peut voler, sauter dans l'espace et même plonger dans l'océan !

— Comment allez-vous, docteur ? demanda Amita. Êtes-vous bien installé dans l'appartement de votre sœur et son amie ?

— Oui, très bien, merci, dit Dylan en évitant le regard d'Amita.

Ils se connaissaient depuis suffisamment longtemps pour qu'elle puisse lire en lui comme dans un livre ouvert. Depuis la mort du père de Jiyan, alors que celui-ci n'avait qu'un an, Dylan s'occupait du petit et de sa mère. Entre Amita et lui, c'était strictement platonique. Il n'y avait jamais eu d'étincelle, mais il avait beaucoup de respect pour elle. Élever un enfant seule était déjà difficile. Mais quand cet enfant était atteint d'une maladie qui nécessitait des soins et une attention particulière, cela relevait du sacerdoce. Dylan admirait la force d'Amita, qui avait réussi à tout gérer sans faiblir. Son cher et regretté mari aurait été fier d'elle.

Amita lui jeta un coup d'œil interrogateur.

— Et alors ?

De nouveau, Dylan tenta d'éviter son regard trop perspicace.

— Alors quoi ?

Amita secoua la tête, faisant danser ses longs cheveux noirs sur ses épaules.

— Rien...

— Le Dr Murphy a-t-il déjà examiné Jiyan ? s'empressa-t-il de demander

— Non. Et ne changez pas de sujet !

— Quel sujet ?

C'est ainsi que cela se passait, entre eux. Quand l'un d'eux avait un problème dont il ne voulait pas parler, mais qui le torturait, l'autre insistait jusqu'à ce qu'il brise le silence. Dylan n'était pas exactement du genre à se confier, et gardait généralement ses sentiments pour lui. C'était plus sûr ainsi, mais c'était aussi la raison pour laquelle il était toujours célibataire à trente-deux ans, sans le moindre espoir de nouer une relation sérieuse dans un avenir proche.

Mais c'était ce qu'il voulait, n'est-ce pas ?

Il venait de passer six années faciles, et assez insouciantes. Il n'y avait pas de raison de s'arrêter maintenant.

— Au fait...

Amita fut interrompue par un petit coup sec frappé à la porte, qui s'ouvrit sur Kali.

— Désolée de vous interrompre, dit celle-ci en promenant son regard bleu de Dylan à Amita. Docteur Geller, puis-je vous parler un instant, s'il vous plaît ?

— Oui, bien sûr.

Dylan s'efforça de sourire pour dissimuler son léger embarras. Pourquoi cela lui arrivait-il à chaque fois qu'il se retrouvait en présence de Kali ? Certes, ils avaient couché ensemble une fois, mais c'était de l'histoire ancienne, et il avait dépassé cela depuis longtemps.

Comme il sentait le regard curieux d'Amita sur lui, il se ressaisit aussitôt. Il contourna Kali, ignorant le léger parfum de fleurs et de menthe qui émanait de ses cheveux, et se rapprocha de Jiyan.

— Mais auparavant, laissez-moi vous présenter mon patient préféré. Kali, voici Jiyan Chowdhury. Jiyan, voici mon amie, le Dr Kali Mitchell.

— Bonjour, dit Jiyan avec un signe de la main. Tu es docteur pour les enfants, toi aussi ?

Kali regarda Dylan et le petit garçon, puis secoua la tête.

— Non, je suis spécialiste en médecine interne.

Le petit nez de Jiyan se fronça.

— Qu'est-ce que c'est que ça ?

Amita ébouriffa les cheveux de son fils, et tendit la main à Kali avec un sourire.

— Je crains que ce soit un peu compliqué pour lui. Il n'a que quatre ans, vous savez... Je suis sa mère, Amita.

Elles se serrèrent la main, et Dylan vit Kali se détendre.

— Enchantée de vous rencontrer, Amita. Et toi aussi, Jiyan.

Jiyan brandit son jouet.

— Tu aimes les super-héros ?

— Oh oui ! répondit Kali en riant. Quel univers préfères-tu ? Marvel ou DC ?

— Les deux. Mais Iron Man est mon préféré de tous les temps ! répondit Jiyan avant d'expliquer avec force détails les raisons de ce choix.

Mal à l'aise sous le regard inquisiteur d'Amita, Dylan trouva vite un prétexte pour s'éclipser.

— Avant d'examiner Jiyan, j'aimerais dire un mot à Kali en privé, déclara-t-il. Pouvez-vous nous accorder deux minutes ?

— Bien sûr, répondit Amita.

Kali sourit à Amita et Jiyan.

— Ravie de vous avoir rencontrés tous les deux.

Dylan ouvrit la porte et attendit que Kali soit sortie avant de s'adresser de nouveau à Amita.

— Je reviens tout de suite.

— Prenez tout votre temps ! répondit-elle, son petit sourire en coin indiquant qu'il était loin d'être tiré d'affaire.

Une fois dans le couloir, Dylan prit une grande inspiration, puis se passa la main dans les cheveux.

— Qu'est-ce qu'il se passe ? demanda Kali.

— Euh... Rien. Je voulais te dire que je venais juste d'arriver et...

Elle le regarda un instant, sans comprendre le chaos qui régnait en lui.

— Ben Murphy est là, lança-t-elle. J'aimerais te le présenter. Puis, quand tu auras fini avec lui, il y a un patient pour lequel j'aurais besoin d'une consultation, si tu es disponible.

— Oh ! Oui, bien sûr.

Il recula, puis consulta sa montre.

— J'arrive tout de suite. Je dois d'abord examiner Jiyan.

— Parfait.

Quelques instants plus tard, Dylan emboîtait le pas de Kali, qui se hâtait dans les couloirs.

Elle frappa à une porte, passa la tête dans l'entrebâillement, puis le fit entrer.

— Dylan, je te présente le Dr Ben Murphy. Ben, voici le Dr Dylan Geller, dit-elle avant d'échanger quelques mots avec son confrère, puis de les laisser seuls.

— Enchanté de vous rencontrer, dit Dylan. Kali m'a beaucoup parlé de vous.

Ben lui fit signe de s'asseoir.

— Désolé de ne pas avoir pu vous recevoir plus tôt, mais mon emploi du temps est chargé, je n'ai pas beaucoup de temps, hélas.

— Je comprends.

Dylan s'était bien préparé pour cette réunion. Il avait toutes les informations pertinentes en tête et avait déjà envoyé le dossier de Jiyan à Ben.

— Je suppose que c'est plus une formalité qu'autre chose. Je veux juste m'assurer que mon patient reçoive les meilleurs soins.

— Commençons, voulez-vous ?

Pendant les vingt minutes qui suivirent, ils discutèrent des particularités du cas de Jiyan, et des éléments que Dylan devait connaître pour préparer correctement Amita et son fils pour l'opération. Les symptômes des problèmes cardiaques congénitaux du garçon, qui avaient permis à Dylan de poser le diagnostic de tétralogie de Fallot, ne s'étaient pas manifestés jusqu'à ce qu'il ait atteint l'âge de trois ans – avec un retard de croissance. Puis, rapidement, il avait commencé à avoir un souffle cardiaque et à se cyanoser lors des périodes d'activité plus intenses. Lorsqu'il s'était évanoui un jour chez lui, Amita, paniquée, l'avait conduit aux urgences, où Dylan les avait accueillis et avait demandé une échocardiographie. Ces résultats avaient suffi à justifier d'autres examens qui avaient finalement confirmé le diagnostic. Et comme il ne s'agissait pas d'une mais de quatre anomalies cardiaques différentes – un trou entre les deux ventricules inférieurs du cœur de Jiyan, un rétrécissement de la valve et de l'artère pulmonaire principales, une fuite de la valve aortique et un épaississement musculaire de la cavité droite –, le patient de Dylan avait besoin d'une intervention chirurgicale spécialisée.

C'est là que le Dr Ben Murphy entrait en scène.

— Je pense que la meilleure solution est de remplacer la valve pulmonaire de Jiyan, d'élargir l'artère et de réparer la paroi ventriculaire afin d'améliorer le flux sanguin vers ses poumons et le reste de son corps. Comme vous le savez, nous avons prévu l'opération pour le 20 de ce mois, ce qui nous permettra de le surveiller en amont et de nous assurer que tous les tests nécessaires ont été effectués au préalable.

— Cela me semble parfait. Combien de temps durera l'opération ?

— Cinq à six heures, plus en cas de complications, dit Ben

en se levant. Je pratiquerai cette intervention dans notre salle d'opération cardiothoracique, ici, dans le service.

Il consulta sa montre, puis contourna le bureau pour se diriger vers la porte.

— Désolé, mais j'ai une consultation très bientôt. J'ai été ravi de vous rencontrer, Dylan, et je suis sûr que nous parlerons davantage à l'approche de l'opération. Si vous avez des questions ou si vous voulez organiser une réunion avec la mère du garçon, faites-le-moi savoir.

Dylan regarda partir son confrère, puis retourna au poste des infirmières pour savoir où se trouvait la clinique de jour. Son séjour à Boston se révélait beaucoup plus mouvementé qu'il ne l'avait prévu, mais c'était une bonne chose. Cela lui permettrait d'éviter les ennuis. Avec Kali...

4

Kali passa environ une heure à étudier les dossiers de la clinique avant de voir son premier patient. Elle faisait toujours cela pour s'assurer que tous les éléments étaient clairs et précis dans sa tête. De plus, cela lui permit de se préparer à l'idée d'avoir Dylan à ses côtés. Elle était encore un peu sous le choc de leur conversation de ce matin-là et du fait qu'il avait lu en elle si facilement.

Puis il y avait eu cette étreinte…

Cela avait été merveilleux. D'habitude, elle n'aimait pas qu'on la touche ainsi mais, avec Dylan, elle s'était sentie en confiance. Kali déglutit avec peine et fixa sans vraiment les voir les notes de l'infirmière. Elle se rappelait encore la chaleur et la force des bras de Dylan autour d'elle, et elle ne put réprimer un léger frisson.

— Vous n'êtes pas en train de tomber malade, n'est-ce pas ? demanda Ailani, l'une des nouvelles infirmières de l'étage.

— Non, ce n'est rien.

Kali la gratifia d'un sourire rassurant, même si elle savait qu'elle n'avait pas besoin de faire semblant avec Ailani. Comme Dylan, Ailani semblait savoir comment l'aider sans la submerger. Kali l'appréciait beaucoup.

Ailani jeta un coup d'œil par-dessus son épaule en direction de la salle d'examen, où Dylan parlait à la mère d'un jeune patient.

— Vous êtes arrivée avec notre nouveau pédiatre aujourd'hui, n'est-ce pas ? Il est vraiment séduisant.

Elle se retourna vers une Kali mortifiée, et ses yeux sombres s'écarquillèrent.

— Oh ! je suis désolée. Je ne voulais pas... manquer de professionnalisme.

Le visage brûlant, Kali s'empressa de lui couper la parole.

— Non, je veux dire...

Elle prit une profonde inspiration, puis déclara :

— Vous n'avez pas manqué de professionnalisme. Et en effet, Dylan est très séduisant.

Ailani continuait à la regarder comme si elle attendait la suite, alors, consciente de bafouiller mais incapable de s'arrêter, elle ajouta :

— Et, oui, nous sommes arrivés ensemble parce qu'il loge chez moi pendant son séjour à Boston. Jen, sa sœur, est ma colocataire, et comme elle est absente, elle lui a proposé de prendre sa place. Elle ne m'a pas prévenue, mais ce n'est pas grave, parce que Dylan et moi nous connaissons déjà. Nous avons passé une nuit ensemble il y a six ans, et c'est un peu gênant, mais nous allons nous en remettre et...

Kali s'arrêta pour reprendre son souffle, et vit Ailani cligner des yeux, comme si cette dernière avait du mal à assimiler le flot de paroles qu'elle venait de déverser sur elle. Soudain, Kali se rendit compte qu'elle s'était trahie en révélant sa relation passée avec Dylan. Génial ! Elle venait de gâcher sa première chance de se faire une nouvelle amie depuis des années !

Finalement, Ailani secoua la tête, puis laissa échapper un petit rire.

— Il n'y a pas de quoi s'inquiéter. Je pense que nous avons tous des choses que nous préférerions oublier dans notre passé.

Elle nota quelque chose dans le dossier sur lequel elle travaillait, puis le remit dans le casier, sur le bureau.

— Je vais commencer à préparer votre premier patient dans la salle d'examen numéro un, d'accord ?

— D'accord, dit Kali, soulagée. J'arrive tout de suite.

Elle se sentait mieux, tout à coup.

L'infirmière s'en alla et Kali prit une grande inspiration, heureuse d'être seule un moment pour rassembler ses pensées avant de commencer son service. La façon dont la clinique de jour était organisée était inhabituelle, mais cela fonctionnait bien. Ils avaient converti une grande salle d'attente en clinique pour les patients non assurés et leurs familles, afin de leur prodiguer des soins de routine et de prendre en charge les cas urgents. Cela permettait de soulager les autres services et de soigner les plus démunis sans qu'ils aient à se soucier de la facture finale. Grâce à la générosité de certains donateurs fortunés, ce service se maintenait en activité année après année. Kali avait aimé y travailler pendant son stage en pédiatrie. Elle appréciait les enfants, plus faciles à diagnostiquer et à comprendre pour elle que les adultes. Ils n'avaient pas de filtres, pas d'arrière-pensées, et disaient les choses telles qu'elles étaient. Un peu comme elle, songea Kali.

Elle venait de prendre son dossier et se dirigeait vers son premier patient lorsque des acclamations retentirent dans le couloir. Kali commença à applaudir, comme le voulait la tradition dans le service pédiatrique. Chaque fois qu'un de leurs jeunes patients devait subir une intervention chirurgicale lourde, tout le personnel s'alignait dans les couloirs menant au bloc pour l'encourager. Aujourd'hui, il s'agissait d'un petit garçon de quatre ans nommé Timmy qui souffrait d'une tumeur au cerveau. Cela faisait un mois et demi qu'il était dans le service, soumis à des séances de chimiothérapie et de radiothérapie en prévision de l'intervention, et il avait été placé en isolement en raison de la faiblesse de son système immunitaire. Lorsque le chariot passa, Kali vit que, même à l'intérieur de sa bulle protectrice, le petit Timmy affichait un grand sourire en saluant le personnel qu'il voyait tous les jours. Cela lui réchauffa le cœur. C'était un enfant si courageux ! Elle lui envoya un baiser et pria pour qu'il s'en sorte et se rétablisse rapidement. Son oncologue et les infirmières qui s'occupaient de lui entouraient le brancard, faisant de leur mieux pour que ce qui aurait pu être une expérience terrifiante soit synonyme d'espoir et de joie.

Une fois le défilé passé, Kali traversa le hall et entra dans la clinique, où Dylan l'attendait.

— Qu'est-ce que c'était ? demanda-t-il alors qu'ils se dirigeaient vers leurs premiers patients de la journée.

— C'est juste un petit salut aux enfants qui vont être opérés, expliqua Kali en portant son attention sur son patient qui, allongé sur une table d'examen, tenait la main de sa mère.

D'après les notes que Kali avait consultées, le petit garçon avait mal à la gorge et une légère fièvre. Probablement un rhume, mais mieux valait vérifier.

— Bonjour, dit Kali d'un ton professionnel, je suis le docteur Mitchell.

Elle prit le dossier qu'Ailani lui tendait et sourit au garçonnet.

— Et tu es Adam, c'est ça ?

Comme celui-ci ne répondait pas, se contentant de froncer les sourcils en regardant ses chaussures, sa mère intervint.

— Bonjour, docteur. Oui, il s'appelle Adam et je suis Yolanda, sa mère. Il a deux ans.

— Enchantée.

Kali mit le dossier de côté, enfila des gants et prit un abaisse-langue sur le chariot mobile.

— D'accord, Adam. Peux-tu ouvrir la bouche un instant ?

Le garçon avait beau avoir mal à la gorge, cela ne l'empêcha pas de hurler à pleins poumons, puis de donner des coups de pied comme si Kali essayait de lui couper la jambe. Elle avait vu sa part d'enfants agités pendant son stage en pédiatrie, mais celui-ci était particulièrement nerveux. De plus, elle savait qu'elle ne devait pas approcher ses mains de sa bouche tant qu'il ne s'était pas calmé, de peur de se faire mordre.

Kali jeta un coup d'œil dans la salle d'examen où Dylan avait terminé avec son premier patient, un beau bébé tranquille, endormi dans les bras de sa mère. Il avait de la chance !

Elle se retourna vers le petit garçon. Yolanda, la maman, se tenait à l'écart, apparemment indifférente à l'emportement de son fils. Kali prit une profonde inspiration et essaya de nouveau. Elle avait appris lors de ses études que les crises de colère à cet âge étaient généralement déclenchées par la peur ou la frustration. Deux émotions que Kali connaissait bien. Pendant une minute, elle laissa Adam faire ce qu'il voulait, dans l'espoir qu'il s'épuiserait. Mais lorsque ses cris se firent plus aigus, elle comprit qu'il fallait agir.

Elle profita d'une accalmie soudaine pour s'avancer vers l'enfant et, de sa voix la plus douce, dit :

— Cela ne fera pas mal du tout, Adam, je prom...

Un coup de poing sur la joue lui coupa le souffle, puis les cris enragés reprirent de plus belle.

Kali se redressa et frotta sa pommette douloureuse.

— Est-ce qu'il se comporte comme ça à la maison ? demanda-t-elle à la mère.

Yolanda soupira et haussa les épaules.

— Il fait au moins deux crises par jour.

— Et comment gérez-vous cela ?

— J'ai lu qu'il fallait le laisser faire, jusqu'à ce qu'il se fatigue...

— Je vois.

Adam, quant à lui, rougissait de plus en plus, et Kali commençait à s'inquiéter. S'il continuait à ce rythme, il allait faire de l'hyperventilation et s'évanouir. Ce n'était pas vraiment un bon résultat pour elle...

« Tu peux le faire, Kali. »

Les mots de son thérapeute avaient souvent aidé Kali à sortir de sa spirale d'anxiété. Peut-être cela fonctionnerait-il aussi avec un bambin furieux.

Kali se redressa de toute sa hauteur et dit d'un ton ferme :

— Arrête, Adam !

Cela surprit suffisamment le gamin pour qu'il s'arrête, pendant quelques secondes. Puis ses cris montèrent d'une octave. Kali s'apprêtait à s'éloigner quand Ailani vint déposer une petite enceinte Bluetooth sur le chariot mobile. Bientôt, une musique d'opéra s'éleva dans la pièce et Adam cessa de pleurer pour concentrer son attention sur le haut-parleur.

Kali et Yolanda, stupéfaites, virent Adam se calmer et s'allonger sur la table, doux comme un agneau. Comme Ailani repassait devant elle pour se rendre dans une autre salle d'examen, Kali la prit à part.

— Comment saviez-vous que ça marcherait ?

L'infirmière rit.

— Je l'ignorais. Mais l'opéra m'endort toujours, alors je me suis dit que j'allais essayer...

— Merci !

Après avoir effectué les prélèvements nécessaires et un examen rapide, Kali rédigea une ordonnance et renvoya Yolanda et Adam chez eux, avant de passer au patient suivant : Lian Muang, une fillette birmane de six ans. Elle et son père, Cetan, attendaient tranquillement dans la cabine à côté de celle où consultait Dylan. Kali avait déjà vu Lian il y a quelques mois pour des vaccins.

— Bonjour, Lian, dit Kali, saluant la petite fille puis son père. Qu'est-ce qu'il se passe aujourd'hui ?

— Je ne me sens pas bien, répondit faiblement Lian.

Elle était léthargique, très pâle, et ses yeux étaient ourlés de rouge.

Kali se repencha un instant sur les antécédents médicaux de sa patiente puis commença son examen, palpant le cou de Lian et constatant que les ganglions lymphatiques étaient enflés. Elle examina ensuite la bouche de la fillette, et vit que ses amygdales étaient rouges et enflammées. Angine streptococcique...

— Lian, dit-elle en changeant ses gants. Je vais prendre un peu de salive au fond de ta gorge. D'accord ?

La petite fille et son père hochèrent la tête. Lian ouvrit la bouche et Kali tamponna délicatement la région de ses amygdales, puis alla déposer le tube au laboratoire voisin.

Quelques instants plus tard, on lui communiqua les résultats : positifs.

Kali prit des notes dans le dossier tout en parlant à sa patiente.

— Lian, tu as une angine. Je vais te mettre sous antibiotiques. Monsieur, assurez-vous qu'elle mange quelque chose avant de les prendre, sinon elle pourrait avoir mal au ventre.

Kali termina ses notes, puis se tourna vers Cetan.

— L'angine à streptocoques est très contagieuse. Il faut tenir votre fille à l'écart pendant au moins vingt-quatre heures, de préférence quarante-huit heures. Cela signifie qu'elle ne doit pas aller à l'école, ni jouer avec d'autres enfants. En fait, elle devrait rester à la maison et se reposer en isolement. Les adultes peuvent également être contaminés.

— Mais, papa, gémit Lian, et ma soirée pyjama de ce week-end ?

Cetan regarda sa fille, puis Kali.

— Cette soirée est prévue depuis des mois ! Elle sera tellement déçue !

— Eh bien, dit Kali, si elle commence les antibiotiques aujourd'hui, et que sa fièvre et son mal de gorge disparaissent d'ici à vendredi, elle ne devrait plus être contagieuse.

— Merci, docteur Mitchell !

Lian jeta ses bras autour de Kali et la serra contre elle.

— De rien, répondit Kali, avant de remettre une ordonnance à Cetan. Bon rétablissement.

Le reste de la journée passa très vite. Kali fit une courte pause vers midi, espérant pouvoir proposer à Ailani d'aller voir un match de football avec elle et Dylan pendant le week-end, mais l'infirmière était introuvable. Elle lui envoya donc un message rapide, puis prit une barre de céréales qu'elle mangea au poste des infirmières. Heureusement, Ailani lui répondit positivement avant qu'elle ne retourne voir ses patients de l'après-midi, ce qui lui donna du cœur à l'ouvrage.

Son dernier cas de la journée concernait un jeune couple,

les Marshands. Patty avait donné naissance à son deuxième enfant, Miley, une semaine plus tôt, et il ne s'agissait que d'un contrôle de la cicatrice de sa césarienne. Elle était assise sur la table d'examen et allaitait le bébé, tandis que Jon, son mari, jouait avec leur fils de trois ans, Gage.

— Bonjour, dit Kali. Comment vous sentez-vous, Patty ? Avez-vous des questions à me poser aujourd'hui avant que je n'examine votre cicatrice ?

— Quelques-unes, oui, répondit la jeune femme en tendant une liste à Kali.

Alors que Kali la lisait et se préparait à répondre, Gage écrasa un biscuit par terre et commença à jeter les morceaux dans la cabine d'examen.

Patty gronda son fils.

— Arrête ! Il ne faut pas jeter la nourriture. Et puis, tu vas réveiller ta sœur…

Gage écrasa un autre biscuit.

— Et si nous commencions par cette question-là ? intervint Kali pour désamorcer le conflit. Quelle température doit avoir la chambre du bébé ? Entre dix-neuf et vingt-deux degrés, c'est une bonne fourchette.

— Et l'eau du bain ? demanda Patty.

— Tiède, mais pas beaucoup plus élevée que la température corporelle. Miley est votre deuxième enfant, et vous vous êtes visiblement bien débrouillée avec le premier. Je vous suggère de continuer de la même manière.

Patty jeta un regard à son mari, puis se concentra à nouveau sur Kali.

— Oui, c'est mon deuxième bébé, mais beaucoup de choses ont changé depuis la naissance de Gage. Je veux juste être sûre de faire tout ce qu'il faut.

Gage écrasa un autre biscuit, puis le jeta sous le rideau dans la cabine d'examen de Dylan.

— Elle est méchante, Miley !

Tout à coup, Dylan ouvrit le rideau et s'accroupit devant le petit garçon.

— Qui est Miley ?

Le garçon montra sa mère du doigt, puis croisa ses petits bras.

— C'est ma sœur et je la déteste !

— Hmm...

Dylan leva les yeux et interrogea Kali du regard. Comme elle lui faisait signe de continuer, il s'assit par terre à côté de Dylan comme si c'était la chose la plus naturelle au monde.

— Tu sais, j'ai une petite sœur moi aussi. Elle s'appelle Jen.

— Et tu la détestes ? demanda Gage avec une spontanéité dont seuls les jeunes enfants pouvaient faire preuve.

Dylan sembla réfléchir un instant.

— Parfois, on se dispute, mais non. Je ne la déteste pas. Pourquoi n'aimes-tu pas Miley ?

— Elle a toujours besoin de quelque chose. Et elle pleure tout le temps ! Elle embête maman, et maman n'a plus le temps de me lire des histoires et de jouer avec moi !

— Ah, je comprends, dit Dylan, sérieux. C'est vraiment un problème. Miley devrait se débrouiller toute seule, tu crois ?

Les sourcils de Gage se froncèrent.

— C'est un bébé ! Elle sait rien faire !

Dylan réfléchit quelques instants, puis déclara :

— Alors ton père pourrait s'occuper de Miley, pour que ta mère puisse passer du temps avec toi.

— Papa est au travail ! gémit l'enfant tandis qu'une grosse larme coulait sur sa joue. J'ai besoin de maman, moi aussi.

— Oh ! mon chéri...

Patty se leva et tendit le bébé à Kali, qui le prit sans hésitation. Elle était fascinée par ce que Dylan venait de faire. Elle avait toujours su qu'il était doué avec les enfants et excellent médecin, mais elle ne l'avait jamais vu à l'œuvre jusqu'à présent. Pendant que Patty s'agenouillait pour étreindre son fils, Kali berçait Miley dans ses bras et observait le petit corps du nouveau-né, ses membres potelés et son étonnante chevelure de lin, ses grands yeux bleus curieux qui la regardaient. Elle percevait sa douce odeur de bébé et, bien qu'elle n'ait jamais vraiment songé à avoir des enfants elle-même, elle était émerveillée de voir d'aussi près un minuscule être humain dans les premières semaines de sa vie.

Patty se releva et Kali lui tendit le nourrisson, presque à regret, puis elle se tourna pour mettre des gants.

— Laissez-moi examiner votre incision afin que vous puissiez rentrer vous reposer.

Après ses consultations, Kali trouva Dylan qui l'attendait au poste des infirmières. Il avait l'air décontracté, alors qu'elle se sentait tendue comme un arc. Comment faisait-il pour rester aussi... efficace toute la journée ? Cela la déconcertait.

— Tu as faim ? demanda-t-il alors qu'ils se dirigeaient ensemble vers le vestiaire du personnel.

Elle réfléchit quelques instants et se rendit compte que, oui, elle était affamée.

— On pourrait prendre quelque chose sur le chemin de la maison ? suggéra-t-elle.

— Ou nous pourrions nous arrêter à l'épicerie sur le chemin du retour et je cuisinerai quelque chose, répliqua Dylan.

— Tu sais cuisiner ? demanda Kali.

Bien que leur appartement dispose d'une cuisine bien équipée, ni elle ni Jen ne l'utilisaient beaucoup.

— Qu'est-ce que tu sais préparer ?

— Beaucoup de choses, mais ce soir j'ai envie de galettes de pommes de terre, avec un peu de jambon peut-être.

Elle le regarda d'un air satisfait, puis lança :

— C'est un menu qui me convient très bien !

Une heure plus tard, ils étaient de retour à l'appartement, et Dylan sourit en voyant les préparatifs que Kali avait faits dans sa cuisine. Tous les aliments qu'ils avaient achetés à l'épicerie casher en bas de la rue – pommes de terre, oignon, œufs, sel et poivre, et de l'huile pour la cuisson – étaient soigneusement disposés sur le plan de travail. Près de la fenêtre, elle avait déjà dressé la table pour deux personnes. Sans rien oublier.

Dylan était heureux d'être l'une des rares personnes à connaître son diagnostic. Avec le recul, il se demandait pourquoi il ne l'avait pas compris plus tôt. Il avait toujours aimé ce qui était différent et excentrique, sans jamais juger les gens. C'était ce qui rendait les autres réels à ses yeux, spéciaux, et Kali ne faisait pas exception à la règle. Son père, par exemple, gardait toujours deux couteaux suisses attachés à son trousseau de clés, sans que personne ne comprenne pourquoi. Sa mère, elle, avait tellement de marottes et de bizarreries qu'il avait renoncé à en tenir le compte. Quant à sa sœur, Jen – même si elle s'en défendait avec force –, elle planifiait ses tenues en fonction de la couleur du jour, en se fondant sur un livre de magie qu'elle s'achetait chaque année. Quand Jen s'installerait enfin et aurait des enfants, cela serait sans doute compliqué, mais il avait hâte de voir ça ! Et maintenant qu'il avait retrouvé Kali, il était impatient d'en savoir davantage sur elle.

Elle sortit une bouteille de vin du réfrigérateur et l'ouvrit, tout en réprimant un bâillement.

— Je suis épuisée. Si je m'endors pendant le dîner, cela ne remet pas en cause tes talents culinaires, tu sais. Je préfère te prévenir.

Dylan sourit et se mit à préparer les pommes de terre. La journée à la clinique avait été riche en enseignements. Il avait vu son lieu de travail pour le mois à venir, avait rencontré de nouveaux collègues, et s'était assuré que Jiyan et Amita étaient bien installés. Il avait aussi observé Kali pendant qu'elle travaillait avec les patients. C'était la première fois qu'il la voyait exercer son métier de médecin et il devait admettre qu'il avait appréhendé ce moment. Les compétences relationnelles n'étaient pas exactement son point fort, mais avec ses patients elle était bienveillante, attentionnée et très consciencieuse. C'était d'autant plus admirable qu'il savait maintenant quelle force il lui fallait pour jouer ce rôle au quotidien. Le fait qu'elle soit fatiguée, ce soir, n'avait rien d'étonnant !

N'écoutant que son instinct, il la rejoignit, puis se posta derrière elle pour enlacer doucement ses épaules. Comme Kali ne bougeait pas, il se pencha pour lui murmurer à l'oreille :

— Est-ce que ça va ?

Kali avait relevé ses cheveux en un chignon lâche, et ils s'étaient tous deux changés pour mettre des vêtements confortables. Dylan la sentit tressaillir légèrement, puis hocher doucement la tête.

Il ne put s'empêcher de humer la douce odeur de son cou, cannelle et vanille mêlées, ainsi qu'une senteur plus poivrée qu'il n'aurait su nommer. Quand il se pencha encore, elle posa la bouteille, puis tourna la tête par-dessus son épaule. Ses joues étaient rouges, son souffle rapide, et Dylan se retint de sourire. Il venait d'apprendre quelque chose de nouveau sur elle.

— Tu... devrais peut-être continuer à cuisiner, dit-elle en rangeant le tire-bouchon.

— Oui, tu as raison...

Dylan sentit son regard fixé sur lui alors qu'il épluchait et tranchait l'oignon, puis le mettait avec les pommes de terre dans le robot pour les râper grossièrement. Dylan était peut-être gêné lorsqu'il s'agissait d'évoquer leur nuit passée ensemble, mais il savait une chose avec certitude : Kali avait besoin, et envie, d'être embrassée.

Il risqua un regard vers elle, et elle détourna rapidement les yeux, puis, presque malgré elle, les ramena sur sa bouche. Oui, c'était vraiment le moment de l'embrasser. Certes, ils avaient passé un accord tacite, et leur relation devait rester professionnelle, mais ce n'était qu'un baiser, après tout. Rien de grave...

Dylan éteignit le robot puis en versa le contenu sur un torchon propre et sec, pour le presser et retirer autant de liquide que possible. Il préparait ces *latkes* depuis qu'il était enfant, et avait appris la recette sur les genoux de sa grand-mère. Aujourd'hui, il pouvait pratiquement la faire les yeux fermés, et c'était une bonne chose, car il était un peu distrait, ce soir...

Kali remplit deux verres à vin de chardonnay et lui en tendit un, avant de prendre une longue gorgée.

— À ta santé ! dit-il avant de boire à son tour.

Le vin était bon. Frais, pas trop sucré, agréable. Mais il n'y connaissait pas grand-chose dans ce domaine, alors...

Pendant une seconde, une lueur brilla dans les yeux de Kali, et il se demanda si elle se souvenait de la nuit qu'ils avaient passée ensemble, six ans auparavant.

— Le repas est-il bientôt prêt ? demanda-t-elle.

— Oui, répondit-il, à la fois soulagé et déçu de la banalité de cet échange.

Mais il ne devait pas renouer avec Kali. Ce serait compliqué, et quelqu'un serait forcément blessé. Et pourtant, il ne pouvait s'empêcher de...

— Surtout si tu m'aides, ajouta-t-il en désignant la poêle. Fais-la chauffer à feu moyen, puis verse une cuillerée d'huile, s'il te plaît.

Il la sentit se détendre.

— C'est dans mes cordes.

Dylan sourit, et il versa le mélange de pommes de terre et d'oignon dans un bol, puis ajouta deux œufs, une demi-tasse de farine, une pincée de levure chimique, du sel et du poivre, avant de mélanger le tout.

Tout en cuisinant, ils parlèrent de leur journée et de leurs patients, puis Kali dit :

— Nous allons voir le match des Patriots au stade Gillette dimanche.

Dylan fronça les sourcils.

— « Nous » ? C'est-à-dire ?

Kali leva les yeux au ciel.

— Une amie m'a envoyé quatre billets, et j'ai proposé à Ailani de nous accompagner. Elle viendra avec quelqu'un.

— D'accord. C'est l'infirmière de la clinique, n'est-ce pas ? Elle a l'air sympa.

— Elle est très sympa. Elle a deviné mon diagnostic. Comme toi.

Kali joua avec la spatule en silicone posée sur le comptoir.

— Elle a un oncle autiste qui vit à Hawaï.

— Beaucoup de gens présentent des symptômes relevant du spectre de l'autisme, Kali. Et de plus en plus de personnes sont diagnostiquées chaque jour.

Dylan mit un peu de pomme de terre râpée dans l'huile pour s'assurer qu'elle grésillait, puis utilisa une cuillère à soupe bien bombée pour former des galettes.

— Certaines études suggèrent qu'un adulte sur cent présente des troubles autistiques, mais les chiffres ne sont pas précis.

Lorsque la première tournée de galettes fut terminée, Dylan attrapa le plateau que Kali avait préparé pour eux et se retrouva à nouveau derrière elle. Il aurait pu la toucher, mais prit garde de ne pas le faire. Il était allé un peu trop vite tout à l'heure, mais il avait été difficile de résister à l'arc gracieux de son çou, à sa peau laiteuse... Même ses oreilles étaient jolies, et Dylan brûlait d'envie d'y poser la langue.

Pour chasser ces pensées importunes, il fit cuire une deuxième poêlée de *latkes*, puis les disposa sur le plateau à côté des premières. Comme l'une d'entre elles restait collée au fond de la poêle, il se pencha pour mieux la voir et...

Les lèvres de Kali se pressèrent contre les siennes.

Électrisé, Dylan sentit son sang bouillir dans ses veines. Il essaya de ne pas se laisser emporter, mais Kali était si douce que c'était une véritable torture. Il approfondit le baiser, mêlant sa langue à la sienne.

Lorsqu'ils se séparèrent, ils avaient tous les deux le souffle court. Kali avait les joues légèrement rouges et Dylan ne se rappelait pas avoir jamais rien vu de plus beau. Les *latkes* refroidissaient, mais il s'en fichait. Tout ce qu'il voulait, c'était embrasser Kali, encore et encore.

Il posa ses lèvres sur les siennes, presque avidement cette fois, mais elle se détourna et posa les doigts sur sa bouche.

— On ne devrait pas faire ça... Nous étions d'accord, Dylan.

Il lui fallut fournir un immense effort de volonté pour s'écarter d'elle.

— Tu as raison, soupira-t-il, frustré à l'extrême.

Elle leva le menton et, après une longue pause, pendant laquelle elle sembla lutter contre elle-même, elle finit par dire :

— Entre nous, il ne pourra jamais y avoir plus qu'une aventure.

Dylan étouffa un rire surpris.

— Oui. Je... ne souhaite pas m'engager dans une relation durable en ce moment, de toute façon.

Il aurait dû se sentir soulagé. Elle était disposée à lui donner exactement ce qu'il voulait : du sexe sans engagement. De plus, leur aventure serait limitée dans le temps, car il serait parti dès que son jeune patient serait sur la voie de la guérison, une fois son opération effectuée. Alors pourquoi se sentait-il soudain désemparé ?

Parce que c'était un idiot, voilà pourquoi !

Comme si elle percevait son conflit intérieur, Kali posa sur lui un regard sceptique.

— En es-tu sûr ?

— Tout à fait sûr.

— Tant mieux. Crois-moi, je suis... très difficile à gérer. C'est pourquoi je pense qu'il vaut mieux ne pas m'attacher à qui que ce soit en ce moment.

Elle fit glisser son doigt sur le comptoir.

— Je ne sais pas pourquoi je t'ai embrassé, Dylan. Je suis désolée...

— Mais non ! Je n'étais pas contre, tu sais...

Elle chercha son regard.

— Et tu es d'accord pour... aller plus loin ? Ou tu plaisantes ?

Il sourit et fit glisser le dos de ses doigts sur sa joue.

— Je ne plaisante jamais avec ce genre de choses, Kali. J'aime être franc et ouvert dès le départ. Pour que tout le monde sache à quoi s'en tenir. Cela rend les choses beaucoup plus faciles.

Elle respira longuement, et se détendit enfin contre lui. Puis, lorsque leurs regards se croisèrent, ils se sourirent.

— Et maintenant, à table ! lança joyeusement Dylan.

5

Le jeudi soir, Kali se tenait à côté de Dylan dans le plus grand parc de Boston et attendait qu'on allume l'énorme ménorah dorée de plus de trois mètres de haut érigée au beau milieu. L'endroit était bondé, et tout le monde avait sorti son téléphone portable pour prendre des selfies et filmer la scène. Il était prévu que les rabbins prononcent un discours, puis le gouverneur allumerait enfin les lanternes placées sur chacune des branches de la ménorah, donnant ainsi le coup d'envoi des huit nuits de festivités de Hanoukka à Boston. Il y avait de la musique et des jeux pour les enfants, ainsi que des friandises pour tout le monde, et l'ambiance était bonne malgré le froid mordant.

Kali se sentait bien, avec Dylan. Même s'ils n'avaient pas reparlé des baisers qu'ils avaient échangés quelques jours plus tôt, ce souvenir était bien présent. Cela avait été très agréable, mais Kali, depuis qu'elle avait commencé ses études, refusait de s'engager dans une relation sérieuse, et ce pour plusieurs raisons : cela demandait trop de temps et d'efforts, et pouvait être très déstabilisant.

Ou lui briser le cœur...

Et peut-être aussi qu'au fond d'elle-même Kali ne croyait pas à « l'amour toujours »...

Après tout, ses parents n'avaient pas été les meilleurs modèles, et son diagnostic avait tout changé. C'était difficile à gérer, à la fois pour Kali et pour un nouveau partenaire potentiel. Bien sûr, Dylan ne semblait pas avoir de problème avec cela, ce qui était merveilleux, mais il avait été très clair, l'autre soir, sur le fait qu'il ne pouvait lui offrir qu'une aventure. Elle l'avait côtoyé assez longtemps et avait suffisamment entendu Jen au fil des ans pour savoir que Dylan n'était pas fait pour une relation amoureuse au long cours.

Mais Kali allait trop vite en besogne, comme souvent. Un baiser ne voulait rien dire. Et même s'ils décidaient d'aller plus loin, ce ne serait que cela : du sexe. Rien de plus.

— Mesdames et messieurs, déclara un présentateur depuis l'estrade sur laquelle se trouvait la ménorah géante, permettez-moi de vous présenter le rabbin Katz, qui prononcera quelques mots avant que le gouverneur Healey et le maire Wu n'allument les premières bougies de Hanoukka...

Le rabbin prit le micro et commença à parler de solidarité en temps de trouble et de division, d'amour universel. C'était un message auquel Kali adhérait, et Dylan aussi, à en croire la façon dont il passa son bras autour de ses épaules et l'attira à lui. C'était agréable de se blottir contre lui, et elle ne résista pas.

Pour chasser ces pensées troublantes, Kali se concentra sur ce qui se passait sur l'estrade, où une nacelle soulevait l'homme chargé d'allumer la ménorah géante.

Dylan, qui avait été plutôt silencieux jusqu'à présent, se pencha pour murmurer à son oreille :

— Le maire va enflammer le *chamach*. C'est la bougie « servante » et, selon la tradition, la seule à pouvoir allumer toutes les autres.

En sentant son souffle sur sa peau, Kali réprima un frisson et leva les yeux vers lui.

— Tu te souviens de beaucoup de choses pour quelqu'un qui ne pratique pas sa religion.

— Juif un jour, juif toujours ! dit Dylan en lui souriant. J'ai passé des années à l'école hébraïque quand j'étais enfant, j'ai fait ma bar-mitsva. Tout cela fait partie de moi, et ce n'est pas parce que je ne suis plus pratiquant que je l'ai oublié.

— Je comprends.

Kali aurait voulu faire partie d'une communauté, elle aussi, et s'identifier à d'autres personnes qui lui ressemblaient.

Une fois l'allumage effectué, la foule applaudit à tout rompre, tandis que la musique reprenait et que la fête commençait officiellement. Prise dans l'excitation du moment, Kali se tourna vers Dylan et le serra fort dans ses bras. Il lui rendit son étreinte et ils restèrent là, enlacés, jusqu'à ce que Kali recule d'un pas. Dylan la regardait et elle devina qu'il allait l'embrasser de nouveau. Dès qu'il se pencha vers elle, la gêne qui s'était installée depuis leur dernier baiser disparut. Ils étaient assez proches, maintenant, pour mêler leurs souffles, et si elle se hissait légèrement, elle...

Soudain, quelqu'un cria tout près d'eux, rompant le charme de l'instant.

Étourdie, elle resta là, tandis que Dylan reculait et se passait la main sur le visage. Puis il l'entraîna à travers la foule en lançant par-dessus son épaule :

— Prenons un taxi pour le café Landwer !

Pendant tout le trajet en taxi, Dylan se fit des reproches.

Pourquoi diable avait-il failli l'embrasser une nouvelle fois ? Il s'était juré de ne pas le faire. Plus le temps passait, plus il était certain que c'était une erreur. Oui, il s'était senti incroyablement bien à ce moment-là. Mais, non, il ne fallait pas.

Il n'avait pas le droit de faire irruption dans la vie de Kali maintenant pour la séduire de nouveau. Il avait plus d'expérience qu'elle et, même si c'était elle qui avait fait le premier pas, il restait maître du jeu.

Dylan fronça les sourcils alors qu'ils descendaient Newbury Street en direction d'Exeter, en admirant les illuminations et les visages heureux des piétons qui se pressaient sur les trottoirs. Il se remémora les conversations qu'il avait eues récemment avec Jen, et sa sœur n'avait pas mentionné que Kali sortait avec quelqu'un. Certes, elle aurait pu avoir des aventures d'un soir, mais Kali n'était pas du genre à se contenter de cela.

Mieux valait ne pas aller plus loin avec elle, décida-t-il. Cela ne ferait que leur attirer des ennuis à tous les deux. Et c'était la dernière chose dont il avait besoin en ce moment. Il avait déjà assez à faire à l'hôpital !

Il jeta discrètement un coup d'œil à Kali.

— Comment va ton visage, au fait ?

Elle lui adressa un regard étonné.

— Bien, pourquoi ?

— Le gamin qui t'a frappée l'autre jour n'a pas laissé de trace ? répliqua-t-il, le sourire aux lèvres.

Il n'avait pas remarqué d'hématome, mais le maquillage pouvait le cacher.

— Il n'avait que deux ans, mais un sacré uppercut ! répondit Kali.

Dylan paya le chauffeur, puis ils sortirent de la voiture, et se retrouvèrent devant la façade noir et blanc du restaurant, au pied de l'hôtel Charles Mark. Avec son charme suranné, le café Landwer Back Bay était l'un des endroits préférés de Dylan dans la ville. Il aimait l'atmosphère qui y régnait, les sols en damier et les banquettes. De plus, la carte était variée, et la clientèle très diverse. Le premier café Landwer avait été ouvert à Berlin en 1919, et était toujours en activité.

— Cet endroit a l'air génial, dit Kali en regardant autour d'elle avec émerveillement.

— Attends de goûter la nourriture ! lança Dylan en la conduisant à une petite table, au fond de la salle.

Ils consultèrent les menus et commandèrent leurs plats -escalope pour lui avec pommes de terre écrasées et saumon épicé au *za'atar* pour elle, avec couscous et salade. Aucun d'entre eux ne mentionna le baiser qu'ils avaient failli échanger lors de l'allumage de la ménorah. Déterminé à lui faire la conversation, il lui sourit et demanda :

— Es-tu déjà venue ici ?

— Non.

Elle lui rendit son sourire, la lumière dansant dans ses yeux bleus.

— Tu te rends toujours dans ce café quand tu es en ville ?

— Oui. C'est l'un de mes endroits préférés à Boston.

— Merci de l'avoir partagé avec moi.

Ils échangèrent un regard un peu plus long que d'habitude pendant que le serveur apportait leurs boissons. Lorsqu'il eut disparu, Kali prit une gorgée de thé glacé au gingembre et au citron, et Dylan but son eau gazeuse directement à la bouteille.

— Alors, on va voir un match de foot dimanche ? dit-il.

— Oui. Les Patriots jouent contre les Saints à 13 heures au stade Gillette.

— Cool !

Il y eut un instant de flottement, et Dylan se sentit vraiment stupide. Dès que Kali était à proximité, toutes ses défenses semblaient s'effondrer. Il ne voulait pas trop réfléchir à la raison de ce phénomène, mais il n'avait pas non plus envie d'être mal à l'aise pendant toute la durée de son séjour ici. L'un d'entre eux devait se jeter à l'eau, et manifestement, c'était lui.

— Écoute, Kali, dit-il en se penchant vers elle, à propos de ce qu'il s'est passé...

Kali rougit, puis croisa son regard pendant une fraction de seconde avant de détourner le sien.

— Je pense que nous devrions avoir une aventure, répondit-elle.

Dire qu'il était stupéfait était en-deçà de la réalité. Il cligna des yeux tandis que son esprit luttait pour décrypter ses mots.

— Pardon ?

Elle secoua la tête.

— J'essaie d'être courageuse, et mon thérapeute m'a dit que je devais sortir de ma zone de confort et tenter des choses nouvelles. Puisque nous l'avons déjà fait une fois et que...

Très agitée, elle parlait de plus en plus fort, et les gens aux tables voisines les regardaient.

Dylan lui prit la main pour attirer son attention.

— Hé, ralentis un peu ! Respire...

Ils inspirèrent tous deux profondément, puis expirèrent lentement. *Courage !* se dit Dylan, même s'il avait l'impression que son cœur allait sortir de sa poitrine. Il pouvait gérer cela, et il n'y avait pas de raison de s'affoler. Avec douceur, il se pencha vers elle pour replacer une mèche de cheveux derrière son oreille. Quand elle tressaillit, il demanda :

— Ça te dérange que je fasse ça ?

Kali secoua la tête. Alors, il effleura sa joue du pouce, puis souleva délicatement son menton.

— Et ça ?

Se penchant davantage, il effleura ses lèvres des siennes, et comme elle se rapprochait de lui pour prolonger le contact, il perdit tout contrôle et prit sa bouche avec fougue. Lorsqu'elle gémit doucement, Dylan sut qu'il était perdu. Il approfondit le baiser, comme un homme qui se noie, jusqu'à ce qu'un discret raclement de gorge se fasse entendre.

À contrecœur, ils se séparèrent tandis que le serveur déposait leurs assiettes devant eux.

— Puis-je vous apporter autre chose ?

Incapables de prononcer un seul mot, ils secouèrent la tête.

Kali fixa longuement son plat, puis tritura ses couverts avant de prendre une bouchée.

Dylan fit de même, mais ne put rien goûter, car ses paroles tournaient en boucle dans sa tête.

« Je pense que nous devrions avoir une aventure... »

Il partageait cet avis, mais avoir une *aventure* avec Kali ne lui paraissait pas correct. Pourtant, il était coutumier du fait, alors pourquoi avoir des réserves ? Cela le torturait d'y penser, et plus encore d'en parler, mais c'était nécessaire s'ils voulaient aller de l'avant.

Ils dégustèrent leurs plats en silence pendant un moment,

puis la tension entre eux se dissipa suffisamment pour que Kali déclare :

— C'est vraiment bon.

La nourriture était délicieuse, comme toujours, mais il n'était pas en mesure de l'apprécier. Pas avant d'avoir dit ce qui devait être dit.

— Je t'aime vraiment beaucoup, Kali, tu sais.

— Je t'aime beaucoup aussi, répondit-elle aussitôt.

— Et je mentirais si je disais que je n'ai pas envie de passer une nouvelle nuit avec toi, avoua-t-il. Si on voyait comment les choses évoluent ?

— Pourquoi pas…

Elle fronça les sourcils et écarta les cheveux de son visage d'un revers de main.

— Depuis combien de temps penses-tu à ça ? lui demanda-t-il.

— Depuis qu'on s'est embrassés dans la cuisine, l'autre soir, dit-elle.

Soudain, son malaise revint, et il prit une profonde inspiration pour le chasser.

— Et nous avons bien compris tous les deux qu'il ne s'agissait que de sexe ?

Elle acquiesça.

— Oui.

Pour une raison folle, Dylan aurait voulu lui dire qu'elle valait mieux que cela, mais les mots restèrent bloqués dans sa gorge, si nouée qu'elle lui faisait mal.

Il ne voulait pas dévoiler ses sentiments, ses craintes devant elle. Il voulait être l'homme que Kali connaissait, le play-boy insouciant et réfractaire à tout engagement. Mais en ce moment, pour des raisons qui lui échappaient, Dylan avait du mal à rester dans son rôle.

Kali se pencha vers lui et toucha son visage comme il l'avait fait plus tôt, tout en posant sur lui un regard inquiet.

— Tu vas bien ?

— Oui, très bien, réussit-il à bredouiller. Très bien…

Elle laissa échapper un petit rire.

— Désolée, je ne me moque pas de toi, dit-elle, mais je ne t'ai jamais vu aussi désemparé.

Ses mots étaient assez maladroits, mais Dylan savait que ce n'était pas délibéré de sa part. Elle voulait juste lui faire comprendre qu'elle prenait tout cela avec décontraction.

Très vite, Dylan se mit à rire lui aussi. D'eux. De toute cette folie…

Jamais il n'avait autant parlé avec une femme avant de coucher avec elle, mais Kali était différente. Avec elle, il se sentait plus vulnérable, plus sensible aussi. Avec une autre, il se serait empressé de prendre la fuite. Mais ce soir, il avait envie de rester. Peut-être n'était-il plus le play-boy qu'il avait été, en fin de compte…

Il héla le serveur pour demander l'addition.

— D'accord, dit-il. Retournons à l'appartement, si tu veux.

Un sourire se dessina sur la jolie bouche de Kali, et Dylan se pencha jusqu'à ce que son front touche le sien, puis murmura :

— J'ai hâte d'être seul avec toi…

— Moi aussi.

C'est tout ce qu'elle dit, mais c'était plus que suffisant.

En vérité, tout était absolument parfait.

6

Dylan la suivit dans l'immeuble et ils montèrent les trois étages jusqu'à la porte de l'appartement. À l'intérieur, elle retira ses chaussures tandis qu'il enlevait sa veste et la jetait sur le dossier du canapé.

— Tu veux boire quelque chose ? demanda Kali, mal à l'aise.

— Non, merci, dit Dylan.

Elle sortit son téléphone de sa poche et le posa sur le socle pour le recharger, avant de suggérer :

— Tu peux allumer la télévision, si tu veux.

Amusé, il retroussa les lèvres.

— Je ne suis pas sûr d'avoir envie de regarder la télé, en ce moment.

Quand il fit un pas vers elle, Kali retint son souffle.

— Ce n'est pas notre première fois, mais j'ai l'impression que c'est le cas, énonça-t-il doucement. Je crois que j'ai une idée...

— Dis-moi...

Dylan était si proche qu'elle sentait la chaleur de son corps. Il se pencha et embrassa sa tempe, sa joue, la zone douce derrière son oreille.

— Nous devrions laisser les lumières éteintes.

Kali sourit, puis hocha la tête.

— D'accord.

Il la prit par la main et l'entraîna dans le couloir, jusqu'à sa chambre. Là, il s'avança vers le lit, et posa doucement les mains sur ses épaules.

— Prenons notre temps, d'accord ?

— Oui...

Dylan se pencha et l'embrassa sur le front, puis sur le nez, et pour finir sur la bouche. Il mordilla sa lèvre inférieure tandis qu'il se faisait plus ardent, ses mains sur son corps...

Lorsqu'il lui toucha les fesses et s'y attarda, elle sentit vibrer le cœur de sa féminité. Comme elle avait envie de lui ! De ses baisers, de ses caresses... Elle voulait qu'il soit près d'elle et, surtout, qu'il éprouve autant de désir pour elle qu'elle en éprouvait pour lui.

Ses baisers se firent plus fougueux et, glissant ses mains sous sa chemise, elle les fit courir sur les muscles fermes de ses abdominaux, de sa poitrine et de son dos. Il était à la fois doux et fort, et cela l'excitait au plus haut point. Comme c'était bon, de s'abandonner entre les bras d'un homme ! Lorsqu'elle sentit sa virilité se presser contre son sexe, Kali se lova davantage encore contre lui...

Fou de désir, Dylan la serra à l'étouffer, et Kali crut que ses jambes allaient se dérober sous elle. Lentement, il fit glisser l'une de ses cuisses sur sa hanche tandis qu'il l'embrassait plus profondément. Elle ne s'aperçut même pas qu'il la soulevait et l'installait sur le lit, tant elle était pressée de le sentir plus proche encore...

Elle écarta la chemise de Dylan, et il rompit leur baiser pour l'enlever d'un geste brusque, avant de reprendre sa bouche, comme s'il ne supportait pas de l'avoir abandonnée un instant. Kali aussi était devenue accro à ses baisers. Son goût, son parfum, sa peau contre la sienne lui faisaient perdre la tête. Elle glissa ses mains le long de son dos puis, lorsqu'elle rencontra la ceinture de son pantalon, elle passa ses doigts dessous...

— Attention..., murmura-t-elle entre deux baisers.

— Pourquoi ?

— Si je commence à te toucher ici, je ne pourrai plus m'arrêter...

Il s'écarta d'elle, puis se leva pour se débarrasser à la hâte de son pantalon qu'il envoya valser dans la pièce.

— Tu peux me toucher autant que tu veux, dit-il en la serrant de nouveau contre lui.

Bien qu'il fasse noir, elle se sentit soudain très gênée en se déshabillant, et en enlevant son soutien-gorge et sa culotte. C'était ridicule ! Il ne pouvait pas la voir. Mais c'était comme si elle n'avait pas pris conscience que l'obscurité était réelle. Comme si elle s'attendait toujours à être vue, observée, jugée...

Puis Dylan la rejoignit et l'attira à lui, front contre front, peau contre peau. Son érection était dure contre sa hanche, et elle s'efforça de l'ignorer.

Elle toucha son visage, son cou, puis posa la paume sur sa poitrine.

— Je sens ton cœur battre. Il est rapide. Es-tu nerveux ?

— Un peu, avoua-t-il.

Le fait que quelqu'un d'aussi expérimenté ressente la même chose qu'elle soulagea son anxiété.

Elle sourit.

— Moi aussi.

— Tu veux t'arrêter ? demanda-t-il.

— Non...

Ses lèvres effleurèrent doucement les siennes, et ils s'embrassèrent à perdre haleine, comme si leur vie en dépendait. Et cette fois, elle empoigna les deux globes bien musclés de ses fesses, encore et encore...

Quand elle sentit le sexe de Dylan entre ses cuisses, elle gémit dans son cou, puis se tendit.

— Je suis désolée. Je... ne suis pas prête.

— Ne sois pas désolée, voyons...

Dylan lui mordilla doucement le lobe de l'oreille avant de lui murmurer tout bas :

— Dis-moi où tu veux que je te touche...

Elle se sentit rougir, et se lova contre lui en guise de réponse.

— Devine...

— Comme ça ?

Il fit courir ses doigts à l'intérieur de sa cuisse, lui arrachant un frisson.

— Oui...

— Ou plutôt... comme ça ?

Ses doigts remontèrent plus haut, effleurant le cœur vibrant de sa féminité.

— Oh oui !

— Et ici ?

Sa main glissa jusqu'à son sein, dont il taquina la pointe qui durcit sous son pouce.

Kali avait la gorge tellement nouée qu'elle était incapable de parler. En guise de réponse, elle se cambra contre lui pour mieux l'accueillir.

L'instant d'après, la chaleur de sa bouche se referma sur son sein, qu'il caressa longuement de la langue.

— Encore..., souffla-t-elle en se tordant de plaisir.

— Et si je te touche ici, gémit-il, tu aimes ça ?

Il passa la main sur son ventre, puis, quand il glissa un doigt en elle, elle laissa échapper un cri.

— Je continue ? demanda tout bas Dylan.

— Dylan...

Il la fit taire d'un baiser tandis qu'il lui prodiguait la plus folle des caresses. Chaque muscle de son corps se tendit comme un arc et elle soupira contre les lèvres de Dylan, excitée à l'extrême.

Alors, il prit sa main, et la plaça sur la sienne.

— Caresse-toi, maintenant...

C'est ce qu'elle fit. Puis, de nouveau, elle gémit son nom.

— Continue, souffla-t-il tout contre sa bouche. Tu me rends fou...

Éperdue, elle était au bord du gouffre, mais d'étranges pensées envahirent alors sa tête...

Dylan l'embrassa tandis qu'elle tremblait dans ses bras, mais il ne parvint pas à étouffer les voix qui prenaient possession d'elle. Son corps tressaillit, aspirant à une libération qui restait hors de portée, provoquant sa frustration.

Lorsqu'elle sentit la main de Dylan sur la peau tendre de sa cuisse, son cœur s'emballa.

— Je... Il faut qu'on s'arrête, bredouilla-t-elle enfin, presque suppliante.

— D'accord...

La voix de Dylan était rauque, rugueuse, mais il fit ce qu'elle demandait. Il roula sur le dos et attira Kali sur lui. Elle entendit les battements réguliers de son cœur, sentit son souffle haletant.

— Je suis désolée, dit Kali, les larmes aux yeux. C'est... trop.

— Ne sois pas désolée, répondit-il. Ce n'est rien.

— Tu ne m'en veux pas ? demanda-t-elle.

Par le passé, Kali avait constaté que les hommes avec qui elle avait couché étaient peu amicaux lorsqu'ils n'obtenaient pas ce qu'ils voulaient d'elle. Et en général, ils ne la rappelaient pas.

— Bien sûr que non, voyons !

Il la serra plus fort dans ses bras.

— La prochaine fois, ça ira mieux, affirma-t-il.

— Il y aura une prochaine fois ?

— J'espère que oui ! Je peux rester dormir ?

Kali lui sourit.

— Oui...

Plusieurs heures plus tard, Kali fut réveillée par l'alarme de son téléphone. Elle avait dormi la tête appuyée sur la poitrine de Dylan, et ses cheveux étaient en bataille. Lentement, elle se redressa, tandis que Dylan murmurait d'une voix ensommeillée :

— Encore cinq minutes...

Elle se glissa hors du lit dans la pénombre, puis chercha à tâtons un T-shirt. Finalement, Kali attrapa ce qui lui tomba sous la main : la chemise de Dylan. Puis elle alla chercher son téléphone sur la table du salon, allumant une lampe au passage. Le temps qu'elle éteigne l'alarme, Dylan se tenait sur le seuil, vêtu de son seul pantalon. Au vu de ces muscles parfaits, Kali ne put s'empêcher de regretter d'avoir éteint la lumière, la veille...

Mais si l'obscurité ne les avait pas protégés, elle n'aurait jamais pu se montrer aussi audacieuse, songea-t-elle en se sentant rougir.

Voir Kali nue, lors de leur première nuit, avait été plus qu'excitant. Mais la vue qu'elle lui offrait maintenant, avec sa chemise qui couvrait à peine le haut de ses cuisses, et ses grands yeux innocents, lui mit le feu au corps. Il prit une profonde inspiration et se passa une main sur le visage, avant de dire d'un ton grave :

— Kali, est-ce qu'on peut... parler de ce qu'il s'est passé cette nuit ?

Elle ouvrit la bouche comme pour prendre la parole, mais rien n'en sortit.

Dylan s'approcha d'elle. Elle était mal à l'aise, c'était évident, et il n'avait pas envie de la voir se débattre. Il voulait améliorer les choses, l'aider du mieux qu'il pouvait. Mais en même temps, il avait besoin de faire le point, pour lui-même.

Il alla s'asseoir sur le canapé, puis lui fit signe de le rejoindre.

— Je sais que tu traverses une période difficile, Kali. Avec ton internat, ton diagnostic, et...

Dylan fit une pause, réfléchissant attentivement aux mots qu'il allait prononcer.

— Je ne veux pas ajouter à ton stress. Si nous devons renouer le fil de notre histoire, tous les deux, alors j'ai besoin de savoir que tu en as envie, toi aussi, et pas seulement que tu penses que cela me fera plaisir. Parce que, si c'est ainsi, je ne peux pas...

Il s'interrompit pour l'observer, mais elle n'eut aucune réaction. Bon sang ! C'était difficile, mais il fallait aller jusqu'au bout.

— Tu comprends, Kali ? J'ai besoin que tu sois aussi impliquée que moi.

Elle fronça les sourcils pendant un long moment avant de répondre :

— D'accord.

— Très bien. Alors dis-moi, est-ce qu'il y a quelque chose que j'aurais pu...

— Peut-on en parler à un autre moment ? lâcha-t-elle. Je suis de garde à l'hôpital et je n'ai pas trop le temps, ce matin...

— Pareil pour moi, coupa-t-il, mais nous ne pourrons pas aller de l'avant tant que nous n'aurons pas affronté ce qui se présente.

Elle gémit :

— Maintenant, tu parles comme mon thérapeute !

— Écoute, Kali, il ne faut pas avoir peur du sexe, tu sais.

Il pencha la tête, cherchant les mots justes.

— Te demander ce que tu veux est le seul moyen de savoir ce que tu aimes, ce que nous aimons tous les deux...

Elle s'enfonça davantage dans son coin du canapé.

Incapable de supporter son malaise, Dylan se rapprocha d'elle, et Kali se blottit aussitôt contre lui. Elle enfouit son visage contre son cou tandis qu'il l'entourait de ses bras et, de nouveau, il fut submergé de tendresse, et par un irrépressible besoin de la protéger.

— Je ne vois pas pourquoi parler de sexe est si embarrassant. Je le fais tout le temps, moi ! lança-t-il pour détendre l'atmosphère.

Elle rit, son corps tremblant contre le sien.

— Je veux dire, nous sommes médecins tous les deux, et...

— C'est différent en dehors du cadre clinique ! répondit-elle en lui frappant légèrement la poitrine. Ne t'aventure pas sur ce terrain...

Il sourit et lui embrassa les doigts.

— Non, ne t'inquiète pas. Mais si tu ne peux pas me dire ce que tu aimes, tu peux me le montrer, au moins.

Elle prit une profonde inspiration et son visage devint plus rouge encore.

— Je ne pourrai jamais.

— Pourquoi ? Il n'y a que toi et moi ici. Ce n'est pas comme si quelqu'un nous regardait !

Kali détourna le regard.

— Ce n'est pas facile, Dylan, finit-elle par articuler. Pas pour moi. Si c'était le cas, nous ne serions pas assis ici en ce moment.

— Je suis désolé. Je pensais que...

— Et moi, je pense que cette conversation est terminée ! dit-elle d'un ton abrupt, avant de se lever.

Accablé par un affreux sentiment de perte, il laissa tomber la tête dans ses mains. Leur aventure était terminée avant même d'avoir commencé ! Parce qu'il n'avait pas su se taire. Ce n'est pas ainsi qu'il aurait voulu que les choses se passent. Aucun des deux n'était satisfait, et ils se trouvaient manifestement dans une impasse. Chacun voulait quelque chose que l'autre ne pouvait pas lui donner.

Il se leva, conscient du regard de Kali sur lui. Il avait lu dans ses yeux qu'elle aimait ce qu'elle voyait. C'était déjà ça ! se dit-il, même si cela ne suffisait pas. Peut-être qu'un jour Kali s'ouvrirait à la bonne personne, et ce serait merveilleux. Mais, cette personne-là, ce n'était pas lui...

— Je vais prendre une douche, lança-t-il depuis le seuil. Je voulais que tu saches, en tout cas, que j'ai passé un bon moment hier soir.

Elle le rejoignit dans le couloir.

— Moi aussi, dit-elle d'une voix étranglée.

Il revint sur ses pas et la prit dans ses bras. Il n'avait pas l'intention de l'embrasser, mais cela se produisit tout naturellement. Kali lui rendit son baiser comme si c'était la dernière fois, et il ne put s'empêcher de penser que c'était peut-être le cas.

Lorsqu'ils se séparèrent enfin, ses yeux étaient rêveurs, ses lèvres rouges. Il passa son pouce sur sa joue, puis lança sans réfléchir :

— Et si on réessayait ?

Kali fronça les sourcils.

— Tu crois vraiment que c'est une bonne idée ? Je ne pense pas que je puisse faire... les choses que tu voulais.

— Peut-être pouvons-nous essayer autre chose ?

— Tu… as quelque chose en tête ? demanda-t-elle.

— Pas encore.

L'idée de la laisser insatisfaite comme cela avait été le cas la veille lui laissait un goût amer. Mais ils ne pouvaient pas être les seuls à faire face aux problèmes qu'ils rencontraient, et il ne fallait pas abandonner.

— D'accord.

Kali redressa les épaules, une lueur de détermination dans ses yeux bleus.

— Essayons encore une fois !

Dylan ne put s'empêcher de sourire.

— D'accord.

— Ce week-end ? demanda-t-elle. Je suis de repos. Nous avons le match de football dimanche, mais sinon…

— Ça marche !

— Sommes-nous complètement ridicules ? ajouta-t-elle, à moitié sérieuse.

— Peut-être !

Ils éclatèrent de rire, et pendant un moment, ils restèrent enlacés, à se regarder.

Dylan finit par s'éloigner.

— Je dois me préparer, maintenant. Et toi aussi !

7

Le samedi, au lieu de rester à l'appartement, Kali entraîna Dylan au marché de Noël. Il y avait des décorations de toutes les tailles, de toutes les formes, de toutes les couleurs et de tous les goûts. Il y avait même un vendeur de sapins, et Dylan l'avait convaincue de s'y arrêter sur le chemin du retour pour en acheter un. Normalement, les espaces bondés comme celui-ci étaient trop stressants pour Kali, mais le fait d'avoir Dylan à ses côtés l'aidait beaucoup.

Tout lui semblait nouveau et différent, ces derniers temps. Elle avait arrêté de faire semblant, de vouloir plaire aux gens. Elle était déterminée à exprimer ses préférences et ses désirs, et si c'était difficile, eh bien, tant pis !

— Viens, on va acheter du chocolat ! dit Dylan en l'entraînant vers un stand.

Avant de se diriger vers celui des arbres de Noël, Kali s'arrêta encore plusieurs fois en vue d'acquérir d'autres articles pour décorer son appartement. Elle avait toujours l'intention de sortir les guirlandes et les couronnes que Jen avait rangées au sous-sol, mais elle voulait aussi s'accorder le plaisir d'ajouter quelques décorations à la collection ! Elle se retrouva avec deux grands sacs de courses sur les bras, remplis de plusieurs animaux en feutre rouge et blanc, d'une figurine du Père Noël et même d'une grande couronne de houx pour la porte d'entrée. C'était merveilleux !

— Joyeuses fêtes ! lui lança l'homme qui tenait le stand des arbres.

Il fallut une seconde à Kali pour réaliser qu'il s'agissait de Cetan Muang, le Birman dont elle avait soigné la fille, Lian, à la clinique.

— Docteur Mitchell ! Je suis ravi de vous voir.

— Bonjour, Cetan ! répondit Kali en souriant. J'ignorais que vous teniez un stand. Comment va Lian ?

— Beaucoup mieux, grâce à vous. Le traitement a fait effet, et sa fièvre a disparu ! Elle pourra donc assister à sa soirée pyjama. Elle est très contente !

— Je suis heureuse pour elle...

Kali se tourna vers Dylan, qui se tenait près d'elle.

— Et voici le Dr Geller. Il donne un coup de main à la clinique pendant les vacances de Noël.

Les deux hommes se serrèrent la main et Cetan sourit.

— Que pensez-vous de l'ambiance de Boston ?

— C'est très festif, répondit Dylan en glissant son bras autour de la taille de Kali. Et j'ai aussi un super guide touristique !

Kali sentit une vague de chaleur l'envahir. D'habitude, elle n'aimait pas qu'on la touche, mais avec Dylan c'était différent. Elle se lova plus près de lui, et perçut son regard à la fois surpris et satisfait.

Le sourire de Cetan s'élargit lorsqu'il remarqua leur proximité.

— Vous voulez un arbre pour célébrer votre bonheur ? Nous avons ce qu'il vous faut. Quelle taille voulez-vous ? Grand ou petit ?

— Entre les deux ? dit Kali.

— Bien.

Cetan les conduisit à travers des rangées de pins, dont l'odeur âcre rappelait à Kali les fêtes de son enfance, lorsque son père rapportait un arbre et qu'ils le décoraient en famille. Elle n'avait pas réalisé à quel point cela lui avait manqué jusqu'à présent.

— Nous y sommes ! lança Cetan. Lequel préférez-vous ?

— N'oublie pas que nous devons ramener tout cela à l'appartement, dit Kali lorsque Dylan choisit le plus gros.

— C'est à deux rues d'ici ! protesta-t-il.

— C'est vrai...

Cetan proposa de leur faire livrer le sapin, mais Kali voulait le décorer le jour même, et elle déclina son offre. Ils étaient tous les deux jeunes et en bonne santé, et un peu d'exercice leur ferait du bien !

Ils hissèrent l'arbre sur leurs épaules. Dylan fixa le tronc contre son cou d'une main et tint le support de l'autre. Kali prit l'arrière, soutenant la cime plus légère, tout en jonglant avec ses nombreux sacs. Ils devaient former un duo amusant, car de nombreuses personnes s'arrêtèrent pour les regarder passer.

Une fois de retour à l'appartement, Kali déballa ses achats pendant que Dylan installait l'arbre dans le support. Ils descendirent ensuite au sous-sol chercher les décorations de Jen, et décidèrent que le meilleur endroit pour placer leur arbre de Noël était près des fenêtres donnant sur le quartier de Back Bay. Ils déplacèrent quelques meubles, et se déclarèrent satisfaits du résultat.

Ils démêlèrent les guirlandes et les accrochèrent aux branches, puis Kali tendit à Dylan les décorations qu'elle avait achetées. Ils rirent beaucoup quand elle lui raconta la légende rattachée à chaque objet, et lorsqu'ils eurent terminé, Dylan s'écria :

— Parfait ! J'adore ça ! Surtout les gnomes bleus !

— Moi aussi ! Nous avons fait du bon travail. Ta sœur serait fière.

— Je le pense aussi.

Dylan passa son bras autour des épaules de la jeune femme tandis qu'ils admiraient leur sapin.

— Et maintenant ?

Kali haussa les épaules.

— Un déjeuner ? Je te propose de nous faire des sandwichs, et on peut regarder un film en streaming ?

— Super programme !

Il la suivit à la cuisine pour aider à préparer le repas, puis demanda :

— Et ce soir ? Allons-nous rester ici ? Veux-tu aller voir un spectacle ?

Toute la journée, elle avait beaucoup pensé à cela. Elle avait une envie folle de faire l'amour avec Dylan, de prendre un nouveau départ. De plus, ils avaient déjà passé une nuit ensemble, et cela avait été merveilleux, alors tous les espoirs étaient permis. Leur alchimie était précieuse. Ils avaient tant de choses en commun, tant d'intérêts partagés qui allaient au-delà du travail ! Avec lui, elle se sentait mise en valeur, choyée, désirée. C'était une sensation grisante, et elle n'était pas prête à s'en défaire.

Kali déglutit avec peine, puis lança son idée.

— Je me disais qu'on pourrait peut-être aller faire la tournée des bars... J'ai vu un truc amusant à ce sujet sur les réseaux...

Elle prit son téléphone sur son socle et lui montra le message qu'elle avait reçu à ce sujet.

« Mets ton plus horrible pull de Noël et viens boire un verre ! Tu peux aller dans autant d'endroits que tu veux et partir quand tu veux. Bonne humeur garantie ! »

Dylan s'enthousiasma.

— J'adore l'idée ! Mais je ne suis pas sûr d'avoir un pull assez moche.

— Pas de souci !

Kali se dirigea vers le petit placard à vêtements situé près de la porte d'entrée et l'ouvrit. Elle en sortit deux des pulls les plus affreux qu'elle ait jamais vus et les brandit sous le nez de Dylan : l'un était orné de décorations kitsch collées sur le devant, et l'autre de lutins vert pomme. Jen et elle les avaient portés lors d'un réveillon du personnel à l'hôpital il y avait quelques années – et avaient aussi remporté le prix du meilleur costume !

— Cela fera l'affaire, non ?

Dylan éclata de rire.

— Sans aucun doute !

Ce soir-là, ils allèrent au Sissy K's. C'était le quatrième pub où ils entraient et Dylan était un peu las. Non pas parce qu'il avait trop bu, mais parce qu'il ne pensait qu'à ramener Kali à l'appartement et à lui faire l'amour, encore et encore...

Il la regarda danser sur la mini-piste du bar. Les gens se bousculaient, leurs boissons à la main, tous habillés de pulls de Noël. Kali et lui s'étaient classés cinquièmes sur la vingtaine de personnes participant au concours, et ils avaient gagné une boisson fraîche. Pas de quoi s'enivrer, et ce n'était pas plus mal, songea-t-il, car mieux valait rester maître de la situation.

Il s'approcha d'elle.

— J'aimerais rentrer, lui dit-il. Et toi ?

Elle acquiesça et posa son verre à moitié vide avant de se tourner vers lui.

— Oui, allons-y.

Dylan la conduisit hors du bar jusqu'au trottoir, où il appela un taxi, avant de passer son bras autour des épaules de Kali et de l'attirer à lui. C'était bon de la sentir si proche ! Il ne put s'empêcher de déposer un rapide baiser sur ses lèvres.

— C'était sympa ce soir. Merci.

Kali sourit et se blottit contre sa poitrine.

— La soirée n'est pas encore terminée...

Son corps se tendit sous l'effet d'un désir brûlant. Il avait hâte de la posséder, enfin ! Il voulait que tout se passe bien pour Kali, car il savait qu'elle appréhendait un peu ce moment. Cependant, il ne ressentait pas la pression étrange qu'il éprouvait habituellement lorsque les choses allaient au-delà du simple rapport physique. Peut-être parce qu'il la connaissait ? Ou peut-être s'agissait-il d'autre chose...

Il oublia ces pensées lorsque leur taxi s'arrêta au bord du trottoir. Dylan donna leur adresse au chauffeur, et le retour à l'appartement fut assez rapide.

Il avait pensé qu'ils se détendraient un peu, qu'ils discuteraient, mais une fois encore, Kali le surprit.

Il avait à peine refermé et verrouillé la porte derrière eux qu'elle le plaqua contre le mur pour l'embrasser dans le cou. Il frémit en sentant ses dents sur sa peau, et l'attira à lui.

— J'ai envie de toi, Dylan.

— Pas autant que moi..., murmura-t-il à son oreille, appréciant le soupir qu'elle lui offrit en réponse.

Il l'embrassa alors avec fougue, et tous deux se laissèrent emporter par la passion. Lorsqu'il glissa un doigt en elle, elle bascula la tête en arrière, éperdue, et Dylan songea que jamais il n'avait pu contempler pose plus érotique. La voir vibrer sous ses caresses était l'aphrodisiaque le plus puissant au monde.

— Je n'en peux plus ! gémit-il.

Comme elle cherchait à nouveau sa bouche et l'embrassait, il la souleva et la porta jusqu'à sa chambre, où ils se laissèrent tomber sur le lit. Ils se déshabillèrent à la hâte, mais Dylan, alors qu'il se protégeait, se promit de prendre son temps, pour elle, pour lui...

Comme il la prenait dans ses bras, il la sentit se raidir, et lui murmura des mots tendres.

Elle prit une grande inspiration.

— Excuse-moi, mais... je suis un peu distraite, avoua-t-elle.

Il se pencha pour embrasser son nez, puis sa bouche.

— Par quoi ?

— Une petite voix me dit que je ne suis pas assez sexy. Que je dois te séduire pour me faire aimer de toi...

— Mais non, voyons ! Je te trouve très sexy, tu sais...

Elle appuya sa joue contre la sienne, et ils savourèrent un instant de silence. Puis sa bouche retrouva la sienne, et ils échangèrent un baiser fougueux. Il ne pouvait s'empêcher de la toucher, ses mains courant sur son corps, jusqu'à ses jolis seins. Il en taquina les pointes du pouce jusqu'à ce qu'elle halète contre sa bouche et enfonce ses ongles dans ses épaules. Son érection lui faisait presque mal et, quand Kali l'effleura, il ne put contenir un gémissement rauque.

— Dylan...

Elle se cambra pour mieux l'accueillir en elle, et il la pénétra doucement. Lorsqu'il ouvrit les yeux, il la découvrit à califourchon sur lui, en train de le fixer. Ils n'avaient pas pris la peine d'allumer les lumières, et seule la lueur des lampadaires filtrant à travers les fenêtres éclairait la chambre.

Quand elle se mit à onduler contre lui, il se crut arrivé au paradis, et dut fournir un immense effort pour se contrôler...

— Je ne connais rien d'aussi bon que ce que tu me fais en ce moment, Kali.

Même dans la pénombre, il vit le bonheur illuminer son beau visage. Elle sourit dans l'obscurité, puis se pencha près de son oreille pour lui murmurer :

— Encore ?

Quand elle bougea de nouveau, allant et venant telle une vague sur le rivage, il bascula la tête en arrière sous l'effet d'un plaisir si vif qu'il crut ne pas pouvoir y résister. Alors, elle se cambra contre lui, et il s'enfonça plus profondément en elle.

N'y tenant plus, Dylan la fit rouler doucement sous lui. Mais il désirait qu'elle garde le contrôle et lui dise ce qu'elle voulait... Doucement, il glissa une main entre eux pour caresser son bouton sensible.

— Tu aimes ça, Kali ?

Elle enfouit son visage dans son cou et il sentit qu'elle s'abandonnait.

— C'est ça, chérie. Laisse-toi aller..., murmura-t-il, la bouche tout près de son oreille.

Elle gémit, et il sentit son corps trembler contre le sien tandis qu'il la possédait, de plus en plus vite, de plus en plus fort, agrippé à ses hanches....

— Chérie, je vais...

Au bord du gouffre, Kali cria son nom, emportée par la vague de plaisir qui la submergeait. Alors, éperdu, il céda à son tour à un plaisir inouï, et la rejoignit au septième ciel.

8

— Pourquoi marcher un kilomètre pour aller voir le match alors que nous pourrions nous garer au stade ? demanda Dylan tandis qu'ils se dirigeaient vers Patriot Place, le complexe de restaurants, de bars et de boutiques entourant le stade Gillette.

Ils se tenaient la main, et Kali, pour la première fois depuis peut-être une éternité, se sentait bien. Bien dans sa peau, bien dans la vie, bien avec l'homme à ses côtés.

Ils s'étaient réveillés tôt le matin et avaient préparé des crêpes, prenant des selfies pendant qu'ils cuisinaient. Puis ils avaient fait l'amour à nouveau et s'étaient douchés ensemble avant de prendre la route. En y repensant maintenant, cela ressemblait presque à un rêve. Et si c'était le cas, Kali ne voulait surtout pas se réveiller.

Elle lui jeta un coup d'œil et sourit.

— Parce que l'exercice nous fera du bien !

Le rire chaleureux et sexy de Dylan la toucha au cœur.

— Je pense que nous avons fait assez d'exercice la nuit dernière, non ?

Le visage brûlant, Kali baissa les yeux alors qu'ils suivaient le flot de visiteurs qui se dirigeaient vers le stade. À l'entrée, ils montrèrent leur billet, puis se hâtèrent de gagner les gradins. Après des années passées à assister aux matchs des Patriots, elle avait appris à maîtriser la situation : arriver une heure à l'avance pour avoir le temps de manger quelque chose et de trouver une bonne place pour regarder les joueurs s'échauffer. Les sacs à main n'étaient pas autorisés dans le stade, ce qui était une bonne chose, songea Kali, toujours un peu stressée lorsqu'il y avait foule autour d'elle.

Elle avait envoyé un texto à Ailani plus tôt, et ils devaient les retrouver, elle et Javi, devant le terrain. Elle leur avait proposé de venir avec elle et Dylan en voiture, mais Ailani avait dit qu'ils prendraient un taxi. Jusqu'au début du match, Dylan et elle étaient donc libres de faire ce qu'ils voulaient. Ils achetèrent des ailes de poulet et des nems, s'arrêtèrent au bar, où Dylan prit une bière et elle un soda, puis allèrent s'asseoir près de la zone où les joueurs s'échauffaient. Des deux, Kali était de loin la plus grande fan de football. C'était sans doute pour cette raison que le petit ami de sa mère lui avait offert ces billets – il voulait l'amadouer avant de lui annoncer leur mariage...

Franchement, le mariage ne lui faisait pas envie. Pourquoi s'engager à long terme ? De toute façon, les histoires d'amour finissaient toujours mal, alors quel était l'intérêt ?

Alors que Dylan fixait l'immense terrain en gazon artificiel où des joueurs s'entraînaient, elle demanda :

— Qui est ton joueur préféré ?

Dylan haussa les épaules.

— Tom Brady ?

Kali rit et secoua la tête.

— Brady ne joue plus depuis 2019.

Il éclata de rire.

— Oh ! tu sais, moi, je suis surtout venu pour manger !

Elle lui parla de ses joueurs préférés et annonça ses pronostics pour la prochaine saison.

— Tu es incollable, dis donc ! lança Dylan avant de déposer un baiser sur ses lèvres.

— J'adore le football !

Elle sourit, puis jeta un coup d'œil autour d'elle pour s'assurer qu'Ailani et Javi ne les avaient pas vus s'embrasser. Elle n'aimait pas les ragots de l'hôpital qui, si l'on n'y prenait garde, se répandait comme une traînée de poudre.

Brusquement, elle saisit la main de Dylan et l'entraîna à sa suite.

— Allons prendre nos places près de la ligne des cinquante mètres.

Ils aperçurent alors Ailani et Javi qui venaient vers eux.

— Salut ! lança Kali. Comment ça va, vous deux ?

— Super, répondit Ailani, son regard passant tour à tour d'elle à Dylan, bien trop perspicace au goût de Kali. Vous avez l'air en forme, vous aussi !

— Bonjour, dit Javi en levant la main en guise de salut. Merci pour cette invitation. Je n'ai pas assisté à un match depuis avant la pandémie.

— Moi non plus !

Kali prit place entre Dylan et Ailani.

— Docteur Geller, content de vous revoir ! déclara Javi.

— De même. Et appelez-moi Dylan !

Dylan s'assit et posa son bras sur le dossier du siège de Kali. Elle se figea. Pourvu que personne n'ait remarqué ce geste ! Mais bien sûr, il n'avait pas échappé à Ailani, qui sourit discrètement.

C'était à la fois agréable et étrange d'être là avec Dylan. S'ils n'avaient été que tous les deux, elle se serait blottie contre lui, lui aurait tenu la main, l'aurait embrassé sur la joue… Mais la présence de ses deux collègues l'en empêchait, et elle se contenta de profiter du match.

Finalement, les Patriots gagnèrent à l'issue des prolongations.

— Eh bien, c'était amusant ! dit Ailani en se levant.

Kali remarqua que Javi observait le moindre de ses mouvements, et se demanda si Ailani avait conscience de l'intérêt qu'il lui portait. Elle se promit d'évoquer ce sujet avec elle à la prochaine occasion.

Ils se séparèrent à l'extérieur du stade, et Kali suivit Dylan jusqu'à sa voiture.

— Tu t'es amusé au moins ? demanda-t-elle en prenant sa main, non sans avoir vérifié que personne ne pouvait les voir.

— Oui, répondit-il en riant, mais ç'aurait été mieux si tu n'avais pas été aussi gênée d'être vue avec moi !

— Je ne suis pas gênée, mais je ne veux pas que des ragots circulent à notre sujet à l'hôpital. C'est tout.

Il porta ses doigts à ses lèvres et les embrassa.

— Hmm... Qui se soucie de ce que les gens pensent ?

Kali voulut protester, mais s'arrêta comme les mots de sa thérapeute lui revenaient à l'esprit. Elle ne devait pas se soucier du regard des autres. Dylan et elle étaient tous les deux des adultes consentants, et ils prenaient du plaisir ensemble. Et puis après ? Elle se promit d'essayer de changer...

Quelques pas plus loin, elle s'arrêta, se tourna vers Dylan et l'embrassa avec fougue. Surpris, il se tendit, puis lui rendit son baiser. Kali n'aimait pas beaucoup les démonstrations d'affection en public, mais elle n'avait pas pu résister...

— Il y a des hôtels pour ça ! lança un passant.

Dylan et Kali éclatèrent de rire, puis coururent vers la voiture, pressés d'être enfin seuls.

Une fois de retour à l'appartement, ils se prélassèrent sur le canapé, tout en réfléchissant à la manière d'occuper leur soirée. Le match avait fini assez tôt, il n'était que 16 heures, s'avisa Dylan, avant de demander :

— Veux-tu rester à la maison ? Regarder un film ? Jouer à des jeux ?

— Peut-être, répondit-elle paresseusement. C'est vrai que la semaine a été chargée...

Elle posa sa tête sur l'accoudoir du canapé, et ses pieds chaussés sur les genoux de Dylan. Sous la chemise qu'il lui avait prêtée, ses jambes nues paraissaient incroyablement longues, et Dylan avait du mal à résister à l'envie de les caresser. Il ne se lassait pas de Kali, qui était devenue pour lui aussi vitale que l'air qu'il respirait. Et le pire, c'est que cela ne le dérangeait pas du tout !

Ce qui était étrange, pour un homme qui collectionnait jusque-là les conquêtes...

Il aurait bien aimé, pourtant, s'engager dans une relation, mais il s'ennuyait vite, et avait du mal à le cacher. C'était plus fort que lui, et cela le poussait à partir, rapidement, pour passer à l'aventure suivante. Il ne lui était jamais venu à l'esprit de se demander pourquoi. Jusqu'à aujourd'hui...

Ces jours passés avec Kali ne l'avaient pas du tout ennuyé. Il appréciait sa compagnie et aimait discuter avec elle. Il aimait faire l'amour avec elle, aussi, et même s'ils savaient tous les deux que leur aventure n'était que temporaire, chacun y prenait du plaisir sans trop songer au lendemain.

Pendant qu'elle emportait leurs assiettes à la cuisine, Dylan consulta son téléphone pour avoir des nouvelles de Jiyan. Il avait appelé l'hôpital plus tôt dans la matinée pour parler à Amita, laquelle lui avait raconté que Bryn, l'une des infirmières que Dylan avait rencontrées l'autre jour, était passée voir le petit garçon avec son chien, Honey. Elle avait promis de lui envoyer des photos de cette visite inattendue, qui avait fait très plaisir à l'enfant. Dylan avait hâte que l'opération soit terminée et que son petit patient soit enfin sur la voie de la guérison. Bientôt, il pourrait mener une vie normale, grâce au Dr Ben Murphy... et un peu à lui-même, songea Dylan, ému malgré lui.

— Et si nous faisions un compromis ? lança Kali en revenant dans le salon.

Dylan posa son téléphone de côté alors que Kali s'installait à califourchon sur lui et commençait à onduler lascivement des hanches...

Quand elle posa les mains sur sa poitrine, il se figea. La seule chose qui l'intéressait en cet instant, c'était de se retrouver dans son lit pour lui faire l'amour à en perdre la raison.

Il déglutit avec peine et demanda :

— Qu'est-ce que tu avais en tête ?

— Restons encore un peu à la maison.

Quand elle se pencha pour l'embrasser dans le cou, Dylan retint un gémissement.

— On pourrait faire une sieste, puis sortir plus tard pour nous promener et voir les lumières de Faneuil Hall.

Au lieu de répondre, il la fit rapidement basculer en arrière, sur le canapé. Puis, doucement, il s'étendit sur elle.

— Qu'est-ce que tu fais ? demanda Kali, le rire aux lèvres.

— Il me semble que tu as parlé de sieste, non ?

Il lui sourit et glissa la main sous la chemise trop grande, avant de déposer sur son corps une pluie de baisers.

Elle ne protesta pas.

9

La semaine suivante passa à la vitesse de l'éclair. Entre le travail et la maison, Kali fut occupée en permanence. La clinique de jour était bondée, comme d'habitude, et Dylan, Ailani, Bryn et elle-même recevaient tous les patients. Dylan et elle consultaient parfois ensemble, et Kali était surprise de voir à quel point ils travaillaient bien, en équipe. Au début, elle avait été un peu inquiète que leurs liens en dehors du travail puissent affecter leur relation professionnelle, mais jusqu'à présent ce n'était pas le cas. Au contraire, ils semblaient encore plus à l'écoute l'un de l'autre, posant les mêmes diagnostics et préconisant les mêmes traitements. C'était très agréable.

Peut-être trop...

Kali avait l'impression d'avoir vécu si longtemps en considérant le verre à moitié vide que, maintenant que ce n'était plus le cas, elle se trouvait démunie, et ne savait pas comment réagir. Sa raison lui soufflait de profiter de la situation, de vivre au jour le jour sans se soucier du lendemain. C'était Noël, une période joyeuse. Dans quelques semaines, la nouvelle année commencerait et les choses reviendraient à la normale. Dylan retournerait à sa vie à Providence et à son cabinet, et Kali pourrait continuer son internat.

La veille, à l'appartement, Dylan et elle avaient cuisiné, cette fois pour préparer des friandises à apporter à la vente annuelle de pâtisseries du personnel. Kali avait choisi une recette transmise par son arrière-grand-mère. Il s'agissait de biscuits sablés saupoudrés de sucre en poudre, et ils étaient vraiment délicieux. Quant à Dylan, fidèle à son thème de Hanoukka, il avait fait des *sufganiyot*, des beignets juifs fourrés à la confiture et saupoudrés de sucre glace.

— Prête à partir ? demanda Dylan en s'approchant d'elle, plus sexy que jamais dans sa blouse de médecin.

La journée touchait à sa fin et la salle d'attente était enfin vide.

— N'oublie pas que nous devons passer à la salle de repos pour récupérer nos restes.

Kali s'esclaffa.

— Si tu crois qu'il restera quelque chose, tu te trompes ! Le personnel de l'hôpital est très gourmand – surtout au service pédiatrie, d'ailleurs. Et si en plus ils peuvent soutenir une bonne cause, alors il n'y a plus de limites !

Dylan sourit.

— C'est vrai.

— J'ai encore un patient à voir. Tu viens m'aider ?

— Non, désolé, je vais aller prendre des nouvelles de Jiyan. La journée a été tellement folle que je n'ai pas vu Amita depuis notre arrivée, ce matin.

En le regardant s'éloigner, elle sentit son cœur se gonfler de joie. Elle avait du mal à croire qu'elle était tombée si vite amoureuse. Cependant, elle ne devait pas se faire d'illusions. Entre Dylan et elle, cela n'irait jamais plus loin. C'était ce qu'ils avaient convenu, et Kali respectait toujours ses engagements à la lettre.

— On se retrouve aux vestiaires ? lui lança-t-il.

— Oui, répondit-elle. Dans une demi-heure.

Une fois Dylan parti, Kali prit le dernier dossier sur le bureau des infirmières. L'un des autres pédiatres de l'étage, le Dr Izzy Jeong, finissait de s'occuper d'un patient dans le box voisin. Elles échangèrent un bref sourire, et Kali remarqua qu'Izzy avait l'air plus en forme que la veille. Elles ne se connaissaient pas bien, mais Kali appréciait beaucoup Izzy. D'un naturel optimiste, elle avait toujours un mot gentil pour chacun dans le service, ce qui rendait l'ambiance très agréable. Kali espérait que la pauvre Izzy n'avait pas attrapé ce vilain microbe qui circulait parmi leurs jeunes patients, mais elle ne se sentait pas assez à l'aise pour lui en parler. Elle se contenta donc de lui faire un petit signe en passant, puis se concentra sur la fillette qui l'attendait dans la salle d'examen.

Kali ouvrit le rideau et sourit, s'attendant à voir sa patiente accompagnée de ses parents. Mais Amy Walker, douze ans, était assise toute seule sur la table d'examen, ses jambes pâles et maigres pendant sur le côté. D'après les documents dont disposait Kali, son père était chauffeur routier, ce qui expliquait son absence. Mais ce sont les notes concernant la mère qui lui brisèrent le cœur. D'après le dossier, celle-ci était morte huit mois auparavant d'un anévrisme cérébral alors qu'elle allait chercher sa fille à l'école. La relation de Kali avec sa propre mère était pour le moins ténue, mais elle ne pouvait imaginer ce qu'aurait été sa vie sans elle, surtout à un si jeune âge.

— Bonjour, dit Kali en s'efforçant de garder un ton léger et amical malgré la douleur qui lui serrait la poitrine. Je suis le Dr Mitchell et je vais m'occuper de toi. Quelqu'un t'a amenée à la clinique ?

— Ma tante Shelly, répondit la fillette. Elle est à la cafétéria.

Elle haussa les épaules, puis adressa à Kali le plus doux des sourires, triste et un peu perdu. Un sourire familier, que Kali avait vu dans son miroir durant toute son enfance. Des souvenirs lui revinrent, d'elle devant l'école, son sac sur le dos, attendant que sa mère vienne la chercher, et espérant qu'elle ne l'avait pas oubliée une fois de plus...

— D'accord. Que se passe-t-il, Amy ? demanda-t-elle à sa patiente.

La jeune fille haussa les épaules et baissa les yeux sur ses baskets.

— Je me sens faible et fatiguée.

— Je vois. Y a-t-il autre chose ?

— Non, pas vraiment. Je me sens juste très fatiguée, même le matin.

— Et ça dure toute la journée ?

— Oui.

— As-tu de l'appétit ?

— Non, pas beaucoup.

— Peux-tu me dire depuis combien de temps tu te sens ainsi ?

Amy laissa échapper un lourd soupir, le regard absent, et Kali eut de nouveau le cœur serré. La jeune fille devait se rappeler la mort de sa mère. Kali désirait en parler avec Amy, soupçonnant que cela avait un rapport avec son état actuel, mais elle ne savait pas comment aborder le sujet. La dernière chose qu'elle voulait faire était de causer plus de douleur à sa patiente.

Finalement, Amy dit :

— Je ne sais pas trop...

— D'accord.

Kali enfila des gants.

— Commençons par un examen complet, tu veux bien ?

Amy hocha la tête.

Kali examina sa patiente avec la plus grande douceur, essayant de faire comprendre à Amy qu'elle était en sécurité avec elle. Elle ne trouva aucun ganglion lymphatique enflé, aucune sensibilité au niveau des os et des articulations, aucune hypertrophie du foie ou de la rate, aucun souffle cardiaque. L'examen neurologique de la fillette était négatif et ses poumons étaient dégagés. Mais malgré l'absence de signes évidents de maladie systémique ou d'inflammation, sa pâleur et son apathie étaient troublantes. Bien sûr, la réaction psychosomatique à la mort de sa mère était au premier plan dans l'esprit de Kali, mais elle devait aussi écarter toutes les autres étiologies possibles.

— Amy, nous allons devoir te prélever du sang pour l'analyser. Ça ne te dérange pas ?

— Non.

— Très bien. Cela ne fait pas mal, rassure-toi.

D'habitude, c'est une infirmière qui effectuait les prises de sang mais, comme il était tard, Kali décida de s'en charger elle-même. Cela lui permit de gagner du temps, et elle était à l'aise avec ce geste. Pour les enfants, une prise de sang pouvait se révéler effrayante, voire traumatisante, et elle voulait montrer à Amy qu'elle s'intéressait particulièrement à elle. Amy détourna la tête, mais resta calme.

— Tu as été très courageuse, Amy, la félicita Kali en déposant les tubes dans une pochette pour les envoyer au laboratoire. Je vais faire tout mon possible pour t'aider à te sentir mieux. J'ai juste besoin de deux ou trois choses avant. Je te donnerai un kit à emporter chez toi, mais je pourrai revoir tout cela avec ta tante quand elle reviendra.

— D'accord.

Amy hésita, puis murmura :

— Vous êtes au courant, pour ma mère ?

— Oui. C'est dans ton dossier.

Il y eut une légère pause, puis Amy regarda de nouveau ses chaussures. Elle avait l'air si fragile que Kali aurait voulu la prendre dans ses bras pour la protéger de la dureté du monde.

— Merci d'avoir été si gentille avec moi, dit Amy d'une toute petite voix.

Le cœur de Kali se brisa un peu plus encore.

— C'est avec plaisir, tu sais.

— Je sais pourquoi vous faites ça !

— Ah oui ?

— Parce que vous avez pitié de moi. Comme tout le monde.

Kali n'avait pas de mal à comprendre ce que la fillette ressentait. Ayant grandi dans la différence, elle avait très tôt pris conscience du fait que les gens étaient gentils avec elle parce qu'ils ne savaient pas comment se comporter en sa présence. Elle opta pour la franchise afin de rassurer sa patiente.

— Je suis désolée pour ce qui est arrivé à ta mère, Amy. Mais je suis aussi ton médecin et je sais que tu ne te sens pas bien en ce moment. Je cherche à découvrir pourquoi afin de t'aider à aller mieux.

— Ai-je une maladie ?

— Je ne peux pas l'affirmer pour l'instant. Ce que je sais, c'est que quelque chose de très difficile et de très triste t'est arrivé.

— Vous connaissiez ma mère ?

— Non, mais je suis sûre que c'était une bonne personne.

Amy garda les yeux baissés pendant ce qui lui sembla être une éternité, puis elle darda sur Kali un regard furieux.

— Vous ne savez rien de moi ou de ma mère !

Elle avait les joues très rouges, et sa respiration était rapide et superficielle.

— C'était ma mère, pas la vôtre, alors taisez-vous !

Les mains d'Amy étaient maintenant serrées sur ses genoux, et Kali se demanda si elle n'allait pas lui envoyer un coup de poing. Puis, progressivement, la tension dans le corps de la jeune fille se relâcha, et sa respiration se calma.

— Je suis désolée, dit-elle, les larmes aux yeux.

Malgré son autisme, Kali sentit un élan la pousser à serrer l'enfant dans ses bras. Mais au lieu de cela, elle dit d'une voix douce :

— J'accepte tes excuses.

Un long silence suivit, et Kali eut l'impression qu'Amy la testait pour voir si elle pouvait lui faire confiance, si elle s'intéressait vraiment à elle. Lorsque leurs regards se croisèrent de nouveau, Amy dit enfin :

— J'ai fait un exposé sur la flore et la faune de Boston à l'école.

— C'est intéressant.

— Saviez-vous qu'il y avait des renards en ville ? Il y a quelques années, un renard gris a été vu sur Commonwealth Avenue. Quelqu'un l'a suivi et a posté des photos sur les réseaux sociaux.

— Ah oui ? Il avait un nom, ce renard ?

— Je ne sais pas...

Elle haussa les épaules.

— En fait, on trouve des renards roux et des renards gris dans tout le Massachusetts, sauf à Martha's Vineyard et à Nantucket, où vivent plutôt des coyotes.

Au fur et à mesure qu'elle parlait, la voix d'Amy se faisait plus vive et plus animée, et ses yeux s'illuminaient.

— C'est incroyable, Amy. Merci de m'avoir appris quelque chose de nouveau aujourd'hui.

— Il n'y a pas de quoi, dit la fillette.

Kali lui serra la main.

— J'ai le numéro de portable de ta tante et celui de ton père dans mes dossiers. Je les appellerai dès que j'aurai reçu les résultats de tes tests.

— Docteur D !

Jiyan était tout excité lorsque Dylan entra dans sa chambre.

— J'ai vu Tinsel aujourd'hui !

Dylan crut d'abord que le gamin parlait d'un arbre de Noël, puis il se souvint que Tinsel était le renne qui occupait le hall d'entrée.

— Cool ! Tu lui as donné une carotte ?

— Non. Il préfère le foin !

— Je vois, répondit Dylan en souriant.

Il consulta le dossier du garçon sur une tablette, puis jeta un coup d'œil à Amita.

— Comment allez-vous ?

— Bien, dit-elle en mettant de côté le tricot sur lequel elle travaillait.

Amita confectionnait ce qu'elle appelait une couverture de convalescence pour son fils. Lorsqu'elle aurait terminé, Jiyan serait en voie de guérison, avait-elle déclaré à Dylan le mois dernier. Il espérait de tout cœur qu'elle soit dans le vrai.

— Vous avez été très occupé aujourd'hui, n'est-ce pas ?

— Oui, en effet, répondit-il en faisant défiler les résultats des tests pratiqués sur le garçon à l'écran.

Elle avait raison, bien sûr. Il avait été occupé. À penser à Kali, mais il n'avait pas l'intention de le dire à Amita. Elle en avait déjà trop deviné dès leur première rencontre. Il ne voulait pas que cette histoire vienne troubler leur amitié. Soudain, il fronça les sourcils devant les résultats du test MDCT. Avec Ben, ils avaient décidé d'effectuer un scanner du cœur de Jiyan en plus d'une échocardiographie plutôt que de passer immédiatement au cathétérisme cardiaque, plus coûteux, plus lourd en radiations ionisantes et plus invasif. Sans parler des risques d'une sédation prolongée sur un patient aussi jeune que Jiyan. Il s'agissait encore d'une nouvelle technique, mais jusqu'à présent les avantages l'emportaient largement sur les inconvénients, selon Dylan. Le MDCT leur avait permis d'obtenir des images plus précises de ce qui se passait à l'intérieur du cœur et des poumons de Jiyan sans qu'ils aient à l'opérer. Pour Dylan, tout ce qui pouvait être tenté avant l'intervention chirurgicale était une bonne chose. D'après les résultats qui s'affichaient à l'écran, son diagnostic initial était pertinent.

Dylan vérifia également les derniers prélèvements et constantes du garçon pour s'assurer que celui-ci était stable, et il constata que les choses n'avaient pas changé : saturation en oxygène diminuée, hématocrite entre soixante-cinq et soixante-dix pour cent, numération plaquettaire et facteurs de coagulation faibles. Ce n'était pas fantastique, mais au moins son état ne s'aggravait pas à l'approche de l'opération.

Une fois qu'il eut terminé, il éteignit l'ordinateur et fit enfin face à Amita, qui l'observait comme un faucon depuis son fauteuil. Il résista à l'envie de passer un doigt sous le col de sa blouse et s'appuya contre le bureau.

— Qu'est-ce qu'il y a ?

Amita le regardait fixement.

— Qu'est-ce qui vous préoccupe autant ?

— Le travail.

— Hmm... Au fait, comment va le Dr Mitchell ?

— Bien.

Il avait répondu trop vite, et elle l'avait remarqué… Dylan dissimula une grimace et s'empressa de changer de sujet.

— Jiyan, parle-moi de Tinsel…

Jiyan, qui jouait sur sa console, mit le jeu de côté pour sourire à Dylan.

— Tu savais que les rennes sont les seuls animaux de leur espèce à ne pas avoir de fourrure sur le nez ?

— Non, je l'ignorais, répondit Dylan en souriant et en s'installant sur une chaise près du lit de son petit patient. Tu peux m'en dire plus ?

— Ils changent de sabots à chaque saison.

— Non !

— Si !

Le visage de Jiyan s'illumina.

— Et ils ne peuvent pas voler, mais ils savent nager !

Dylan rit franchement. Même s'il exerçait encore mille ans, ses jeunes patients le surprendraient toujours. Il ébouriffa les cheveux de Jiyan, puis dit à Amita :

— Puis-je vous parler dans le couloir pendant une seconde ?

— Bien sûr.

Elle embrassa son fils avant de suivre Dylan hors de la chambre.

— Qu'est-ce qui se passe ? Jiyan va bien, n'est-ce pas ? Le Dr Murphy a dit que tout était prêt pour l'opération, mais…

— Oui, répondit Dylan. Jiyan s'en sort aussi bien que possible compte tenu des circonstances. L'opération devrait se dérouler comme prévu.

— Alors, de quoi vouliez-vous me parler ?

Il hésitait. Il voulait juste discuter avec quelqu'un qui ne soit ni Kali ni sa sœur, pour des raisons évidentes.

Amita croisa les bras et appuya une épaule contre le mur, ses longs cheveux noirs tranchant sur son pull rouge.

— Qu'est-ce qui vous arrive, Dylan ?

Il prit une profonde inspiration, puis se massa légèrement le cou. Il avait les muscles noués.

— Rien. Juste...

— Faites un effort, Dylan...

Il était plus heureux qu'il ne l'avait été depuis longtemps. Ses journées à l'hôpital étaient parfaites, tout comme ses nuits avec Kali. Dylan aurait dû être ravi d'être venu à Boston et, pourtant, il se sentait étrangement mélancolique.

Il restait une semaine avant l'opération de Jiyan, puis son rétablissement demanderait au moins une semaine supplémentaire, après quoi Dylan devrait reprendre le cours de sa vie. Il avait obtenu exactement ce qu'il voulait, alors pourquoi cet abattement soudain ?

Il savait pourtant que rien ne fonctionnerait à long terme entre Kali et lui. Ils étaient tous les deux trop occupés. Kali avait sa vie ici, à Boston ; lui possédait un cabinet très actif à Providence. Il ne voulait pas d'une relation à distance, et elle non plus. Mais il avait l'intention de profiter du temps passé en sa compagnie, et elle aussi. Rien de plus.

Soudain, Dylan se rendit compte qu'Amita l'observait toujours, et revint à la réalité.

— Rien, je... Je suis débordé à la clinique et j'ai hâte que Jiyan soit tiré d'affaire.

— Nous allons bien. Ne vous inquiétez pas pour nous.

Amita hésita un instant, puis ajouta :

— Le Dr Mitchell a l'air très sympathique. Je pense que vous formeriez un beau couple, tous les deux.

— Nous ne formons pas un couple. Nous sommes amis, c'est tout, précisa Dylan.

— Et plus si affinités, c'est ça ?

Dylan détourna rapidement le regard et se sentit rougir, à son grand dam. Après tout, il était adulte. Et célibataire. Il pouvait faire ce qu'il voulait. Pourtant, il avait honte de mentir ainsi à

Amita. Pour faire diversion, il consulta sa montre, puis laissa échapper un soupir.

— Il faut que je vous laisse.

Amita eut un sourire mystérieux, puis elle déclara :

— D'accord. Fuyez si vous voulez, Dylan, mais un de ces jours, l'amour vous rattrapera au moment où vous vous y attendrez le moins...

Éberlué, il la regarda tourner les talons et entrer dans la chambre.

10

Après avoir vu sa patiente Amy et pris un train tardif pour rentrer chez elle, Kali était un peu lasse. Elle attrapa le paquet laissé devant sa porte et le tendit à Dylan sans préambule.

— C'est pour toi. Joyeux Hanoukka !

Il fronça les sourcils.

— C'est un cadeau ?

— Ouvre et tu verras, dit-elle en refermant la porte derrière eux avant de jeter les clés dans le vide-poche et d'enlever ses chaussures.

Tout ce qu'elle voulait, c'était une douche chaude et une bonne nuit de sommeil. Mais Dylan se posta devant elle.

— Qu'est-ce qu'il y a ?

Il soupira.

— Je suis désolé, mais... je ne t'ai pas acheté de cadeau, et...

— Ce n'est pas grave, ne t'inquiète pas.

Elle le contourna pour aller poser son téléphone sur le chargeur, dans la cuisine. Heureusement qu'elle n'était pas de garde ce soir, car elle n'aurait pas tenu longtemps. Voyant qu'il l'observait toujours, elle s'arrêta et lui fit face.

— C'est juste un petit cadeau que je voulais t'offrir parce que...

Elle n'arrivait même plus à trouver les mots. Elle avait fait beaucoup d'efforts pour rester concentrée aujourd'hui, à la clinique, et cela l'avait épuisée. De plus, le cas d'Amy la préoccupait.

Elle ne savait pas si c'était parce qu'elle avait manqué quelque chose ou parce que la jeune fille lui rappelait sa propre enfance.

Elle fit un vague signe de la main, puis pivota de nouveau vers le couloir.

— ... C'est Hanoukka, acheva-t-elle. Il faut que je prenne une douche. Je reviens tout de suite. Tu peux l'ouvrir, si tu veux...

Kali enleva son chemisier et son pantalon, puis entra dans la cabine de douche. Debout sous le jet d'eau chaude, elle se dit que quelque chose clochait, mais elle n'arrivait pas à déterminer quoi. Les choses allaient bien avec Dylan – du moins, c'est ce qu'elle pensait. Ils passaient toutes leurs nuits ensemble, et travaillaient en bonne intelligence à la clinique. Mais Kali avait l'habitude d'avoir plus de temps à elle pour réfléchir, ce qu'elle n'avait pas vraiment fait depuis qu'ils avaient entamé cette aventure...

Kali se savonna, puis se rinça, se remémorant ses meilleurs moments avec Dylan jusqu'à ce jour, comme l'un de ces films ringards que Jen aimait tant regarder. Ils avaient visité à peu près tout ce qui avait trait aux fêtes de fin d'année à Boston : l'allumage de la ménorah, le marché de Noël de Seaport, les lumières de Faneuil Hall... Ils avaient même installé un sapin. C'était plus que ce que Kali faisait normalement en une année entière. Pas étonnant qu'elle soit fatiguée !

Mais alors qu'elle sortait de la douche pour se sécher et enrouler ses cheveux humides dans une serviette, elle fut prise d'une étrange appréhension. Avait-elle bien fait d'acheter un cadeau à Dylan ? Elle avait agi sur un coup de tête, cependant elle ne s'attendait pas à ce qu'il soit mal à l'aise. Mais peut-être avait-elle enfreint une règle sociale dont elle n'était pas consciente ? C'était toujours le même problème : les autres obéissaient à des principes qu'elle ignorait, ou ne pouvait pas comprendre ! Son expression perplexe lorsqu'elle s'était éloignée lui revint en mémoire, et elle en fut attristée.

Elle quitta son peignoir pour mettre un pyjama à motifs de flocons de neige, car c'était le seul vêtement de nuit qu'il lui restait. Elle n'avait pas eu beaucoup de temps pour nettoyer l'appartement depuis l'arrivée de Dylan, et son panier à linge débordait. Elle enfila des chaussettes, puis retourna dans le salon tout en remontant ses cheveux en un chignon lâche pour les faire sécher. Son look ne pouvait pas vraiment être qualifié de sexy !

Dylan était toujours assis sur le canapé, fixant la boîte qu'il n'avait pas ouverte, constata Kali, déçue. Oui, elle s'était trompée, mais elle n'était pas sûre de savoir pourquoi.

Elle se dirigea vers la cuisine, puis jeta un coup d'œil à Dylan par-dessus son épaule.

— Tu veux du chocolat chaud ?

Il hocha la tête en signe d'acquiescement.

Après avoir préparé deux tasses, elle alla les poser sur la table basse du salon avant de se lover sur le canapé et de ramener ses pieds sous elle. Elle n'était pas très douée pour lire les émotions des gens, mais il était clair que quelque chose n'allait pas chez Dylan, et qu'il avait du mal à aborder le sujet.

Un long silence s'installa, que Kali, n'en pouvant plus, finit par rompre.

— Qu'est-ce qui ne va pas ?

Ses paroles semblèrent le tirer de ses pensées, car il se redressa et la regarda, un peu ahuri, comme au sortir d'un rêve. Ou d'un cauchemar... Il fronça les sourcils puis afficha un sourire.

— Pardon ?

— Je t'ai demandé ce qui n'allait pas, répéta-t-elle.

Il secoua la tête, posa le cadeau et prit sa tasse de cacao. Il en but une longue gorgée, puis se réinstalla, l'air presque aussi fatigué qu'elle. Des cernes soulignaient ses yeux, et sa mâchoire était ombrée d'une barbe de deux jours.

— Je suis désolé. Je suis juste fatigué, je suppose.

Kali désigna le cadeau.

— Si tu n'en veux pas, je peux le renvoyer.

Il secoua doucement la tête et planta ses beaux yeux verts dans les siens. Des yeux brillants de désir... Soudain, le sommeil n'était plus la priorité numéro un de Kali.

Dylan prit son pied et commença à le masser. C'était si bon qu'elle se sentit fondre ! Elle retint un gémissement de soulagement tandis qu'il appuyait doucement sur un point précis de la voûte plantaire. Concentré sur ses gestes, il fronçait les sourcils, ce qui faisait paraître plus grave encore son beau visage. Jamais elle n'avait vu un homme faire cela, et elle trouva cela très excitant.

— Nous sommes toujours sur la même longueur d'onde, n'est-ce pas, Kali ? demanda-t-il soudain, la tirant de ses réflexions.

Il lui fallut une seconde pour comprendre le sens de ses paroles, et revenir à la réalité.

Cette fois, c'était à elle de froncer les sourcils et de lever vers lui un visage perplexe.

— Euh... oui, je crois, répondit-elle, non sans hésitation.

Tout ce qu'elle voulait, en cet instant précis, était qu'il continue de la masser, encore et encore.

— Ne t'arrête surtout pas ! s'exclama-t-elle.

Une nouvelle fois, il parut ne pas apprécier ses paroles car il grimaça, et une nouvelle fois, elle se demanda ce qu'elle avait dit pour lui déplaire. Sa déception monta d'un cran, ce qui ne l'empêcha pas d'apprécier le massage. À tel point même que, au bout de quelques instants, elle fut prise de l'envie de le toucher à son tour, et d'oublier tout ce qui n'était pas eux deux...

Dylan posa son autre pied sur ses genoux et, glissant ses doigts sous l'ourlet de son pantalon de pyjama pour masser sa cheville, il lança :

— Tu as l'air plus en forme que tout à l'heure.

— Toi aussi, répondit-elle, lascive, en lui tendant les bras.

Il étouffa un soupir et Kali ferma les yeux. Elle ne savait pas exactement qui avait bougé le premier, mais ils se retrouvèrent bientôt tous deux nus sur le canapé, enlacés.

Tout à coup, ils n'avaient plus aucun souci au monde, et ne se préoccupaient plus ni du passé, ni de l'avenir...

Si les mots de son thérapeute continuèrent de la hanter cette nuit-là, après qu'ils eurent fait l'amour et que Dylan se fut endormi paisiblement à côté d'elle, Kali décida qu'elle y songerait plus tard. Avec Dylan, elle se sentait bien, très bien même. Il la rendait heureuse, au moins pour le moment. N'était-ce pas suffisant ?

Comblée mais fourbue, elle se retourna et fixa le mur, incapable de dormir malgré sa fatigue.

Lorsque le samedi arriva, Dylan savait qu'il était en mauvaise posture.

Il était reconnaissant à Kali d'avoir pris la peine de lui offrir un présent, mais craignait de plus en plus que leur histoire soit devenue incontrôlable. Ou du moins, c'est ce qu'il ressentait. Personne ne lui avait acheté de cadeaux pour Hanoukka depuis Lisa, avec qui, d'ailleurs, cela s'était très mal terminé. Ce douloureux rappel avait agi sur lui comme un signal d'alarme. Oui, il était urgent de prendre du recul pour réfléchir à la nature exacte de sa relation avec Kali, et de réévaluer la situation.

Il lui avait posé la question sans préambule, curieux de savoir si elle voulait poursuivre ce qu'ils avaient tous les deux défini comme une « aventure ». Et elle avait répondu par l'affirmative, comme si tout allait bien pour elle. Pas d'attaches, pas d'engagement, pas de sentiments entre eux, tel était son principe, qu'elle avait réaffirmé.

Mais, s'il était honnête avec lui-même, ce n'était pas Kali qui l'inquiétait. C'était lui-même.

Ce temps passé en sa compagnie à Boston, à partager cet appartement et son quotidien avec elle, avait été pour lui une révélation.

Pour la première fois depuis que son existence avait basculé après que Lisa lui eut annoncé qu'elle le quittait pour son meilleur ami, Dylan s'était laissé aller à imaginer une vie avec Kali. Un avenir à la fois serein et exaltant. Et cela le terrifiait plus que tout ce qu'il avait jamais imaginé.

Car, s'il n'y prenait garde, il pourrait facilement tomber amoureux de Kali, et alors où en serait-il ?

Ils avaient un accord dont elle avait respecté les règles. Et il savait très bien qu'elle ne l'aimerait jamais en retour.

Il finirait le cœur brisé, rejeté, seul... Ce qui semblait être son lot.

Tout cela le perturbait beaucoup, or il ne pouvait pas se permettre d'être déconcentré, en ce moment. L'opération de Jiyan approchait et Amita posait de plus en plus de questions chaque jour, à mesure que son angoisse augmentait – ce qui était plus que compréhensible, du reste. Quant au flot incessant de patients à la clinique de jour, il avait bien du mal à le gérer. Bientôt, il retrouverait son propre cabinet à Providence, bondé lui aussi, et il n'aurait guère de temps pour lui.

Le stress n'était pas le moindre de ses soucis, aussi était-ce une bonne chose que Kali et lui se soient inscrits pour participer au Santa Dash, une course à pied de cinq kilomètres organisée au profit d'une association caritative désireuse d'organiser un camp d'été pour les enfants souffrant de graves problèmes cardiaques. C'était l'occasion pour eux à la fois de s'aérer un peu et de collecter des fonds pour une bonne cause.

L'air frais lui piqua les joues alors qu'il se tenait sur la ligne de départ et commençait à s'étirer. Dylan n'était pas adepte de la course à pied, mais il allait régulièrement à la salle de sport pour rester en forme. Il avança d'un pas afin d'étirer ses mollets et ses ischio-jambiers, et jeta un coup d'œil au ciel. Pour quelqu'un qui avait vécu toute sa vie en Nouvelle-Angleterre, ces nuages sombres à l'horizon annonçaient clairement la neige. Ce qui était une bonne chose, puisqu'il n'y en avait pratiquement pas eu depuis le début de l'année. Il n'aimait pas beaucoup l'hiver, mais un Noël blanc avait quelque chose de magique, surtout pour les enfants.

— Nick !

En entendant Kali crier derrière lui, Dylan se retourna, et il la vit dans la foule, en train de s'aligner elle aussi sur la ligne de départ. Elle avait insisté pour qu'ils portent ces stupides bonnets de Père Noël. Sa tête le démangeait en dessous, et il devait constamment le remettre en place. Mais en avisant l'homme à côté de Kali, qui portait un costume complet de Père Noël, barbe comprise, il fut heureux d'avoir échappé au pire. Alors qu'il allait la rejoindre, elle lui présenta son voisin, le Dr Nick Walter, un collègue de l'hôpital. Dylan l'avait déjà rencontré lors de sa première semaine à Boston mais ne l'avait pas revu depuis.

Kali lui donna une bourrade amicale et désigna son collègue du menton.

— Et moi qui pensais que porter des bonnets de Père Noël suffirait à nous faire remarquer !

— Moi, je trouve ça très bien, en tout cas ! répliqua Dylan.

Puis il se tourna vers Nick et souffla :

— Vous avez opté pour un déguisement complet. Chapeau !

Nick lui lança un regard mi-amusé, mi-suppliant par-dessous ses gros sourcils cotonneux. Ignorant cet appel au secours, Dylan réprima un rire et frotta ses mains gantées l'une contre l'autre pour se réchauffer. Son nez était déjà gelé, et ils n'avaient même pas commencé, ce qui lui rappelait encore une fois pourquoi il évitait d'ordinaire comme la peste ce genre d'événements.

Ben Murphy, le chirurgien de Jiyan, vint rejoindre Dylan sur la ligne de départ, et s'étira comme s'il s'apprêtait à disputer une épreuve des Jeux olympiques. Il ne portait qu'un bonnet de Père Noël, mais félicita Nick pour sa tenue.

— C'est super ! s'écria-t-il. Les enfants vont adorer !

Dépité, Nick regarda autour de lui et réalisa qu'il était le seul à porter un costume de Père Noël complet.

— Est-ce que j'ai raté le mail sur le dress code ? gémit-il.

— Non, répondit Ben en haussant les épaules. En tout cas, les déguisements, c'était l'idée d'Izzy.

Le Dr Izzy Jeong était une pédiatre de l'hôpital. Dylan n'était pas là depuis longtemps, mais il avait senti que les deux médecins avaient des atomes crochus...

— À vos marques...

L'annonce fut diffusée par les grands haut-parleurs installés de part et d'autre de la ligne de départ. Un rugissement enthousiaste s'éleva de la foule – composée d'au moins deux à trois cents personnes. Une belle participation pour l'association caritative, songea Dylan.

Comme personne ne donnait le signal du départ, tous les collègues se pressèrent autour de lui et de Kali.

— C'est une blague ? demanda Nick, sautant sur place pour se réchauffer, avant de se retourner pour crier à son tour : Bien sûr que nous sommes prêts !

Quelques instants plus tard, enfin, le signal d'envoi fut donné.

— À vos marques, prêts... partez !

Le coup de feu du départ claqua dans l'air et les coureurs s'élancèrent. Kali et lui mirent toute leur énergie à sprinter pour sortir de cette foule au plus vite. Dylan n'était pas un grand coureur et, en plus, il avait faim. Il avait remarqué la table couverte de pâtisseries installée près de la ligne d'arrivée, et il se disait que plus vite il la franchirait, plus vite il pourrait se régaler. Kali devait penser la même chose, car elle le suivait de très près. Bientôt, ils laissèrent les autres coureurs derrière eux, y compris leurs collègues.

Il se sentait bien et courait avec une belle régularité jusqu'à ce que Kali, en plein effort, lui pose une question inattendue.

— Pourquoi n'as-tu pas ouvert mon cadeau ?

Dylan faillit trébucher, et eut tout juste le temps de voir Ben Murphy les dépasser, filant droit vers la ligne d'arrivée.

Mince !

Très essoufflé, il secoua la tête et lança :

— On ne peut pas en parler plus tard ?

Mais Kali insista.

— C'est une question simple, répliqua-t-elle en le suivant, les joues rougies et les yeux brillants.

S'il lui disait la vérité – qu'il avait peur d'ouvrir son cadeau car il craignait ce qu'il pourrait révéler sur elle, sur lui et sur leur relation – il aurait l'air d'un idiot. Alors il se tut, et se mit à sprinter comme si le diable était à ses trousses.

Il l'avait blessée. Toute cette histoire était ridicule ! Pourquoi s'en souciait-il, d'ailleurs, puisqu'ils étaient tous deux convenus de ne pas s'impliquer ? S'ils avaient respecté les règles, il n'y aurait pas eu de cadeau gênant et de discussion plus gênante encore… C'était exactement la raison pour laquelle il ne voulait pas engager son cœur dans une histoire sentimentale.

Dans un ultime sursaut, Dylan s'élança vers la ligne d'arrivée… et vers le buffet de friandises. Mais, alors qu'il franchissait la ligne sous les acclamations et les félicitations, il n'éprouva nul sentiment de victoire.

Au contraire, même : il avait l'impression douloureuse d'avoir tout perdu.

Il savait ce que c'était que de voir toute sa vie, tout son avenir anéanti à cause d'une décision stupide et irréfléchie. Il savait ce que c'était que de s'ouvrir à l'autre, de se montrer vulnérable et de voir son cœur piétiné…

Dylan refusait de revivre cela. Il aimait Kali – et bien davantage. Mais il n'en avait pas le droit.

Il n'en était pas capable ou, plutôt, il n'en était plus capable. Quelque chose en lui s'était brisé le jour où Lisa l'avait quitté.

Ils s'en tiendraient donc aux règles qu'ils s'étaient fixées, et dans deux semaines, il serait parti pour de bon.

Et tout serait terminé.

11

Le 21 décembre, un jeudi, démarra sur les chapeaux de roues, et le rythme ne fit que s'accélérer à mesure que la journée avançait.

Kali était de garde ce jour-là, et Dylan très nerveux à l'approche de l'opération de son patient. Les choses entre eux s'étaient nettement refroidies depuis la course du week-end précédent, mais Kali n'aurait su dire exactement comment ni pourquoi.

Physiquement, ils étaient encore très proches. Ils partageaient le même lit, mais Dylan se montrait plus distant qu'avant. Cependant, elle essayait de ne pas trop y penser car Dylan pourrait très bien être parti la semaine suivante, ce qui signifiait que, en plus du chagrin de l'avoir perdu, elle aurait à gérer les conséquences de l'opération du petit Jiyan. Quelques semaines auparavant, la solitude lui aurait convenu. Mais maintenant, elle n'en était plus si sûre.

En fait, elle avait beaucoup réfléchi ces derniers temps à ce que pourrait être son avenir, et grâce à Dylan, elle savait maintenant que, si elle rencontrait la bonne personne, la vie à deux ne l'effrayerait plus.

Il lui avait prouvé qu'elle pouvait vivre avec quelqu'un, et partager son quotidien sans conflit ni ennui. Certes, cela l'agaçait un peu quand il laissait du désordre dans la cuisine ou qu'il ne nettoyait pas le lavabo de la salle de bains après s'être rasé, mais à part ça, tout se passait bien. Très bien, même.

Pour la première fois de sa vie, Kali se sentait... comme tout le monde. Et elle en était à la fois heureuse et troublée.

Elle étudia avec attention les résultats des analyses d'Amy Walker, la jeune fille qu'elle avait vue à la clinique de jour la semaine précédente. Ils n'étaient pas conformes à ce qu'elle attendait. La vitesse de sédimentation des érythrocytes était élevée, ce qui révélait soit une infection actuelle ou récente, soit un signe précoce d'une maladie inflammatoire systémique. Lorsque Kali avait vu Amy pour la première fois, elle avait supposé que la fillette était, comme elle, assez introvertie, et que ses symptômes étaient probablement psychosomatiques. Elle avait même fini par contacter le père d'Amy et lui avait recommandé d'envisager une psychothérapie pour sa fille. Mais aujourd'hui, il lui semblait plutôt que la cause de la perte de poids et de la pâleur de la jeune fille était physiologique. Il faudrait sans doute effectuer des examens complémentaires afin de pouvoir établir un diagnostic fiable.

Le service de pédiatrie bourdonnait d'activité tandis qu'elle passait en revue les autres résultats d'Amy et les ajoutait à son dossier. Elle transmit ensuite le tout à Linda Wachowski, l'infirmière en chef de leur équipe, pour qu'elle appelle le père et lui demande s'il pouvait leur amener Amy plus tard dans la journée pour un rendez-vous.

Elle venait de faire demi-tour pour regagner la clinique lorsque les applaudissements familiers d'un patient en route pour le bloc opératoire retentirent dans le couloir. Aujourd'hui, pour Jiyan, c'était le grand jour. Kali prit place à côté des autres membres du personnel debout de part et d'autre du couloir, et frappa dans ses mains au passage du brancard. Ben Murphy était là, bien sûr, ainsi que les infirmières et techniciens en chirurgie. Autour du brancard se tenaient Amita, la mère de Jiyan, et un Dylan à l'air passablement tendu.

Ce dernier croisa son regard et le soutint, ses yeux verts exprimant un étrange mélange d'inquiétude et de résignation.

Ces émotions étaient-elles provoquées par l'imminence de l'opération, ou plutôt par leur récent... éloignement ?

Kali se souvint que Dylan n'avait pas beaucoup dormi la veille, faisant les cent pas dans le salon et revoyant toutes ses notes à plusieurs reprises jusque très tard dans la nuit. Lorsqu'il s'était finalement couché, Kali avait regardé l'horloge : 3 h 30. Et ils s'étaient levés à 6 heures pour se préparer et se rendre à l'hôpital...

Deux heures plus tard, la fatigue se lisait sur le visage de Dylan, et son bronzage habituel avait disparu. Pourvu qu'il ne tombe pas malade, lui aussi ! Ces derniers temps, un méchant virus d'angine sévissait dans le service.

Une fois la haie d'honneur pour Jiyan terminée, Kali retourna s'occuper des patients de la clinique, préférant s'affairer plutôt que de trop réfléchir à sa relation avec Dylan. Oui, elle tenait à lui, probablement plus qu'elle ne l'aurait dû, mais elle avait aussi réalisé qu'elle désirait davantage qu'une aventure, surtout qu'ils étaient tous les deux libres ! Ils étaient bien ensemble, certes, mais ce n'était plus suffisant pour elle. Elle voulait le meilleur. Elle voulait de l'amour, des projets, du rêve à deux ! Elle le méritait.

Et c'est ce qu'elle avait l'intention de lui dire le soir même, quand il rentrerait à l'appartement. Il devait savoir qu'elle irait bien quand il serait parti, même si cela lui faisait mal. Oui, il serait difficile de le laisser partir, car elle s'était attachée à lui. En une poignée de semaines, il était devenu ce qu'il y avait de meilleur dans sa vie mais, hélas, ce bonheur ne pouvait qu'être éphémère.

C'est en tout cas ce qu'elle se disait.

Parce qu'on ne tombait pas amoureux de quelqu'un en quelques semaines. Cela n'arrivait que dans les comédies romantiques ! Kali ne donnait pas son cœur facilement et -ironie du sort – alors même qu'elle venait de l'offrir à Dylan, elle devrait le laisser partir pour honorer sa promesse. Car Kali tenait toujours ses promesses.

Alors qu'elle recevait un jeune garçon souffrant d'une otite et sa mère, Linda la bipa depuis le poste des infirmières.

— J'ai parlé à M. Walker. Il sera là avec Amy à 14 heures.

— Très bien. Merci.

Le reste de la matinée se déroula entre examens de routine, vaccinations et visites aux malades. Lorsque Kali prit une pause rapide pour manger une barre de céréales, il était déjà 13 h 45 et les Walker devaient arriver d'une minute à l'autre. Après un bref passage aux toilettes, Kali retourna à la clinique, et trouva Amy et son père qui l'attendaient dans un box. Elle sourit en entrant et serra la main de l'homme.

— Je suis le Dr Kalista Mitchell. Ravie de vous rencontrer enfin en personne.

— Enchanté, docteur.

Kali sourit à la jeune fille.

— Bonjour, Amy.

Celle-ci la gratifia d'un sourire alors qu'elle s'asseyait sur la table d'examen. Elle était encore pâle et trop maigre, ce qui amena Kali à expliquer pourquoi elle les avait fait venir.

— Nous avons reçu les résultats du laboratoire, et il semble qu'Amy ait une vitesse de sédimentation élevée.

M. Walker fronça les sourcils.

— Qu'est-ce que cela signifie ?

— Pour faire simple, c'est un moyen de mesurer l'inflammation dans le corps. Lorsque ce taux est élevé, cela peut signifier beaucoup de choses : une infection récente, ou quelque chose de plus grave, comme une maladie auto-immune - lupus ou polyarthrite rhumatoïde juvénile, par exemple.

Kali se concentra de nouveau sur la jeune fille.

— Comment te sens-tu aujourd'hui ? Mieux ou pire que la dernière fois ?

— Pire, gémit la fillette en gigotant sur la table.

— De l'arthrite ? lança le père, stupéfait. Elle n'a que douze ans !

— Je sais, monsieur Walker, et honnêtement, à ce stade, je ne peux pas vous dire avec certitude ce qu'il se passe. Nous devons faire des examens pour en savoir plus.

Amy hocha la tête, puis regarda de nouveau ses orteils. Elle n'avait pas l'air en forme. Elle était apathique, et ses yeux étaient ternes et cernés. Lorsque Kali la fit monter sur la balance, elle constata qu'elle avait encore perdu du poids depuis la semaine précédente. Son père l'observait depuis un fauteuil, l'air anxieux, tandis que Kali prenait la main de la fillette dans la sienne. Sa peau était moite. Ensuite, elle palpa délicatement les ganglions lymphatiques : normaux. Il n'y avait pas de gonflement ou de sensibilité des articulations, et l'amplitude des mouvements était totale. Les poumons d'Amy étaient clairs et il n'y avait aucun signe d'hypertrophie du foie ou de la rate. L'examen neurologique était également négatif. S'il y avait une inflammation, elle n'apparaissait pas à l'examen clinique. Perplexe, Kali ne savait pas si elle devait faire appel au médecin traitant de la fillette. Ou à Dylan.

— Amy, je vais demander à l'un de mes collègues de t'examiner aussi, juste pour confirmer mes conclusions, d'accord ?

Après avoir obtenu le consentement de la patiente et de son père, elle partit à la recherche de Dylan. À sa connaissance, il n'avait pas prévu de voir de patients aujourd'hui, consacrant son temps à soutenir Amita qui en avait grand besoin. Elle retourna donc dans la salle d'attente, plus petite et plus calme, réservée aux familles des patients en chirurgie, et trouva Dylan en train de faire les cent pas dans la pièce. Amita était assise à proximité, et tricotait frénétiquement pour tromper sa nervosité. Kali ne connaissait pas bien cette femme, mais elle admirait sa capacité à tenir face à l'adversité.

Kali attira l'attention de Dylan et lui fit signe d'approcher.

— Que se passe-t-il ? demanda-t-il lorsqu'il l'eut rejointe.

Il avait l'air stressé et tendu, et elle fut prise de l'envie soudaine de le serrer dans ses bras pour lui dire que tout irait bien. Mais, consciente que ce serait déplacé, elle se retint.

— Je me demandais si tu aurais le temps d'examiner rapidement l'un de mes patients ?

— Oui, bien sûr, allons-y...

Elle lui décrivit le cas d'Amy alors qu'ils regagnaient la clinique.

— Cela ne devrait pas prendre longtemps, mais je n'arrive pas à saisir ce qui lui arrive, et je ne veux pas laisser passer les vacances, au cas où ce serait grave.

— Je comprends, répondit Dylan.

Il la suivit jusqu'au box, avant d'enfiler une paire de gants.

— Bonjour, dit-il à Amy et à son père. Je suis le Dr Dylan Geller. Je suis pédiatre et j'aimerais examiner votre fille à la demande du Dr Mitchell, si vous êtes d'accord.

Une fois de plus, Amy et son père acquiescèrent, et Dylan se mit au travail.

— D'accord, dit-il une fois qu'il eut terminé. Accordez-moi un instant avec le Dr Mitchell. Nous reviendrons très vite.

Ils se dirigèrent vers le poste des infirmières, où Dylan examina le dossier de la patiente.

— À quoi penses-tu ? demanda Kali après un long moment.

— Tu as eu raison de demander un second avis, déclara Dylan, car si je m'en tenais uniquement à l'examen, je serais aussi perplexe que toi. Tu peux tenter un traitement à base de stéroïdes et, si ses symptômes s'améliorent, c'est que tu es sur la bonne voie.

— Mais les stéroïdes risquent de masquer des symptômes plus graves en stimulant artificiellement son appétit et en diminuant sa douleur. Ils lui donneront également un regain d'énergie artificiel.

— C'est vrai. As-tu une autre solution ?

— Je ne sais pas. C'est bien là le problème.

Le doute la tenaillait. Kali avait l'impression qu'il lui manquait quelque chose, mais elle ignorait quoi.

Elle reprit le dossier, y compris l'historique et le compte rendu du rendez-vous initial, où l'infirmière avait interrogé

Amy sur les voyages qu'elle avait effectués. Son doigt s'arrêta sur une ligne.

— Attends une minute ! Je crois que j'ai trouvé quelque chose...

Avant que Dylan ne puisse répondre, Kali le laissa pour retourner voir sa patiente, et il la suivit.

— Amy, j'ai vu dans ton dossier que tu étais allée dans le Connecticut pour rendre visite à ton père, et que vous étiez allés camper dans les bois pendant un week-end. Quand était-ce ?

— Au printemps, le troisième week-end de mai, je crois, répondit le père. Pourquoi ?

— As-tu remarqué des piqûres ou des rougeurs sur ta peau en rentrant chez toi, Amy ?

La jeune fille réfléchit un instant, puis déclara :

— Maintenant que vous en parlez, j'ai eu une petite bosse sur la jambe qui m'a démangée pendant un moment, mais elle est partie et je n'y ai plus pensé.

Kali sourit à la jeune fille déconcertée, puis jeta un coup d'œil à Dylan, qui hocha la tête pour lui signifier qu'il était sur la même longueur d'onde qu'elle.

— Je voudrais prendre un nouvel échantillon de sang et l'envoyer au laboratoire, dit-elle au père de la fillette. Je suis prête à parier qu'Amy a la maladie de Lyme, qu'un simple traitement antibiotique devrait guérir.

Une heure plus tard, Kali reçut les résultats positifs, et elle renvoya Amy et son père chez eux avec une ordonnance d'amoxicilline. Aujourd'hui était un bon jour pour elle. Il ne lui restait plus qu'à passer le cap de la fête du personnel et tout irait bien !

Après avoir vu le dernier patient de la clinique, elle partit à la recherche de Dylan, et le trouva toujours assis avec Amita dans la salle d'attente, près du bloc opératoire. L'intervention de Jiyan, longue et délicate, prenait normalement cinq à six heures, et il n'était pas rare que les proches des patients passent toute la journée dans la salle d'attente. Elle se sentait mal pour Amita et se demanda si elle ne devrait pas proposer à Dylan de faire une pause, mais elle ne voulait pas non plus le déranger.

Elle se rendit donc dans le vestiaire du personnel pour changer sa blouse et ranger son stéthoscope, avant de gagner la salle de repos pour voir si la petite fête avait commencé.

À l'intérieur régnait une ambiance de folie. Serpentins, guirlandes et décorations représentant des elfes, des Pères Noël et des flocons de neige ornaient la salle. Et tout le service paraissait survolté.

Elle se servit du punch, puis se retourna et découvrit Bryn tout près d'elle. Levant son gobelet, elle trinqua avec l'infirmière.

— Joyeuses fêtes !

— Joyeuses fêtes à toi aussi ! répondit Bryn, avant de reporter son attention sur Nick, debout près de la fenêtre.

— Il neige, dehors, dit Kali en souriant.

— C'est magnifique ! lança Bryn d'un ton joyeux qui lui parut un peu forcé.

Leigh passa et tendit à Bryn une petite boîte.

— C'est pour vous.

— Je n'ai rien commandé au Père Noël, rétorqua Bryn en fronçant les sourcils.

Comme elle faisait mine de lui rendre le paquet, Leigh insista.

— Il y a votre nom dessus, je crois.

— Tu vas l'ouvrir ? demanda Kali en fixant le paquet.

— Non.

Lorsqu'elle vit des larmes briller dans les yeux de son amie, Kali lui saisit le poignet.

— Bryn ? Tu veux bien me dire ce qu'il se passe ?

Cette dernière cligna des yeux, puis fit un vague signe de la main.

— Ce n'est rien. Je vais bien, je t'assure. Je l'ouvrirai à la maison.

Elle secoua la tête, essayant manifestement de donner le change.

— Je... n'ai pas acheté de cadeau de mon côté, alors...

— Moi non plus, dit Kali, tout en se reprochant de mentir ainsi à son amie. Ce n'est pas grave...

Puis, soudain pressée de s'échapper, elle s'excusa.

Sur le toit de l'hôpital Beacon de Boston, Dylan regardait les lumières de la ville sous la neige, en contrebas. L'opération de Jiyan était terminée et Ben était venu lui parler, ainsi qu'à Amita, dans la salle d'attente, une demi-heure plus tôt. Tout s'était bien passé, le garçon se réveillerait bientôt, et son état était stable. Les prochaines vingt-quatre heures seraient cruciales pour déterminer s'il avait bien supporté l'opération, mais si Jiyan passait la nuit sans encombre, il serait sur la voie d'un avenir sain et heureux. Comme Dylan aurait aimé pouvoir en dire autant de lui-même !

La légère brise fit voler sa blouse et il ne put réprimer un frisson. Un homme avisé se serait arrêté pour prendre son manteau avant de monter ici. Mais un homme avisé n'aurait probablement pas non plus fait les choix qu'il avait faits depuis son arrivée à Boston, se dit-il, amer.

Il n'aurait jamais dû renouer avec Kali, sachant qu'il graverait à jamais la jeune femme dans son cœur et dans son esprit. Cependant, il ne pouvait pas se résoudre à le regretter. Du moins, pas encore.

Cela pourrait changer une fois qu'il lui aurait dit que c'était fini entre eux, ce qu'il comptait faire dès qu'il aurait recouvré ses esprits. Il prit une grande inspiration, et l'air glacé lui piqua la gorge. Oui. Malgré tous ses efforts, il avait fait la seule chose qu'il avait juré de ne plus jamais faire.

Il était tombé amoureux. De Kali Mitchell !

L'espace d'une folle seconde, alors qu'il chassait les flocons de neige de ses cils, il se demanda s'ils ne pourraient pas essayer pour de bon, tous les deux. Essayer de faire en sorte que ça marche. Après tout, Kali était bien différente de Lisa. Il savait au fond de lui qu'elle ne le tromperait jamais. Elle était trop franche et honnête pour cela. D'un autre côté, il ne pouvait pas se permettre d'être à nouveau vulnérable. Il ne pouvait pas risquer d'avoir le cœur brisé, alors il valait mieux en finir maintenant. Respecter leur accord. Il y avait de bonnes chances qu'il rentre à Providence la semaine prochaine, de toute façon, juste après Noël. Mieux valait opter pour une rupture nette et en finir.

Oui, c'était préférable.

Il prit une autre grande inspiration pour se donner du courage. Il s'apprêtait à regagner l'ascenseur lorsque la porte donnant sur le toit s'ouvrit sur la femme qui hantait ses nuits : Kali ! Elle portait une parka et des moufles, et tenait un gobelet en plastique rouge dans chaque main. Elle s'approcha et lui en tendit un.

— Je t'ai cherché partout ! lança-t-elle avant de prendre une gorgée de sa boisson.

Dylan goûta également la sienne, puis grimaça. C'était fruité, sucré et des cerises flottaient dans le liquide orange fluo.

— Ben m'a dit que Jiyan allait bien. J'ai également vu Amita avec lui. Je suis contente pour eux.

— Moi aussi, dit Dylan en regardant d'un œil méfiant son horrible breuvage. C'est toi qui l'as fait ?

— Oh non ! Mais j'avais soif, alors...

Elle haussa les épaules.

— La fête du personnel bat son plein, en bas.

— Super.

Ils restaient plantés là, le regard dans le vague, alors que les secondes s'écoulaient et qu'un froid glacial s'emparait d'eux.

Enfin, Dylan prit la parole.

— Écoute, Kali. À propos de nous, je...

— Attends...

Elle leva sa main gantée pour l'arrêter.

— Avant que tu continues, j'ai quelque chose à te dire.

— D'accord.

Elle hésita, puis lâcha sans préambule :

— Il faut qu'on arrête de coucher ensemble.

Dylan cligna des yeux, désarçonné. Il était sur le point de dire la même chose qu'elle, mais l'entendre de sa bouche le toucha étrangement.

— Eh bien, c'est ce qu'on s'était dit, non ? Une fois que je serai parti, chacun reprendra sa vie d'avant.

— Je sais. Je veux dire... dès maintenant, répliqua-t-elle en le regardant par-dessus le bord de son gobelet. Je ne crois pas non plus que nous devrions continuer de partager la même chambre, à partir de ce soir. Je ne vois pas l'intérêt alors que tu seras bientôt parti.

— Oh...

Sur une impulsion, il jeta son propre gobelet dans la poubelle posée près de la porte.

— Eh bien, si c'est ce que tu veux...

Sa voix lui parut normale, malgré son pouls qui battait si fort à ses oreilles qu'il aurait pu lui percer les tympans. - Qu'est-ce qui t'a fait changer d'avis ?

— Toi, répondit-elle.

— Moi ? Comment ça ?

Elle prit une profonde inspiration, puis expira lentement avant d'expliquer :

— Tu m'as aidée à voir ce que je voulais vraiment, Dylan. À comprendre que je méritais mieux qu'une aventure. Tu m'as montré que je pouvais être aimée avec ma différence. Je sais que ça paraît fou, mais je veux essayer d'être heureuse pour toujours, Dylan. Quelle que soit la forme que cela prendra...

Comme il demeurait muet, elle continua :

— Je sais que ce n'est pas ce que tu cherches. Tu as clairement fait comprendre ces deux dernières semaines que ton cœur était hors de ma portée. Et je comprends. D'une certaine manière, c'est ce qui m'a permis de me sentir assez à l'aise pour m'ouvrir à toi. Savoir que tu ne me rendrais jamais la pareille m'a libérée, et je t'en remercie. C'est le meilleur cadeau de Noël que j'aie jamais reçu, tu sais.

Abasourdi, il ne put que cligner des yeux.

Il aurait dû être ravi. C'était exactement ce qu'il voulait : une rupture franche, sans douleur.

Pourtant, jamais il ne s'était senti aussi mal.

12

Le réveillon du nouvel an arriva bien trop vite pour Kali. Depuis sa rupture avec Dylan, elle avait travaillé le plus possible à la clinique afin de se tenir occupée, et quand elle n'était pas au Beacon, elle restait seule à l'appartement avec Wednesday, à lire ou à dormir. Elle dormait beaucoup depuis que Dylan avait déménagé et s'était installé à l'hôtel. Après leur conversation sur le toit de l'hôpital, il était revenu tard à l'appartement et avait dit que, par chance, une chambre s'était libérée dans le même établissement qu'Amita. Kali avait eu des doutes, mais quelle qu'en soit la raison, c'était probablement mieux qu'il soit parti.

Même si, au fond, c'était affreux.

Une vague de culpabilité l'assaillit, mêlée d'un sentiment de rejet. Pourquoi ? Elle n'aurait su le dire. Tout ce qu'elle savait, c'était que ses efforts pour suivre les instructions de son thérapeute et se construire une nouvelle vie, une vie qu'elle avait choisie, n'avaient pas porté leurs fruits. Elle ne se sentait pas mieux qu'avant. En fait, elle se sentait même moins bien. Elle n'avait plus d'appétit. Elle n'arrivait pas à se concentrer. Même la musique ne l'aidait pas à faire taire la petite voix dans sa tête.

Dylan lui manquait.

Et malgré tout le temps qu'elle passait à dormir pendant ses heures de repos, ce n'était pas un sommeil réparateur, mais un sommeil haché, peuplé de mauvais rêves dont elle s'éveillait en nage, désemparée…

Kali avait envisagé d'enlever le sapin et les décorations qu'ils avaient installés plusieurs semaines auparavant, mais elle n'en avait pas l'énergie. Elle préférait regarder des documentaires animaliers, et laissait la voix du narrateur lui tenir compagnie en faisant défiler tous les selfies d'elle et de Dylan qu'elle avait gardés sur son téléphone.

Elle avait pensé à lui envoyer un texto plusieurs fois, prétextant un besoin quelconque, mais n'avait pas pu se résoudre à le faire. Parce que, dans ces moments-là, tout ce qu'elle voyait, c'était le regard confus et blessé qu'il lui avait lancé lorsqu'elle s'était éloignée de lui, ce soir-là...

Kali avait enfreint les règles et, maintenant, elle en payait le prix.

Pourtant, elle sentait qu'elle devait des excuses à Dylan. Pour avoir violé les termes de leur accord et être tombée amoureuse de lui malgré ses promesses. Mais cela n'arrangerait pas les choses entre eux, hélas ! Il avait été clair sur le fait qu'il ne cherchait pas l'amour, qu'il n'en voulait pas dans sa vie et s'en passait très bien. Lui imposer ses sentiments ne servirait à rien.

Elle soupira et fixa le plafond de son salon, tandis que Wednesday tournait en rond avant de se mettre en boule pour faire une sieste. Peut-être pourrait-elle dire à Dylan qu'elle était désolée sans préciser pourquoi, et rouvrir le dialogue ? Après tout, lui aussi pouvait regretter que les choses ne se soient pas déroulées comme prévu.

Kali cligna des yeux et des larmes roulèrent sur ses joues. Son cœur lui faisait mal. Dylan lui manquait, son rire, sa façon de la toucher, de la soutenir alors qu'elle-même ignorait en avoir besoin. Il ne remettait jamais en question ses actes ou ses paroles, se contentant de l'accepter sans jugement. Et maintenant, il était parti. Encore une fois. Et pour de bon, ce coup-ci...

Ses paupières se fermèrent tandis que les souvenirs des dernières semaines affluaient. L'allumage de la ménorah. Le dîner au café Landwer. Le marché de Noël de Seaport. La course du Père Noël...

Kali se réveilla à plat ventre sur le canapé, son téléphone

collé sur la joue… Comme elle se redressait sur un coude et se frottait les yeux, un peu groggy, elle vit le visage souriant de Jen s'afficher sur l'écran.

Kali répondit en se renfrognant.

— Salut…

— Bonne année ! lança son amie d'un ton joyeux.

D'après ce que Kali pouvait voir sur l'écran, les gens faisaient la fête derrière elle, et commençaient bien l'année. Soudain, le large sourire de Jen fit place à un froncement de sourcils inquiet.

— Qu'est-ce qui t'est arrivé ? Tu as l'air mal en point.

— Merci ! Alors, comment se passent tes vacances ?

— Bien. Je voulais partager cette ambiance festive avec ma meilleure amie, mais on dirait que je tombe au mauvais moment. Sérieusement, Kal, tu vas bien ?

— Mais oui ! protesta Kali. Je vais bien, je t'assure.

Pas vraiment, mais cela irait bientôt mieux, sans aucun doute.

Jen n'avait pas l'air convaincue, mais heureusement elle laissa tomber. Au lieu de cela, elle demanda :

— Où est mon frère ?

— Il est parti s'installer à l'hôtel.

Jen marqua une pause, puis s'écria :

— Quoi ? Mais… pourquoi ?

— Eh bien…

Kali haussa les épaules, et… une digue se rompit en elle. Elle avait lu suffisamment de choses sur ses troubles pour reconnaître les symptômes de l'épuisement autistique, et cela la frappa de plein fouet. Soudain, toutes les semaines passées avec Dylan furent balayées, et elle fut incapable de se contenir. Elle éclata en sanglots, sous le regard de Jen, qui se trouvait à des milliers de kilomètres de là… Heureusement, ses compétences d'ambulancière l'aidèrent à accompagner Kali : elle respira avec elle, lui expliqua comment se détendre et lui fit raconter ce qui n'allait pas.

Et Kali raconta tout, depuis cette nuit d'été avec Dylan, six ans auparavant, jusqu'à leur récente aventure. Cela lui fit du bien de tout révéler, mais une fois la crise passée, Kali se sentit vide, au bord de l'épuisement. Dieu merci, elle n'était pas de garde et ne devait pas travailler le lendemain.

Quand elle eut recouvré son calme, Jen déclara finalement :

— Tu sais, Kali, j'ai toujours senti qu'il y avait quelque chose entre toi et mon frère.

— Ah bon ? répliqua Kali, surprise. Pourquoi n'as-tu rien dit ?

— Pourquoi l'aurais-je fait ? rétorqua Jen. D'ailleurs, cela ne me déplaît pas. J'aurais préféré que Dylan s'installe avec toi plutôt que de s'engager dans des histoires sans issue...

Ces mots mirent un moment à pénétrer le cerveau surchargé de Kali.

— C'est vrai ?

— Bien sûr. Les deux personnes que je préfère au monde ensemble pour toujours ? Ce serait génial !

— Oh...

Kali se détendit un peu.

— Eh bien, cela n'a pas d'importance, parce que nous ne sommes pas ensemble. Dylan ne veut pas s'engager, justement.

— Vraiment ? demanda Jen.

Kali secoua la tête.

— Cela n'a pas d'importance. Nous étions d'accord.

— D'accord ?

— Oui. Pour une aventure... temporaire.

— Mais c'est plus compliqué que ça.

Ce n'était pas une question. Ce qui était une bonne chose car Kali ne pensait pas pouvoir y répondre sans pleurer à nouveau.

— Tu lui as dit ? reprit Jen.

— Bien sûr que non !

Kali chercha le regard de son amie sur l'écran.

— J'ai promis.

— Les promesses sont faites pour être rompues. Je pense que tu devrais parler à Dylan.

— Pourquoi ? Quel est l'intérêt ? Nous sommes tous les deux passés à autre chose, de toute façon.

— Ah oui ?

Au regard que lui lança Jen, Kali comprit qu'elle n'y croyait pas une seconde.

— Qu'a dit mon frère quand tu lui as signifié que c'était fini ?

Kali repensa à cette nuit-là, à la douleur dans ses yeux verts, à son expression peinée.

— Rien. Il m'a juste regardée partir.

— Il était probablement stupéfait de se faire larguer car cela n'a pas dû lui arriver souvent ! Dylan adore avoir le contrôle...

— Est-ce que tu dis ça pour me consoler ? Parce que ça ne marche pas !

— Désolée.

Jen s'assit à une petite table isolée avant de poursuivre.

— Je vous connais tous les deux et je sais que vous avez besoin de quelqu'un dans votre vie.

Kali ouvrit la bouche pour protester, mais Jen leva la main pour lui intimer le silence.

— J'ai conscience que tu t'efforces de ne pas toujours tout faire pour plaire aux gens, mais je voudrais te donner un conseil, d'accord ? Tu pourras me remercier plus tard.

— Je ne pense pas...

— Écoute-moi, Kal. Tu fais tellement d'efforts pour qu'on ne remarque pas ton trouble, pour complaire à ton entourage, que tu finis par perdre de vue tes vrais besoins. C'est la même chose pour mon frère qui, en plus, est dans une espèce de déni. C'est pourquoi, en cette nouvelle année, j'agirai comme votre bonne fée et vous donnerai des conseils pour renouer le fil de cette histoire...

— Comment avancer alors que je n'ai aucune idée de ce que je veux ?

Kali gémit et enfouit le visage dans ses mains.

— Pire encore, je sais ce qu'il faudrait faire, mais j'ai peur de le faire.

— Tu dois lui parler, Kali !

— Mais je sais d'avance ce qu'il va me dire : c'était amusant tant que ça durait, mais c'est bien que ce soit fini.

Jen prit une grande inspiration.

— Au moins, tu seras fixée et tu pourras tourner la page.

Kali soupira, respirant lentement et régulièrement pour calmer le chaos dans sa tête. Jen avait raison. Elle devait réussir à déterminer ce qu'elle voulait et tenter de l'obtenir. Elle fixa le cadeau que Dylan avait laissé sur la table basse. Quelle que soit la tournure que prendraient les choses pour eux, elle souhaitait qu'il garde ce présent choisi pour lui. Elle détestait l'idée d'être à nouveau rejetée, mais il fallait qu'elle sache. Indépendamment de ce que Dylan choisirait de faire par la suite, elle devait lui parler et lui dire exactement ce qu'elle ressentait, ce qu'elle attendait de lui, et le laisser décider en toute conscience.

Sa décision prise, elle se redressa.

— Je vais aller lui rendre visite, annonça-t-elle à son amie.

— Génial ! Quand ? demanda Jen.

— Ce soir. Je vais lui envoyer un message dès que nous aurons raccroché.

Jen hocha la tête en signe d'approbation.

— Super ! Tu me raconteras comment ça s'est passé ? Je serai de retour à la maison la semaine prochaine. Je t'aime. Sois prudente. *Shalom*, ma chérie !

Kali conclut leur conversation, puis envoya un message à Dylan pour lui dire qu'elle voulait le voir, et lui proposa une heure et un lieu, avant d'éteindre son téléphone. C'était à lui de jouer maintenant, mais Kali se sentait plus forte, d'une certaine manière. Elle avait fait son choix et avait agi en conséquence. Et elle savait qu'elle irait bien quelle que soit la décision de Dylan, même si son cœur désirait ardemment qu'il partage ses sentiments.

Elle se leva et rangea le salon, puis alla se changer dans sa chambre. Après avoir nourri Wednesday, elle enfila son manteau, son bonnet et ses moufles, puis attrapa le cadeau sur la table basse et sortit, prête à affronter son destin.

Dylan avait réussi à éviter Kali depuis qu'il avait quitté l'appartement, le jour de l'opération de Jiyan. Ce qui était une bonne chose car il ne savait pas ce qu'il lui dirait s'il la croisait, de toute façon. Il était toujours un peu perdu, déchiré : d'un côté, il s'en voulait d'avoir été assez bête pour s'impliquer dans cette relation et, de l'autre, il regrettait de ne pas avoir devancé Kali pour y mettre fin.

Il ne fallait pas aimer Kali Mitchell. Elle ne le voulait pas, et il ne le voulait pas non plus.

Et pourtant, il éprouvait des sentiments pour elle.

Des sentiments très forts. S'il ne les exprimait pas, ne serait-il pas trop tard ensuite ?

Si elle s'était éloignée, c'était bien fait pour lui ! Il aurait fait la même chose, à sa place. Mais il devait aller de l'avant, alors il cherchait à se distraire de la meilleure façon qu'il connaissait : en se concentrant sur son travail.

Après avoir emménagé dans une chambre d'hôtel où logeait aussi Amita, il s'était porté volontaire pour travailler aux urgences pendant les vacances de Noël et la semaine suivante, pensant que cela l'éloignerait de la clinique de jour et de Kali. Jusqu'à présent, cela avait fonctionné. Le petit Jiyan se portait bien, et se rétablissait rapidement. Avec sa mère, il rentrerait chez lui le lendemain du nouvel an. Ensuite, Dylan retournerait à Providence et retrouverait sa vie d'avant.

Le 31 décembre, jour du réveillon, Dylan travailla d'arrache-pied. Il reçut un patient en consultation, puis un autre et encore un autre, jusqu'à ce qu'il soit bien plus tard que 18 heures et qu'il soit temps pour lui de rentrer chez lui. Sa garde était terminée. Il se rendit au vestiaire, enfila sa parka et sortit. La neige avait fini par tomber, mais les trottoirs étaient dégagés, tout comme les routes. Son hôtel n'était qu'à quelques rues de l'hôpital, et la marche lui ferait du bien, même si l'air frais lui piquait les joues. Comme il marchait d'un bon pas, il glissa sur une plaque de verglas... et tomba sur les fesses. Assis sur le trottoir, il fixa les étoiles scintillantes au-dessus de lui, et ferma les yeux un instant.

Même s'il se sentait mal maintenant, il ne pouvait se résoudre à regretter le temps qu'ils avaient passé ensemble, Kali et lui, ce dernier mois. En cet instant précis, avec ses fesses endolories et sa fierté blessée, il savait qu'il avait aimé Kali Mitchell plus qu'il n'avait jamais aimé personne. Et il recommencerait, si on lui en donnait la chance.

Hélas, il n'aurait pas de nouvelle chance.

Quelques flocons tombèrent, se collant à son visage et à ses cils. Dylan se releva et poursuivit son chemin vers l'hôtel. Alors qu'il approchait de Boston Commons, où le grand feu d'artifice devait être tiré à minuit, la foule se faisait de plus en plus dense. La musique résonnait au loin, et l'air sentait la friture et la bière...

C'est à ce moment-là que Dylan sut qu'il avait une énorme dette envers Kali. Parce qu'elle lui avait prouvé qu'il pouvait ouvrir son cœur, se montrer vulnérable, prendre des risques et survivre quand même... Il n'avait pas besoin d'être Superman. Il pouvait simplement être lui-même, faire face à ses échecs, à sa souffrance aussi, et trouver un moyen de continuer à avancer.

Il venait d'atteindre l'entrée de son hôtel lorsque son téléphone bipa. Il fit un pas sur le côté pour le consulter sans bloquer les passants qui allaient et venaient dans le hall. Il s'attendait à un message de l'hôpital à propos de l'un des patients qu'il avait vus pendant sa garde. Mais à sa grande surprise, c'est un texto de Kali qu'il découvrit.

Il faut que nous parlions. Église de la Trinité. Près des sculptures de glace. 20 heures.

Le cœur battant, Dylan fixa son écran.

Oui, il fallait qu'ils discutent. Ou plus exactement, c'est lui qui ressentait le besoin d'être honnête avec elle. Il voulait évoquer franchement son passé, ce qu'il souhaitait pour l'avenir. Parler de ses vrais sentiments pour Kali et de sa peur de l'échec. Il avait besoin de tout dévoiler, enfin, et de prendre tout ce qu'elle pourrait lui donner en retour. Si c'était son cœur, il en serait ravi. Il le garderait, le protégerait pour toujours. Sinon, il devrait survivre sans elle. Il l'avait déjà fait, il pouvait le refaire. Peut-être mieux cette fois-ci, car il avait l'expérience du chagrin d'amour. Ce n'était pas la fin du monde.

Il pouvait survivre à Kali si elle décidait de lui dire au revoir pour de bon.

Mais au fond de lui, il espérait qu'elle ne le ferait pas.

Soudain pressé, il se précipita dans sa chambre d'hôtel pour se doucher et se changer avant de partir à la rencontre de Kali.

Avec un peu de chance, les feux d'artifice tirés sur le port de Boston ne seraient pas les seuls à illuminer la nuit !

13

Kali n'avait pas vraiment réfléchi avant d'apporter le cadeau à Trinity Church parce que, lorsqu'elle arriva, les agents de sécurité ne la laissèrent pas entrer dans l'église avec. Elle finit donc par s'asseoir sur un banc, à l'extérieur, guettant Dylan pour qu'il ne croie pas qu'elle lui avait posé un lapin.

Les enfants couraient dans tous les sens, riant et plaisantant, et certains allumaient des pétards. Elle rangea le cadeau sous le banc puis sortit son téléphone pour vérifier ses messages. Pour l'instant, elle n'avait reçu qu'un bref « Oui » en réponse à son texto. Cela signifiait au moins qu'il allait venir, n'est-ce pas ?

Mais plus elle attendait, plus le doute s'installait en elle. Peut-être avait-il juste voulu dire qu'il était d'accord pour parler, mais pas maintenant ? Plus tard. Beaucoup plus tard. Par e-mail, quand il serait de retour à Providence, peut-être ?

Soudain, un homme d'un certain âge s'arrêta devant elle, et désigna le banc.

— Excusez-moi, cette place est occupée ?

— Non.

Elle se blottit davantage dans sa parka, rabattant sa capuche sur sa tête. Une fois Noël passé et la première neige tombée, les températures avaient chuté, et elle commença à souffler dans ses mains en jetant des regards anxieux autour d'elle. Dylan devrait être là, maintenant. Il était 20 h 15.

Et s'il ne venait pas ?

Comme elle s'imaginait en train de rentrer chez elle, son cadeau sous le bras, elle sentit sa gorge se serrer. C'était tellement pathétique !

— Vous attendez quelqu'un ? demanda le vieil homme, le nez et les joues rougis par le froid.

Il portait une écharpe rouge vif et avait posé les mains sur le pommeau de sa canne, devant lui. Ses yeux bleus brillaient sous ses sourcils blancs et broussailleux, et sa barbe blanche pendait sur son manteau. Kali sourit. On aurait presque pu croire qu'elle partageait un banc avec le Père Noël en personne ! Il lui adressa un sourire bienveillant.

— Moi, j'attends ma femme. Elle s'arrête toujours pour parler aux gens...

Kali lui fit ce qu'elle espérait être un sourire poli.

— Oui, j'attends quelqu'un.

— Eh bien, j'espère que tous deux se montreront bientôt, avant que nous nous transformions en stalactites !

— Moi aussi !

Le rire de l'homme était contagieux et Kali se surprit à rire avec lui, plus détendue tout à coup.

— Depuis combien de temps êtes-vous marié ?

— J'ai l'impression que ça fait une éternité, dit l'homme en haussant les épaules. Honnêtement, je ne me souviens pas d'un seul moment sans ma femme. Elle est l'autre moitié de moi-même. Je serais perdu sans elle.

Kali connaissait ce sentiment.

— Et vous, jeune femme ? Une aussi jolie demoiselle que vous a certainement un partenaire qui l'attend à la maison ?

— Pas encore, mais j'espère que cela changera ce soir.

— Oh !

Les yeux bleus de l'homme se mirent à briller de joie.

— Eh bien, c'est une soirée spéciale, en effet !

Il jeta un coup d'œil à un groupe de femmes qui discutaient non loin de là, puis se leva.

— Je vais vous laisser. Bonne chance, mademoiselle. Et bonne année !

— Bonne année à vous aussi.

Kali le regarda s'approcher du groupe et passer son bras autour des épaules d'une des femmes, qui se blottit contre lui puis se pencha pour l'embrasser sur la joue. Ils avaient l'air si heureux ensemble que cela lui réchauffa le cœur.

— Te voilà !

Dylan s'approchait du banc, l'air soulagé.

— Je t'ai cherchée à l'intérieur et je t'ai envoyé deux messages ! dit-il.

Elle grimaça.

— Oh... Je suis désolée. Le signal n'est pas très bon ici.

Dylan s'assit près d'elle. Il avait l'air aussi nerveux qu'elle et, pourtant, elle le trouva plus sexy que jamais dans son élégant manteau noir.

— Merci d'être venu, dit-elle. Je suis sûre que tu es très occupé, avec le travail, Jiyan et...

— Pas de problème, Kali. Je suis content que tu m'aies envoyé un texto.

Elle acquiesça, et observa le vieil homme et sa femme qui se dirigeaient vers l'endroit où serait tiré le feu d'artifice. Puis elle saisit le paquet-cadeau et le posa entre eux.

— Tu l'as oublié à l'appartement. C'est pour toi. Garde-le.

Dylan regarda le cadeau, puis leva les yeux vers elle. Elle se demanda s'il avait eu du mal à dormir, comme elle. Il avait les yeux cernés et ses pommettes étaient plus prononcées qu'avant, comme s'il avait un peu maigri.

Finalement, il soupira et posa ses mains sur le paquet.

— Je suppose que je devrais l'ouvrir, c'est ça ?

— Oui. Hanoukka est passé, mais...

Il utilisa ses clés de voiture pour découper le ruban adhésif sur le dessus, puis ouvrit les rabats pour voir à l'intérieur. Comme le voulait la tradition, il y avait dedans huit petits paquets, chacun emballé individuellement. Dylan déchira le papier bleu ordinaire et découvrit une tasse à café couverte d'injures en yiddish.

— *Oy vaï* ! dit-il en souriant. Ça me plaît bien !

Il prit le paquet suivant, qui renfermait un sachet de biscuits *dreidel* fourrés à la myrtille.

— Oh ! mon Dieu ! Je n'en ai pas mangé depuis mon enfance !

Il en sortit un pour Kali et un pour lui, puis le goûta.

— C'est délicieux, mais je te préviens, ça fait la langue toute bleue !

Pendant qu'ils dégustaient leur biscuit, Dylan ouvrit les paquets suivants. Il y avait un jeu de société, un T-shirt à l'effigie d'un groupe de rock yiddish, un livre de proverbes juifs, une bougie et un jeu de cartes.

Finalement, il ne resta qu'un seul paquet, et Dylan s'en saisit. Il commença à déchirer le papier, mais Kali l'arrêta, le cœur battant la chamade.

— Attends !

Elle serra le poignet de Dylan. Même à travers ses vêtements, c'était si bon de le toucher à nouveau ! Elle prit une profonde inspiration, puis se jeta à l'eau.

— Je voudrais m'excuser pour ce qu'il s'est passé, l'autre soir, sur le toit de l'hôpital...

Kali ferma un instant les yeux pour se donner du courage et se recentrer sur elle-même. Cette fois, elle ne se contentait pas de faire semblant. Personne ne l'avait contrainte à venir. Elle était ici parce qu'elle l'avait voulu. Elle était exactement là où elle avait besoin d'être, où elle voulait être. Ce soir, elle était pleinement elle-même, et elle avait quelque chose d'important à dire.

Dylan se sentait mal à l'aise. Kali avait l'air nerveuse, mais la détermination qu'il lisait dans ses yeux bleus l'impressionna. Elle était belle à couper le souffle. Et pendant deux secondes, il eut du mal à respirer...

— Tu as été très claire, Kali. Inutile de te répéter.

Elle se mordit la lèvre inférieure, puis dit d'une voix tremblante :

— Cela signifie-t-il que nous sommes d'accord ? J'aimerais réessayer, Dylan. Pour de vrai, cette fois. Pas une aventure. Une vraie relation. Toi et moi. Ensemble.

— Kali...

Elle regarda par-dessus son épaule, puis avoua :

— Je t'aime, Dylan. Je sais que les sentiments n'étaient pas censés faire partie de notre accord, et j'en suis vraiment désolée, mais j'ai travaillé avec mon thérapeute pour reconnaître mes vraies émotions et agir en conséquence, et quand j'ai eu Jen au téléphone tout à l'heure, elle m'a dit qu'il fallait que nous ayons une discussion toi et moi, et...

— Tu as parlé de nous à ma sœur ?

Dylan avait du mal à assimiler tout ce qu'elle disait...

Kali Mitchell m'aime ?

Ils sentirent trembler le sol sous leurs pieds, et un superbe feu d'artifice embrasa le ciel de rouge, de vert et d'or. Instinctivement, ils levèrent les yeux et poussèrent des « Oh ! » et des « Ah ! » comme la foule autour d'eux.

Lorsque Dylan regarda à nouveau Kali, elle l'observait.

— Eh bien... d'accord, déclara-t-il, encore un peu étourdi. Tentons notre chance une nouvelle fois.

Il hésita, puis ajouta :

— Alors, ça veut dire que... tu m'aimes ?

Comme elle hochait la tête, il vit qu'elle faisait tourner ses mitaines entre ses doigts. Dylan sentit qu'il devait la réconforter d'une manière ou d'une autre, la calmer, et il enfonça ses mains dans les poches de son manteau pour ne pas faire quelque chose de stupide, comme la serrer dans ses bras trop tôt. Pourtant, il mourait d'envie de la caresser, de lui faire l'amour...

Elle l'aimait !

Dylan s'apprêtait à lui avouer qu'il l'aimait aussi, mais elle reprit alors la parole.

— Je suis désolée, poursuivit-elle, j'ai tout gâché. Je sais que je devrais garder mes sentiments pour moi, mais ils sont si forts que c'est impossible. Je suis déterminée à changer, Dylan. Je te promets que, si nous essayons pour de bon, tu sauras toujours où en est mon cœur. Je ne te tromperai jamais. Je te protégerai, je te défendrai...

Tout en elle, ses mots, l'expression de son visage, lui criait de capituler. De se laisser aller. Une part de lui en avait envie, mais une autre se rappelait encore trop bien ce qu'il avait ressenti lorsqu'il avait été pris au dépourvu, trahi, rabaissé. Il soupira, faisant de son mieux pour apaiser les battements effrénés de son cœur.

— Je sais que tu es sincère, Kali. Du moins, c'est le cas en ce moment. Mais quand les choses iront mal ou deviendront difficiles – parce que cela arrive parfois – est-ce que tu te renfermeras sur toi-même ?

— Je te promets que j'essaierai de ne pas le faire.

Elle aspira une grande bouffée d'air et les larmes se mirent à couler sur son visage.

— Je t'aime, Dylan. Je ne sais pas comment j'aurais traversé cette période de fêtes sans toi. Je pensais pouvoir gérer cela toute seule, mais c'était tellement mieux avec toi à mes côtés ! Jusqu'à ce que tu arrives, je ne me rendais pas compte de tout ce qui me manquait. Mais tu m'as montré qu'on pouvait vivre autre chose, tu m'as attirée vers la lumière. Certes, j'ai eu le cœur brisé, mais il bat encore pour toi, en ce moment !

Sous le choc, Dylan garda le silence. Au fond de lui, il savait qu'elle lui disait la vérité. Il l'avait entendu dans sa voix, l'avait lu dans ses yeux. Il s'approcha d'elle et lui prit les mains.

— Je ne savais pas non plus ce qui me manquait pendant toutes ces années, répondit-il. Je pensais que, en gardant mon cœur à l'abri des sentiments, je serais en sécurité. Mais ce n'était pas le cas. Je me sentais juste seul.

Il fut soulagé d'avoir parlé, mais il avait peur de ce que l'avenir leur réservait. Chacun avait sa propre vie, et aucun d'eux ne pouvait vraiment partir. Or les relations à distance fonctionnaient rarement, du moins pas très longtemps.

Kali détourna le regard alors qu'un autre feu d'artifice éclatait. Cette fois-ci, de longues traînées bleues et argentées zébraient le ciel. Elle effleura la joue de Dylan.

— J'aurais dû te le dire plus tôt, mais je ne savais pas comment en parler. Je suis désolée.

— Arrête, Kali ! dit-il. Tu n'as aucune raison d'être désolée.

— Mais j'ai enfreint les règles ! dit-elle, son visage exprimant un chagrin si fort qu'il en fut bouleversé. Nous n'étions pas censés tomber amoureux...

— Non, en effet, mais ça nous est arrivé.

Elle cligna plusieurs fois des yeux, puis fronça les sourcils.

— « Nous » ? répéta-t-elle.

Cette fois, au lieu d'hésiter, il sourit, sûr de lui pour la première fois depuis des années.

— Oui, *nous*, Kali. Je suis tombé amoureux, moi aussi.

Dylan déglutit avec peine, puis parvint à articuler les mots qu'il retenait depuis trop longtemps.

— Je t'aime, Kali.

Pendant quelques instants, elle se contenta de le regarder, aussi abasourdie que lui par cet aveu. Il embrassa sa paume, puis se pencha pour poser ses lèvres sur les siennes.

— Je t'aime, Kali, répéta-t-il. Et je n'ai aucune idée de ce que nous allons faire à partir de maintenant, mais je veux essayer. Quoi que tu veuilles pour l'avenir, nous essaierons.

Ils scellèrent cette promesse d'un baiser, comme pour marquer le début d'une nouvelle ère. Un avenir qu'ils espéraient radieux s'offrait à eux.

Quand Dylan s'écarta d'elle, il remarqua que le dernier cadeau était posé sur ses genoux.

— Je peux l'ouvrir maintenant ? demanda-t-il en souriant. Avant que nous ne mourions tous les deux de froid ici ?

— Oui !

Dylan déchira le papier, et en sortit un gant de cuisine bleu vif et un tablier assorti, tous deux ornés de l'inscription « *I love you a latke !* »

Ils rirent tous les deux, avant de s'embrasser à nouveau.

— Et moi, je t'adore, Kali.

Il la serra fort dans ses bras, comme il en avait envie depuis son arrivée, sachant qu'il avait enfin trouvé sa moitié d'orange. Celle qui serait toujours là pour lui.

14

Huit mois plus tard...

Quinze mille fans hurlèrent en même temps, faisant trembler les gradins du stade Gillette. En ce premier dimanche d'août, Kali et Dylan étaient assis côte à côte à leurs places habituelles, sur la ligne des cinquante mètres. Ils attendaient avec impatience le coup d'envoi du match d'ouverture de pré-saison des Patriots contre les Bengals de Cincinnati.

Les maillots leur collaient à la peau et la bière était tiède, mais Kali n'avait jamais été aussi heureuse. Entre Dylan et elle, les choses avaient mis du temps à se mettre en place. Entre leurs emplois du temps surchargés et le travail qu'ils devaient faire sur eux-mêmes, avec l'aide du thérapeute de Kali, les six premiers mois de leur « relation » avaient été semés d'embûches.

Mais maintenant qu'ils étaient engagés l'un envers l'autre, ouverts et confiants, l'avenir leur souriait. Ils avaient visité des maisons avant de venir au stade, aujourd'hui. Foxborough était exactement à mi-chemin entre Providence et Boston, ce qui en faisait l'endroit idéal pour s'installer. Que rêver de mieux ?

Le cabinet de Dylan marchait bien, et le petit Jiyan s'était complètement rétabli. Amita et son fils avaient encore des rendez-vous réguliers pour s'assurer que le petit garçon était sur la bonne voie, mais l'opération avait été un succès, son cœur fonctionnait correctement, et Jiyan avait un long avenir en bonne santé devant lui.

Les Bengals remportèrent le tirage au sort et leur quarterback donna le coup d'envoi du match. Dylan lui prit la main, entrelaçant leurs doigts avant de les porter à ses lèvres. Ses yeux verts brillaient de joie, d'amour pour elle et de confiance dans cette nouvelle vie qu'ils construisaient ensemble. Peut-être auraient-ils des enfants un jour, peut-être pas. Peut-être se marieraient-ils, peut-être pas. Ils étaient ensemble et, quoi qu'ils fassent, ce serait une décision mutuelle qui tiendrait compte des désirs et des besoins de chacun.

Avec Dylan, Kali se sentait choyée, protégée et, surtout, comprise.

— Ça va ? demanda-t-il en lui donnant un léger coup d'épaule.

— Bien mieux que ça, même ! répondit-elle avant de déposer un tendre baiser sur ses lèvres. Merci.

— Pour quoi ?

— Pour tout. Pour toi. Pour nous.

DEANNE ANDERS

Surprise pour un pédiatre

Traduction française de
VIRGINIE CANTIN

BLANCHE

HARLEQUIN

Titre original :
A SURGEON'S CHRISTMAS BABY

1

— Bonjour, docteur Murphy, dit le Dr Izzy Jeong d'un ton enjoué.

Pourquoi fallait-il que cette femme soit si heureuse, tous les matins ? Comment pouvait-il se concentrer sur son travail alors qu'elle se tenait là, tout sourire et pleine d'entrain ?

Ben porta de nouveau le regard sur l'écran de l'ordinateur, mais il avait perdu le fil de ses pensées.

Le poste des infirmières du service de pédiatrie était débordé aujourd'hui, et il était déjà difficile d'ignorer les bips insistants des moniteurs ainsi que le bruit des fauteuils roulants et des brancards qui roulaient dans les couloirs. Si l'on ajoutait à cela les pleurs des bébés et les cris des enfants dans les chambres des patients, garder l'esprit centré sur les notes qu'il essayait d'entrer dans l'ordinateur relevait de l'exploit.

Et voici qu'il devait faire face à l'exaspérante – mais ravissante – pédiatre ! Quelque chose dans ses cheveux châtains ondulés, dans ses yeux bruns profonds l'attirait, et lui résister était un combat quotidien. Lorsqu'elle était de garde, il faisait tout pour l'éviter. Malheureusement, ce matin, il n'avait aucun moyen de le faire sans passer pour un mufle – ou, pire, un mauvais collègue – devant tout le personnel. Le chef du service de chirurgie, déçu par Ben qu'il jugeait peu sociable, était déjà sur le sentier de la guerre, alors inutile d'en rajouter !

— Bonjour, docteur Jeong.

Même à ses propres oreilles, sa réponse sonnait faux et, s'il était honnête avec lui-même, il devait bien reconnaître que la camaraderie qu'ils partageaient jadis lui manquait.

Mais c'était avant qu'il se découvre sensible au charme de la jeune et jolie pédiatre. Le danger, pour lui, était de s'approcher trop près d'Izzy. Il avait déjà commis cette erreur une fois et cela s'était soldé par un désastre qu'il n'avait pas l'intention de répéter.

Non, tout n'avait pas été catastrophique, et ils avaient passé ensemble une nuit merveilleuse. Incroyable, même...

Lorsque le soleil s'était levé le lendemain matin, il s'était rendu compte de l'erreur qu'ils avaient commise. Il n'était pas du tout fait pour Izzy. Elle voulait un homme qui lui offrirait sa vie, et tout le bonheur possible, or il n'était plus cet homme-là. Après la perte de sa femme et de son fils à naître, il savait qu'il ne pourrait plus jamais aimer. Le deuil avait été trop douloureux, la blessure trop profonde.

C'est pourquoi il avait évité Izzy pendant les deux années où ils avaient travaillé ensemble, au service pédiatrique de l'hôpital Beacon de Boston... Jusqu'à cette fameuse nuit où ils s'étaient laissé emporter par leurs émotions, dans un élan de passion qu'il ne comprenait toujours pas.

Trois mois plus tard, il devait s'assurer que cela ne se reproduirait pas. Il valait mieux pour eux deux qu'il continue à la tenir à distance et se concentre sur son travail.

— Je viens de voir en consultation Janie, une petite fille de trois ans transportée par avion la nuit dernière depuis Northampton, dit Izzy en prenant place sur la chaise vide à côté de la sienne.

Son doux parfum de chèvrefeuille lui flattait les narines, lui rappelant leur nuit de passion. Essayait-elle de le rendre fou ? S'il avait choisi de s'installer au poste des infirmières plutôt que dans la salle des médecins pour examiner ses dossiers, c'était précisément afin d'éviter cela. De l'éviter, elle. Elle ne pouvait pas être aussi naïve. Elle devait comprendre ce qu'il faisait, non ?

Comment se faisait-il qu'il ait réussi à faire fuir tous ses collègues, sauf Izzy ? Depuis deux ans, cette dernière persistait à tenter de l'aider. Elle voulait panser ses blessures. Mais rien ne clochait chez lui : il était l'un des chirurgiens cardiothoraciques pédiatriques les plus reconnus du pays. Ne voyait-elle donc pas que cela lui suffisait ?

À en juger par la façon dont il avait disparu, au lendemain de leur étreinte torride, elle aurait dû cesser de se montrer aussi amicale avec lui. Mais elle préférait, comme lui, faire comme si cette nuit n'avait pas eu lieu.

— Je vais la voir, déclara-t-il en se levant.

Ce n'était pas comme s'il la fuyait, songea-t-il pour se rassurer. Il avait prévu de rendre visite à sa patiente avant que le docteur Jeong n'apparaisse.

Izzy posa la main sur la manche de sa blouse.

— J'aimerais être présente lorsque tu verras les parents, dit-elle. Il y a une semaine, ils pensaient que leur enfant avait attrapé une simple grippe, puis ils ont appris que le diagnostic était bien plus grave et, maintenant, ils paniquent.

Bien sûr que les parents paniquaient ! Leur enfant présentait des signes d'essoufflement lorsqu'ils l'avaient amenée chez le pédiatre. Malheureusement, au lieu de la pneumonie suspectée par le médecin, une radiographie avait révélé une masse pulmonaire. Il n'enviait pas la personne qui avait dû leur annoncer la nouvelle. C'était la partie de son travail qu'il aimait le moins, préférant de loin effectuer une transplantation cardiaque de huit heures ! Il connaissait la douleur qui vous transperçait, en tant que parent, lorsqu'on vous annonçait le pire, quels que soient le tact et l'empathie du médecin.

Si l'IRM qu'il avait demandée révélait que le cancer du poumon de la petite fille avait métastasé, ce serait à lui d'en faire part à ses parents. Un cauchemar…

— Je ne suis pas un monstre, Izzy. Je sais gérer les proches de mes patients.

Certes, il n'était pas doué pour ça, mais il pouvait le faire, n'en déplaise à la commission médicale de l'hôpital qui semblait remettre en question ses compétences relationnelles.

— Je ne pense pas que tu sois un monstre, Ben. J'avais l'intention de les voir ce matin de toute façon, répliqua Izzy, tranchante. Au fait, j'ai entendu dire que tu essayais déjà de faire fuir notre nouvelle consœur venue d'Hawaï ?

— Qui ça ? demanda-t-il, se souvenant vaguement que Javi avait tenté de lui présenter quelqu'un dont il n'avait pas retenu le nom.

— Cela a-t-il un rapport avec la réunion du conseil d'administration qui s'est tenue hier soir ? demanda-t-elle.

Embarrassé, il détourna rapidement le regard. Même s'il essayait de convaincre ses collègues qu'il n'était pas perturbé par la réunion organisée par le chef du service de chirurgie, persuadé qu'il avait défié les règles de l'hôpital, cela le contrariait beaucoup d'être réprimandé pour avoir simplement fait son travail. Tout le monde pensait à tort que la vie d'un médecin n'était que glamour et prestige. Or il fallait aussi supporter la pression liée à l'impact de vos décisions sur la vie d'autrui. Pour ce faire, il s'efforçait de refouler sa peur de l'échec. Cela ne faisait peut-être pas de lui le médecin le plus populaire, mais ça lui permettait d'être l'un des plus performants au bloc.

N'était-ce pas là l'essentiel ? Réussir à sauver la vie d'un enfant, quitte à enfreindre quelques règles ? À ses yeux, cela en valait largement la peine.

— Non, c'est juste que je n'apprécie pas d'être traité comme un gamin qui a besoin qu'on lui tienne la main, répliqua Ben, refusant de montrer une quelconque faiblesse. Mais, si cela peut te rassurer, je serai ravi que tu m'accompagnes. Après tout, c'est toi le médecin référent.

Elle lui adressa un sourire radieux qui le fit presque culpabiliser pour les difficultés qu'il lui faisait endurer.

— Oui, c'est vrai...

S'il s'était agi de quelqu'un d'autre qu'Izzy, il aurait trouvé un prétexte pour remettre cette visite à plus tard dans la journée. Mais il refusait de se défiler.

Comme ils passaient devant une chambre, un jeune garçon lança :

— Ben, c'est toujours OK pour le jeu de ce soir ?

— Bien sûr, Max ! répondit Ben. Je ne veux pas manquer ça. 21 heures, ça te va ?

Izzy tourna vers lui un regard étonné.

— Un jeu ? demanda-t-elle.

— Un jeu en ligne, précisa Ben avec un sourire. Il me bat à chaque fois, mais cela lui permet d'oublier qu'il est à l'hôpital au lieu d'être à la maison avec ses amis.

— Je ne te comprends pas, Ben. Tu fais des pieds et des mains pour aider tes patients, mais tu évites tous tes collègues comme la peste. Pourquoi te donnes-tu tant de mal pour faire croire à tout le monde que tu es un grincheux ?

Incapable de répondre à cette question, il décida de l'ignorer. Il était impossible qu'Izzy comprenne, car lui-même en était incapable. Enfin, si : les enfants ne posaient pas de questions, et se moquaient de son passé. Ils l'acceptaient tel qu'il était, et cela lui suffisait.

Dès qu'ils entrèrent dans la chambre de Janie, toutes ses pensées se concentrèrent sur sa nouvelle patiente qui dormait, recroquevillée dans un lit trop grand pour elle, une peluche usée dans les bras. Un petit tube reliait la machine à oxygène fixée au mur à son nez. Ses parents étaient assis à son chevet. Le jeune couple, qui n'avait guère plus de trente ans, leva la tête vers lui dès qu'il entra dans la pièce. Des cernes entouraient les deux paires d'yeux qui le regardaient maintenant avec un espoir fou qu'il redoutait toujours, même s'il le comprenait. Il aurait adoré pouvoir leur promettre qu'il était la réponse à tous les problèmes de leur enfant, et leur assurer que le cauchemar qu'ils vivaient n'était que temporaire.

Malheureusement, il ne pouvait pas faire ça. Il avait toujours été honnête avec les familles de ses patients. Elles le méritaient. Et il préférait se montrer clair dès le départ plutôt que de les laisser croire à un miracle qui ne se produirait peut-être pas...

— Voici le Dr Murphy, le chirurgien cardiothoracique dont je vous ai parlé, dit Izzy alors que le couple se levait pour leur serrer la main. Asseyons-nous...

Quand chacun fut installé, Ben prit la parole.

— J'ai examiné les dossiers de votre médecin traitant avec le Dr Jeong. Je voudrais revenir avec vous sur les résultats de la biopsie pulmonaire effectuée la semaine dernière...

Il se lança ensuite dans une explication des résultats des tests et des spécificités du neuroblastome révélé par ce prélèvement. Lorsqu'il eut terminé, il s'arrêta pour leur laisser le temps d'assimiler toutes les informations.

— Mais vous allez opérer et enlever tout le cancer, n'est-ce pas ? lança le père, visiblement terrifié. C'est ce que notre médecin nous a dit : après l'opération, Janie ira mieux.

Ils comptaient sur lui. Quelqu'un comptait toujours sur lui. Le désespoir de cet homme le toucha au cœur, et il se rappela soudain avoir été jadis aussi désespéré. Il avait eu, lui aussi, la certitude que tout irait bien. Et il se souvenait du moment où le médecin traumatologue lui avait dit qu'il n'y avait plus d'espoir pour sa femme et leur enfant à naître. Aucune chance pour la vie qu'il avait rêvé de partager avec Cara et leur fils...

Le souvenir de cette immense perte lui fit oublier un instant les mots mémorisés il y a des années, lorsqu'il s'était retrouvé face à un parent désespéré. Alors qu'il tentait de se ressaisir, Izzy vint à sa rescousse.

— Le Dr Murphy et moi-même allons travailler ensemble pour nous assurer que tous les tests soient effectués afin que l'opération puisse être programmée au plus vite, dit-elle. Nous voulons que Janie ait le meilleur résultat possible...

— Le Dr Jeong a raison, approuva-t-il. Nous devons effectuer quelques examens supplémentaires. Je voudrais une autre IRM qui sera réalisée en ma présence, en vue de mieux localiser la tumeur avant l'opération. Nous ferons également des analyses de sang pour nous assurer qu'il n'y a pas d'infection. Un simple virus peut entraîner des complications après une intervention chirurgicale majeure.

— Heureusement, reprit Izzy de cette voix rassurante qu'il avait entendue des centaines de fois, Janie est une petite fille assez robuste. Elle n'a pas eu de problèmes médicaux jusqu'à présent et cela joue en sa faveur.

Le jeune père se détendit et prit la main de sa femme, qu'il serra dans la sienne.

— Elle a toujours été dans la moyenne en termes de croissance. Elle est très active et a bon appétit.

Les yeux de la jeune maman se tournèrent vers sa fille avant de revenir à Izzy. La femme était manifestement plus à l'aise avec la pédiatre qu'avec lui, et il ne pouvait pas lui en vouloir. C'est le moment que choisit son biper pour vibrer, lui fournissant le prétexte idéal pour s'éclipser. Après avoir assuré au couple qu'il reviendrait plus tard dans la journée pour examiner leur fille, il lut le message de Javier, le chef du service de pédiatrie.

Il faut que nous parlions. Maintenant.

Dans un soupir, il remit le téléphone dans sa poche. Il était temps de prendre connaissance de la punition que le conseil d'administration avait décidé de lui infliger.

Izzy regarda Ben quitter la chambre. Il avait répondu à toutes les questions des parents de Janie, mais elle avait le sentiment qu'il manquait quelque chose. Plus à l'aise avec les aspects techniques de l'opération, il passait généralement sous silence les conséquences psychologiques qu'elle pouvait engendrer, comme toute intervention.

— Il est très... factuel, dit la mère de Janie en suivant Ben des yeux.

— Le Dr Murphy est dévoué à son travail et je peux vous assurer qu'il est le meilleur chirurgien pour pratiquer l'opération dont Janie a besoin, affirma Izzy.

Certes, elle défendait Ben, mais elle ne pouvait pas s'en empêcher. Peu importe ce que pensaient les collègues, elle savait que, malgré la forteresse qu'il avait érigée autour de son cœur, Ben était un homme bon et juste. L'unique nuit qu'elle avait passée avec lui avait laissé entrevoir ses grandes qualités. Et l'intimité qu'ils avaient partagée allait changer leur vie à jamais, comme en attestaient les trois tests de grossesse positifs qu'elle avait effectués...

Elle ne savait pas comment le lui annoncer, d'autant qu'il semblait déterminé à faire comme si cette nuit n'avait jamais eu lieu. Que devait-elle faire ? Lui tendre les tests et le forcer à accepter que, en plus de coucher ensemble, ils avaient conçu un enfant ?

Elle ne pouvait pas faire ça. Pas encore. Elle avait ignoré les premiers signes, et n'avait eu que quelques jours pour accepter elle-même cette situation. Même avec les tests positifs, elle n'y avait pas cru jusqu'à ce qu'elle rende visite à son gynécologue, qui avait confirmé la grossesse. D'une certaine manière, elle avait agi comme Ben et tenté d'ignorer le plus longtemps possible ce qu'il s'était passé entre eux.

Mais maintenant, les choses étaient sur le point de changer entre elle et lui, en dépit de tous leurs efforts. Tout ce qu'elle pouvait faire, c'était espérer que l'homme qu'elle avait vu cette nuit-là était le vrai Ben. Car elle n'avait pas envie d'être la mère de l'enfant du Dr Murphy, un chirurgien hautain et détaché du reste du monde !

Ben avait envie de claquer la porte et de s'en aller sans jamais se retourner. C'était son premier réflexe, mais pouvait-il vraiment se le permettre ?

Et pourquoi pas ? Il était l'un des chirurgiens cardiothoraciques les plus réputés du pays. Un simple coup de fil lui suffirait pour obtenir un nouveau poste dans n'importe quel hôpital.

Mais une telle sortie ne ferait que prouver à Javier que le conseil d'administration avait raison à son sujet. Aussi, même s'il avait envie de fuir, il entra dans le bureau des médecins et referma soigneusement la porte derrière lui. Il ne pouvait pas vraiment en vouloir à Javier, simple messager, et ne doutait pas que celui-ci avait essayé de convaincre le conseil d'administration de se montrer plus indulgent. Javier avait toujours été un bon chef de service, très juste avec le personnel. Ce n'était pas avec lui que Ben avait des problèmes, mais avec les règles et les règlements stupides de l'administration !

— Vous allez bien, docteur Murphy ?

Ben leva la tête et découvrit un jeune interne. Comment s'appelait-il, déjà ? Joe ? Joseph ? Aucune importance. Dans quelques mois, il serait parti et un nouveau le remplacerait.

— Oui, répondit Ben, qui commença à s'éloigner avant d'ajouter : N'oublie jamais que tu dois vivre avec chaque erreur que tu fais, car d'une manière ou d'une autre, elle te revient toujours.

Alors que le jeune homme le fixait, bouche bée, Ben se retourna et lui conseilla de quitter le domaine médical tant qu'il le pouvait encore.

Le conseil d'administration pensait qu'il manquait d'autodiscipline ? Il venait de prouver à deux reprises au cours des cinq dernières minutes qu'il en avait à revendre.

C'est le manque de clairvoyance de ses supérieurs qui avait créé le bourbier dans lequel il se trouvait aujourd'hui. Ne pouvaient-ils pas voir qu'il avait eu raison d'accepter cet enfant, issu d'un de leurs hôpitaux, pour l'intégrer à leur protocole d'essais thérapeutiques ? Alors qu'un simple coup de fil aurait suffi à régler le problème, il n'avait pas obtenu l'accord du chef du service de chirurgie. Or ni lui ni son petit patient n'avaient de temps à perdre en appels téléphoniques inutiles. Le garçon était dans un état critique, et ses jeunes poumons épuisés par la lutte contre une grippe particulièrement virulente.

Et même si ça lui coûtait son cabinet à Boston, cela ne valait-il pas la peine de tenter de sauver cet enfant ? Il s'était abstenu de remplir toute la paperasserie habituelle, et maintenant l'état du petit garçon s'améliorait chaque jour grâce au matériel de pointe de l'hôpital. N'était-ce pas pour cette raison que ce programme avait été mis en place ? Pour aider les enfants qui avaient besoin d'un traitement spécialisé ?

Oui, le conseil d'administration méritait qu'il remette sa démission et s'en aille aujourd'hui même ! décida-t-il. Redressant les épaules, il se dirigeait vers le bureau du chef de service lorsqu'il croisa la fillette atteinte d'une malformation cardiaque qu'il avait opérée en début de semaine. Ses parents avaient passé des mois à errer de spécialiste en spécialiste avant qu'elle ne lui soit adressée pour une consultation.

Changeant soudain d'avis, il emprunta le couloir qui menait aux chambres des patients, et s'arrêta devant celle d'Elly. Âgée de huit ans, la fillette avait la corpulence d'un enfant de cinq ans, et attendait depuis plusieurs mois un donneur compatible pour pouvoir bénéficier d'une transplantation cardiaque. Le seul espoir de Ben était qu'elle soit placée en tête de la liste d'attente...

Par une porte entrouverte, il aperçut un adolescent en train de faire de la kinésithérapie, qui l'interpella, tout excité.

— Docteur Murphy, venez voir ce que je peux faire !

Ben était presque aussi ravi que Jake lorsqu'il le vit marcher de son lit jusqu'à la grande baie vitrée située quelques mètres plus loin. Six mois auparavant, lorsque Jake était arrivé, il était incapable de se rendre à la salle de bains sans être branché à une bouteille d'oxygène. Ses poumons avaient été presque entièrement détruits par un méchant virus, et il avait sombré dans la dépression en attendant une greffe. En le voyant sourire, Ben sentit l'étincelle du bonheur trembler en lui. Cela ne faisait que deux semaines que Jake avait été greffé et il prenait des forces chaque jour.

Après avoir félicité le garçon, il le laissa avec le kiné et regagna son bureau.

Il n'allait pas laisser un conseil d'administration qui ne savait pas faire la différence entre un scalpel et un forceps lui dicter sa conduite ! N'avait-il pas déjà assez perdu, pour qu'il abandonne aussi sa carrière ? Il ne se rendrait pas sans se battre. Il ne lui restait plus qu'à comprendre comment il était censé devenir le médecin discipliné et respectueux qu'on voulait qu'il soit.

Il avait besoin d'aide, besoin de quelqu'un qui comprenne ce qu'il faudrait faire pour changer l'opinion du conseil d'administration à son égard, et une seule personne lui venait à l'esprit. Même s'il voulait l'éviter, Izzy pourrait lui être utile pour s'attirer les faveurs du conseil.

Et, plus que tout, les enfants du service avaient besoin de lui.

2

Ce matin-là, ce n'était pas la première fois que son estomac la faisait souffrir. Prenant une gorgée du soda au gingembre qu'elle avait versé dans une tasse à café, Izzy espéra pouvoir garder le liquide frais et tonique, cette fois-ci. Vomir au poste des infirmières ne manquerait pas d'attirer sur elle une attention non désirée, mais il fallait bien reconnaître que cacher sa grossesse devenait de plus en plus difficile...

Au lieu de se concentrer sur les résultats du laboratoire de la jeune fille qu'elle avait fait admettre dans son service la nuit précédente, elle se surprit à écouter les autres membres du personnel parler fête de Noël et cadeaux-surprises. Au moins, c'était mieux que de penser à ses nausées !

— Je trouve que c'est vraiment génial que tout le personnel s'implique, ici. Dans le dernier hôpital où j'ai travaillé, jamais les médecins n'auraient accepté de participer à ce genre de festivités, surtout pas avec les autres membres du personnel ! déclara Ailani, une infirmière originaire d'Hawaï.

— Les médecins sont toujours impliqués dans les activités de l'hôpital. Ils apportent même des gâteaux pour notre vente de pâtisseries, expliqua Leigh, l'infirmière en chef.

— Pas tous, ajouta Natalie, une infirmière qu'Izzy connaissait depuis peu. Le Dr Murphy, par exemple, ne participe jamais !

Izzy ne put s'empêcher de tendre l'oreille à la mention du nom de Ben. Depuis leur aventure, elle brûlait d'en apprendre davantage sur lui, cherchant à retrouver l'homme qu'elle avait aimé, cette nuit-là. Et maintenant qu'elle savait qu'elle était enceinte, elle était encore plus déterminée à connaître le père de son bébé.

— Il y a toujours un grincheux dans un service, n'est-ce pas ? lança Ailani avant de se diriger vers le couloir.

Lizzy essaya d'ignorer les ragots habituels de l'hôpital. La plupart du temps, il ne s'agissait que de commentaires moqueurs, mais elle n'aimait pas la tournure que prenait cette conversation, et je jugement porté sur Ben lui déplaisait au plus haut point. Aucune de ces personnes ne le connaissait vraiment, ignorant même tout de l'homme qui avait fait basculer son univers en quelques heures. Elle n'était pas sûre, du reste, que quiconque puisse se targuer de le connaître, car il possédait une personnalité complexe et difficile à cerner.

— Tout le monde n'a pas la même façon de faire la fête, dit-elle, incapable de s'en empêcher.

— Le Dr Jeong a raison, plaida Leigh, même si, avant le décès de la femme du Dr Murphy, tous deux étaient très impliqués dans les activités du service.

— Le Dr Murphy était marié ? demanda Natalie, incrédule.

Une infirmière qui venait d'arriver dans le service intervint.

— En fait, il est plutôt sexy... dans le genre *La Belle et la Bête* !

Son visage parsemé de taches de rousseur rougit légèrement, et Izzy faillit s'empourprer à son tour.

Si seulement elles savaient à quel point cet homme pouvait être sexy ! Hélas, la tendresse et la passion qu'ils avaient partagées cette nuit-là avaient disparu dès le lendemain matin, lorsqu'il l'avait quittée sans un regard en arrière.

Elle ferma les yeux. Non, cela faisait des semaines qu'elle s'efforçait de chasser ces souvenirs, et elle n'était pas prête à les ressusciter ! Ce qui était important maintenant, c'était de trouver le moyen de lui dire qu'il allait être papa dans six mois...

Secouant la tête, elle se concentra sur son travail et oublia les conversations qui se déroulaient autour d'elle. Il y avait trop de décisions importantes à prendre dans sa vie en ce moment pour qu'elle se laisse distraire !

Lorsqu'elle était enfant, ses parents lui avaient appris que les choix entraînaient des conséquences. Aujourd'hui, elle savait que les choix qu'elle faisait maintenant détermineraient sa vie et celle de son bébé pour toujours.

— Izzy, tu as une minute ?

Comme dans un rêve, la voix de Ben la fit sortir de la transe dans laquelle elle avait glissé.

Il l'avait appelée par son prénom, ce qu'il n'avait pas fait depuis des semaines, comme pour ériger un mur entre eux, et lui montrer que ce qu'ils avaient partagé n'était qu'éphémère. Alors que signifiait ce changement soudain ?

— Bien sûr, docteur Murphy. Cela a-t-il un rapport avec l'IRM de Janie que vous avez demandée ce matin ?

À moins qu'il ne soit venu s'excuser pour toutes les fois où il l'avait évitée au cours des trois derniers mois ?

— En fait, non. J'attends toujours les résultats. Apparemment, l'un des radiologues est malade et il y a un tas d'anciennes images à lire, expliqua Ben. On peut se parler ?

Izzy jeta un œil au poste des infirmières. Une étrange énergie se dégageait de Ben aujourd'hui, une nervosité inhabituelle. Tout à coup, elle réprima un haut-le-cœur qui n'avait rien à voir avec les nausées matinales. Était-il possible qu'il ait appris sa grossesse ?

Non, c'était impossible ! À moins qu'il n'ait trouvé les trois bâtonnets dans la poubelle de sa salle de bains, il n'avait aucun moyen de le savoir. Elle n'avait consulté son gynécologue qu'une seule fois et n'avait croisé personne de connaissance lors de cette visite.

— Tout va bien ? demanda Ben en la fixant avec tant d'intensité qu'elle en fut mal à l'aise.

— Très bien, oui ! Allons dans la chambre 10, elle est vide...

Elle se leva et prit la direction du couloir, tout en essayant de trouver une explication à l'intérêt soudain que Ben lui portait.

S'il n'était pas question de sa grossesse, il s'agissait forcément d'un des patients pour lesquels elle l'avait consulté. À moins que son premier instinct ne soit le bon et qu'il soit venu s'excuser auprès d'elle ?

Elle attendit qu'il ait refermé la porte pour lui faire face. Il valait peut-être mieux qu'il sache qu'elle était enceinte. Tout révéler l'aiderait à relâcher la pression, et puis, elle ne pouvait pas garder le secret pour toujours !

— Que se passe-t-il ?

Une fois de plus, Ben la surprit.

— J'ai besoin de ton aide, dit-il simplement.

— Tu veux que je voie un patient ? Tu sais qu'il te suffit de demander une consultation pour ça, répondit Izzy en veillant à ne pas laisser transparaître sa déception.

Elle aurait dû savoir qu'il n'y avait rien de personnel dans sa requête. Avec le Dr Murphy, seul le travail comptait.

— Cela n'a rien à voir avec les patients, précisa-t-il.

L'espace d'un instant, son cœur battit à tout rompre. Admettrait-il enfin, après ces trois derniers mois, que quelque chose de spécial avait eu lieu cette nuit-là ?

— C'est au sujet de la commission médicale. Ils me donnent jusqu'à Noël pour changer de comportement, sinon ils mettront fin à mon contrat.

Izzy prit place sur la chaise la plus proche.

— Est-ce que c'est sérieux ? Je sais que tu as eu de légers différends avec le Dr Bailey mais, d'après ce que j'ai entendu, cela n'est pas inhabituel entre chirurgiens. Est-ce la première fois qu'on te parle de licenciement ?

Il baissa la tête. Embarrassé, lui ? Voilà quelque chose qu'elle n'aurait jamais cru voir un jour.

— Qu'est-ce qu'on te reproche, au juste ?

— De ne pas avoir demandé la permission avant d'accepter un patient en ECMO, lança-t-il, les yeux brillants de colère rentrée. Je ne regrette pas de l'avoir fait. Ce garçon serait mort sans l'équipement dont nous disposons ici ! Je n'ai pas eu le temps d'attendre que les gratte-papier en place approuvent son admission !

— As-tu essayé de t'excuser ? Je sais que les règles sont strictes concernant tous nos transferts d'ECMO, mais je suis sûre que, si tu expliques à quel point c'était essentiel à la survie de l'enfant, ils comprendront.

Ben s'assit en face d'elle et posa les coudes sur la petite table qui les séparait. On aurait dit qu'il venait de perdre son meilleur ami.

— J'ai tenté de m'expliquer, mais ça ne s'est pas bien passé.

— Comment ça ? demanda-t-elle.

Ses épaules s'affaissèrent et il laissa tomber la tête dans ses mains.

— Je crains de lui avoir suggéré ce qu'il pouvait faire de tous ces règlements...

C'était pire que ce qu'elle pensait. Le chef du service de chirurgie de l'hôpital Beacon de Boston avait été médecin militaire avant d'exercer dans le civil. Il n'appréciait guère qu'on lui désobéisse.

— Je suis vraiment désolée, Ben, dit Izzy.

Et elle l'était. Peu importe comment les choses s'étaient terminées entre eux, il était l'un des meilleurs chirurgiens cardiaques pédiatriques du pays. C'est pourquoi il était choquant que le conseil d'administration envisage de le laisser partir, car cela serait préjudiciable à l'ensemble du service.

Affolée, elle se demanda ce que cela signifierait pour leur bébé. Si Ben quittait Boston, tout serait plus compliqué. Au lieu de la coparentalité qu'elle espérait, ils devraient partager un droit de visite. Les vacances d'hiver dans une ville, l'été dans une autre... Ce n'est pas ce qu'elle voulait pour leur enfant.

Ben devait rester ici. Et ils régleraient ce problème. Ensemble.

— Ils m'ont donné jusqu'à Noël, reprit Ben. C'est pourquoi j'ai besoin de ton aide. Je dois convaincre le conseil d'administration que j'ai changé ma façon de faire. J'ai besoin qu'ils sachent que je suis devenu le médecin le plus docile du service.

Izzy regarda l'homme en face d'elle, si sincère qu'elle en fut désarmée. Lui, docile ? Il ne savait même pas ce que ce mot signifiait ! Quand elle éclata de rire, si fort qu'elle en eut le souffle coupé, il leva la tête. La situation était tout sauf drôle, pourtant, et Ben avait raison : il avait besoin d'aide.

Elle se ressaisit. C'était un miracle dont il avait besoin, plutôt. Un miracle de Noël ? Chaque année, elle tentait de réaliser le vœu d'un enfant. Peut-être que, cette année, c'est Ben qui devait formuler un souhait ?

Ou peut-être devrait-elle se joindre à lui, parce qu'ils avaient tous deux intérêt à ce qu'il reste à Boston. Pas seulement pour l'hôpital, mais pour le bien de leur futur bébé. Elle avait besoin de lui ici, quel que soit le prix à payer pour que cela arrive.

Soudain, elle comprit qu'elle n'avait pas le choix.

Adossé à sa chaise, Ben croisa les bras et attendit qu'elle cesse enfin de rire. Se rendait-elle compte qu'elle était son seul espoir ?

— Je suis désolée, dit-elle entre deux respirations profondes.

— Je suis ravi que tu trouves tout cela divertissant, répliqua-t-il sans même tenter de dissimuler le sarcasme dans sa voix.

— Tu as raison, ce n'est pas drôle… Mais je ne comprends pas pourquoi tu es persuadé que je peux t'aider. Javier ne serait-il pas le mieux placé pour cela ?

— Il a déjà essayé, et je pense que c'est la raison pour laquelle ils m'ont donné cette dernière chance.

— D'accord, dit Izzy avant de se redresser sur sa chaise. Donc Javier ne peut rien faire. Mais pourquoi moi ? Je veux bien aider, mais je suis sûre que tu connais quelqu'un qui a plus d'expérience que moi avec la direction de cet hôpital.

— Mais non, justement ! Tu n'as jamais eu affaire à eux, et ils ont une très bonne opinion de toi. Comme tout le monde, d'ailleurs. Tu es parfaite, et toi seule peux me dire quoi faire pour que ces gens pensent que j'ai vraiment changé.

Maintenant, si elle était d'accord, ils passeraient plus de temps ensemble. Il jouait un jeu dangereux, il le savait, mais l'hôpital ne lui laissait pas le choix.

— Tu crois avoir changé ? Tu ne souhaites donc pas que je t'aide à faire quoi que ce soit, mais juste que je trouve un moyen de persuader le conseil d'administration que tu as changé. C'est bien ce que tu veux dire ?

Le regard qu'elle lui jeta ne laissait aucun doute sur ce qu'elle pensait de ce plan.

— Je ne demande pas de miracle. Je désire juste garder mon travail, répondit-il d'un ton grave.

Pourquoi tout le monde semblait-il croire qu'il devait changer ? Tout ce dont il avait besoin, c'était de sortir de la situation dans laquelle il se trouvait en ce moment.

— Et que se passera-t-il la prochaine fois que tu auras des problèmes ? Parce que, si tu ne veux pas changer sérieusement, cela se reproduira !

Elle se leva, décidée à mettre un terme à cette conversation aussi désagréable qu'inutile.

— Écoute, Ben, ce dont tu as besoin, c'est d'une transformation complète, mais ce que tu demandes, c'est juste une meilleure image. Ce ne sera pas suffisant. Si je t'aide, tu dois t'engager à faire plus que cela. Il faut que tu me fasses confiance et que tu sois ouvert au vrai changement. Je proposerai un plan et tu devras l'accepter, sinon nous perdrons notre temps !

Ben se leva. Demander de l'aide n'était pas chose facile pour lui, mais si conserver son poste était à ce prix, il devrait faire le sacrifice.

— Je suis toujours disposé à opérer des changements, si j'estime qu'ils sont nécessaires, déclara-t-il avant de lui tendre la main. Alors, on est d'accord ?

— Pas tout à fait, dit-elle. Avec tout le temps que je vais consacrer à ton projet, je ne pourrai pas exaucer le vœu d'un des enfants du service, alors il va falloir que tu m'aides.

— Tu veux... exaucer le dernier souhait d'un enfant ? Tu sais que je n'adhère pas à cela. C'est comme annoncer à cet enfant que tout est fini pour lui, or je m'y refuse...

— C'est un vœu de Noël, Ben. Cela ne signifie pas que nous les abandonnons, mais simplement que nous désirons qu'ils connaissent la joie de voir leur souhait se réaliser. Oui, parfois, c'est le dernier, et c'est pourquoi c'est aussi important.

L'expression suppliante qu'il lut dans ses yeux acheva de le convaincre.

— D'accord, je vais t'aider. Mais je veux choisir moi-même l'enfant.

Il ne savait pas pourquoi c'était essentiel pour lui, mais ça l'était.

— Nous sommes d'accord, alors, dit-elle en lui tendant la main.

Au moment où sa peau toucha la sienne, il sut qu'il venait de commettre une erreur. Une grossière erreur. Son esprit ne fonctionnait pas correctement lorsqu'elle était là, et voici qu'il allait la côtoyer chaque jour jusqu'à Noël ! Comment avait-il pu s'imaginer un seul instant que cela serait possible ?

– Qu'est-ce qui m'a pris ? murmura Izzy en sortant à la hâte de la chambre, les mains tremblantes.

N'avait-elle pas assez de souci à se faire avec ce bébé qui verrait bientôt le jour ? Et voilà qu'elle acceptait d'aider Ben, alors même qu'elle luttait de toutes ses forces contre les sentiments qu'il avait fait naître en elle !

— Tu vas bien ? demanda Leigh en s'écartant de son chemin.

L'infirmière en chef était l'une des préférées d'Izzy. Si les jeunes infirmières étaient parfois accaparées par leurs tâches, Leigh comprenait qu'il était tout aussi important d'écouter les jeunes patients et leurs parents inquiets. Ses cheveux gris et ses yeux bleus brillants inspiraient confiance aux enfants timides, et elle n'avait pas sa pareille pour faire des câlins aux tout-petits. Izzy n'était peut-être pas un bambin mais, en cet instant précis, elle aurait eu bien besoin d'un câlin, elle aussi !

— Je suis vraiment désolée, dit Izzy en se rendant compte qu'elle avait failli bousculer Leigh. Je ne regardais pas où j'allais.

À ce moment-là, la porte de la chambre s'ouvrit de nouveau sur Ben.

— Envoie-moi un message quand tu veux qu'on se voie pour discuter... de ce nouveau cas, lui glissa-t-il avant de faire un bref signe de tête et de s'éclipser.

Leigh plissa les yeux, et regarda tour à tour Ben et Izzy, qui n'eut pas besoin de se tourner vers le poste des infirmières pour comprendre que tout le monde avait été témoin de leur échange.

Comme Leigh lui faisait un sourire accompagné d'un clin d'œil entendu, Izzy sut qu'elle était dans le pétrin : dès qu'elle aurait tourné les talons, les rumeurs envahiraient les couloirs du service de pédiatrie.

3

Izzy cacheta la dernière enveloppe et poussa un profond soupir. L'envoi de cartes de Noël était l'une des rares traditions que sa famille coréenne respectait, et elle adorait ça. Elle passait des mois à chercher la carte parfaite pour chaque personne de sa liste et commençait à rédiger dès la fin de Thanksgiving, juste après avoir décoré le sapin.

Elle jeta un regard à son arbre. Haut de trois mètres, il était installé près du feu qu'elle avait allumé sitôt rentrée chez elle. Après cette rude journée, elle avait besoin de la paix et de la tranquillité qu'elle trouvait toujours dans son salon. Alors que le reste de l'appartement était décoré de rose, de bleu et de violet, ses couleurs préférées, elle avait choisi des ornements rouges traditionnels et des rubans dorés pour le sapin. Il était grand pour la taille de la pièce, mais cela lui plaisait ainsi. Ses parents auraient été horrifiés par le nombre d'elfes et de sujets en pain d'épice qu'elle possédait, mais, heureusement, elle n'avait pas à s'inquiéter : ces derniers étaient plus enclins à danser nus dans un champ de fleurs sauvages qu'à faire un voyage sur la côte Est pour voir leur fille unique.

Quand son téléphone sonna, elle laissa échapper un gémissement. Ses parents, sans doute. Ils avaient l'habitude de l'appeler tous les lundis soir, et leurs conversations étaient souvent empruntées, presque gênantes. Comment les choses en étaient-elles arrivées là ?

Elle posa la main sur son ventre encore plat. Il n'en serait pas ainsi avec son propre enfant. Elle s'assurerait d'être toujours disponible pour lui, et à son écoute.

— J'ai reçu les résultats de l'IRM de Janie, lança Ben dès qu'elle décrocha.

Il ne se donnait même pas la peine de la saluer ! Puisqu'elle avait accepté de l'aider à changer, autant commencer maintenant.

— Bonsoir, Ben.

— Ah, oui, bonsoir... Comme je l'ai dit, j'ai les résultats...

Elle se demanda ce que faisait exactement cet homme lorsqu'il n'était pas au travail. Passait-il ses soirées à lire un bon livre ? Regardait-il sa série préférée ? Il y avait tellement de choses dans la vie de Ben qui étaient un mystère pour elle.

Ne devrait-elle pas en savoir davantage sur celui qui allait occuper une place si importante dans la vie de son bébé ?

— Izzy ? Tu vas bien ? demanda-t-il, inquiet.

Décidément, il ne savait vraiment pas tenir une conversation. Avait-il toujours été comme ça ? Ou bien les trois dernières années passées à se couper du monde avaient-elles eu raison de sa sociabilité ?

Au lieu de se laisser gagner par l'agacement – elle était trop fatiguée pour cela –, elle ferma les yeux.

— Je vais bien. J'ai juste pensé que c'était le bon moment pour t'expliquer ce qu'était un préambule, mais je suppose qu'on peut attendre plus tard.

Il marqua une nouvelle pause avant de répondre.

— Non, je pense que tu as raison. Nous n'avons pas beaucoup de temps pour faire changer d'avis le conseil d'administration.

Nous ? C'était donc devenu un projet commun, à ses yeux ? Elle s'en réjouit. Ce serait une bonne occasion de vérifier leur capacité à travailler ensemble, puisque c'était ce qu'ils allaient devoir faire tous deux pendant les vingt prochaines années au moins. Mais Ben, lui, l'ignorait encore, se rappela-t-elle.

Elle ouvrit les yeux et regarda le calendrier où elle avait encerclé le jour prévu pour son échographie des douze semaines. Quoi qu'il arrive, elle devrait lui révéler sa grossesse une fois qu'elle aurait fait cette visite et se serait assurée que tout se passait bien.

— Tu es toujours là ? demanda Ben.

— Oui. J'essaie de décider par où commencer. J'ai besoin de savoir si c'est vraiment ton intention d'agacer les gens, ou si tu ne t'en rends pas compte...

— Eh bien, des gens m'appellent chaque jour du monde entier pour me demander conseil et je réponds toujours à leurs questions du mieux que je peux, expliqua Ben.

Il semblait sur la défensive, et elle songea qu'elle avait touché un point sensible. Était-ce l'une des choses dont le conseil d'administration l'avait accusé ?

— J'en déduis que tu n'en as pas conscience, mais...

Ben l'interrompit.

— Ce n'est pas grave. Je crois que c'est courant chez les individus qui sont tellement concentrés sur leur travail qu'ils ne remarquent pas vraiment les autres. J'étais comme ça quand j'étais jeune, et...

— Oui, mais on peut évoluer, dans la vie, coupa-t-elle à son tour. Il y a de nombreuses personnes avec lesquelles on doit être en contact. Certaines nous plaisent plus que d'autres, mais il faut apprendre à les satisfaire toutes.

— Tu as lu ça dans un livre de développement personnel ? ironisa Ben.

— Non, répondit Izzy, surprise d'entendre la taquinerie dans sa voix. Je l'ai vécu. Quand j'ai quitté ma famille pour aller à l'université, j'ai découvert un tout nouveau monde où les gens se parlaient, échangeaient, s'amusaient...

— Je ne suis pas un monstre, tout de même, murmura Ben.

— Je le sais. Je t'ai vu avec les enfants à l'hôpital. Tu es formidable avec eux et ils t'adorent tous.

Ben se racla la gorge à l'autre bout du fil. Elle l'avait mis dans l'embarras, et elle l'imagina en train de lisser sa blouse et d'endosser à nouveau son rôle de médecin coincé.

— Ce qui me ramène à la raison de mon appel, reprit-il. Les résultats de l'IRM de Janie sont revenus et aucune autre masse n'a été trouvée. Demain, je parlerai de l'opération à ses parents. J'ai pensé que tu souhaiterais être présente. Ils semblent plus à l'aise avec toi.

— J'en serais ravie. Et peut-être pourrions-nous nous retrouver après le travail et discuter de mon plan pour ta... transformation ?

Ils fixèrent une heure pour rencontrer les parents de Janie le lendemain, et décidèrent de se retrouver dans un café après la dernière intervention chirurgicale de Ben.

Ils venaient de raccrocher lorsque le téléphone d'Izzy sonna de nouveau. Elle espéra que c'était Ben qui rappelait, mais grimaça en voyant s'afficher le numéro de sa mère.

Elle soupira, prête à entendre le récit de la morne vie de ses parents, car de toute façon ils ne lui demandaient jamais de parler de la sienne. Et pour une fois, cela l'arrangeait !

— Bonjour, maman. Comment ça va ?

Ben traversa l'hôpital en s'efforçant de suivre les conseils d'Izzy et de saluer d'un signe de tête chaque personne qu'il croisait.

Il pensa à la nouvelle infirmière que Javier avait essayé de lui présenter et se revit passer à la hâte devant elle. Il devait s'excuser pour cela. Il n'avait pas voulu se montrer impoli, mais il était pressé.

— Bonjour, dit-il à l'interne qu'il avait vu après sa rencontre avec Javier.

Le jeune homme lui jeta un regard méfiant avant de lui rendre son salut.

— Bonjour à tous ! lança Ben en s'approchant du poste infirmier du service de pédiatrie, avant de commencer sa tournée.

Un petit garçon avait été transporté par avion la nuit précédente depuis un État voisin, et Ben était impatient de le voir. Selon le chirurgien cardiaque avec lequel il s'était entretenu, l'enfant souffrait d'une tumeur cardiaque jugée inopérable par plusieurs autres chirurgiens et son pédiatre souhaitait un nouvel avis. Après avoir examiné l'IRM, Ben comprit pourquoi les autres chirurgiens avaient refusé d'opérer. La taille de la tumeur et sa localisation au niveau du septum interventriculaire constituaient un défi. Même fort de son expérience, Ben n'était pas sûr d'être en mesure de pratiquer une intervention chirurgicale. Mais avant de pouvoir rencontrer ce nouveau patient, Izzy et lui devaient voir les parents de Janie.

Il entendit la petite fille pleurer avant même d'ouvrir la porte. Les enfants pleuraient très souvent à l'hôpital, mais la vue d'Izzy assise sur une chaise avec la fillette sur ses genoux, tandis qu'une jeune phlébotomiste du laboratoire tenait le bras de l'enfant, le surprit.

— Où sont ses parents ?

— Je les ai envoyés boire un café, dit Izzy. Ils seront de retour dans un instant. Ils avaient besoin d'une pause avant d'évoquer l'opération.

Elle serra plus fort contre elle la petite fille qui se raidissait à l'approche de l'aiguille.

Ben s'accroupit devant l'enfant.

— Coucou, Janie, dit-il avec douceur, regarde ça...

Il sortit sa lampe-stylo de la poche de sa blouse et l'alluma avant de la tendre à la petite fille. Il réussit ainsi à capter l'attention de sa patiente tandis que la phlébotomiste commençait à prélever un tube de sang pour les analyses qui devaient être effectuées avant l'opération. En quelques secondes, ce fut terminé, et la fillette se détendit.

— Cela ne te dérange pas de la garder encore un peu pour que je puisse l'examiner ? demanda Ben à Izzy.

— Bien sûr, dit-elle en essuyant une larme sur la joue de l'enfant. Janie et moi sommes en train de devenir des amies, n'est-ce pas ?

La petite fille pencha la tête en arrière et sourit, montrant deux fossettes sur ses joues potelées. Mais lorsque Ben ajusta son stéthoscope, elle écarquilla ses grands yeux bruns et le regarda avec méfiance.

— Je vais juste écouter ton cœur et ton ventre. Cela ne fait pas mal, assura-t-il.

Quand il posa le pavillon du stéthoscope sur sa poitrine, sa tension se relâcha, mais elle ne le quitta pas des yeux. Comme toujours, l'idée que cette petite devrait être en train de courir et de jouer au lieu d'être enfermée dans un hôpital et examinée sans relâche par des médecins lui fendit le cœur. Mais son travail consistait à faire en sorte qu'elle puisse retrouver une enfance normale et, heureusement, il avait une chance d'y parvenir.

Il terminait son examen lorsque les parents de Janie revinrent. Une fois qu'ils furent assis et que la fillette eut retrouvé les bras de sa mère, Ben leur annonça la nouvelle qu'ils attendaient.

— L'IRM que j'ai demandée hier n'a pas révélé d'autres tumeurs, ce qui est une excellente nouvelle. Je ne vois aucune raison de reporter l'opération. La localisation de la tumeur et l'absence d'autres masses placent Janie dans la catégorie à faible risque, et son pronostic est bon. Avez-vous des questions sur l'opération ?

Vingt minutes plus tard, Ben sortait de la chambre avec les consentements signés et l'opération programmée pour le lendemain. Il consulta sa montre et constata qu'il ne lui restait que quelques minutes avant de se rendre en salle d'opération. Cela ne lui laissait pas beaucoup de temps pour voir un nouveau patient, mais il pourrait revenir une fois ses interventions terminées.

Le jeune garçon qu'il trouva assis tout seul dans son lit lui jeta un regard trop perspicace pour un enfant de six ans. Le médecin de Miguel avait expliqué que sa mère ne pourrait pas voyager avec lui pour l'instant, car elle avait des enfants plus jeunes dont elle devait s'occuper à la maison. Malheureusement, il n'avait pas été question d'un père, et il supposa que la charge de la famille reposait uniquement sur la maman.

— Bonjour, je suis le Dr Murphy, dit Ben.

Le garçon était de taille et de poids moyens, et il ne présentait aucune trace de cyanose. À l'exception de l'intraveineuse à laquelle il était relié et du tuyau d'oxygène dans son nez, il semblait en parfaite santé. Ben savait que ce n'était pas le cas, mais il ignorait ce qu'avait compris son petit patient.

— Je m'appelle Miguel Contreras Palmero, dit posément l'enfant en se redressant dans son lit. Êtes-vous le nouveau médecin qui va expliquer à ma mère que mon cœur ne peut pas être réparé ?

Sa franchise stupéfia Ben. Qui avait dit une telle chose à ce petit garçon ? Et pourquoi ? Il n'avait que six ans, et il était bien trop jeune pour aborder les questions de vie et de mort.

— Si tu m'appelais « docteur Ben » ? suggéra Ben en s'installant sur une chaise, au chevet de l'enfant.

Cette façon de se résigner à son sort l'avait bouleversé plus qu'il ne l'avait jamais été jusqu'à présent.

— Je suis le cardiologue qu'on t'a envoyé consulter. Je vais demander d'autres examens et, ensuite, nous verrons ce que nous pouvons faire.

— Mes amis à la maison m'appellent Miguel, et tu peux m'appeler comme ça si tu veux, répondit le garçon, avant de poser le livre qu'il était en train de lire.

— De quoi parle ton livre ? demanda Ben en regardant la couverture colorée.

Pour la première fois depuis que Ben était entré dans la pièce, l'enfant sourit.

— C'est l'histoire d'un homme qui travaille au zoo. Il s'appelle Bernie et son ami préféré est Sam, un serpent. Il a parfois des ennuis à cause de Sam, mais ils restent toujours unis.

— Les amis doivent veiller les uns sur les autres, n'est-ce pas ?

Le téléphone de Ben vibra, lui signalant qu'il devait se rendre au bloc.

— Ça a l'air d'être un bon livre, même si je ne suis pas vraiment fan des serpents. Tu sais, il faut que je te laisse maintenant, mais je reviendrai plus tard pour te voir et tu pourras m'en dire plus, d'accord ?

— D'accord, répondit Miguel. Ce n'est pas un méchant serpent, tu sais ! Il ne mord pas.

— Tant mieux. Je vais demander à quelqu'un de te faire un électrocardiogramme, ce matin. Sais-tu ce que c'est ?

— Oh oui ! J'en ai déjà eu beaucoup ! Il ne faut pas bouger, mais ça ne fait pas mal, dit le garçon avant de reprendre son livre.

Dès que Ben eut quitté la chambre, il envoya un texto à Izzy pour lui demander une consultation, afin d'en apprendre un peu plus sur Miguel. Puis il laissa un autre message à l'assistante sociale de l'hôpital. Même si le garçon essayait de donner l'impression qu'il était fort et courageux, il était loin de chez lui et tout seul. Avec un peu de chance, l'assistante sociale pourrait l'aider à rencontrer d'autres enfants du service. Ben connaissait ce sentiment d'abandon et, même s'il ignorait s'il pourrait réparer le cœur du petit garçon, il pouvait au moins s'assurer qu'il ne passerait pas les prochains jours isolé dans sa chambre.

Quelque chose chez cet enfant l'intriguait. Il était à la fois sérieux et très volontaire. Comme souvent, Ben avait songé à son propre petit garçon en le voyant. Son fils n'aurait que trois ans aujourd'hui, et il se l'imaginait bien potelé et plein d'énergie. Il aurait déplacé des montagnes pour lui épargner d'avoir à vivre ce que le petit Miguel était en train de vivre. Il ne pouvait pas faire moins.

Ben n'avait pas été très optimiste lorsqu'il avait parlé au pédiatre du garçon, mais il était fermement résolu à trouver un moyen de l'opérer avant qu'il ne soit trop tard.

4

En attendant Ben, Izzy passa en revue le plan qu'elle avait mis au point la veille. Elle n'escomptait pas que Ben accepte tout en bloc, mais elle ne voulait pas non plus perdre son temps s'il n'était pas sérieux dans sa volonté de changer d'attitude.

Elle le vit dès qu'il franchit la porte, et quand il leva la tête, ses yeux bleus rencontrèrent les siens. L'espace d'un instant, un sourire se dessina sur ses lèvres, qui disparut aussi vite qu'il était apparu. Il était vêtu avec simplicité mais élégance, et ses cheveux et sa barbe étaient parfaitement taillés. Mais c'est son expression légèrement distante qui attira l'attention d'Izzy. Que faudrait-il faire pour qu'il se laisse un peu aller ?

Elle n'avait pas su quoi penser le soir où Ben lui avait proposé d'aller boire un verre pour fêter l'opération réussie d'un patient. Bien qu'il n'ait jamais manifesté d'intérêt pour elle, Izzy avait toujours senti qu'il était autre chose que ce médecin sévère dont il semblait cultiver l'image. Ben avait été tellement soulagé que sa petite patiente ait survécu qu'il avait révélé une partie secrète de lui-même, ce soir-là. Il lui avait expliqué à quel point il était important pour lui de pouvoir aider les enfants du service. Il n'avait rien pu faire pour sa femme ou son bébé après que la voiture de Cara s'était encastrée dans un poteau, mais il était en mesure d'aider d'autres personnes comme cette enfant...

Il s'était montré si sincère, si touchant qu'ils s'étaient rapprochés, ce soir-là. Elle avait même partagé avec lui ses propres souvenirs d'enfant délaissée par ses parents.

Puis il y avait eu le trajet jusqu'à sa porte, et le baiser d'abord amical qui s'était mué en une étreinte passionnée, les surprenant tous deux. Rien n'aurait pu la désarçonner davantage que le changement qui s'était opéré chez Ben le lendemain matin, lorsqu'il s'était éclipsé sans aucune explication. Il avait laissé tomber ses barrières pour une nuit, une nuit seulement. L'univers qu'elle lui avait fait découvrir était-il trop grand pour lui ? Et que fallait-il pour l'arracher à sa solitude et le ramener dans le monde réel ?

— Salut, dit-elle alors que Ben s'asseyait en face d'elle.

Le café, bien que très fréquenté, permettait d'avoir une conversation privée.

— Désolé, je suis en retard, déclara Ben. La journée a été très longue. J'ai eu une consultation avec deux nouveaux patients ce matin et cela a un peu retardé mon programme de chirurgie...

Il se tourna vers le menu affiché au-dessus du comptoir.

— Je vais prendre un café et un sandwich. Tu veux autre chose ? demanda-t-il.

— Non, ça va, merci, dit Izzy en serrant sa tasse de thé entre ses mains pour les réchauffer, tandis que l'odeur du café fraîchement moulu emplissait l'air.

Comment un produit qui sentait si bon pouvait-il la dégoûter à ce point ? Il y avait trois mois à peine, elle était accro à la caféine et, aujourd'hui, rien que son odeur lui était devenue intolérable. Elle prit une gorgée de thé et se détendit.

— Alors, tu as rencontré le nouveau pédiatre, le Dr Geller ? J'ai entendu dire qu'il était arrivé aujourd'hui avec un patient que tu as accepté d'opérer, lança-t-elle alors que Ben revenait avec un sandwich et une grande tasse de café.

C'est le moment que choisit son estomac pour laisser échapper un grondement sonore.

— Excuse-moi, dit-elle sans pouvoir s'empêcher de rougir.

Ben lui tendit son sandwich.

— Tiens, fit-il. On dirait que tu en as plus besoin que moi.

Elle voulut refuser, mais en fut incapable. En regardant Ben, elle fut surprise de le voir sourire, cette fois. S'amuser de son embarras lui ressemblait assez, mais elle ne pouvait pas lui en vouloir. Haussant les épaules, elle prit le sandwich et en avala une bouchée. Il était délicieux !

— Merci, dit-elle en posant la main sur son ventre en un geste protecteur qu'elle se surprenait à répéter ces derniers temps.

Elle ne put s'empêcher de se demander quels étaient ses souvenirs de la nuit. S'en rappelait-il, lui aussi ? Gardait-il en mémoire leurs baisers, leurs caresses ?

— Tu vas bien ? demanda Ben, visiblement inquiet.

Devait-elle lui dire maintenant ? Était-ce l'occasion qu'elle attendait ?

Non. Elle avait décidé de patienter jusqu'à l'échographie des douze semaines, et c'est ce qu'elle allait faire. Pourtant, ne serait-ce pas mieux de lui parler de cette nuit au lieu de faire comme si rien ne s'était passé ? Une fois qu'elle lui aurait révélé sa grossesse, il n'y aurait plus d'échappatoire.

— Non, je suis juste fatiguée. J'ai eu une journée chargée, moi aussi.

— Et tu as veillé tard en regardant ton sapin de Noël, je suppose ?

La désapprobation qu'elle perçut dans sa voix doucha toute envie de le féliciter pour s'être intéressé à quelqu'un d'autre, ce qui lui arrivait très rarement dans les conversations de tous les jours.

— Ce n'est qu'un arbre de Noël, tu sais, et non, je n'ai pas veillé trop tard. Et toi ? Tu as déjà installé ton sapin ?

— Un seul suffit pour nous deux, déclara Ben.

— Tu n'en as pas, n'est-ce pas ? demanda-t-elle.

Elle n'était pas vraiment surprise. Depuis la mort de sa femme, Ben n'avait pas participé aux fêtes de fin d'année de l'hôpital. Mais cela allait changer, cette année. Elle avait déjà décidé qu'il devait retrouver le goût de vivre. Or quel meilleur moyen d'y parvenir qu'en fêtant Noël ?

— C'est une tradition stupide, tu ne trouves pas ? Traîner un arbre qu'on n'aurait jamais regardé en temps normal, l'installer dans son salon et y accrocher des boules dorées avant de s'extasier sur son œuvre est un peu étrange. D'autant que, quelques semaines plus tard, il finit sur le trottoir où un pauvre employé municipal doit le charger dans un camion pour aller le brûler…

Alors qu'il parlait, Izzy avait l'impression d'entendre ses propres parents. Est-ce ainsi qu'il serait avec leur enfant ? Ne lui ferait-il jamais connaître les plaisirs simples de la vie ?

— Où est ton esprit de Noël ? Tu n'aimais pas cette fête quand tu étais petit ?

— Bien sûr que si, mais cela fait des années que je ne suis plus un enfant. Je suis un adulte, j'ai des responsabilités, et Noël n'a pas vraiment sa place dans ma vie.

Un peu décontenancée, elle s'efforça de répliquer :

— Alors, commençons par définir ce que nous devons faire pour résoudre ton problème de… comportement.

Elle sortit un carnet de son sac à main.

— Le problème de comportement que certaines personnes au sein du conseil d'administration me prêtent, plus exactement, corrigea Ben.

Il avait fini son sandwich et s'était adossé à son siège, le plus loin possible d'elle, comme si elle était contagieuse.

— Je dirais que la première chose à faire est de te plonger dans l'esprit de Noël, et cela commence par t'offrir un sapin.

Elle leva les yeux pour découvrir Ben qui la fixait, la bouche figée dans une moue boudeuse à laquelle elle n'était que trop habituée. Pour la plupart des gens, être chirurgien cardiothoracique signifiait savoir toujours tout mieux que tout le monde, et Ben ne faisait pas exception à la règle.

Elle s'attendait à cette réaction, mais elle refusait de se laisser décourager. Elle l'amènerait à adopter une meilleure attitude, quoi qu'il en coûte.

— Si tu veux que je t'aide, dit-elle, il faut accepter ce que je te propose.

— Je ne comprends pas ce que...

— C'est ça le problème, justement : tu ne comprends pas ce que tu dois changer. C'est pour ça que tu m'as sollicitée, tu te souviens ? Tu vas donc devoir me faire confiance. D'accord ?

Si Ben n'en faisait qu'à sa tête, il produirait juste assez d'efforts pour satisfaire l'administration de l'hôpital, puis reviendrait vite à ses anciennes habitudes.

— Izzy, c'est un arbre de Noël. Personne ne va le voir à part moi...

— Je t'aiderai à le décorer. Tu verras. C'est très amusant !

Du moins était-ce censé l'être, même si elle avait du mal à s'imaginer l'individu coincé qui lui faisait face en train de s'amuser. Si elle n'avait pas vécu cette nuit avec lui, elle aurait pensé que tout cela était voué à l'échec. Mais elle savait que l'homme chaleureux et passionné qu'elle avait connu cette nuit-là existait bel et bien, et elle ne pouvait s'empêcher d'espérer le retrouver.

— D'accord. Je vais te faire livrer un sapin.

Il n'avait pas l'air très enthousiaste, mais il ne refusa pas. C'était un début.

— Si nous avions plus de temps, j'insisterais pour aller en choisir un. C'est la seule façon d'être sûr d'avoir le sapin parfait. Heureusement pour toi, je pourrai te prêter des décorations, car j'en ai à revendre... Je suis de repos demain. Je peux être chez toi vers 18 heures, si cela te convient.

— Demain ? Ma journée est déjà bien remplie et j'ai un nouveau patient, Jiyan, que le Dr Geller m'a amené pour que je commence à l'évaluer en vue d'une intervention chirurgicale. Il a une malformation cardiaque compliquée.

— Une tétralogie de Fallot, c'est ça ? C'est très rare, en effet. L'une des infirmières m'a dit que c'était un enfant adorable et que sa mère était très inquiète, déclara Izzy.

— C'est pourquoi le Dr Geller est venu. Il est ami avec la maman. J'ai étudié les images et il semble que je peux prendre en charge l'intervention, mais ce sera une opération très complexe.

— J'en suis ravie. Ce petit et sa mère ont traversé des moments très difficiles. J'espère qu'ils pourront bientôt retrouver une vie normale.

Tous les enfants qu'ils voyaient n'avaient pas cette chance.

— Et il y a aussi le petit garçon atteint d'une tumeur au cœur que je t'ai demandé de voir. Il a besoin qu'on prenne soin de lui et je n'ai pas le temps de m'en occuper...

Il se rassit sur sa chaise et croisa les bras.

Se penchant en arrière, elle l'imita. Tout le monde pensait qu'elle était douce et charmante, mais elle pouvait se montrer ferme quand il le fallait. L'une des rares choses qu'elle avait en commun avec ses parents était son entêtement. Lorsqu'elle savait qu'elle avait raison, elle n'abandonnait jamais.

Ils se toisèrent, ses yeux bruns ne quittant pas les yeux bleus de Ben.

— Nous n'avons que trois semaines avant Noël, Ben. C'est maintenant ou jamais, et si tu n'es pas d'accord, nous pouvons en rester là. C'est toi qui décides.

— OK, dit-il finalement en laissant retomber ses bras le long de son corps. Je vais voir ce que je peux faire.

— Très bien. C'est un bon début. Le but est que le conseil d'administration te voie te joindre au reste du personnel pour célébrer les fêtes de fin d'année. Cela te rendra beaucoup plus sympathique et leur montrera que tu peux t'entendre avec tes collègues.

— Je participe à la course des Pères Noël tous les ans ! protesta Ben. Ce n'est pas rien, tout de même !

— D'accord, tu cours quelques kilomètres, mais tu disparais sitôt la ligne d'arrivée franchie. Tu pourrais tout aussi bien courir en solitaire. Il faut se mêler aux autres, Ben. Leur poser des questions sur leur vie, leurs enfants… Toutes ces choses simples dont les gens discutent.

Il s'inclina. Elle avait remporté cette manche, mais il n'avait pas dit son dernier mot.

— Au fait, je suis aussi allé voir Miguel, le garçon qui est arrivé la nuit dernière, dit Izzy.

— Qu'as-tu pensé de lui ? demanda Ben, tout signe d'agacement ayant disparu.

— Il est adorable, mais un peu triste. Sa mère et ses frères et sœurs lui manquent beaucoup. J'ai parlé à l'assistante sociale, qui s'est arrangée pour qu'il puisse les appeler quand il le souhaite. Au plan physique, je pense qu'il souffre plus qu'il ne veut l'admettre. J'ai remarqué qu'il a tressailli plusieurs fois. Est-ce normal pour ce type de tumeur ?

— Oui, cela peut provoquer des douleurs musculaires et articulaires. Je vais lui prescrire quelque chose pour les soulager.

Comme il gardait le silence, elle comprit qu'il pensait à ce petit garçon.

— La tumeur est-elle opérable ? demanda-t-elle.

— Je n'en sais rien. D'après son pédiatre, tous les autres chirurgiens ont refusé d'intervenir. Je suis son dernier espoir. Je pense que nous devrions l'inscrire sur la liste des transplantations dès que possible, au cas où je ne pourrais pas réséquer la tumeur, mais je dois essayer. Il y a beaucoup de paperasserie et de tests nécessaires avant de pouvoir aller au bloc, hélas !

Ben avait l'air presque vaincu, ce qu'elle n'avait jamais vu auparavant.

— Je peux t'aider. Si tu m'envoies les documents et les coordonnées, je ferai en sorte que tous les tests soient réalisés au plus vite.

— Merci, dit Ben en esquissant un sourire triste. Je vais retourner à l'hôpital. Je lui ai promis de repasser le voir.

— Bien sûr. Je dois rentrer, moi aussi.

Elle se leva.

— Oui. Il faut allumer les guirlandes de Noël ! lança-t-il d'un ton taquin qui la surprit.

— Demain soir, tu seras en train d'admirer ton propre sapin, tu verras ! répliqua-t-elle.

Elle remonta le col de son manteau et regarda Ben quitter le café en direction de l'hôpital, la tête baissée pour lutter contre le vent froid. Son dévouement à l'égard de ses patients était admirable, et tous les parents étaient ravis de le savoir auprès de leur enfant.

Hélas, elle n'avait pas besoin d'un médecin pour son propre enfant, mais d'un père. Un père aimant et généreux. Un père qui partagerait des rires en lisant des histoires à l'heure du coucher. Un père qui donnerait en cachette des biscuits avant le dîner. Un père qui se ferait un plaisir de faire du pop-corn et de fabriquer des flocons de neige en papier pour décorer le sapin de Noël. Ben était-il le genre de père qu'elle souhaitait pour leur bébé ?

Et s'il ne l'était pas, comment protégerait-elle son enfant de la douleur d'avoir pour parent un bourreau de travail qui ne prenait pas la peine de lui donner l'amour dont il avait besoin ?

5

Izzy entra dans la chambre de Miguel, et fut surprise de le trouver réveillé si tôt. Elle était venue avant les heures d'ouverture pour tenir compagnie aux parents de Janie pendant l'opération de leur fille, mais en voyant la porte de Miguel ouverte et les lumières allumées, elle avait décidé de prendre des nouvelles du garçon. Ben était passé la veille, mais savoir ce jeune enfant tout seul lui faisait mal au cœur. Elle avait bien connu la solitude dans son enfance. Non qu'elle ait été négligée. Ses parents avaient toujours veillé à ce qu'elle ait tout ce dont elle avait besoin. Tout, sauf leur temps.

— Bonjour, dit-elle lorsque Miguel leva les yeux du livre qu'il tenait à la main.

Elle remarqua une pile de nouveaux livres sur sa table de chevet. Apparemment, elle n'était pas la seule à s'intéresser à lui. Mais ça se passait comme ça, au pavillon 34. Le personnel était toujours prêt à aider un enfant ou un parent dans le besoin.

— Je vois que quelqu'un t'a apporté de la lecture.

— La dame qui m'a aidé à appeler ma mère m'a prêté plein de livres, et le Dr Ben m'en a donné un sur un médecin qui soigne les animaux !

Ben avait dû s'arrêter dans une librairie en allant voir Miguel hier soir. En présence des enfants du service, celui-ci se métamorphosait. Trop occupé pour bavarder avec le personnel, il n'était jamais avare de son temps pour réconforter ses petits patients.

Mais comment faire comprendre cela au conseil d'administration ? D'une certaine manière, Ben avait raison : rien ne clochait chez lui, il avait juste besoin de se montrer un peu plus souple, parfois.

Elle s'assit au chevet de l'enfant.

— C'est ce livre-là ? demanda-t-elle.

— Oui. C'est l'histoire d'un vétérinaire qui s'occupe que des chats, des chiens et des oiseaux, mais pas des serpents ! expliqua Miguel. Ne le dis pas au Dr Ben, mais je préfère mon livre sur les animaux du zoo. Il y a un serpent qui s'appelle Sam.

— Un serpent nommé Sam ? Ça a l'air intéressant...

Les yeux bruns et sérieux du garçon rencontrèrent les siens, et elle sut qu'elle était perdue. Ce petit avait passé une grande partie de sa brève existence seul dans les hôpitaux alors que d'autres médecins essayaient de trouver un moyen de l'opérer et de lui sauver la vie. Personne ne s'était-il intéressé à lui ?

Elle décida qu'ici, à Boston, les choses changeraient pour lui. Elle s'en assurerait. Soudain, elle eut une idée. D'habitude, elle profitait de la période de Noël pour exaucer le vœu d'un des enfants les plus vulnérables de l'hôpital. Mais cette année, elle avait été tellement perturbée par l'annonce de sa grossesse qu'elle n'avait pas pris le temps de savoir quel patient en avait le plus besoin. Ben avait insisté pour l'aider à choisir mais, en regardant ce petit garçon, elle sut qu'elle l'avait trouvé. Il ne restait plus qu'à demander à Miguel quel était son vœu...

Elle s'apprêtait à le faire quand elle songea que c'était un peu prématuré. Elle voulait d'abord mieux le connaître. Elle passa quelques minutes de plus à lui parler, à essayer de découvrir ses centres d'intérêt et à réfléchir à ce qu'elle pourrait faire pour lui venir en aide.

Certaines personnes, comme Ben, pensaient que le fait d'exaucer le vœu d'un enfant gravement malade signifiait qu'on l'abandonnait. Elle ne voulait pas que Miguel pense cela, et devait donc être prudente. Ni elle ni Ben ne renonceraient à aider ce petit. Elle avait déjà réservé une partie de sa journée pour contacter le responsable des transplantations de l'hôpital et elle savait que Ben était encore en train d'étudier la possibilité de reséquer la tumeur en toute sécurité.

Vingt minutes plus tard, lorsqu'elle entra dans la salle d'attente du bloc opératoire, elle ne savait toujours pas quel souhait exaucer pour faire plaisir à Miguel. Devant les regards anxieux des parents de Janie, elle se concentra sur le moment présent. Elle ne pouvait même pas imaginer ce qu'ils avaient vécu ces dernières semaines. Ben leur avait donné l'espoir que leur petite fille survivrait à l'intervention, mais il était normal qu'ils aient des doutes.

— Avez-vous des nouvelles de la salle d'opération ? demanda Izzy.

Le protocole voulait qu'une infirmière tienne les familles des patients au courant du déroulement de l'intervention.

— Pas depuis qu'ils ont commencé, répondit la mère de Janie, dont la main se crispa sur celle de son mari. Pouvez-vous nous dire si elle va bien ? Je sais que le Dr Murphy a expliqué que l'opération durerait environ deux heures, mais j'ai besoin de savoir...

— Je vais voir ce que je peux faire, promit Izzy.

Ce n'était pas la première fois qu'elle s'introduisait dans le sanctuaire qu'était la salle d'opération. Elle passa son badge sur la borne magnétique et fut tout de suite interpellée par une grande silhouette masculine en blouse verte. Le personnel du bloc opératoire prenait ses responsabilités très au sérieux. Personne ne pouvait lui échapper et mettre en péril la stérilité des salles d'opération.

Izzy s'approcha de la ligne rouge à ne pas dépasser si l'on n'était pas en tenue.

— Je voudrais juste regarder l'écran du Dr Murphy, s'il vous plaît.

L'homme la dévisagea, puis dit en désignant la ligne rouge :

— Attendez ici. Je reviens.

Quelques minutes plus tard, il était de retour avec une blouse stérile, une charlotte et des chaussons. Lorsqu'elle eut fini d'enfiler les vêtements, il se retourna et elle le suivit jusqu'à un espace où plus de vingt écrans affichaient ce qu'il se passait dans les différentes salles d'opération. Le nombre d'interventions chirurgicales réalisées chaque jour dans cet hôpital était stupéfiant.

— Le Dr Murphy opère dans la salle 25, indiqua l'homme.

Il se planta à côté d'elle, comme s'il craignait qu'elle se précipite dans l'une de ces salles. Elle aurait voulu lui dire que la dernière chose qu'elle souhaitait était rentrer dans un bloc opératoire. Son tuteur, à l'école de médecine, avait rapidement compris qu'elle n'était pas faite pour être chirurgienne.

Elle observa l'écran et vit Ben penché sur Janie. Son corps l'empêchait de distinguer ce qu'il faisait et un microscope chirurgical cachait ses yeux, mais il était si concentré qu'elle se dit qu'il avait localisé la tumeur et s'employait à la retirer. À la tête du lit, un anesthésiste scrutait les moniteurs et ne montrait aucun signe d'inquiétude.

— Merci, dit Izzy.

Lorsqu'elle se détourna des écrans, elle fut saisie d'un vertige et dut s'appuyer contre un mur tout proche.

L'infirmier l'aida à retrouver son équilibre, et la sensation de vertige disparut aussi vite qu'elle était venue.

— Tout va bien ?

— Oui, juste un peu de fatigue...

Elle avait réussi à donner le change, mais cet incident lui rappela qu'elle devait parler franchement de sa grossesse à Ben, avant que cela ne se reproduise et que la nouvelle ne se répande.

Après avoir remercié l'infirmier, Izzy quitta le bloc opératoire et retourna dans la salle d'attente pour rassurer les parents de Janie. Alors qu'elle leur tenait compagnie, Izzy ne pouvait s'empêcher de penser à Miguel. Janie avait la chance d'avoir ses parents avec elle, mais la mère du garçon, elle, ne pouvait pas laisser ses autres enfants, et son fils devait affronter seul l'hôpital. Et s'il arrivait quelque chose à Izzy et que son enfant se retrouvait seul ? Ses propres parents interviendraient-ils et s'occuperaient-ils de lui ? Est-ce ce qu'elle voulait pour son enfant ? Il y avait tant de choses à penser, à redouter quand on attendait un bébé ! Comment les mères célibataires faisaient-elles au quotidien ? Comment pourrait-elle être la mère qu'elle désirait être avec les horaires que lui imposait son travail ? Raison de plus pour vouloir que Ben prenne une part active dans la vie de leur enfant...

Et pour être honnête, ce n'était pas la seule raison pour laquelle elle voulait se rapprocher de lui. Une part d'elle, la plus romantique, avait développé des sentiments pour Ben. Sous son regard, puis dans ses bras, elle s'était sentie désirée comme jamais auparavant.

Soudain, elle vit les parents de Janie se lever et se précipiter dans la salle d'attente. Elle les suivit jusqu'à Ben, qui les rassurait en leur disant que tout s'était bien passé et que la tumeur avait été enlevée. Incapable de croiser son regard, Izzy s'éclipsa et retourna en pédiatrie pour achever sa tournée du matin.

Elle devait absolument oublier les souvenirs de sa nuit avec Ben ! C'était une aventure d'un soir, qui ne se répéterait pas. Ben l'avait bien compris. Alors que ce qu'ils avaient partagé était unique à ses yeux, Ben, lui, ne songeait qu'à l'oublier et le lui avait bien fait comprendre.

Alors, comment prendrait-il la nouvelle de sa grossesse, conséquence inattendue de leur nuit de passion ? Et comment allait-elle accepter que, à part la garde de ce bébé, ils ne partageraient plus jamais rien ?

Ben redressait l'arbre qui se trouvait dans le coin de son salon quand on sonna à la porte. Izzy était là ! Chez lui. Et ils allaient être seuls, ce qui était une très mauvaise idée, songea-t-il alors que des images de leur nuit de passion envahissaient son esprit.

Il lissa la toile de son jean et ajusta le col de sa chemise blanche, plus nerveux qu'avant une greffe cœur-poumons, l'une des opérations les plus difficiles qu'il ait jamais pratiquées.

— Salut ! lança Izzy quand il ouvrit enfin la porte. Je croyais que tu allais me poser un lapin !

Seul un imbécile aurait posé un lapin à une femme comme Izzy. Elle était si belle, avec ses longs cheveux noirs qui descendaient dans son dos et ses yeux bruns pétillants ! Tout en elle respirait l'intelligence et la joie de vivre, et il aurait fallu être un saint pour lui résister.

— Je peux entrer ? demanda-t-elle, les bras chargés de sacs remplis de décorations de Noël.

— Euh... oui, bien sûr. Laisse-moi t'aider..., bredouilla-t-il en la débarrassant. J'ai demandé aux livreurs d'installer le sapin ici, regarde !

La grande maison que Cara et lui avaient achetée après leur mariage avait encore besoin de quelques rénovations, mais Cara avait insisté pour que les pièces principales soient terminées avant qu'ils n'emménagent. Les parquets du rez-de-chaussée avaient été refaits à neuf et les lambris du salon repeints en blanc éclatant. Seules les bibliothèques évoquaient l'ancienneté de la maison. Lorsqu'ils avaient appris qu'ils allaient avoir un fils, ils avaient commencé à rénover le deuxième étage. Aujourd'hui, la chambre d'enfant dont il n'ouvrait jamais la porte était inachevée.

Il s'arrêta devant l'arbre de guingois.

— Il est un peu de travers, le pauvre, mais ce n'est pas ma faute. Il était comme ça quand on me l'a livré.

— C'est pourquoi il vaut mieux aller choisir soi-même le sapin parfait, expliqua Izzy. Cela fait partie de la tradition de Noël.

— Ce n'est pas si grave ! lança Ben, saisi de l'envie de prendre la défense de son arbre. Il a poussé de travers, c'est tout.

Izzy hocha la tête.

— Tu as raison. Il est un peu bizarre mais je suis sûre qu'il peut t'apporter beaucoup de joie.

Ben en doutait, et il ne voulait pas blesser Izzy qui semblait ravie de le décorer, mais la seule joie qu'il pourrait tirer de l'arbre serait le lendemain de Noël, lorsqu'il l'emmènerait sur le trottoir et lui dirait adieu.

— Que veux-tu que je fasse ? demanda-t-il en regardant Izzy déballer les guirlandes multicolores.

— Tu peux les brancher et t'assurer qu'elles fonctionnent avant de les enrouler autour du sapin. Je ne sais pas quelles sont tes couleurs préférées, alors j'en ai apporté plusieurs.

Ses couleurs préférées ? Il commençait à penser qu'elle avait un vrai problème avec tous ces trucs de Noël. Peut-être devrait-il vérifier s'il existait des groupes de soutien pour cela ?

Izzy sortit des boîtes d'ornements colorés, rouges, verts et bleus, puis elle lui tendit la première guirlande lumineuse et il se dirigea vers la prise électrique la plus proche. Des lumières de couleurs vives s'allumèrent dès qu'il la brancha, et il testa aussitôt la suivante.

— Tes parents ne décoraient pas leur maison pour Noël ?

Elle avait cessé d'ouvrir les paquets et, les deux mains sur les hanches, le regardait avec attention. Elle était si belle qu'il fut pris de l'envie soudaine de l'embrasser.

Il recula d'un pas. Mieux valait parler décorations de Noël que de s'aventurer sur ce terrain.

— Si, mes parents faisaient un sapin, répondit-il.

Il se souvenait encore de son père demandant à sa mère quel était le meilleur endroit pour l'installer. Il fallait toujours qu'il le déplace trois ou quatre fois avant qu'elle ne soit enfin satisfaite. Maintenant qu'il avait grandi, il se demandait s'il ne s'agissait pas d'un jeu entre eux.

— Alors, quelle était ta couleur de décoration préférée ? Le rouge ? Le bleu ?

Le bleu, il s'en souvenait, maintenant. Sa mère avait ces grosses boules de verre très fragiles, dont la couleur rappelait l'océan.

Izzy commença à enrouler avec soin une guirlande lumineuse

autour des branches de l'arbre, les lèvres pincées tant elle était concentrée. Quand elle se retourna, il dit d'un ton presque joyeux :

— J'aime bien les décorations bleues ! On pourrait ajouter du rouge aussi, qu'en penses-tu ?

Une heure plus tard, assis par terre, ils admiraient leur travail. Malgré son air un peu penché, le sapin était magnifique.

— Alors, avoue qu'il est beau ! lança Izzy avant de prendre une bouchée de la pizza qu'il avait commandée pendant qu'ils finissaient d'accrocher les derniers ornements.

Ce qui lui plaisait, c'était de passer du temps avec Izzy, mais il n'était pas prêt à l'admettre.

— C'est vrai, il a de l'allure.

Instinctivement, il tendit la main pour repousser une mèche qui lui cachait les yeux. Subjugué, il ne remarqua pas qu'elle appuyait sa tête contre son épaule, jusqu'à ce qu'il voie ses lèvres bien trop proches des siennes. Il se souvenait encore de leur douceur lorsqu'elles s'étaient posées sur sa peau…

— Ce n'est peut-être pas ce à quoi tu t'attendais, mais c'est quand même magnifique, dit Izzy en contemplant l'arbre illuminé.

Ben regardait tour à tour le sapin et Izzy, quand il l'entendit demander :

— Et avec ta femme, vous ne faisiez pas d'arbre de Noël ?

À ces mots, il s'écarta légèrement d'elle.

— Nous en faisions un dans notre ancien appartement. Elle est morte avant notre premier Noël ici.

Ils avaient prévu de passer les fêtes à la maison au lieu de voyager pour voir leur famille comme ils l'avaient fait jusqu'alors. Mais au lieu de cela, Ben avait passé son premier Noël seul…

— Je suis désolée, Ben, déclara Izzy, comme si elle avait deviné ses pensées.

Il apprécia qu'elle ne ressente pas le besoin d'en dire plus. Il avait déjà tout entendu, et ces mots simples et sincères le touchaient plus que beaucoup d'autres. Izzy était toujours attentive aux gens, et il savait que Cara l'aurait appréciée.

Izzy se leva et commença à remettre dans le carton les parts de pizza qu'ils n'avaient pas mangées.

— Je m'en occupe, dit-il en se levant à son tour et en lui prenant le carton des mains.

Un silence gênant se fit entre eux, qu'elle rompit quand elle déclara :

— Il faut que je me sauve, maintenant ! Je commence tôt demain matin.

Elle prit le sac contenant les décorations qu'ils n'avaient pas utilisées et se dirigea vers la porte. Il était censé l'accompagner mais n'en fit rien, de crainte de ne pas pouvoir résister à l'envie de l'embrasser pour lui souhaiter bonne nuit.

Il avait beau désirer Izzy Jeong comme aucune autre femme avant elle, il savait qu'il n'était pas l'homme qu'elle méritait.

6

Izzy chercha son téléphone à tâtons sur la table de nuit. Un instant, elle admirait dans les bras de Ben les guirlandes du sapin de Noël, et l'instant d'après, elle s'éveillait en sursaut…

Elle n'ouvrit qu'un œil, espérant pouvoir replonger dans son rêve, puis elle regarda l'horloge : 3 heures du matin. Ce ne pouvait pas être l'hôpital, car elle n'était pas de garde. Étaient-ce ses parents ? Quelque chose n'allait pas en Californie ?

Elle se redressa et décrocha en voyant le numéro de Ben s'afficher sur son écran. Embrumée par le sommeil, elle mit quelques secondes à comprendre ce qu'il disait.

— Izzy, tu es là ? Si tu m'entends, rejoins-moi tout de suite à l'hôpital !

Ben parlait très vite. Il respirait bruyamment et elle se demanda un instant s'il ne sortait pas d'un rêve, lui aussi.

— Qu'est-ce qui ne va pas ? C'est Miguel ?

— Non, c'est Elly. On a trouvé un cœur pour elle, mais ses parents paniquent, et je ne sais pas comment gérer la crise. Nous attendons cela depuis des mois ! C'est le seul espoir de leur fille, mais maintenant ils refusent de signer le consentement et exigent de me parler en personne.

Elly… La petite fille de huit ans souffrant d'insuffisance cardiaque était devenue la mascotte du service pédiatrique. L'attente était si longue que tout le monde commençait à penser qu'on ne trouverait pas de donneur pour la transplanter. Les parents de la fillette étaient anxieux et parfois exigeants, ce qu'elle ne pouvait pas leur reprocher. Personne ne savait comment il réagirait à leur place. Elly souffrait d'une maladie cardiaque congénitale et, dès sa naissance, les médecins leur avaient dit de se préparer au pire. Mais Elly avait survécu et elle avait maintenant une chance d'aller mieux. Il fallait convaincre ses parents de la saisir.

Izzy sauta du lit et attrapa quelques vêtements dans son armoire.

— J'arrive au plus vite ! Dans combien de temps dois-tu donner une réponse au centre de transplantation ?

— Une heure, dit Ben. Ensuite, ils reprendront la liste et appelleront les médecins du patient suivant.

Elle l'entendit démarrer sa voiture.

— Ne leur parle pas avant que j'arrive, d'accord ? Les parents savent qu'il faut donner leur accord, mais ils ont peur. Nous leur ferons signer le consentement une fois qu'ils auront eu le temps de réaliser ce que cela signifie pour leur fille.

Izzy enfila un vieux jean et fut surprise de le trouver un peu serré. Son corps commençait déjà à changer.

— Ils signeront ces papiers, et s'il faut pour cela les accuser de mettre en danger leur enfant, je le ferai ! déclara Ben, presque furieux. C'est la seule chance de cette fillette, car le temps qu'on nous propose un autre donneur, il pourrait être trop tard !

— Nous n'en sommes pas là. Attends-moi avant d'aller les voir, répéta-t-elle en marchant vers sa voiture. Promets-moi d'attendre, Ben.

— D'accord. Ne t'inquiète pas. Conduis prudemment, OK ? Je peux essayer de gagner du temps avec le transport d'organes, si tu en as besoin.

Le fait que Ben s'inquiète pour elle lui réchauffa le cœur. Personne ne se souciait jamais d'elle, en vérité. Puis elle se rappela que la femme de Ben avait été tuée dans un accident de voiture. Il devait être traumatisé !

— Je ne suis qu'à dix minutes de l'hôpital. Je me gare près des urgences et je te rejoins à l'étage.

Alors qu'il faisait les cent pas dans le couloir, devant la chambre d'Elly, Ben aperçut Izzy, et regretta de l'avoir appelée au milieu de la nuit. Il n'aurait pas dû exiger qu'elle vienne à l'hôpital. Et s'il lui était arrivé quelque chose alors qu'elle se précipitait ici pour l'aider ? Cette pensée le glaçait jusqu'aux os.

Il savait qu'il était ridicule, mais il n'avait pu s'empêcher de céder à la panique pendant qu'il l'attendait. Quelque chose dans son corps avait pris le dessus sur sa raison, ce qui ne pouvait signifier qu'une chose : il était trop impliqué dès qu'il s'agissait d'elle, et cela le fragilisait. Il devait trouver un moyen de continuer à travailler avec elle sans perdre le contrôle sur ses émotions.

Pourquoi avait-il instinctivement appelé Izzy quand il avait eu besoin d'aide ? C'était son travail de s'occuper des patients transplantés. Oui, Izzy faisait partie des pédiatres qui prenaient Elly en charge, mais c'était au chirurgien de s'occuper de tout ce qui concernait le processus de transplantation. Réveiller une consœur au milieu de la nuit n'était pas très professionnel !

Il avait déjà eu affaire à des parents difficiles, mais il ne s'attendait pas à ce que les parents d'Elly réagissent ainsi alors que tous les espoirs de voir leur enfant vivre une vie normale leur étaient enfin offerts.

— J'ai réussi ! lança Izzy en s'approchant de lui, hors d'haleine.

— Ralentis, dit-il en posant les mains sur ses épaules. Tu as grimpé les escaliers au pas de course ?

— Oui, et je ne suis pas aussi en forme que je le pensais, déclara-t-elle avant de se pencher en avant et de prendre plusieurs inspirations profondes.

— Je vais te trouver un siège pour que tu puisses t'asseoir et reprendre ton souffle. Il n'était vraiment pas utile de faire tout ce chemin en courant.

Il n'aurait pas dû lui dire qu'il avait peur que le greffon soit attribué à quelqu'un d'autre. Il n'aurait pas dû lui mettre la pression ainsi.

— Je vais bien. Je ne voulais pas que tu ailles parler à Jenny et Trey tout seul.

Le fait qu'elle ait créé des liens avec les parents d'Elly ne le surprit pas. Izzy avait un talent naturel pour communiquer avec les gens. N'était-ce pas ce qu'elle avait fait avec lui, la nuit précédente, en l'incitant à se confier sur sa vie passée ? Il devait bien admettre qu'il avait apprécié ce moment en sa compagnie, à décorer le sapin et à bavarder en toute confiance.

— Je suis prête ! lança Izzy en se redressant. Allons-y !

Izzy entra la première dans la chambre sombre, après avoir frappé doucement à la porte. Même dans l'obscurité, Ben distingua les parents d'Elly, un de chaque côté du lit, comme s'ils voulaient ériger une forteresse autour de leur fille. La protégeaient-ils des risques à venir ? De lui et de la dangereuse opération dont leur fille avait désespérément besoin ? Comment leur faire comprendre que les bénéfices l'emportaient sur les risques, et trouver les mots justes pour amener ces parents à lui confier la vie de leur enfant ?

— Est-ce qu'on peut vous parler une minute ? demanda Izzy en s'approchant du lit, Ben sur les talons.

— Izzy..., murmura la mère d'Elly en se levant pour aller à leur rencontre. Je ne m'attendais pas à vous voir cette nuit.

— Le Dr Murphy m'a appelée pour m'annoncer la bonne nouvelle. Je voulais être là au cas où vous auriez des questions auxquelles il n'aurait pas pu répondre. Je ne suis pas chirurgienne, mais je m'occupe d'Elly depuis qu'elle a été transférée dans mon service.

— J'ai pensé que vous seriez plus à l'aise avec le Dr Jeong, renchérit Ben en toute sincérité. Je sais que mon appel téléphonique a été un choc. Cette nouvelle l'a été pour nous tous. Cela fait longtemps que nous attendons ce greffon et j'aimerais pouvoir vous laisser plus de temps pour réfléchir, malheureusement d'autres enfants sont dans la même situation qu'Elly. Si nous ne donnons pas une réponse au centre de transplantation, ils se tourneront vers l'enfant suivant.

Il fut surpris quand Izzy lui prit la main et la serra dans la sienne. Cela signifiait-il qu'il avait dit ce qu'il fallait ou, au contraire, qu'il avait commis un impair ? Tout à coup, son téléphone sonna. C'était l'agent de liaison des transplantations.

Il lâcha la main d'Izzy et s'éloigna.

— Il faut que je prenne cet appel.

Pendant que Ben répondait au téléphone, Izzy rejoignit les parents d'Elly au chevet de leur fille et la regarda dormir. Assez fluette, celle-ci était un véritable feu follet lorsqu'elle était éveillée. Elle amusait toujours le personnel et les autres enfants du service avec des histoires qu'elle inventait, et où ses animaux en peluche tenaient le premier rôle. Izzy avait le sentiment que la petite fille deviendrait un jour un grand auteur. Mais pour cela, encore fallait-il qu'elle continue de vivre...

Elle se tourna vers Ben, en pleine conversation. Y avait-il un problème ? Ou le centre chargé de répartir les organes était-il simplement pressé d'obtenir une réponse ?

— J'ai entendu dire que le Dr Murphy était le meilleur dans son domaine, déclara soudain Jenny, la mère d'Elly, en venant se placer à côté d'elle.

— En effet. C'est l'un des chirurgiens cardiothoraciques pédiatriques les plus réputés du pays, répondit Izzy.

— Est-ce que vous approuveriez cette transplantation, docteur Jeong ? S'il s'agissait de votre enfant, seriez-vous d'accord avec l'opération ? insista Jenny.

Izzy s'était vu poser cette question à maintes reprises par de nombreux parents, dans des situations très différentes, mais c'était la première fois qu'elle comprenait vraiment ce qu'ils lui demandaient. La vie de chaque enfant était précieuse. Mais la vie de votre propre enfant était un trésor inestimable qui ne pourrait jamais être remplacé. C'était une partie de vous-même. Les parents d'Elly auraient donné leur propre cœur, renoncé à leur propre vie, pour sauver leur fille. Elle le comprenait maintenant parce qu'elle ressentait déjà la même chose pour la petite vie qui grandissait en elle. À quel point son amour se transformerait-il lorsqu'elle sentirait son bébé bouger ou qu'elle le tiendrait dans ses bras ?

— Oui, répondit-elle, je ferais n'importe quoi pour sauver mon enfant. Même avec tous les risques, je lui donnerais la chance de vivre l'existence qu'il mérite.

Jenny hocha la tête, puis interrogea son mari du regard.

— Vous pouvez dire au Dr Murphy que nous voulons donner cette chance à Elly, et qu'il peut procéder à la transplantation.

Une fois qu'il eut réglé toutes les formalités administratives et pris les dispositions nécessaires avec l'équipe du centre de transplantation, Ben remarqua que le jour s'était levé. Il était trop tard pour se rendormir et trop tôt pour commencer sa tournée. Très naturellement, il proposa à Izzy d'aller prendre un café.

— Je ne comprends pas ce qui s'est passé, déclara-t-il. Pourquoi les parents de cette petite fille ont-ils soudain eu des doutes sur la transplantation après avoir espéré pendant des mois que ce jour viendrait ?

Ben plongea son regard dans son cappuccino, perplexe. Était-ce sa faute ? Avait-il dit quelque chose qui les avait poussés à remettre en question la transplantation ?

— Si j'avais eu la possibilité de sauver mon propre enfant, j'aurais remué ciel et terre pour y parvenir...

C'était la pure vérité. Il aurait donné n'importe quoi pour sauver sa femme et son fils après l'accident. Mais c'était la première fois qu'il le disait à voix haute. Il ne parlait jamais du jour où il avait perdu sa famille. À quoi bon ? Il en avait assez des regards de pitié du personnel de l'hôpital, qui duraient depuis qu'il avait repris son poste, après l'accident. Il n'avait pas besoin de la pitié des gens. Ce dont il avait besoin, c'était qu'on le laisse tranquille pendant qu'il essayait de comprendre comment continuer à vivre après cette perte immense.

— Je suis désolée, Ben. Je ne peux pas imaginer ce que tu as vécu, cette nuit-là.

La main d'Izzy se posa sur la sienne.

— Si tu as besoin d'en parler, je suis là.

Sa peau était douce et chaude contre la sienne, et il se surprit à tourner sa paume pour sentir Izzy plus proche encore de lui… Ils restèrent assis un moment, les yeux dans les yeux, et ce fut comme si plus rien n'existait autour d'eux.

Qu'est-ce qui, chez cette femme, le poussait à lui dévoiler la partie la plus douloureuse de sa vie ? Il y avait quelque chose dans son attitude calme et rassurante qui l'incitait à s'ouvrir à elle. Il avait déjà ressenti ce lien avec Izzy lorsqu'il s'était laissé aller à oublier la douleur et la culpabilité qu'il portait depuis quatre ans. Le temps d'une nuit, cette culpabilité qu'il ressentait pour la mort de sa femme s'était envolée. Avec Izzy, il avait eu l'impression grisante d'être un homme nouveau. Un homme guéri. Mais à la lumière du jour, il avait compris qu'elle méritait mieux que lui. Il ne croyait plus à l'amour et n'y croirait plus jamais. Il avait été heureux entre ses bras pendant un court instant, mais leur histoire n'irait pas plus loin…

Il retira sa main et se redressa sur sa chaise. Il avait suffisamment à faire aujourd'hui pour ne pas songer au passé. Il devait rester concentré sur son travail. D'autres personnes dépendaient de lui et il était important qu'il ne les déçoive pas. Il avait peut-être déçu sa femme en n'étant pas à ses côtés lorsqu'elle avait eu besoin de lui, mais il ne pouvait plus rien y changer. La seule chose qu'il était en mesure de faire maintenant, c'était être là pour ses petits patients. C'était sa mission, et tout ce qui comptait vraiment. Il avait le pouvoir de soigner ces enfants pour qu'ils aient une vie meilleure. Un avenir.

— Je ne sais pas ce qu'il s'est passé avec les parents d'Elly. Peut-être avaient-ils perdu espoir, sans oser l'avouer. Et quand le choc de la nouvelle a commencé à se dissiper, la peur de perdre Elly a dû prendre le dessus, avança Izzy.

Il posa sur elle un regard admiratif. Même après s'être levée à l'aube, elle était ravissante, avec ses cheveux noirs ramenés en arrière et noués en queue-de-cheval. Et bien qu'elle soit un peu pâle, ses yeux étaient clairs et son sourire aussi ensoleillé qu'après une bonne nuit de sommeil. Izzy était une femme pas comme les autres, qui n'avait pas hésité à accourir en pleine nuit à sa rescousse, alors qu'il aurait dû être capable de s'occuper des parents d'Elly tout seul.

Elle méritait un homme bien meilleur que lui. Un homme sur lequel elle pouvait compter. Un homme qui serait là quand elle aurait besoin de lui. Au lieu de cela, c'est lui qui la sollicitait !

— Tu es sûre de ne pas vouloir une autre tasse de thé ? demanda-t-il pour chasser ces pensées dérangeantes. La journée va être longue.

— Non, ça va, dit-elle, le regard plongé dans sa tasse vide, comme si elle espérait qu'elle se remplisse d'elle-même.

— Je ne sais pas comment tu peux boire ce truc insipide ! J'ai toujours pensé que tu étais plutôt café.

— À quelle heure arrive le greffon ? l'interrogea-t-elle.

— Pour l'instant, le prélèvement du donneur est fixé à 16 heures. Nous commencerons donc à nous préparer vers 15 heures, répondit Ben. Cela te dérangerait-il de retourner voir les parents dans la journée ? Ils sont beaucoup plus à l'aise avec toi qu'avec moi.

L'opération se poursuivrait jusque tard dans la soirée et il réfléchissait déjà à la manière de déplacer ses rendez-vous pour pouvoir faire une sieste avant d'opérer Elly.

— J'avais prévu de le faire. Je ne suis pas de garde pour les admissions, je devrais donc avoir un peu de temps libre. Tiens-moi au courant de l'heure de l'opération et j'irai les voir dans la salle d'attente.

— Seulement si tu promets de ne pas retourner au bloc opératoire. L'infirmier responsable m'a dit que tu étais rentrée pendant l'opération de Janie et qu'il avait eu l'impression que tu allais t'évanouir.

— Il y a une raison pour laquelle je ne suis pas devenue chirurgienne, déclara Izzy en se levant.

Son sourire lui sembla soudain un peu moins éclatant. Était-ce à cause de lui ?

— J'apprécie tout ce que tu as fait, Izzy, lui dit-il. Mais je regrette de t'avoir appelée. J'aurais dû être capable de m'occuper des parents tout seul.

— C'est pour cela que je suis ici. C'est pour cela que nous sommes tous ici, d'ailleurs. Nous avons tous besoin les uns des autres. Je ne pourrais pas opérer Elly, et j'ai besoin de toi pour cela, mais je peux l'aider autrement. Regarde Dylan ! Il a quitté son propre cabinet pendant les vacances pour être là pour Jiyan et sa mère. Devrait-il s'excuser de t'avoir demandé de l'aide ?

L'étincelle était revenue dans ses yeux, et Ben en fut ravi.

— Bien sûr que non. Il est venu me solliciter pour que je fasse mon travail, répliqua Ben en se levant, tandis qu'Izzy ramassait leurs tasses en carton pour les jeter.

— On dit qu'il faut un village pour élever un enfant. Il faut aussi tout un hôpital pour s'occuper des enfants malades. Nous formons une seule et même équipe, tu sais, et là est notre force.

Alors qu'ils retournaient à l'hôpital pour poursuivre leur journée, Ben repensa aux paroles d'Izzy. Comment pouvait-on confier son enfant malade à un inconnu ? Comment avoir confiance ? Il avait particulièrement ressenti le besoin de contrôler les soins prodigués à ses patients après avoir perdu Cara. Tout le reste de sa vie lui échappait totalement, mais il pouvait au moins s'assurer que ses patients étaient en sécurité. Non qu'il ne fasse pas confiance à ses collègues. Ils étaient tous d'excellents médecins. Était-il possible que le chef du service de chirurgie ait évoqué son cas au conseil d'administration et prétendu qu'il avait du mal à accorder sa confiance ?

Et s'il avait raison, comment se faisait-il qu'il n'ait pas eu ces problèmes avec Izzy ? Il avait partagé avec elle des choses qu'il ne s'était jamais senti capable de partager avec quiconque. Il savait instinctivement qu'il pouvait tout lui dire sans être jugé. Elle, pour sa part, n'avait pas peur de donner son avis ou de lui dire quand elle pensait qu'il avait tort. Elle était honnête avec lui, et ne cherchait pas à le ménager, comme tous ses autres collègues.

Après avoir perdu Cara, il avait essayé de noyer son chagrin dans le travail, dans l'espoir que tout le monde le laisserait faire son deuil en paix. D'une certaine manière, cela avait réussi.

Et maintenant, après un long chemin parcouru, il aspirait simplement à être l'homme qu'il avait toujours rêvé d'être.

7

Ben laissa échapper un soupir agacé tandis qu'une musique sirupeuse envahissait la salle d'opération, et retint un commentaire lorsque l'un des assistants qui l'aidait à enfiler sa blouse se mit à fredonner. Chaque année à la même époque, il avait beau se plaindre, le personnel insistait pour remplacer la musique jazz diffusée dans la salle par des chants de Noël.

— Quelqu'un peut-il choisir autre chose, et mettre fin à nos souffrances ? demanda-t-il.

Quelques secondes plus tard, il fut soulagé d'entendre le son d'un saxophone emplir la pièce, grâce à l'intervention d'une infirmière. Il jeta un coup d'œil derrière les rideaux bleus stériles, où la petite Elly, anesthésiée et intubée, était difficilement reconnaissable en raison du nombre de tubes qui la rattachaient à la vie. Après sa tournée, il avait été déçu de ne pas croiser Izzy.

Non qu'il ait *besoin* de la voir. Il avait juste espéré qu'elle serait là pour aider les parents d'Elly.

Une voix résonna dans l'Interphone.

— L'équipe est là. Ils arrivent au bloc.

Ben leva les yeux vers l'horloge. Le donneur se trouvait à une heure de route, et en comptant le transport du greffon, mois de trois heures s'écouleraient entre le prélèvement et la transplantation.

L'infirmière entama le protocole, en épelant le nom complet d'Elly et sa date de naissance, puis elle vérifia la carte d'identité de l'enfant ainsi que le consentement que ses parents avaient signé plus tôt dans la journée. Elle énonça l'intervention qu'ils étaient sur le point de pratiquer et, une fois que tout le monde eut reconnu qu'il s'agissait de la bonne patiente et qu'ils étaient prêts à opérer, chacun prit sa place.

Ben regarda l'anesthésiste, qui hocha la tête en guise d'acquiescement. Puis il tendit la main pour se saisir du scalpel qu'il utiliserait pour faire sa première incision. Une fois que l'assistante l'eut placé dans sa paume, il prit une profonde inspiration.

C'est à cet instant que la porte de la salle s'ouvrit sur un homme transportant le futur cœur d'Elly. Ben jeta un coup d'œil autour de lui et se détendit. Il devait maintenant se libérer du poids des enjeux et consacrer tout son talent à la réussite de cette opération.

— D'accord. On commence.

D'une main sûre, il pratiqua sa première incision.

Moins de quatre heures plus tard, Ben entrait dans la salle d'attente, et trouvait Izzy assise à côté des parents anxieux. Il avait envoyé des messages par l'intermédiaire de l'infirmière tout au long de la procédure pour les tenir au courant, mais il était heureux qu'Izzy ait pu rester à leurs côtés durant ces heures éprouvantes.

— Elle va vraiment bien ? demanda la mère d'Elly en s'approchant.

— Très bien, confirma Ben. Il n'y a eu aucun problème pour la débrancher de la machine cœur-poumons, et le nouveau cœur a parfaitement réagi à la reperfusion. Dès qu'elle sera installée dans l'unité de soins intensifs, vous pourrez la voir. Nous la garderons là quelques jours avant de la retransférer dans le service de pédiatrie.

Le téléphone du père d'Elly bourdonna, et il lut tout haut le message.

— Elle est arrivée à l'unité de soins intensifs et nous pourrons nous y rendre dans une demi-heure.

— Voulez-vous que je vous montre le chemin ? demanda Izzy.

— Elly a passé tellement de temps dans cet hôpital que je le connais comme ma poche, maintenant, répondit la mère de la fillette.

— Mais c'est peut-être son dernier séjour, ajouta son mari en la serrant dans ses bras. Nous allons retrouver notre Elly, ma chérie !

Ben les regarda sortir précipitamment de la salle d'attente.

— Eh bien, ces deux-là ont l'air heureux, au moins !

— Ils te seront éternellement reconnaissants, dit Izzy. Tout s'est bien passé ?

— Oui. Le cœur du donneur était en parfait état.

Les yeux d'Izzy s'assombrirent soudain, et elle n'eut pas besoin de parler pour qu'il comprenne.

— Accident de voiture, précisa-t-il d'un air sombre.

Une autre famille était endeuillée, et il ne connaissait que trop bien leur douleur.

— Quel âge avait l'enfant ?

— Quelques mois de plus qu'Elly, murmura-t-il en pensant à son propre fils, comme toujours dans ce genre de situation.

— J'espère que le cadeau qu'ils ont fait à Elly et à sa famille les aidera à supporter cette épreuve, déclara Izzy en essuyant une larme.

— Oui, je le crois.

Il se souvint de la lettre qu'il avait reçue lui assurant que le don de Cara avait sauvé la vie d'un patient.

— Au moment de prendre la décision de faire un don d'organes, la plupart des gens sont encore sous le choc. C'était mon cas, mais à l'idée qu'une part de Cara vit encore, je sais que j'ai pris la bonne décision. La seule possible. Cela m'apporte un peu de paix.

Izzy lui sourit.

— Tu viens faire un tour avec moi ?

Sa question le surprit. Il était tard et elle était probablement fatiguée. Mais il se devait de lui tenir compagnie pour se faire pardonner de l'avoir tirée du lit à l'aube.

— Bien sûr. Où souhaites-tu aller ?

— Je veux juste voir le sapin géant au jardin public. Comme il est assez tard, il n'y aura pas trop de monde. De plus, je suis en congé demain, c'est donc le moment idéal. Mais si tu es trop fatigué, je comprendrai.

— Laisse-moi me changer et je te rejoins dans la salle de repos, dit-il, avant de s'avancer dans le couloir.

Il se sentait d'humeur un peu plus légère après cet échange avec Izzy. Une fois que Noël serait passé et qu'ils auraient réussi à faire changer d'avis le conseil d'administration sur son départ, les choses, entre eux, redeviendraient comme avant.

Quinze minutes plus tard, Izzy et Ben sortaient de l'hôpital, dans une ville déjà endormie. Elle n'avait pas réalisé à quel point l'heure était avancée jusqu'à ce qu'elle voie l'entrée principale de l'hôpital fermée pour la nuit.

Ben boutonna son manteau.

— Il fait un froid de canard ! As-tu toujours envie de voir cet arbre de Noël ? demanda-t-il.

— Comme je te l'ai dit, je n'ai jamais eu de vrai sapin quand j'étais petite. Ce n'est qu'une fois étudiante que j'ai décoré mon premier arbre. Je pense que c'est à ce moment-là que j'ai attrapé le virus...

— Je savais bien que c'était une maladie ! lança Ben, amusé. Peut-être qu'on peut trouver un remède ?

Elle lui donna un léger coup de coude, et ne put retenir un petit rire.

— Je ne cherche pas de remède. J'aime Noël, et je refuse de te laisser me gâcher ce plaisir !

— Je plaisante, avoua Ben. J'ai bien aimé faire un sapin chez moi, tu sais.

Il lui offrit un sourire si charmant qu'il transforma tout son visage. Certes, Ben avait toujours été séduisant, et elle était d'accord avec l'infirmière du service : il était sexy. Mais maintenant, avec son sourire qui illuminait ses yeux bleus et ses cheveux noirs balayés par la brise froide, il était plus que cela !

Mais elle s'était déjà laissé prendre à son charme une fois, et il y avait eu des conséquences, se rappela-t-elle pour chasser son désir soudain.

Elle détourna le regard et retint un frisson, subjuguée par la beauté de l'arbre illuminé qui se dressait devant eux. Ben avait peut-être raison. Peut-être y avait-il quelque chose d'anormal à être aussi émue à la vue d'un sapin de Noël. Et alors ?

— N'est-il pas magnifique ? demanda-t-elle en désignant l'arbre, une fois qu'ils furent arrivés dans la grande cour. J'ai lu qu'il s'agissait d'un épicéa blanc de vingt-cinq mètres de haut.

— Il est grand, dit Ben, la tête penchée en arrière. Mon pauvre sapin paraît presque ridicule, à côté !

Se pourrait-il que Ben éprouve de la sympathie pour son petit arbre tordu ? Peut-être n'était-il pas une cause perdue, après tout ? Elle l'espérait.

— C'est la première fois que je viens ici. J'avais prévu d'aller voir les illuminations cette année mais, comme d'habitude lorsque je fais des projets, le travail m'appelle. Tu sais ce que c'est…

À peine eut-elle prononcé ces mots qu'elle comprit son erreur. Tout le monde savait que Ben travaillait la nuit où sa femme avait été tuée dans un accident de voiture. Elle avait toujours pensé que ce n'était pas seulement le chagrin qui l'avait poussé à se couper du monde extérieur, mais aussi, en partie, une culpabilité mal placée.

— Je suis vraiment désolée, Ben, dit-elle, consciente que les excuses ne pouvaient pas soulager la douleur qu'elle venait de lui causer. Je… ne devrais pas me plaindre pour si peu, c'est… malvenu.

— Ce n'est pas grave, répondit Ben en prenant soin d'éviter son regard. Tu n'as rien dit de mal. Nous travaillons tous trop de toute façon, déclara-t-il d'une voix blanche.

— Peut-être, oui.

Même si leur métier leur apportait d'immenses satisfactions, ils y consacraient parfois trop de temps, faisant passer leur vie privée au second plan.

Qu'en serait-il maintenant qu'elle allait avoir son propre enfant ? Les choses allaient forcément changer pour elle, et même si Ben voulait faire partie de la vie de cet enfant, il faudrait s'habituer. Elle avait vu beaucoup d'autres mères et pères célibataires mener une carrière et fonder une famille. S'ils y parvenaient, elle y parviendrait aussi.

— Je suis passée rendre visite à Miguel aujourd'hui. Il m'inquiète un peu. Il parle de moins en moins chaque jour...

— Il m'inquiète aussi, mais pas seulement parce qu'il ne communique pas. Je pense que cela a beaucoup à voir avec le fait qu'il soit loin de sa famille. J'ai eu sa mère au téléphone plus tôt dans la journée, et elle se fait beaucoup de souci pour lui.

— Avez-vous évoqué la transplantation ?

— J'ai rempli les documents et je les ai envoyés cet après-midi. Je t'ai transmis une copie par courriel.

Elle resserra les pans de son manteau. La température baissait et il leur restait encore un pâté de maisons à parcourir.

— Merci. J'ai dit à la mère de Miguel que c'était peut-être notre seule option. Elle est prête à faire tout ce qui est nécessaire pour que son fils se rétablisse et retrouve sa famille, expliqua Ben.

— Crois-tu vraiment que nous aurons cette chance ? A-t-il le temps d'attendre une greffe ?

— J'ai étudié les images encore et encore, et cette tumeur ne ressemble à rien de ce que j'ai vu auparavant. Elle s'est développée si profondément dans le septum interventriculaire que je ne sais pas comment opérer sans l'endommager. Je ne sais même pas si Miguel pourrait supporter cette opération.

Ben ferma les yeux un instant, et elle lui prit le bras pour entrer dans le parking de l'hôpital.

— Je sais que tu feras tout ce que qui est en ton pouvoir pour sauver ce garçon. Mais si tu n'y arrives pas, il faudra l'accepter. Nous ne sommes pas des magiciens, même si nous aimerions l'être. Et si tu as besoin d'aide, fais-le-moi savoir. Nous nous battrons ensemble.

— L'équipe de prélèvement d'organes devrait avoir reçu la demande dans la matinée. Peux-tu les contacter et faire en sorte que Miguel soit inscrit sur la liste d'attente ? Si tu es en mesure de t'occuper de l'aspect transplantation, je pourrai passer plus de temps à préparer mon opération. En attendant, je vais échanger avec d'autres chirurgiens.

— Bien sûr, compte sur moi. J'avais prévu de faire un suivi demain, de toute façon.

Izzy sortit ses clés.

Elle avait espéré que cette marche leur ferait du bien, à elle et à Ben. Et pendant un moment, ils avaient oublié un peu l'hôpital. Mais le stress de Ben était revenu et elle savait qu'il passerait le reste de la soirée à songer à Miguel. Au moins, cette fois-ci, il lui avait demandé de l'aide. C'était peut-être un premier pas. Le Dr Bailey avait raison de s'inquiéter pour Ben, car s'il continuait à porter le fardeau de ses patients tout en refoulant ses émotions, il ne tiendrait pas longtemps. Personne, pas même le grand Dr Murphy, ne pouvait continuer à travailler avec un tel stress.

Peut-être Noël était-il l'occasion pour lui de sortir de sa zone de confort ?

— Et si on se retrouvait demain soir chez moi pour que je te tienne au courant ?

Elle ne lui avoua pas qu'elle avait l'intention de passer sa journée de repos devant des films de Noël. Il aurait certainement pris ses jambes à son cou s'il avait su qu'il lui faudrait regarder *It's a Wonderful Life* avec elle.

— Je voudrais aussi te parler du vœu de Noël que nous devons essayer d'exaucer.

Il hésita un instant et elle crut qu'il allait refuser.

— Bien sûr, à quelle heure ? finit-il par répondre. J'ai une journée peu chargée demain, je devrais pouvoir être là à partir de 18 heures.

Ils convinrent d'une heure et se dirigèrent vers leurs voitures respectives. Une fois installée au volant, Izzy se souvint qu'elle n'avait pas donné son adresse à Ben. Bien sûr, il était déjà venu une fois, lors de cette fameuse nuit que ni l'un ni l'autre n'avaient eu le courage d'évoquer. Elle aurait voulu mettre les choses au clair, mais elle n'était pas sûre de pouvoir le faire sans lui parler du bébé qu'ils attendaient. Les deux étaient évidemment liés, et si elle lui rappelait cette nuit, elle devrait aussi révéler ses conséquences. Or elle ne voulait rien dire avant l'échographie, qui confirmerait que tout se passait bien. Il avait déjà eu trop de chagrin dans sa vie. Elle devait s'assurer que sa grossesse était normale avant de lui en parler.

De plus, Ben avait déjà assez de soucis avec Miguel. Lui révéler que leur existence était sur le point de basculer ne ferait qu'ajouter à son stress. Pour l'instant, il valait mieux qu'elle garde son secret. Bientôt, elle n'aurait plus le choix. Elle espérait simplement que Ben serait prêt à ouvrir son cœur à leur bébé le moment venu.

8

Ben regardait défiler les images du film en noir et blanc sur le grand écran accroché au-dessus de la cheminée, sans pouvoir s'empêcher de penser qu'il était tombé dans un piège. Devant la porte d'entrée d'Izzy, il s'était rappelé la nuit où il l'avait plaquée contre le battant pour l'embrasser à perdre haleine. Et, plus gênant encore, une fois dans le salon où, il y a trois mois, ils s'étaient arraché leurs vêtements, des images de leur étreinte torride avaient envahi son esprit.

— Je... ne vais pas tarder à rentrer, dit-il soudain.

Elle tourna vers lui un regard surpris.

— Tu n'as pas envie de voir la fin de *La vie est belle* ? C'est un classique génial ! s'exclama Izzy en lui tendant le bol de pop-corn qu'elle avait préparé.

Il secoua la tête.

— Je pensais que tu aimais plutôt le genre comique.

— J'aime aussi les comédies, mais j'ai envie de revoir tous mes films de Noël préférés, et celui-ci est programmé pour ce soir.

Elle lui montra le calendrier posé sur sa table basse où elle avait noté tous les titres.

— Je commence le soir de Thanksgiving avec *Rudolph*, un vieux film des années 1960. Ensuite, je passe aux drames plus sérieux comme celui-ci, avant de regarder *A Christmas Carol*. La semaine prochaine, je commencerai par *Home Alone* et la série *Santa Claus*...

— Alors ton obsession de Noël ne s'arrête pas aux sapins ? lança-t-il en souriant.

— Oh non ! Mon amour des films de Noël, qu'il ne faut pas confondre avec une obsession, a commencé quand j'étais enfant. J'avais l'habitude de me cacher dans ma chambre et d'en regarder pendant que mes parents recevaient tous leurs associés et amis. Ils m'y autorisaient, car ils étaient trop occupés par leur travail pour célébrer Noël comme le font la plupart des gens. Ils ne se souciaient pas vraiment de mes loisirs. Mais chaque année, ma mère nous achetait des billets pour aller voir *Casse-Noisette*.

Il commençait à comprendre que les parents d'Izzy étaient très différents de leur fille. Alors qu'Izzy s'intéressait aux autres et aidait son prochain, son père et sa mère donnaient l'impression de ne chercher qu'à nouer des contacts d'affaires pour leur propre bénéfice, tout en ignorant les besoins de leur fille. Comment cette femme, avec des parents aussi égoïstes, pouvait-elle avoir à ce point le goût du bonheur ?

Izzy appuya sur le bouton « pause ».

— Alors, quel est ton film de Noël préféré ? demanda-t-elle.

— Je ne sais pas si j'en ai un, mais en tout cas ce n'est pas celui-là, dit Ben.

Cela faisait si longtemps qu'il n'avait pas regardé de film qu'il ne pouvait même pas en citer un. Cara n'était pas très portée sur ce genre de spectacle, préférant de loin la musique.

— Qu'est-ce qui ne te plaît pas dans *La vie est belle* ?

Elle se tourna vers lui et lui jeta un regard qu'il ne connaissait que trop bien. Elle pensait avoir raison et était prête à défendre son point de vue.

— C'est un excellent film, ajouta-t-elle.

— Comment peux-tu dire ça, alors que l'acteur principal est sur le point de sauter d'un pont parce que sa vie s'est effondrée ? Suis-je le seul à penser que le fait d'envisager le suicide pourrait tuer l'esprit de Noël ?

Dans le regard d'Izzy, l'inquiétude remplaça tout à coup l'expression têtue qu'il avait vue quelques secondes auparavant.

— Je suis désolée. Je devrais peut-être changer de film. Je n'ai pas encore vu *Le Grinch*, et...

— Tu sous-entends que je pourrai m'identifier davantage à ce personnage ? coupa-t-il, un peu honteux d'avoir gâché le plaisir d'Izzy. Soit ! Je veux bien le regarder jusqu'au bout et m'abstenir de commenter tes goûts en matière de cinéma.

— Beaucoup de gens adorent ce film, déclara-t-elle en guise de réponse.

— Sinon, que dirais-tu de *Die Hard* ? C'est un excellent film de Noël !

— *Die Hard* est formidable, mais la seule chose qui rappelle Noël, c'est qu'il se déroule à cette période. Il n'y a ni chants, ni repas familial, ni cadeaux, ni Père Noël. Juste une bande de méchants qui tirent sur le gentil pendant deux heures !

Elle lui tendit le bol de pop-corn et, cette fois, il en prit une poignée.

— Je parie que *Love Actually* figure sur ta liste, or ce film pourrait facilement se dérouler autour de n'importe quelle fête.

Izzy plissa les yeux. Il avait marqué un point.

— Peut-être, mais c'est toujours un excellent film de Noël, et rien de ce que tu pourras dire ne me fera changer d'avis.

Elle lui adressa un sourire malicieux.

— Dis donc, pour quelqu'un qui prétend ne pas s'intéresser au cinéma, tu as tout de même quelques notions !

— Remets le film, s'il te plaît.

Confortablement installé dans son fauteuil, il dégusta ses pop-corn, heureux de voir Izzy sourire près de lui.

Il fut surpris d'être tellement absorbé par le film qu'il ne se rendit pas compte qu'elle pleurait. Tout naturellement, il glissa vers elle et passa son bras autour de ses épaules.

— Tu vas bien ?

— Oui, dit-elle en essuyant une larme, avant de poser sa tête contre son épaule. N'est-ce pas un film merveilleux ?

La chaleur du corps d'Izzy lové contre le sien était trop forte pour qu'il y résiste. Peut-être était-ce le côté sentimental du film, ou simplement Izzy elle-même, mais le fait d'être assis ici avec elle dans ses bras lui paraissait… parfait !

Quand elle tourna son visage vers le sien, ses larmes avaient disparu, remplacées par un petit sourire ému, et il ne put détourner son regard de sa bouche. Une bouche qu'il avait goûtée et voulait goûter à nouveau.

— J'adore les fins heureuses. C'est génial, non ?

Une fin heureuse ? Si c'était ce qu'Izzy recherchait, il n'était pas l'homme qu'il lui fallait. Elle était pleine de soleil et de lumière, alors que lui s'enfonçait dans l'obscurité depuis bientôt quatre ans.

— Ce n'est qu'un film, Izzy. Tout le monde ne vit pas ça dans le monde réel.

Il devait partir avant de faire un geste qui compliquerait plus encore les choses entre eux. Ils avaient tous les deux réussi à oublier leur aventure d'un soir en faisant mine d'ignorer qu'elle avait eu lieu. S'ils franchissaient à nouveau la ligne rouge, ce serait impossible.

Il se força à se lever.

— Il se fait tard.

— Je sais, mais nous avons encore à discuter du vœu de Noël de cette année. Nous devons nous concerter sur le patient qui en a le plus besoin, et je pense que nous sommes tous les deux d'accord pour dire que c'est Miguel, déclara Izzy.

Ce dont Miguel avait besoin, c'était que Ben trouve le moyen de lui sauver la vie avant qu'il ne soit trop tard.

— Aucun cadeau ne remplacera le retour de l'enfant dans sa famille, répondit-il. Or, pour l'instant, c'est impossible. Il faudrait un miracle pour que Miguel reçoive une greffe à temps…

— Je sais, mais nous pouvons faire en sorte de lui offrir une journée inoubliable, dit Izzy.

Alors qu'elle le raccompagnait à la porte, il se détendit. Parler de Miguel lui rappelait à quel point il était important de se concentrer sur leur travail plutôt que sur le sentiment de bien-être que lui procurait le fait de tenir Izzy dans ses bras. Les enfants comme Miguel avaient besoin de toute leur attention.

Pourtant, s'éloigner de cette femme qui lui souriait fut l'une des choses les plus difficiles qu'il ait jamais faites.

Izzy jeta un coup d'œil dans la salle d'attente de son gynécologue et remarqua que plusieurs patientes étaient accompagnées de leur conjoint. Connaissant Ben, elle ne doutait pas qu'il voudrait être présent lors de ses prochaines visites.

Et si l'échographie était bonne, elle n'aurait plus aucune excuse pour ne pas parler du bébé à Ben. Elle avait songé à appeler pour repousser son rendez-vous, puis s'était ravisée car le suivi devait être fait sérieusement.

Lors de sa soirée cinéma, Ben et elle s'étaient rapprochés, et elle ne pouvait s'empêcher d'espérer qu'ils pourraient être plus que des amis, dans un avenir proche. Plus important encore, elle découvrait une part de Ben qu'il cachait au reste du monde. Cette part secrète qu'il protégeait farouchement. Le fait qu'il lui ait fait confiance en partageant sa blessure la plus profonde était un grand pas en avant. Cela avait dû être difficile pour lui, mais il l'avait fait. Avec courage.

Puis, pendant qu'ils plaisantaient en regardant des films de Noël, elle avait noté une différence chez lui. Il était plus détendu en sa compagnie, comme si un fardeau lui avait été ôté. Au point qu'il avait presque flirté avec elle… L'espace d'un instant, sur le canapé, elle aurait juré qu'il allait l'embrasser, et elle avait été déçue.

— Docteur Jeong ? appela l'infirmière.

Revenant à la réalité, Izzy jeta un coup d'œil autour d'elle et vit que certaines des autres patientes la regardaient. Et si quelqu'un l'avait reconnue ? N'importe laquelle de ces femmes pouvait avoir un enfant qu'elle avait examiné à l'hôpital. Si le bruit courait dans son service qu'elle avait consulté un gynécologue, cela pourrait lui nuire... et arriver aux oreilles de Ben !

Elle entra à la hâte dans le bureau du médecin. Quand il lui demanda de se déshabiller et d'enfiler une blouse, elle dut reconnaître qu'elle n'aimait pas être de ce côté de la table d'examen.

Mais une fois que l'échographiste entra dans la pièce et que les images s'affichèrent sur l'écran, elle oublia toute l'anxiété qu'elle avait ressentie pendant l'attente. Même à douze semaines, Izzy aperçut les contours d'un petit nez et d'un menton tandis que le bébé bougeait ses mains et ses pieds minuscules. Elle essaya de se rappeler qu'elle était la patiente et non le médecin, mais elle ne put s'empêcher d'étudier tous les repères anatomiques appris pendant son internat.

— La conception date de douze semaines et quatre jours environ, cela vous semble-t-il correct ?

— Oui, répondit Izzy. Mon accouchement est donc prévu pour le 8 juin ?

— Oui, à quelques jours près.

D'une certaine manière, le fait d'avoir une date rendait les choses encore plus réelles. Elle était déjà au tiers de sa grossesse !

Soudain, tout lui parut très compliqué. Elle devait parler à Ben, et s'organiser avec lui pour élever cet enfant. Mais ce n'était pas le plus effrayant, loin de là ! Le plus effrayant, c'était qu'elle était en train de tomber amoureuse de cet homme.

Elle se figea. Non. Absolument pas. Elle n'en avait pas le droit. Tomber amoureuse du père de son bébé était la dernière chose à faire. Tout ce à quoi ils devaient s'employer, c'était à se mettre d'accord sur le rôle de chacun, et continuer de travailler ensemble à l'hôpital. Mêler les sentiments à cela serait un désastre. Ben était encore en deuil de sa femme et lui avait clairement fait comprendre qu'il n'était pas prêt à passer à autre chose. Ne s'était-il pas enfui dès le lendemain de leur seule et unique nuit d'amour ?

Mais… pouvait-elle l'aider à retrouver le chemin du bonheur, et être heureuse elle aussi, avec lui ? Peut-être avait-il juste besoin d'un petit coup de pouce. Si c'était le cas, pourquoi ne pas tenter l'aventure ?

Pour le bien de leur bébé, elle ferait cela sans s'engager dans une relation amoureuse. Attendre autre chose ne serait qu'une source de tourment et de chagrin, or elle ne pouvait pas se le permettre. Sa vie était déjà bien assez chamboulée comme ça !

Au moment où Izzy sortit du cabinet médical, son plan était clair : elle inviterait Ben à visiter le marché de Noël et, une fois qu'il serait détendu, elle lui parlerait du bébé. Ce serait difficile, forcément, mais au moins, elle aurait mis les choses au point. Le poids du secret commençait à l'épuiser. Elle avait besoin d'en finir et d'aller de l'avant, quelle que soit la façon dont Ben prendrait la nouvelle.

Quoi qu'il arrive, elle n'allait pas laisser Ben ternir la joie qu'elle ressentait à l'idée d'avoir cet enfant. Elle regarda les images de l'échographie qu'elle tenait à la main et s'émerveilla une fois de plus du miracle qui grandissait en elle. Elle portait le bébé de Ben, et rien ne pouvait la rendre plus heureuse !

9

— Tu es la plus belle petite fille que j'aie vue de toute la journée ! dit doucement Izzy en entrant dans la chambre de Janie.

Debout dans son lit, la fillette riait aux éclats. Elle n'était plus reliée au tuyau d'oxygène comme la dernière fois qu'Izzy lui avait rendu visite. Cela ne faisait qu'une semaine qu'elle avait été opérée, mais son état s'améliorait de jour en jour.

— Le Dr Murphy est venu tout à l'heure et a dit qu'il pouvait la laisser sortir demain, mais nous devons d'abord obtenir votre accord puisque vous êtes le médecin traitant, déclara la mère de Janie.

Izzy s'avança pour examiner sa petite patiente. Ses joues potelées étaient bien roses et ses yeux bruns pétillaient de malice. Avant que Ben ne l'opère et ne retire la masse de son poumon, elle avait de graves difficultés respiratoires, et elle devrait encore être suivie de près par ses médecins. Mais pour l'instant, le pronostic était bon.

— Laissez-moi l'ausculter, puis je vérifierai ses constantes. Si tout va bien, je n'aurai aucune raison de la garder ici.

La mère de Janie prit sa fille sur ses genoux tandis qu'Izzy plaçait le pavillon de son stéthoscope contre la poitrine de l'enfant. Une fois l'examen terminé, elle leva les yeux vers la maman anxieuse.

— Tout a l'air parfait ! Vous pouvez la ramener à la maison.

Comme Izzy se levait pour prendre congé, elle fut prise d'un vertige et dut s'agripper au bras du fauteuil. Elle aurait dû se méfier. Elle était médecin, et savait qu'une femme enceinte était sujette à l'hypotension orthostatique et devait se lever lentement.

— Ça va ? demanda la mère de Janie en posant sa main sur celle d'Izzy.

— Oui, répondit Izzy d'un ton qu'elle voulait rassurant, juste un peu de fatigue...

La mère de Janie insista.

— Pourquoi ne pas rester assise une minute ?

Izzy voulait refuser, mais elle craignait que la femme n'alerte le personnel.

— Oui, d'accord.

— Cela m'arrivait souvent quand j'attendais Janie, dit la mère de Janie en s'asseyant en face d'Izzy. Vous vous habituerez.

Izzy sentit un frisson courir dans tout son corps et murmura :

— Comment...

— Je n'en étais pas sûre... jusqu'à présent.

La mère de Janie sourit, d'un air aussi espiègle que sa fille.

Son malaise aurait pu être causé par tout autre chose, la déshydratation, par exemple. Pourquoi cette femme avait-elle aussitôt évoqué la grossesse ?

— Lorsque vous avez commencé à vous sentir mal, vous avez instinctivement porté la main à votre ventre, comme pour le protéger, souligna-t-elle. C'est un signe qui ne trompe pas. Je suppose que vous n'en avez parlé à personne ?

Izzy secoua la tête. Si cette femme, qui était une inconnue, avait été capable de deviner sa grossesse, comment allait-elle pouvoir la cacher aux gens qu'elle connaissait ? Devrait-elle l'annoncer tout de suite et couper court à tous les ragots ?

— Je ne dirai rien, puisque c'est encore un secret, promit la femme. Je n'ai rien dit à personne non plus pendant un certain temps, pas même à mon mari. Quand ce sera le moment, vous le saurez.

Elles restèrent assises un instant en silence, regardant Janie sauter sur son lit.

Une fois qu'Izzy se sentit mieux, elle se leva lentement. Elle devrait se montrer plus prudente, maintenant qu'elle était enceinte, songea-t-elle.

— Je vais demander aux infirmières d'entamer les démarches nécessaires pour que Janie puisse sortir rapidement, dit Izzy.

— Merci, docteur Jeong, pour tout que vous avez fait pour nous. Et, s'il vous plaît, faites savoir au Dr Murphy à quel point nous l'apprécions aussi. Je ne savais pas trop quoi penser de lui au début, mais mon mari et moi sommes reconnaissants de ce qu'il a fait pour aider notre fille. Ce matin, il s'est même assis par terre pour jouer avec elle. Elle l'adore !

— Je le lui dirai, assura Izzy, avant de partir pour organiser la sortie de Janie.

Lorsqu'elle reconnut l'homme qui s'approchait d'elle dans le couloir comme étant le Dr Bailey, chef du service de chirurgie, Izzy songea que c'était une occasion à ne pas manquer. Affichant son plus beau sourire, elle le salua.

— Docteur Bailey ! Je suis ravie de vous voir, ce matin. Je viens de quitter la chambre d'un de mes patients, et ses parents sont tellement ravis de son chirurgien que je voulais vous transmettre leurs éloges.

— C'est également un plaisir de vous voir, Izzy, répondit son interlocuteur. Et je suis toujours heureux d'entendre que les familles de nos patients sont satisfaites des soins que ces derniers reçoivent de la part de nos chirurgiens.

Le visage du Dr Bailey rayonnait de fierté. Izzy savait qu'il se souciait vraiment des patients, même si sa personnalité et celle de Ben s'opposaient.

— Il s'agit de la petite Janie. Sa mère est très reconnaissante au Dr Murphy, qui a prodigué les meilleurs soins à sa fille. Il a même passé un moment à jouer avec sa petite patiente, paraît-il. La pauvre fillette était dans un état critique en arrivant ici !

L'espace d'un instant, le sourire du docteur Bailey faiblit puis revint, toujours aussi sincère.

— Je suis heureux de l'entendre. En effet, le Dr Murphy est un excellent chirurgien.

— Oui, c'est vrai. Le médecin qui les a envoyés vers nous leur a dit qu'il était l'un des meilleurs du pays. Nous avons beaucoup de chance d'avoir quelqu'un comme lui ici, au pavillon 34, n'est-ce pas ?

Le Dr Bailey posa sur elle un regard pensif, avant de conclure :

— Je ne manquerai pas de transmettre ces éloges au Dr Murphy lors de ma prochaine visite. Je vous souhaite une bonne journée, Izzy...

Son sourire ne laissait aucun doute sur le fait qu'il avait deviné sa manœuvre, et il s'engagea dans le couloir après un bref signe de tête.

Elle avait fait ce qu'elle pouvait, songea Izzy. Ce n'était peut-être pas suffisant pour le faire changer d'avis sur Ben, mais c'était un début.

Pendant le reste de la journée, Izzy s'occupa de ses patients tout en gardant un œil sur Ben. Lorsqu'elle vérifia l'heure de sa dernière opération, elle apprit qu'un jeune adolescent s'était présenté aux urgences avec un traumatisme aortique nécessitant une intervention chirurgicale immédiate. Sans vouloir l'admettre, elle fut presque soulagée de le savoir occupé au bloc. En outre, il ne serait pas judicieux de lui annoncer sa future paternité après une longue journée d'opérations.

Une fois rentrée chez elle, elle se dit que son plan initial était le meilleur : préparer Ben à l'annonce de sa grossesse. En douceur. Lui parler à l'hôpital n'était pas possible, car il était trop tendu. Après lui avoir laissé un message en lui demandant de l'appeler, elle enfila son pyjama de Noël, se prépara un sachet de pop-corn et s'installa sur le canapé pour regarder le troisième film figurant sur sa liste. Au moment où l'enfant laissé seul à la maison terrorisait les cambrioleurs, son téléphone sonna. Elle appuya sur « pause ».

— Salut, Ben ! dit-elle.

— Bonsoir, Izzy. J'espère que tu vas bien.

Pendant un instant, elle songea que quelqu'un lui avait parlé du malaise qu'elle avait eu dans la chambre de Janie. Puis elle se rappela que Ben était au bloc opératoire lorsque Janie avait été renvoyée chez elle.

— Izzy ? Tu es là ?

— Oui. Je vais bien, merci. J'ai entendu dire que tu avais eu une journée difficile en chirurgie, avec une lésion traumatique à opérer en urgence.

— Voiture contre skateboard. J'ai réparé une petite déchirure de l'aorte et quelques côtes cassées. Son scanner crânien était bon. Ce patient a eu beaucoup de chance.

En entendant Ben réprimer un bâillement, elle songea qu'il était temps d'entrer dans le vif du sujet.

— J'ai rencontré le Dr Bailey aujourd'hui, à l'hôpital, dit-elle.

— Il ne me cherchait pas, j'espère ?

Il y eut un bruissement qui ressemblait à celui d'un vêtement. Ben était-il en train de se déshabiller à l'autre bout du fil ? À cette idée, elle sentit les battements de son cœur s'accélérer.

— Non, répondit Izzy, essayant de chasser les pensées interdites qui envahissaient son esprit. Mais je lui ai parlé de toi...

— Je parie que ça s'est bien passé ! Vous devriez faire attention, docteur Jeong, prévint-il. Il n'est peut-être pas judicieux de prendre la défense de votre confrère. Vous pourriez vous retrouver devant le conseil d'administration, vous aussi !

Un nouveau bruissement se fit entendre dans le téléphone, et Izzy ne put s'empêcher d'imaginer Ben dans son lit. Il fallait écourter cet appel, et vite !

— Tu dois être fatigué, alors nous discuterons plus tard, suggéra-t-elle. As-tu un peu de temps demain ?

Elle avait déjà vérifié auprès du bloc opératoire et savait que c'était son jour de congé.

— Oui, pourquoi ? Il y a d'autres arbres de Noël à voir en ville ?

Il la taquinait, ce qui était bon signe. Peut-être que ce ne serait pas aussi difficile qu'elle le pensait ?

— Non, mais je dois aller au marché de Noël et j'espérais que tu pourrais m'accompagner.

Elle se surprit à retenir son souffle en attendant sa réponse.

— Pourquoi ? demanda-t-il d'un ton légèrement soupçonneux.

— Eh bien, je dois faire quelques achats de Noël et j'ai pensé que ce serait le bon moment pour nous de nous retrouver hors de l'hôpital.

— Est-ce que c'est encore une de tes tentatives pour essayer de me faire apprécier Noël ? Parce que, si c'est le cas, laisse-moi te dire que tu perds ton temps !

— Est-ce un défi, docteur Murphy ?

— Je te promets que c'est la dernière sortie de Noël à laquelle je te demande de participer, répliqua-t-elle.

Les secondes s'écoulèrent, interminables, tandis qu'elle attendait sa réponse.

— Plus de guirlandes ni de films ringards ? demanda-t-il enfin.

Sa voix douce et somnolente la fit frissonner.

— Non, murmura-t-elle en ramenant ses genoux sur sa poitrine.

— OK, répondit-il enfin. Envoie-moi un texto demain matin pour me dire où et quand.

— D'accord. Bonne nuit, Ben.

— Bonne nuit, Izzy.

Quand elle eut raccroché, Izzy se dit qu'elle devait à tout prix se ressaisir. Même si les choses changeaient entre Ben et elle, elle ne pouvait pas oublier que sa priorité absolue était leur bébé.

Elle éteignit la télévision. Le film ne l'intéressait plus du tout, car elle savait comment il se terminerait. Contrairement à son histoire avec Ben...

10

Ben ne savait pas trop à quoi s'attendre. Il avait imaginé quelques douzaines d'étals chargés d'objets artisanaux. Au lieu de cela, en plein cœur de Boston, il avait pénétré dans un superbe espace occupé par plus d'une centaine de boutiques. Ces dernières années, il avait fait ses rares achats de Noël sur Internet. Il avait choisi ce qu'il souhaitait pour ses parents et la famille de son frère, puis l'avait fait livrer directement chez eux.

— Pourquoi sommes-nous ici exactement ? demanda Ben à Izzy en lui prenant le coude pour se frayer un chemin parmi la foule.

Elle était tellement occupée à regarder toutes les décorations et les boutiques qu'elle faillit heurter un groupe de femmes qui ne l'avaient même pas vue ! Il semblait que tout le monde ici était possédé par l'esprit de Noël.

— Je dois trouver un cadeau pour mon invité surprise et j'ai pensé que nous pourrions peut-être avoir des idées pour exaucer le vœu de Miguel, dit-elle.

Sans lâcher son bras, il la suivit jusqu'à ce qu'elle s'arrête devant des figurines en verre.

— N'est-ce pas magnifique ? demanda-t-elle.

Elle tendit la main pour effleurer un petit sujet, puis la retira.

— Mais peut-être trop fragile...

Elle se tourna vers le stand suivant, l'entraînant avec elle, et ils s'arrêtèrent pour admirer des écharpes en laine teintes à la main. Cela lui rappela sa mère, et les pulls qu'elle confectionnait pour lui et son frère. Il avait déjà commandé pour celle-ci une charmante bouilloire vintage, mais il savait qu'elle adorerait l'une de ces écharpes. Il venait de payer celle qu'il avait choisie quand il vit Izzy agiter le bras pour saluer quelqu'un au loin dans la foule.

— C'est Bryn et Nick ! lui dit-elle en lui prenant la main et en l'entraînant derrière elle, sans paraître remarquer son mouvement de recul.

Il appréciait Bryn et Nick, mais il ne les connaissait pas très bien et ne pouvait pas s'empêcher de se sentir gêné d'être surpris en compagnie d'Izzy. Les rumeurs couraient rapidement dans les couloirs du service pédiatrique de l'hôpital, et il était sérieux lorsqu'il avait mis en garde Izzy contre le fait de se mettre à dos le conseil d'administration en s'associant avec lui.

— Izzy ! s'exclama Bryn avec chaleur. Docteur Murphy… je veux dire, Ben. Quel plaisir de vous voir tous les deux !

Izzy lui lâcha la main, et le prit par le bras en un geste qu'il perçut comme possessif. Il ne savait pas quoi penser de tous ces changements survenus récemment dans leur relation. Tout allait trop vite…

— Vous avez visité tous les stands ? demanda Izzy.

— C'est la première fois que Nick vient ici, répondit Bryn. Je ne veux pas l'effrayer !

Ben désigna la foule autour d'eux.

— Cet endroit est vraiment… *too much* !

— Ne t'inquiète pas, je suis là ! dit Izzy.

Puis, à sa grande surprise, elle lui planta un baiser sur la joue.

Gêné, il recula d'un pas, mais comprit qu'il avait réagi de façon excessive en voyant les yeux d'Izzy s'assombrir.

Bryn se tourna vers Nick et, à son tour, l'embrassa, avant de répéter à son intention :

— Je suis là, moi aussi, tu sais !

Elle marqua une pause, puis lança :

— Profitez bien de cette visite !

— Oui, amusez-vous bien, vous aussi ! répondit Izzy avant de tourner les talons.

Lorsqu'ils se furent un peu éloignés, Izzy lui dit :

— Je ne voulais pas te mettre dans l'embarras. Parfois, je suis un peu trop spontanée.

Il se demandait si elle pensait à la fois à l'instant présent et à la nuit de passion qu'ils avaient jadis partagée. Ç'avait été des moments inoubliables, même s'il avait passé des semaines à essayer de les oublier.

Il avait soudain l'impression d'être au bord d'un précipice. S'il faisait un pas en avant, il tomberait dans un monde dont il ne pourrait jamais s'échapper, un monde pour lequel il ne se sentait pas prêt. Devait-il rester immobile ? Il n'arrivait pas à se décider. Tout ce qu'il savait, c'est qu'il lui fallait prendre une décision. Sans trop tarder.

Réagissait-il de manière excessive ?

— C'est bon, dit-il. Ne t'inquiète pas, ce n'était qu'une bise amicale.

Ses yeux s'arrêtèrent sur une marionnette en bois, un personnage vêtu de velours vert et rouge, et muni d'une épée : Casse-Noisette ! Izzy lui avait raconté que sa mère l'emmenait chaque année voir ce ballet quand elle était petite.

Lorsqu'elle s'approcha, avec dans les yeux la petite étincelle qu'il aimait tant, il prit sa décision.

— Izzy, ça te dirait de m'accompagner au Boston Ballet pour voir *Casse-Noisette* ?

— Le Boston Ballet ? répéta-t-elle avec un grand sourire.

— Oui. Je suis presque sûr de pouvoir obtenir des places pour un soir de cette semaine.

— J'aimerais bien y aller mais, hélas, je crois que les billets sont déjà tous vendus.

Son sourire vacilla un instant, puis réapparut.

— Mais c'est une idée merveilleuse.

Il obtiendrait ces billets, d'une manière ou d'une autre, se promit-il. Car à ce moment-là, rendre Izzy heureuse était la chose la plus importante au monde, même s'il n'était pas prêt à se demander pourquoi.

— Je n'arrive toujours pas à croire que tu aies réussi à obtenir ces billets ! Ce spectacle est complet depuis des semaines ! dit Izzy alors qu'ils franchissaient les portes de l'Opéra. Comment as-tu fait ?

Avec tous ces hommes en smoking noir et ces femmes en longs fourreaux scintillants, Izzy se sentait un peu mal à l'aise dans sa petite robe verte.

— Mystère..., répondit Ben en fendant la foule pour trouver leurs places.

Lorsqu'il l'avait invitée à aller voir *Casse-Noisette*, elle avait été ravie. C'était le signe qu'il recommençait à se réconcilier avec le monde. Le fait qu'il ait pensé à elle parce qu'elle lui avait confié qu'elle aimait ce ballet rendait cette sortie plus merveilleuse encore à ses yeux.

Cependant, si elle avait réussi à cacher à quel point cela l'avait blessée quand il avait fait mine de la repousser, au marché de Noël, cela avait anéanti tout désir de lui révéler sa grossesse. Comment pouvait-elle lui parler de quelque chose d'aussi intime alors qu'un simple baiser sur la joue l'avait presque fait fuir ?

Pourtant, même si son ventre n'était pas encore très rebondi, elle avait conscience qu'elle ne pouvait pas continuer à le laisser ainsi dans l'ignorance. Il fallait qu'elle le lui dise. Elle s'était entraînée au moins une centaine de fois, sans être satisfaite. Elle allait devoir improviser. Mais quoi qu'il arrive, avant la fin de la soirée, il saurait.

Ils montèrent les escaliers jusqu'au balcon, et Izzy fut ravie de voir qu'ils étaient assis au premier rang, ce qui lui permit d'admirer toute la salle. L'architecture était impressionnante, et les balcons à l'italienne joliment décorés de rouge et d'or.

Quelques instants plus tard, les lumières s'éteignirent. Lorsque le rideau se leva, elle se retrouva plongée dans l'émerveillement de son enfance, alors que l'orchestre commençait à jouer l'une des plus grandes œuvres de Tchaïkovsky. Deux danseurs entrèrent en scène et se mirent à décorer un sapin de Noël. Pendant les quarante-cinq minutes qui suivirent, elle dansa avec Clara et se battit contre le Roi des souris pour sauver Casse-Noisette blessé...

Lorsque le rideau tomba, annonçant la fin du premier acte, Izzy se rendit compte qu'elle tenait la main de Ben posée sur l'accoudoir, entre eux.

— Désolée, dit-elle en retirant sa main.

Elle devait cesser de s'accrocher à lui. Ne lui avait-il pas fait comprendre, au marché de Noël, qu'il n'était pas à l'aise avec le fait qu'elle le touche ainsi lorsqu'ils étaient en public ?

— Je vais me rafraîchir un peu..., souffla-t-elle avant de se lever.

11

Les mains d'Izzy avaient commencé à trembler dès qu'elle était montée dans la voiture de Ben. Elle avait passé une merveilleuse soirée, et elle espérait que Ben s'était amusé lui aussi. C'était un homme difficile à cerner, et elle ne savait pas vraiment ce qu'il aimait...

Ce constat la fit une fois de plus douter du bien-fondé de ce qu'elle s'apprêtait à faire. Comment pourrait-elle savoir ce qu'il pensait de sa grossesse quand sa réaction habituelle était de cacher ses émotions ? Elle ne voulait pas qu'il la rassure en lui disant que tout irait bien alors que, au fond de lui, il n'avait nulle envie de jouer un rôle quelconque dans la vie de cet enfant. Il devait être honnête avec elle sur ses sentiments pour qu'ils puissent prendre leurs responsabilités. Si c'était trop pour lui, s'il ne pouvait pas gérer tout ce qu'impliquait le fait d'être un bon père pour leur enfant, elle devait le savoir *maintenant* !

Car elle était capable de le faire sans lui. Elle était une femme indépendante dans un monde d'hommes ambitieux et dominateurs, et cela n'était pas toujours facile. Même célibataire, elle serait une bonne mère, elle n'en doutait pas, mais Ben méritait d'avoir une place dans la vie de leur bébé, s'il le désirait. Il était certes réservé, mais après avoir appris à le connaître ces dernières semaines, elle savait qu'il serait un bon père.

Alors qu'il se garait devant chez elle, Izzy prit une profonde inspiration. Elle était sur le point de se jeter à l'eau lorsqu'il la déstabilisa en se détournant pour saisir la poignée.

Elle avait un plan : ils passeraient quelques minutes à bavarder dans la voiture, enveloppés dans l'obscurité de la nuit hivernale. Ce serait le moment idéal pour parler à Ben du bébé. Mais à chaque fois qu'elle se sentait prête, un événement venait bouleverser ses plans.

Lorsqu'il sortit de la voiture et vint lui ouvrir la portière, elle n'eut pas d'autre choix que de sortir. Elle marcha aussi lentement que possible jusqu'à sa maison, cherchant un moyen d'engager la conversation. Elle s'était promis, une fois de plus, de parler à Ben ce soir. Si les choses continuaient ainsi, l'enfant entrerait à la maternelle avant qu'il ne connaisse son existence !

— Merci beaucoup de m'avoir emmenée voir *Casse-Noisette*. C'était magique, n'est-ce pas ?

Tout l'avait enchantée : la musique, la danse, les costumes étaient magnifiques, et elle s'en souviendrait longtemps. Mais ce qu'elle avait le plus apprécié, c'était la compagnie de Ben.

— Je suis heureux que cela t'ait plu, dit celui-ci alors qu'ils arrivaient devant sa porte.

— Veux-tu entrer boire un verre ? demanda-t-elle.

Pour la première fois, elle réalisa qu'il était étrangement silencieux depuis qu'il était monté dans la voiture. Absorbée par ses propres pensées, elle ne l'avait pas remarqué jusqu'à présent.

— Quelque chose ne va pas ?

— Il serait préférable que je n'entre pas ce soir, déclara Ben, sans pourtant faire mine de partir.

Ils restèrent quelques instants sans rien dire, tandis qu'elle cherchait la meilleure façon de lui parler du bébé, affolée de le sentir si proche. Le doux parfum de sa chemise blanche impeccable… La chaleur de son corps, dont son propre corps se souvenait bien malgré elle.

Quand sa main toucha sa joue, elle pencha la tête vers lui, espérant revivre le baiser qu'ils avaient jadis partagé. Mais lorsque ses lèvres rencontrèrent les siennes, elle sentit que c'était différent. C'était doux et tendre, presque platonique, et elle dut cacher sa déception. Elle savait que c'était mieux ainsi. Ni l'un ni l'autre n'avaient besoin de complications en ce moment.

Pourtant, il entoura alors son visage de ses mains, la retenant prisonnière, puis prit fougueusement sa bouche. Tout à coup, ce fut comme la première fois. Mais à l'urgence succédait une sensualité nouvelle, qui lui donnait des ailes... Lorsqu'il fit glisser sa main le long de son corps dans un mouvement lent et possessif, elle crut que ses jambes allaient se dérober.

Il l'attira tout contre lui, tandis que son bras s'enroulait autour de sa taille. De nouveau, Ben lui faisait perdre la tête, et c'était merveilleux ! Tout ce qu'elle savait, c'est qu'elle le voulait. Maintenant...

— Promets-moi que tu ne t'enfuiras pas dès que le soleil se lèvera, souffla-t-elle en se tournant pour introduire sa clé dans la serrure.

Sa main tremblait tant qu'elle laissa tomber son trousseau. Elle se pencha pour le ramasser, mais Ben la devança. Un instant plus tard, il la plaquait contre le mur du couloir...

— Il faut que je te dise quelque chose... avant, lança Izzy lorsqu'elle réussit à s'écarter de lui.

Il leva vers elle un regard troublé.

— Maintenant ?

Sa main descendit le long de son dos, trouva la fermeture Éclair, et elle frissonna en sentant sa robe glisser à ses pieds, la laissant presque nue entre ses bras. Puis, ses lèvres effleurèrent son cou, et il lui empoigna les fesses en la serrant contre lui.

— Oh ! oui..., gémit-elle lorsque sa bouche happa la pointe de son sein. Ne t'arrête pas...

Sa voix était un appel, presque désespéré.

Quand il fit glisser sa culotte le long de ses jambes, elle comprit qu'une fièvre pareille à la sienne s'était emparée de lui. L'instant d'après, ils se laissaient tomber sur le canapé et il entrait en elle tandis qu'elle enroulait ses jambes autour de ses hanches.

Les yeux fermés, elle s'abandonna à une étreinte aussi torride qu'intense qui les mena au bord du gouffre, où ils plongèrent ensemble, jouissant dans un même cri.

Lorsqu'elle perçut contre sa peau le bouton de sa veste, elle comprit que, dans son impatience, Ben ne s'était pas entièrement dévêtu. Un sourire béat apparut sur ses lèvres, et elle sentit une nouvelle fois le désir prendre possession d'elle.

— Il faut que j'y aille, lança Ben en déposant un baiser sur sa joue.

— Non, attends ! s'exclama-t-elle en se redressant. Il faut qu'on parle.

— Tu me l'as déjà dit plusieurs fois hier, souligna-t-il en caressant doucement son bras.

— Et chaque fois tu as réussi à me faire taire.

Il haussa un sourcil et sourit.

— Tu t'en plains ?

Il savait qu'elle n'avait pas à se plaindre de la nuit qu'ils venaient de partager. Hélas, si elle avait cru qu'une nuit d'amour lui faciliterait la tâche, c'était tout le contraire.

Penché sur elle, Ben avait l'air heureux et c'était bon de le voir ainsi. Non seulement il ne s'était pas enfui, mais il était resté jusqu'au matin, ce qu'elle n'aurait pas cru possible.

Elle aurait voulu lui demander ce qui avait changé. Était-ce elle ? Lui ? Se sentait-il maintenant suffisamment en sécurité pour partager ses émotions avec elle ? Y avait-il une chance qu'ils puissent partager davantage encore ?

Mais tant qu'elle n'aurait pas mis tout à plat, ni lui ni elle ne pourraient aller de l'avant. Il fallait en finir.

— C'est important, Ben. Il faut vraiment qu'on parle.

Elle le vit tourner le regard vers la porte, comme s'il voulait s'enfuir.

— J'ai quelque chose à te dire qui risque de te surprendre...

Comme il ne réagissait pas, elle poursuivit :

— Ne te ferme pas avant même d'avoir entendu ce que j'ai à dire.

— Mais...

— Tu sais bien que tu as tendance à faire ça. Tu sais exactement de quoi je parle. Quelqu'un s'approche et tu te fermes, de crainte de te montrer vulnérable. Je comprends. Tu as traversé beaucoup d'épreuves. Mais cela ne signifie pas que tu doives vivre dans une bulle. La vie est faite d'échanges, de contacts...

— Décidément, tout le monde veut que je change ! ironisa-t-il. C'est ce que tu veux, toi aussi ?

— Non. Il ne s'agit pas que de toi. Ce que je m'apprête à t'annoncer nous concerne tous les deux.

Avant qu'il puisse détourner la conversation, elle lâcha :

— Je suis enceinte, Ben.

Les mots sortirent de sa bouche avant qu'elle ne puisse les retenir. Ce n'était pas ainsi qu'elle avait voulu les dire, mais au moins ils étaient dits.

Abasourdi, il bredouilla :

— Mais... comment est-ce possible ? Je sais que j'aurais dû utiliser un préservatif hier soir, mais je croyais que tu m'avais dit que tu prenais la pilule. Et puis...

— Il n'est pas question d'hier soir, Ben. Je suis enceinte de trois mois. Je prenais la pilule, mais parfois des accidents se produisent...

Ben se rassit sur le lit. Bien que ses yeux soient fixés sur elle, il avait visiblement l'esprit ailleurs. Il passait sans doute en revue les trois derniers mois, calculant les semaines écoulées depuis leur première nuit...

— Pourquoi ne m'as-tu rien dit ? demanda-t-il soudain.

Il n'y avait pas d'accusation dans sa voix, mais elle ne lui en aurait pas voulu si ç'avait été le cas. Elle avait eu tort de ne pas tout lui révéler dès qu'elle avait découvert sa grossesse, et elle le savait. Maintenant, cette erreur risquait de lui faire perdre toute la confiance qu'il avait en elle.

— Je n'en sais rien. Je l'ai appris il y a deux semaines. Au début, ça m'a semblé complètement irréel ! Puis j'ai décidé d'attendre un peu pour m'assurer que tout allait bien, et...

Elle se sentait exposée, vulnérable ; ce n'était pas ainsi qu'elle avait imaginé cette conversation.

— Et... tout se passe bien ? demanda-t-il, anxieux.

— Oui, à l'exception de quelques nausées matinales et de vertiges occasionnels lorsque je me lève trop vite.

Il hocha la tête, puis répéta :

— Tu es enceinte de trois mois. Enceinte...

Il était sous le choc. Après leur folle nuit, voici qu'elle chamboulait son univers !

— Je ne sais pas quoi dire... Qui d'autre est au courant ?

— Personne. Sauf mon médecin, bien sûr. Je ne l'ai même pas dit à mes parents.

Elle n'était pas pressée de le faire. Ses parents ne s'intéresseraient pas davantage à la vie de cet enfant qu'à la sienne, mais s'empresseraient de critiquer ses choix de vie et de lui reprocher une fois de plus ses lacunes.

— D'accord. Est-ce qu'on a besoin de l'annoncer tout de suite ? Je veux dire...

Il se passa les mains dans les cheveux.

— Il me faut un peu de temps pour assimiler tout ça.

— C'est normal. Moi aussi, j'essaie encore de me faire à l'idée. Et, non, personne n'a besoin de savoir jusqu'à ce que nous soyons tous les deux prêts à faire l'annonce.

Il acquiesça puis regarda sa montre.

— Je dois y aller si je veux participer à la course de Noël ce matin.

La course de Noël ! Comment avait-elle pu l'oublier ? Elle avait choisi de ne pas courir cette année, mais cet événement soutenait une noble cause et elle avait prévu d'être là pour encourager le personnel de l'hôpital.

— Il faut que je me prépare aussi.

— Tu participes à la course ? demanda-t-il, inquiet. Ton médecin t'a autorisée à courir ?

— Non, dit-elle en sortant du lit. Ce ne serait pas raisonnable.

Il secoua la tête.

— Bon... Il faut que j'y aille.

— Attends...

Elle se précipita vers son armoire et y prit un bonnet de Père Noël qu'elle lui tendit.

— Tiens, dit-elle. Certains coureurs de l'hôpital les portent, et ce serait bien que tu en aies un toi aussi. Les membres du conseil d'administration verront que tu fais un effort pour te mêler au reste du personnel.

Ben regarda le bonnet avec un sourire résigné, puis sortit de la chambre. Quelques secondes plus tard, elle entendit la porte d'entrée se fermer.

12

Ben crut tout d'abord qu'il s'était trompé de course. Tout le monde était habillé de façon beaucoup plus... festive que les années précédentes. Il ajusta le bonnet sur sa tête et commença à s'étirer, mal à l'aise. Il ne savait tout simplement pas quoi faire. Ni quoi penser de la nouvelle qu'il venait d'apprendre. Rien ne l'avait préparé à cela. Pourquoi n'avait-il rien remarqué chez Izzy ? Quel genre d'homme était-il donc ?

Soudain, Nick, vêtu d'un costume de Père Noël, et Bryn, en tutu et pull flocon de neige, s'approchèrent de lui. Même le chien de thérapie que Bryn avait fait sortir de l'hôpital était affublé d'un pull de Noël et d'une paire d'oreilles de renne.

— Est-ce que j'ai raté le mémo sur les bonnets de Père Noël ? dit Nick en riant.

— C'était l'idée d'Izzy ! soupira Ben.

— Où est-elle ? demanda Bryn.

— Elle nous rejoindra près de la ligne d'arrivée, je pense.

— Bonne idée en tout cas ! répliqua Nick. Quand tire-t-on le coup d'envoi ?

Ben était prêt à prendre le départ, lui aussi. Il avait bien besoin d'évacuer ses émotions refoulées depuis qu'Izzy lui avait annoncé sa grossesse.

Le golden retriever de Bryn se mit à aboyer et Nick le montra du doigt.

— Elle a hâte de se réchauffer, elle aussi !

— Il y a beaucoup de monde ici et elle est très nerveuse ! dit Bryn avant de gratifier Nick de son plus beau sourire.

Ils semblaient encore plus proches que la dernière fois qu'il les avait vus. Tout le monde à l'hôpital savait sans doute déjà qu'ils étaient ensemble, sauf lui. Peut-être qu'Izzy avait raison : il était trop distant avec ses collègues ?

— À vos marques...

À ces mots, Ben rejoignit les coureurs sur la ligne de départ, et applaudit avec les spectateurs.

Puis le coup de feu retentit et il s'élança.

Une fois que Ben eut franchi la ligne d'arrivée et repris son souffle, il aperçut Izzy en train de parler à un groupe d'infirmières. La course s'était bien passée, et l'air froid et vif lui avait fait du bien, mais dès qu'il vit la jeune femme, son annonce lui revint en mémoire. Il ne s'était pas senti aussi désemparé depuis longtemps, et il n'appréciait pas du tout ce sentiment.

Il aimait avoir le contrôle total sur sa vie. C'était le seul moyen de ne blesser personne et de préserver sa liberté. Or ce contrôle lui avait été ôté. Il n'en voulait pas à Izzy, ce n'était pas sa faute. Ils avaient conçu ce bébé ensemble.

Un bébé... Ils allaient avoir un bébé ! Les genoux un peu tremblants, il rejoignit Izzy et le groupe d'infirmières. Il devait à tout prix se ressaisir, et tout oublier jusqu'à ce qu'il se retrouve seul et puisse réfléchir tranquillement.

— Il faut que j'aille acheter ce dont j'ai besoin pour préparer mes biscuits au chocolat blanc et à la framboise, dit Izzy. Je veux les apporter lundi matin à l'hôpital.

Quand ses yeux croisèrent les siens, elle eut un sourire hésitant. Il aimait l'acajou profond de son regard, songea-t-il. Leur enfant aurait-il ses yeux ? Ou seraient-ils bleus, comme les siens ?

Par-dessus l'épaule d'Izzy, l'une des infirmières se mit à hocher la tête si fort en le fixant qu'il se demanda ce qu'elle cherchait à lui dire. Quand une autre infirmière s'approcha d'elle et fit de même, il comprit qu'elles essayaient de lui faire passer un message. Alors, il se tourna vers Izzy, qui parlait toujours de pâtisserie.

— ... et ils se sont vendus très rapidement. Je suis ravie que tout le monde les ait aimés. C'était la première fois que je les préparais !

C'est alors que les paroles d'Izzy le frappèrent. Elle avait l'intention de faire ses biscuits au chocolat blanc et à la framboise ? Même lui avait entendu parler de ces horreurs qu'elle avait déjà proposées l'année dernière. Au début, il ne croyait pas que les biscuits pouvaient être aussi mauvais que ce qu'avait prétendu un collègue, jusqu'à ce qu'il en goûte un lui-même. Alors, pour épargner l'amour-propre d'Izzy, il les avait tous achetés...

Il tenta une diversion.

— Tu sais, j'aimerais beaucoup participer à la vente de gâteaux, moi aussi, dit-il. Tu pourrais peut-être m'aider à faire des cookies aux pépites de chocolat. Ma mère m'a transmis sa recette.

Il se força à montrer un peu d'enthousiasme. La dernière chose dont il avait envie était de préparer des biscuits avec Izzy ! Il préférait rentrer chez lui pour réfléchir à ce que cette grossesse signifiait pour eux. Mais à en juger par le sourire des deux infirmières, il avait fait ce qu'il fallait.

Il leur rendit leur sourire. Il était heureux de faire ça pour Izzy, qui s'était toujours montrée amicale avec lui.

— Vraiment ? Évidemment que je veux bien t'aider ! répondit Izzy avec un sourire éclatant. Connais-tu la recette par cœur ?

Non, mais il savait où la trouver.

— Bien sûr ! Je passerai tout prendre aujourd'hui et nous déciderons plus tard de l'heure à laquelle nous nous retrouverons, d'accord ?

— Cela me paraît très bien, dit Izzy. Je pourrai toujours faire mes biscuits plus tard, si nous en manquons.

Il toussa pour couvrir les ricanements des deux infirmières qui se tenaient derrière Izzy, puis fit mine de tourner les talons.

— Je vais rentrer chez moi prendre une bonne douche, annonça-t-il.

— Tu ne veux pas déjeuner avec nous ? Nous allons dans un pub irlandais, tout près d'ici.

Ben regarda les autres infirmières regagner la foule qui attendait toujours que les derniers coureurs franchissent la ligne d'arrivée. Il pouvait les suivre et s'éclipser comme il le faisait chaque année, ou faire un effort et participer à ce déjeuner. Il se souvenait qu'Izzy lui avait dit que, au lieu de s'enfuir comme d'habitude après la course, il serait bien inspiré de se mêler au personnel pour faire bonne impression auprès du conseil d'administration.

Il aurait peut-être pu s'y résoudre si elle ne lui avait pas fait cette annonce bouleversante mais, pour l'instant, il avait atteint ses limites. Bien qu'il ne puisse pas nier l'étrange joie qu'il ressentait à l'idée d'être bientôt père, ce qui dominait, c'était la peur – la terreur même – de perdre son enfant. Il avait déjà ressenti la joie d'avoir un bébé, et connu l'immense douleur de le perdre. Il avait failli ne pas survivre à ce terrible chagrin. Il avait conscience qu'il devait trouver un moyen de mettre ce deuil derrière lui, mais il avait vécu avec lui pendant si longtemps qu'il ne savait même pas par où commencer.

Il se pencha et murmura à l'oreille d'Izzy :

— Désolé, mais ce n'est pas vraiment le bon jour pour moi. J'ai besoin d'être un peu seul aujourd'hui, tu comprends ?

La lumière qu'il avait perçue dans ses yeux quelques instants auparavant disparut. La dernière chose qu'il voulait était de blesser Izzy. Elle ne méritait vraiment pas ça.

Mais avant qu'il ne puisse revenir sur ses paroles et accepter de l'accompagner, il vit son sourire revenir et ses yeux s'illuminer.

— Bien sûr, je comprends. Tu as besoin d'un peu de temps pour… t'adapter. Ce n'est pas grave. Et puis, on se retrouve pour faire ces cookies, non ?

— Que dis-tu de demain après-midi ? Je suis en congé pour

le reste du week-end, sauf en cas d'urgence. Envoie-moi un SMS pour m'indiquer quelle heure te convient.

— D'accord ! répondit Izzy.

Elle effleura sa joue trempée de sueur.

— Tout va bien se passer, Ben. Je comprends que ce soit un choc. J'aurais dû t'en parler plus tôt. Nous allons trouver une solution, je te le promets.

Alors qu'elle s'éloignait de lui pour rejoindre la foule qui se dirigeait vers le pub, il pensa à la nuit qu'ils venaient de partager. Il avait fait un grand pas en ne s'enfuyant pas, ce matin. Son premier grand pas depuis la mort de sa femme.

Et maintenant, elle lui demandait de franchir une nouvelle étape, celle qui menait à la parentalité, en lui assurant que tout se passerait au mieux. Izzy était une optimiste qui voyait toujours le meilleur chez les gens, même chez lui. Cependant, elle n'avait pas vécu ce qu'il avait vécu. Elle croyait que tout irait bien, mais il savait que cela n'était pas toujours le cas, hélas !

13

— Tu vois qui est Lisa, la grande blonde qui travaille au labo ? Eh bien, elle est montée sur la table et s'est mise à danser une danse irlandaise. Tout à coup, elle a glissé et s'est retrouvée sur les genoux d'un médecin orthopédiste ! raconta Izzy.

Elle savait qu'elle parlait trop, mais Ben était si calme depuis qu'il l'avait fait entrer chez lui qu'elle ne pouvait pas s'en empêcher. Il y avait entre eux deux une gêne qui n'existait pas avant qu'elle ne lui révèle sa grossesse. Il n'y en avait pas eu non plus la dernière nuit qu'ils avaient passée ensemble.

Elle savait qu'elle ne pouvait pas s'attendre à ce que Ben accepte la nouvelle aussi facilement qu'elle, même si cela avait été un choc pour elle aussi. Mais une fois la surprise passée, elle avait été ravie à l'idée qu'un bébé, leur bébé, grandisse en elle. Il ne lui restait plus qu'à donner à Ben le temps de s'habituer à la situation. Mais cela se révélait plus difficile qu'elle ne le pensait. Elle aurait voulu informer tout le monde de sa grossesse, partager son bonheur avec ses amis. Mais Ben lui avait demandé d'attendre, alors elle respectait sa décision. Il avait besoin de temps et elle le lui accorderait. La perte de sa femme et de son bébé était un drame encore récent, et même si c'était difficile, elle devait lui laisser du temps pour accepter cette nouvelle réalité. *Leur* nouvelle réalité.

— Tout le monde m'a demandé de tes nouvelles au pub. Je leur ai dit que tu avais du travail.

N'était-ce pas le prétexte qu'il avait toujours utilisé quand on l'avait invité aux soirées entre collègues ?

— Je leur ai aussi dit qu'ils te verraient à la fête de Noël du personnel, le 21.

Il sortit deux boîtes métalliques, l'une portant l'inscription « Farine » et l'autre « Sucre », et les posa devant elle.

— Je n'y serai pas.

— Pourquoi pas ? demanda-t-elle en essayant de ne pas laisser paraître sa déception.

Il avait fait de tels progrès. Elle ne voulait pas penser que la nouvelle de sa grossesse, dont elle avait secrètement espéré qu'elle pourrait guérir la douleur en lui, le poussait à retourner à son existence solitaire, loin de ceux qui se souciaient de lui.

— Jiyan, le patient du Dr Geller, doit être opéré ce jour-là, déclara Ben en se dirigeant vers le grand réfrigérateur où il prit des œufs et du beurre.

— Tu pourras peut-être venir en fin de soirée, si la fête se prolonge, dit Izzy.

— On verra, marmonna-t-il, avant d'aller chercher deux saladiers et une cuillère à mesurer.

Il était ainsi depuis qu'elle était arrivée. Il l'avait à peine regardée, préférant se concentrer sur tous ses préparatifs. On aurait dit qu'il se préparait à une opération cardiaque complexe et non à une agréable journée de pâtisserie. Il prenait tout cela trop au sérieux. Les films de Noël qu'elle avait vus ne montraient-ils pas tous des gens ravis de faire des biscuits ? Peut-être était-ce la musique de Noël qui leur manquait ?

Elle sortit son téléphone de la poche de son jean et mit sa playlist de Noël. Quand Ben l'interrogea du regard, elle se contenta de hausser les épaules. Tout le monde n'appréciait pas la guimauve autant qu'elle.

— Dis-moi que tu n'as pas l'album entier ! gémit-il.

Après avoir pris deux paquets de pépites de chocolat dans les placards, ainsi que du sucre roux et un flacon d'extrait de vanille, il s'arrêta devant le plan de travail.

— Ma playlist de Noël est très variée. Bien sûr, nous pouvons écouter la tienne si tu le souhaites.

Elle aurait parié toute sa fortune qu'il n'avait pas une seule chanson sur son téléphone. Le regard qu'il lui lança lui indiqua qu'elle avait vu juste.

— Commençons ! suggéra Ben. Le beurre doit ramollir, mais nous pouvons commencer à ajouter les ingrédients secs. Veux-tu mélanger ou mesurer ?

Comme il étudiait de très près l'emballage des pépites de chocolat, elle répéta :

— Les ingrédients secs ? Où est la recette de ta mère ?

Ben lui tendit le paquet de pépites, et lui montra les instructions au dos.

— C'est ça, la recette de ta mère ?

— Cette recette est la recette originale utilisée depuis 1930 par des millions de mères, dont la mienne. Je lui ai demandé de s'assurer que j'avais choisi le bon chocolat. Et j'ai acheté le beurre et la vanille qu'elle m'avait recommandés. Si nous suivons la recette indiquée, nous devrions obtenir le même résultat qu'elle.

Ben avait cet air déterminé, comme s'il mettait au défi les biscuits de ne pas tourner comme il l'espérait.

— D'accord, dit-elle. Je vais mesurer et toi mélanger.

Une heure plus tard, Ben regarda avec horreur sa cuisine. D'ordinaire impeccable, elle était dans un désordre indescriptible. Sa femme de ménage serait probablement contrariée, mais il ne s'était jamais autant amusé.

Il ne lui avait fallu que quelques minutes pour comprendre qu'Izzy faisait n'importe quoi. Lorsqu'il s'était rendu compte qu'elle confondait cuillère à soupe et cuillère à café pour mesurer, il avait changé de poste avec elle. Quand elle avait mis le batteur à vitesse maximum pour malaxer le beurre avec le sucre et la vanille au lieu de commencer tout doucement, il s'était dit qu'elle était loin d'être une pâtissière accomplie.

Maintenant, son évier débordait et le plan de travail était couvert de farine, mais Izzy avait l'air si satisfaite des biscuits un peu trop cuits qui refroidissaient sur leurs grilles que tout cela en valait la peine.

Il baissa la température du four, déterminé à obtenir une fournée parfaite.

— Je pense que tu devrais en apporter quelques-uns au Dr Bailey, dit Izzy en le regardant furtivement avant de prendre un autre biscuit.

— Si tu continues à les manger, il n'y en aura plus à vendre !

Non qu'il s'en souciât vraiment. Si elle voulait tous les manger, il s'arrêterait à la boulangerie et en achèterait d'autres.

— Et je ne pense pas qu'une assiette de biscuits va régler mon problème avec le Dr Bailey.

— Je ne sais pas. Le chocolat est le remède à beaucoup de choses.

Elle prit une autre bouchée. Quand il vit une trace de chocolat au coin de sa bouche, il fut pris d'une folle envie de goûter ce délice sucré.

Il secoua la tête pour chasser ces pensées inconvenantes. La grossesse avait tout changé entre eux, et il ne devait pas l'oublier. Il avait des responsabilités envers elle, maintenant. Avec Izzy, il avait voulu prendre son temps. Il n'était pas prêt à s'engager. Désormais, il n'avait plus le choix.

— Je pense que vous vous ressemblez trop, tous les deux, et que vous êtes l'un comme l'autre très indépendants et un peu têtus. Peut-être que si vous vous asseyiez pour discuter, cela vous aiderait.

Izzy leva les yeux vers lui, le regard plein d'espoir, et il s'efforça de ne pas fixer sa bouche.

— D'accord, je déposerai les biscuits à son bureau demain, mais je ne te promets rien d'autre.

La minuterie sonna et Izzy se précipita vers le four.

— N'oublie pas les gants de cuisine ! s'écria-t-il.

Pendant qu'elle sortait la plaque à biscuits, il commença à charger le lave-vaisselle.

— C'est tout ce que je demande. Bien sûr, si tu as l'occasion de lui parler, tu pourras lui dire que tu as préparé des biscuits pour la vente, conseilla Izzy. Cela ne peut pas nuire de lui montrer que tu essaies de t'intégrer à l'équipe.

— J'ai toujours été impliqué auprès du personnel. Je ne devrais pas avoir à le prouver. Les infirmières de bloc avec lesquelles je travaille ne se sont jamais plaintes et je suis toujours heureux de voir mes patients.

— Je pense que le Dr Bailey souhaite que le personnel travaille en équipe, et qu'il te considère plutôt comme un électron libre. Montrer que tu veux aider à collecter des fonds pour « Camp HeartLight » serait un bon moyen de lui prouver le contraire. L'administration est très favorable au camp d'été pour nos petits patients cardiaques.

Ils travaillèrent ensemble en silence, lui nettoyant la cuisine pendant qu'Izzy emballait les biscuits dans de jolis sachets qu'elle avait apportés. Lorsqu'ils eurent terminé, le soleil de l'après-midi se couchait et Izzy paraissait épuisée.

— Rentre chez toi et repose-toi, lui dit-il lorsqu'il la vit prendre une éponge, je vais finir de nettoyer.

— J'aimerais qu'on parle un peu, répliqua-t-elle en se hissant sur un tabouret de bar. Je sais que tout cela a été un choc pour toi. La grossesse, je veux dire... Mais je vais devoir en informer les collègues. Dans quelques mois, je prendrai des congés et les autres médecins devront prévoir une remplaçante à mon poste. Et avec tous les biscuits que j'ai mangés aujourd'hui, je ne vais plus pouvoir rentrer dans mes vêtements très longtemps. Cela va finir par se remarquer...

Elle avait raison. Ils devaient parler du bébé. Pourquoi était-ce si difficile pour lui de le faire ? Était-ce à cause des souvenirs de Cara et lui se préparant à accueillir leur enfant ? Était-ce la culpabilité qu'il ressentait face à l'espoir d'un nouveau bébé dans son existence ? Le destin lui offrait une seconde chance, et une nouvelle vie était possible avec Izzy. Avait-il à ce point peur de perdre à nouveau quelqu'un qu'il était incapable de donner libre cours à sa joie ?

— On ne peut pas attendre quelques jours de plus ? demanda-t-il.

Il baissa les yeux en voyant une lueur de douleur passer dans son regard. Il ne voulait pas la blesser. Il tenait à Izzy. Il avait juste besoin de temps pour tout appréhender.

Izzy prit son sac à main.

— D'accord, mais n'attends pas trop longtemps. Le temps presse.

En regardant par la fenêtre sa voiture s'éloigner, il comptait silencieusement les jours qu'il lui restait avant que le conseil d'administration ne prenne sa décision finale. Izzy avait raison. Son temps était compté. Il devait s'assurer qu'il resterait au Beacon de Boston. Et aussi trouver le moyen de surmonter sa peur de vivre dans un monde où, à tout moment, on peut tout perdre. Parce que, s'il ne le faisait pas, il craignait de perdre Izzy et leur bébé avant même qu'ils n'aient une chance de former une famille.

Avec son assiette de biscuits, Ben se sentait ridicule devant la secrétaire du Dr Bailey.

— Je viens juste déposer ça pour le Dr Bailey...

La secrétaire posa sur lui un regard méfiant.

— Je me ferai un plaisir de les lui donner à son retour...

Lorsque la porte s'ouvrit sur le chef de service, Ben se demanda qui était le plus surpris. Lui, parce qu'il avait appelé pour s'assurer que l'homme serait absent jusqu'à la fin du déjeuner ? Ou le

Dr Bailey lui-même, qui ne s'attendait sans doute pas à le trouver dans son bureau ?

— Ben, quel plaisir de vous voir ! Que me vaut cette visite ? dit le Dr Bailey, avant de sourire à son assistante. Pouvez-vous répondre à mes appels, Shannon ?

Lorsque le Dr Bailey passa devant lui, Ben supposa qu'il l'invitait à le suivre. Il consulta sa montre et fut heureux de constater qu'il ne lui restait que quinze minutes avant sa rencontre avec la mère de Jiyan, dont il devait recueillir le consentement nécessaire à l'opération.

Le Dr Bailey s'assit à son bureau. C'était un homme de grande taille, et même s'il avait dépassé la soixantaine, on disait qu'il continuait à faire de la musculation tous les jours. Sa taille en aurait intimidé certains, mais c'était son regard perspicace sous ses sourcils broussailleux que Ben redoutait le plus. L'homme avait une façon de vous fixer comme si vous étiez un papillon épinglé sur son tableau de liège.

— Asseyez-vous, déclara le Dr Bailey en désignant l'un des fauteuils devant son bureau.

— J'ai une réunion avec un parent dans quelques minutes, répondit Ben.

— Asseyez-vous, Ben, insista-t-il. Cela ne prendra qu'un instant.

Ben lui tendit les biscuits.

— Le Dr Jeong m'a demandé de vous apporter ceci.

Quand l'homme regarda l'assiette avec méfiance, il comprit que les biscuits au chocolat blanc et à la framboise d'Izzy étaient connus dans tout l'hôpital.

— Ils sont comestibles, je crois. Nous les avons faits ensemble.

Le Dr Bailey sourit et prit l'assiette.

— J'ai entendu des rumeurs selon lesquelles vous étiez en couple ?

Il baissa les yeux, juste le temps de se remettre de sa surprise, puis souligna :

— Izzy et moi sommes amis.

Tout le monde allait bientôt comprendre qu'ils étaient plus que des amis, mais il n'avait pas besoin de le dire à son patron.

— C'est bien. Je suis heureux de l'entendre. Vous avez besoin d'amis. Nous en avons tous besoin.

Un silence se fit dans le bureau que Ben ne prit pas la peine de rompre.

— Je me suis inquiété pour vous, Ben, dit le Dr Bailey sans cesser de le scruter. Vous avez subi une grande perte lorsque votre femme a été tuée. J'en suis désolé. Je sais ce qu'un tel deuil peut faire à un homme. Cela a failli me coûter ma carrière militaire, vous savez...

Ben tenta de saisir ce qu'il racontait. Qu'avait-il perdu, au juste ?

— Je ne comprends pas.

— J'étais en mission en Afghanistan lorsque ma première femme a été victime d'un anévrisme cérébral. Le temps que le corps des Marines me ramène, elle avait été déclarée en état de mort cérébrale. Ils l'ont maintenue sous assistance respiratoire jusqu'à ce que j'arrive, mais j'ai su avant qu'ils ne me l'annoncent qu'elle n'était plus là. C'était comme si une partie de moi-même m'avait été arrachée. Je ne savais pas quoi faire. Nous avions deux petits garçons, l'un de deux ans et l'autre de quatre ans. J'aurais dû être là pour eux, mais je n'y arrivais pas. Je les ai envoyés chez les parents de ma femme, puis j'ai commencé à noyer mon chagrin dans l'alcool. Ce n'est que lorsque j'ai été arrêté pour trouble à l'ordre public que j'ai compris qu'il fallait réagir.

Ben était sur la défensive.

— Pourquoi me dites-vous tout cela ? Je n'ai pas de problème d'alcool !

Il n'aurait jamais dû écouter Izzy, songea-t-il. Bailey pensait-il que, parce qu'il avait partagé son histoire avec lui, Ben allait soudainement mettre son âme à nu ? Sûrement pas !

— Je le sais. Et vous avez bien mieux fait face que moi. C'est ce que j'admire chez vous.

C'était probablement la première chose positive qu'il lui ait dite depuis qu'ils travaillaient ensemble, songea Ben.

— Il n'y a rien à admirer. J'ai perdu ma femme et mon fils. Je m'en suis sorti.

Ben se leva pour partir. Il avait bien plus important à faire que d'échanger des histoires tristes avec le chef du service de chirurgie.

— Ben, si vous voulez parler, je suis là. Remerciez Izzy pour les biscuits et ne gâchez pas cette histoire. Elle vous fait du bien, j'en suis persuadé, déclara le Dr Bailey quand Ben franchit la porte.

Il était venu dans ce bureau en espérant faire baisser la tension entre eux grâce à ses biscuits. Il n'avait jamais imaginé que leur conversation prendrait une tournure aussi personnelle. Non que Ben n'ait pas de sympathie pour lui, mais il n'avait pas besoin d'entendre l'opinion du chef du service de chirurgie sur la façon dont il avait traversé ce drame. Et il n'avait besoin de personne pour lui dire comment gérer sa relation avec Izzy.

14

Vêtu de sa blouse stérile et de ses gants, Ben posa ses mains sur le drap bleu devant lui tandis qu'un chant de Noël envahissait la salle d'opération. Il commençait à s'habituer au son doux et apaisant de la musique pendant ses interventions. Il ne pouvait toujours pas dire qu'il était fan de chants de Noël, mais il avait appris à aimer celui-ci.

Cela faisait plusieurs jours qu'il se préparait à cette opération. Avec le Dr Geller, Dylan, il avait étudié encore et encore les images du cœur de Jiyan. Il avait expliqué la dérivation artificielle qu'il placerait entre l'aorte et l'artère pulmonaire pour augmenter le flux sanguin vers les poumons. Ensuite, ils avaient passé en revue le patch qu'il devrait réaliser pour empêcher la dérivation droite-gauche et, enfin, si Jiyan tolérait l'intervention, il élargirait la voie de sortie du ventricule droit. Il s'agissait d'une opération complexe, mais elle changerait la vie de cet enfant.

Il regarda derrière le drap : le petit garçon semblait dormir paisiblement. Ben aimait se rappeler, avant de commencer une intervention, la vie qu'il tenait entre ses mains. Cela ne rendait pas les choses plus faciles, mais il en avait besoin. Il aurait voulu promettre à chaque parent que leur enfant survivrait et s'épanouirait mais, hélas, nombre de ces enfants ne connaîtraient jamais une existence normale. Et beaucoup d'entre eux étaient comme Miguel, et avaient été cruellement privés de l'essentiel. Il avait appris à ne plus faire de promesses. Tout ce qu'il pouvait faire, c'était mettre tous ses talents de chirurgien au service de la vie et espérer que cela suffirait.

Il fit un signe de tête à l'anesthésiste qui avait intubé et endormi le garçon, puis à l'infirmière qui devait entamer la procédure d'interruption de l'anesthésie. Puis il jeta un dernier coup d'œil dans la salle. Tout le monde était en place. Il tendit sa paume ouverte pour réceptionner le scalpel. Comme toujours, le poids de l'instrument dans sa main lui fit du bien. La première fois qu'il en avait tenu un, il avait su qu'il était fait pour être chirurgien.

Il respira, détendit son corps et pratiqua la première incision. Tout dépendait de lui maintenant, ou presque.

Izzy franchit les portes de l'ascenseur pour se rendre au pavillon 34. La fête de Noël du personnel était toujours en cours lorsqu'elle était partie mais, sans Ben, elle n'avait pas eu envie de s'attarder. Elle était d'abord allée au bloc opératoire pour voir comment se déroulait l'opération de Jiyan, le patient de Dylan, et avait constaté que l'intervention était terminée et que Ben avait quitté la salle. Pendant ces trois derniers jours, elle avait eu l'impression qu'il l'évitait. Ils n'avaient eu aucun contact.

S'il s'était agi de quelqu'un d'autre, elle aurait pu penser qu'il était simplement trop occupé pour la contacter, mais avec Ben, c'était inquiétant : il s'éloignait, et elle ne savait pas comment arrêter ça.

Une infirmière l'interpella dès qu'elle sortit de l'ascenseur.

— Joyeux Noël, docteur Jeong ! La fête est déjà finie ?

— Joyeux Noël ! Non, c'est toujours en cours. J'espérais croiser le Dr Murphy. L'avez-vous vu ? demanda-t-elle.

— Il est peut-être encore dans la chambre de Miguel. Il y était il y a quelques minutes, dit l'infirmière avant que les portes de l'ascenseur ne se referment sur elle.

Les nausées et les vertiges qui l'avaient menacée toute la matinée la rattrapèrent. Izzy s'appuya contre le mur du couloir tout en se forçant à respirer lentement et profondément par le nez, puis par la bouche. Elle répéta le processus jusqu'à ce qu'elle se sente mieux.

Dans la chambre de Miguel, elle vit Ben assis au chevet du garçon. Quelle que soit leur discussion, ils avaient tous les deux un visage sérieux. Ben avait-il décidé d'évoquer la possibilité d'une transplantation cardiaque avec son petit patient ? Ne voulant pas les interrompre, elle s'apprêtait à faire demi-tour lorsque tout se mit à tourner. Elle n'eut que le temps de s'agripper à l'encadrement de la porte.

Alors que l'obscurité l'envahissait, elle entendit Ben crier son nom.

Quand Ben tourna la tête et vit Izzy s'effondrer, il se précipita vers elle, avant d'appeler à l'aide. Avec ses yeux clos, son visage très pâle et ses cheveux sombres étalés au sol, elle ressemblait à une princesse de conte de fées attendant d'être réveillée d'un baiser.

Mais il n'était pas un prince charmant. Il était mieux que ça. Il était médecin, et c'était précisément ce dont elle avait besoin en ce moment. Il vérifia son pouls tout en surveillant sa respiration. Les deux étaient réguliers, sans aucun signe de stress. Il ne pouvait pas en dire autant de son propre cœur, qui résonna dans ses oreilles quand il y plaça son stéthoscope pour l'ausculter.

Deux infirmières apparurent dans le couloir, suivies de leur responsable, Leigh.

— Appelez l'équipe des urgences ! ordonna Leigh à l'une avant de se tourner vers l'autre. Et allez chercher une civière. Qu'est-ce qu'il s'est passé ?

— Je ne sais pas, répondit-il.

Les couleurs d'Izzy revenaient maintenant, et il sentit son propre rythme cardiaque ralentir.

— Je l'ai vue glisser à terre, c'est tout.

— Est-elle tombée ? S'est-elle cogné la tête ?

— Je ne crois pas, répondit Ben.

Il passa la main sur la joue d'Izzy et vit ses paupières frémir.

Au même moment, les secours arrivèrent. Un jeune interne commença à donner des directives jusqu'à ce qu'une des infirmières des urgences lui rappelle qu'Izzy n'était pas une patiente.

Ben vit alors une autre infirmière s'approcher de Miguel et lui prendre la main. Comment avait-il pu oublier le petit garçon ?

Alors que les yeux d'Izzy papillonnaient, l'infirmière expliqua au jeune médecin qu'il ne pouvait pas lui prescrire d'électrocardiogramme.

— Elle n'est pas encore admise, or c'est indispensable pour demander des examens. Nous allons l'emmener aux urgences et le médecin les prescrira.

Soudain, Izzy ouvrit les paupières et regarda autour d'elle. Lorsque ses yeux croisèrent les siens, Ben comprit qu'elle était en proie à la panique.

— J'ai besoin que tout le monde s'éloigne un peu, dit-il en élevant la voix, avec le ton autoritaire qu'il utilisait en chirurgie.

Tous le regardèrent comme s'il était fou, mais il s'en moquait.

— Ce n'est rien, Izzy. Tu t'es évanouie. N'essaie pas de te lever...

Alors qu'il calait la tête de la jeune femme contre son bras, il vit ses yeux s'écarquiller davantage et ses joues se colorer d'un joli rose pâle. Il savait qu'être ainsi au centre de l'attention était la dernière chose qu'elle souhaitait.

— Docteur Murphy, nous devons l'emmener aux urgences pour qu'elle soit examinée, dit Leigh. Il faut trouver ce qui ne va pas.

— Nous savons exactement ce qui ne va pas, déclara-t-il en insistant sur le mot « nous ».

Il planta ses yeux dans ceux d'Izzy. Il aurait voulu avoir plus de temps pour accepter tout ce qui se passait dans sa vie avant d'avoir à gérer cette situation, mais son temps était écoulé. Lorsqu'elle acquiesça en silence, il prononça les mots qu'il n'avait jamais pensé prononcer un jour.

— Izzy est enceinte.

Il n'avait pas précisé qu'il était le père mais, au silence stupéfait qui suivit sa déclaration, il sut que tout le monde l'avait compris. Même Leigh, l'une des rares infirmières que Ben avait connues depuis son arrivée à Boston, semblait sans voix. C'est alors que Miguel rompit le silence.

— Docteur Ben, je ne savais pas que le Dr Jeong était votre petite amie !

Tout à coup, tous les soignants le félicitèrent, et il fallut encore dix bonnes minutes avant que le couloir se vide. Il aida ensuite Izzy à s'asseoir sur la chaise à côté de Miguel, qui était resté sagement dans son lit.

— Je suis désolée, dit celle-ci quand la dernière personne eut quitté la pièce. Je sais que tu ne voulais pas en parler pour l'instant.

— Ce n'est pas grave. Je suis juste content que tu ailles bien. Et tu avais raison : il était temps.

Elle était stressée, et il songea que cela n'avait pas dû être facile pour elle de passer tout le premier trimestre seule.

Il lui devait, à elle et au bébé, de reprendre sa vie en main. Mais il ne savait pas par où commencer. Il était difficile de changer sa façon d'envisager son avenir en moins d'une semaine. Il ne voulait pas décevoir Izzy comme il avait déçu Cara...

— Ma mère a un bébé, aussi. Il s'appelle Angel. Ils ont fait une fête pour lui la semaine dernière. Il a deux ans ! lança Miguel, rompant le silence qui s'était installé entre les deux adultes dans la pièce. Maman dit qu'il me ressemble, mais moi je ne trouve pas.

Izzy lui avait expliqué qu'elle s'était évanouie parce qu'elle allait avoir un bébé et que cela arrivait parfois. Pour une fois, les yeux du garçon avaient montré autre chose que de l'inquiétude et de la résignation. Il avait paru heureux pour Izzy et lui, mais maintenant Miguel semblait désorienté.

— Pourquoi ne trouves-tu pas qu'il te ressemble ? demanda Izzy.

— Son visage est tout bizarre, dit le garçon en gonflant ses joues. En plus, je ne veux pas qu'il me ressemble. Il pourrait aussi avoir un mauvais cœur, comme moi.

— Tu t'inquiètes pour ton frère ? Tu sais, le problème que tu as avec ton cœur ne s'attrape pas comme d'autres maladies.

— C'est vrai, docteur Ben ? demanda le petit garçon.

Ben ne savait jamais ce qu'il fallait expliquer à un enfant, aussi laissait-il généralement cette tâche aux parents. La mère de Miguel n'étant pas là, tout ce qu'il pouvait faire était de répondre le plus simplement possible.

— C'est vrai, confirma Ben. Tu n'as pas à t'inquiéter pour ton petit frère. Concentrons-nous sur ton rétablissement pour que tu puisses bientôt rentrer à la maison et jouer avec lui.

Il ne savait pas pourquoi il avait prononcé ces mots. Il ignorait toujours si la tumeur cardiaque de Miguel était opérable. Lui donner de faux espoirs était une erreur.

— Et si tu nous disais ce que tu voudrais pour Noël ? demanda Izzy au petit garçon.

Quand il haussa les épaules, Ben sentit une digue céder en lui. Peut-être que Ben n'aimait pas Noël autant que le reste du personnel, mais il se souvenait encore de l'excitation qu'il ressentait à l'âge de Miguel, au moment des fêtes. Étrangement, le garçon paraissait s'être fermé à toutes les choses qu'appréciaient les autres enfants. Il y avait si peu de bonheur dans la vie de ce petit ! La seule chose que Miguel semblait aimer était ses livres. En particulier celui sur le zoo.

— Miguel, qu'est-ce que tu préfères au zoo ? demanda-t-il.

Le garçon regarda Ben avec curiosité.

— Comment ça, qu'est-ce que je préfère ?

— Oui, quand tu vas au zoo, quelle est la partie que tu aimes le plus ?

— Je ne suis jamais allé au zoo. Maman dit que, dès que je serai rétabli, nous pourrons y aller.

L'expression du visage de Miguel n'était pas celle à laquelle Ben se serait attendu de la part d'un enfant impatient. Au contraire, il y avait une certaine tristesse dans son regard, comme s'il savait que le voyage n'aurait jamais lieu.

— Bernie dit que tous les animaux du zoo sont beaux, même si Sam le serpent croit qu'il est le plus beau.

En croisant le regard d'Izzy, Ben sut qu'elle se posait la même question que lui. Que pouvaient-ils faire pour aider cet enfant ?

— Moi, j'ai toujours aimé les singes, lança Izzy, brisant le silence.

Aucun des deux ne voulait que Miguel sache à quel point ils étaient choqués qu'il n'ait pas connu ce simple plaisir d'enfant : aller au zoo.

— Et vous, docteur Murphy ?

Après l'annonce qu'ils venaient de faire, Izzy trouva ridicule de l'appeler ainsi, mais elle ne se reprit pas.

— Je suis d'accord avec Sam. J'ai toujours voulu me précipiter à la maison des reptiles pour voir les serpents. Il y a quelque chose de spécial dans leur façon de se faufiler et d'agiter leur langue.

— Vous pouvez me parler des serpents que vous avez vus ? demanda Miguel, les yeux brillants d'excitation.

— Bien sûr, répondit Ben. Tu veux qu'on parle d'abord des boas ou des cobras ?

Izzy mima un frisson d'effroi.

— Je n'ai envie d'entendre parler ni de l'un ni de l'autre ! dit Izzy en se levant. Je vais vous laisser discuter tous les deux...

Elle posa un instant la main sur l'épaule de Ben, puis quitta la pièce. La peur qu'il avait ressentie lorsqu'elle s'était effondrée sur le sol, pâle comme un linge, l'avait profondément choqué, et il avait dû se faire violence pour reprendre le contrôle de ses émotions.

— Alors, tu as choisi ? demanda-t-il au garçon en prenant son livre sur la table de chevet.

Une idée commençait à germer dans son esprit.

Trente minutes plus tard, lorsqu'il quitta la chambre de Miguel, Ben trouva Izzy dans la salle de repos des médecins, penchée sur un écran d'ordinateur.

— Viens voir ! lança-t-elle en lui faisant signe de s'approcher d'elle. J'ai trouvé le vœu de Noël que nous devons exaucer pour Miguel.

Ben aurait pu lui dire que, avec la grossesse, elle avait déjà assez à faire, mais il savait que c'était inutile.

— Je pense que Miguel a envie de voir sa famille, en particulier sa maman. Il ne veut pas le dire parce qu'il sait qu'elle doit s'occuper de ses frères et sœurs. Ce ne sera pas facile, mais je pense pouvoir les faire venir avant Noël. J'ai déjà appelé sa mère, et elle était tellement heureuse qu'elle s'est mise à pleurer.

Izzy écrivit quelque chose sur un bloc de papier, puis retourna devant l'ordinateur.

Tandis que Ben l'écoutait expliquer comment elle avait trouvé un logement pour la mère de Miguel et ses frères et sœurs, il s'efforçait d'élaborer son propre plan. Il reconnaissait que la visite de cette famille était une excellente idée, mais il voulait faire plus. Pour la première fois depuis qu'il était venu travailler en pédiatrie, il ressentait le besoin d'aider un enfant à vivre une expérience unique. Quelque chose qu'il n'aurait peut-être jamais plus l'occasion de vivre.

Mais Ben ne perdait pas de vue l'aspect médical de sa relation avec Miguel. Il était d'accord avec les autres médecins qui avaient évalué le petit garçon en vue d'une intervention chirurgicale : l'opération dont il avait besoin était presque impossible à réaliser. Il pouvait opérer, mais les chances que l'enfant survive à l'intervention étaient inférieures à cinquante pour cent. Ce risque n'était pas acceptable.

Il avait encore l'espoir qu'un cœur de donneur serait bientôt disponible. Mais si ce n'était pas le cas, Ben se sentirait toujours coupable de ne pas avoir permis à Miguel de voir tous les animaux qu'il avait appris à aimer dans ses livres. Or il voulait donner au garçon une raison de sourire, de continuer à vivre. Et il avait une idée sur la manière d'y parvenir.

Izzy allait détester ça.

15

— Si le conseil d'administration, ou pire encore le Dr Bailey, l'apprend, ça va très mal se passer !

Dans le bureau de Ben, Izzy essayait de lui faire entendre raison. Cela faisait deux jours qu'ils se disputaient à ce sujet. Elle appréciait le fait que Ben ait accepté d'exaucer le souhait tacite de Miguel, à savoir que sa famille vienne lui rendre visite à Boston. Il avait aidé à organiser les vols pour les proches de Miguel, insistant pour couvrir les frais pendant qu'elle s'occupait de l'hébergement du groupe. Mais il refusait de l'écouter chaque fois qu'elle lui disait que son idée était folle.

— Je ne me ferai pas prendre, insista-t-il. Le zoo sait qu'il ne peut s'agir que d'un petit serpent non venimeux. Ce n'est pas comme si on ramenait un boa constrictor de soixante kilos !

— Il n'y a pas de « nous ». Je ne m'approcherai pas d'un serpent. Et je n'arrive pas à croire que le zoo te laisse faire une chose pareille.

Elle n'arrivait pas à croire qu'elle allait le laisser faire.

— C'est bon. J'ai opéré le petit-fils d'un membre du conseil d'administration du zoo. Quand je lui ai expliqué la situation, il s'est déclaré très heureux de m'aider.

— As-tu expliqué aussi que tu n'avais pas l'intention de mettre la direction de l'hôpital au courant de ce projet ?

Ils en avaient déjà parlé à maintes reprises, mais elle ne pouvait pas laisser tomber. Ben avait beau être déterminé à ce que personne ne découvre son opération secrète, elle n'était pas sûre qu'il y parvienne.

Leurs deux téléphones sonnèrent : une équipe était attendue au pavillon 34. Lorsque l'opérateur annonça le numéro de la chambre, ils échangèrent un regard inquiet. C'était celle de Miguel !

Izzy s'écarta pour laisser passer Ben, qui jaillit comme une fusée devant elle. Le temps qu'elle se rende dans la chambre de l'enfant, il avait déjà pris le contrôle des opérations.

Pendant qu'il étudiait l'électrocardiogramme que quelqu'un avait imprimé pour lui, elle se précipita au chevet du garçon. Miguel était conscient, mais il semblait souffrir, même s'il ne se plaignait pas. Sa respiration était superficielle et laborieuse, et il y avait dans ses yeux une terreur qu'aucun enfant ne devrait jamais connaître. Pendant qu'un technicien du laboratoire lui prélevait du sang, une infirmière s'affairait à appliquer des électrodes sur sa poitrine. Izzy lui prit la main.

— Je suis là, et le Dr Ben aussi, Miguel. Ne bouge pas. On va arranger ça.

Ben ne lui avait pas donné beaucoup d'espoir quant à l'opération, mais on attendait encore un don de cœur. Pour l'instant, tout ce qu'elle savait, c'était que le garçon était seul et avait besoin de réconfort.

Elle demanda à une infirmière d'augmenter son oxygène et de rassembler un kit d'intubation, puis elle se tourna vers Ben.

— Qu'est-ce qu'il se passe ?

— Il est en tachycardie ventriculaire. Je vais devoir le choquer, annonça Ben.

Ce n'était pas un rythme que l'on voyait habituellement chez les enfants, songea-t-elle. Il devait être causé par la tumeur.

Izzy ordonna à l'infirmière à côté d'elle de préparer une dose de morphine pour soulager la douleur.

— Peut-on l'endormir avant de le choquer ?

Le regard que Ben lui lança répondit à sa question.

— Nous n'avons pas le temps d'attendre.

— Donnez-lui une dose de diazépam, trois milligrammes ! lança Izzy à l'infirmière en charge des médicaments.

Elle serra plus fort la main de Miguel.

— Le Dr Ben doit faire ralentir ton cœur, Miguel. Ça va faire un petit peu mal, mais ça ne durera qu'une minute.

— Deux cents joules ! dit Ben à la salle dès que les infirmières eurent administré les médicaments prescrits. Izzy, éloigne-toi, s'il te plaît.

— Je charge ! lança une infirmière.

Quand Izzy lâcha la main du petit garçon, elle fut soulagée de voir que les médicaments commençaient à agir.

Le petit corps de Miguel tressaillit et Izzy ressentit la douleur du choc au plus profond de son âme. Un silence tendu se fit dans la pièce : tous attendaient que le rythme cardiaque de Miguel s'ajuste, et Izzy pria pour qu'ils n'aient pas à répéter le choc.

— Il a retrouvé un rythme sinusal normal, dit Ben. Bon travail !

Alors que Ben ordonnait à l'équipe de transporter Miguel à l'unité de soins intensifs où il pourrait être surveillé attentivement, Izzy écartait les cheveux humides du garçon de son visage. Entre le stress qu'il venait de subir et les médicaments qu'elle avait prescrits, l'enfant dormirait pendant les prochaines heures.

Ben et elle décidèrent des meilleurs médicaments anti-arythmiques à commander pour Miguel, et ils suivirent leur patient jusqu'à l'unité de soins intensifs pédiatriques.

— Je vais appeler sa mère et lui dire ce qui s'est passé, proposa Ben. Elle arrive demain et doit être préparée.

Cet enfant avait touché quelque chose au plus profond de lui. Quelque chose qu'Izzy croyait mort depuis longtemps. Ben prenait soin de tous ses patients, elle l'avait constaté elle-même. Mais ce petit garçon avait quelque chose de spécial. D'une certaine façon, Miguel lui rappelait Ben. Ils semblaient tous deux très forts, et refusaient d'admettre qu'ils avaient besoin d'aide. Et ils niaient tous deux la douleur qu'ils ressentaient. Ben le percevait-il ? Était-ce pour cela qu'il se sentait si proche de l'enfant ?

— Je ne sais pas si je pourrai le guérir, dit Ben d'un ton presque résigné.

— Tu as conscience que ce n'est que le début. Au fur et à mesure que la tumeur grandira, il y aura de plus en plus d'arythmies jusqu'à ce que...

Elle n'ajouta rien. C'était inutile, car ils savaient tous deux qu'il n'y avait plus d'espoir pour ce garçon si Ben ne l'opérait pas rapidement. Les chances que Miguel reçoive un nouveau cœur avant que le sien ne s'arrête s'amenuisaient de jour en jour. Ils n'avaient pas le temps d'attendre.

— Tu es sa seule chance, Ben.

Son regard désespéré la bouleversa. Lorsqu'il sortit de l'unité de soins intensifs, elle ne le suivit pas. Maintenant, elle devait trouver un moyen de l'aider à prendre la seule décision qui donnerait au moins une chance à Miguel. Si les choses tournaient mal, elle savait que Ben ne se pardonnerait jamais de ne pas avoir tout tenté.

Assis à son bureau, Ben examinait les images du cœur de Miguel. Il avait passé une bonne partie de la nuit à revoir tous ces clichés. Rien n'avait changé. Il était chirurgien cardiaque. L'un des meilleurs. Et il devait trouver le moyen de sauver cet enfant.

Il ferma son ordinateur portable d'un coup sec. Il y avait une solution, mais ce n'était pas la bonne et il le savait. Comment pouvait-il l'opérer en sachant que son petit patient ne se réveillerait peut-être pas ? D'un autre côté, Miguel avait peu de chances de survie.

Certes, il avait opéré des enfants dont les chances étaient minces, mais il s'était toujours senti capable de faire face à n'importe quelle complication au bloc opératoire. Avec Miguel, c'était différent. Depuis la première fois qu'il avait étudié les scanners du garçon, il avait la conviction profonde que les choses ne se termineraient pas bien s'il décidait de l'opérer.

Lorsque quelqu'un frappa à la porte de son bureau, il sut que c'était Izzy. Il aurait pu l'ignorer, lui laisser penser qu'il avait quitté le bâtiment ou qu'il était allé voir un autre patient. C'était la veille de Noël. Ne devrait-elle pas être chez elle ?

— Entre, Izzy...

Quand ses yeux rencontrèrent les siens, il devina ce qu'elle s'apprêtait à dire. Elle allait lui rappeler une fois de plus que le seul espoir de Miguel était l'opération. Il savait qu'elle avait raison. Il n'avait pas d'autre choix. Alors pourquoi hésitait-il ? À cause d'un sentiment qu'il ne pouvait même pas expliquer ?

— D'accord, je t'aiderai à faire entrer un serpent dans l'hôpital ce soir, mais seulement si tu acceptes de m'accompagner, déclara-t-elle sans préambule.

— Quoi ?

— J'ai dit que je t'aiderais à faire entrer cette bestiole dans l'hôpital à condition que tu acceptes de venir avec moi quelque part. Aujourd'hui. Tout de suite, même.

— Mais...

Il commença par expliquer qu'il devait rester à l'hôpital au cas où quelque chose arriverait à Miguel. Mais n'importe quel médecin pouvait faire ce qu'il avait fait lorsque le garçon était passé en tachycardie ventriculaire. Ce dont Miguel avait besoin désormais, c'était d'un chirurgien.

— J'ai déjà fait ma tournée et j'ai quelqu'un pour me remplacer le reste de la journée. J'ai également vérifié auprès du bloc et tu n'as aucune opération de programmée. S'il te plaît...

Quand elle planta dans les siens ses grands yeux bruns, il sut qu'il était perdu.

— Je ne suis pas d'humeur à m'amuser, tu sais ! En plus, je croyais que tu m'avais promis de ne plus me faire participer à tes activités de Noël.

— C'est différent, cette fois, affirma-t-elle. Mais si tu préfères, je peux parler au Dr Bailey de ton projet d'introduire des animaux dangereux dans l'hôpital.

Il secoua la tête.

— Je n'aurais jamais cru que la douce Izzy Jeong s'abaisserait à faire du chantage.

— Aux grands maux, les grands remèdes... De plus, je ne suis pas aussi gentille que j'en ai l'air.

— Je commence à le comprendre, dit-il en se levant et en troquant sa blouse blanche contre une doudoune. Où allons-nous ?

— J'aimerais que tu voies quelqu'un, dit-elle, avant d'ajouter : Sois patient. D'accord ?

Il acquiesça d'un signe de tête. Il ne voulait pas la blesser, mais il n'avait envie de voir personne aujourd'hui. Il se sentait vide à l'intérieur. Trop vide pour discuter avec Izzy de ce qu'elle avait prévu pour lui cet après-midi.

Le ciel était gris lorsqu'ils sortirent de l'hôpital pour se diriger vers la voiture d'Izzy. Il était finalement tombé une bonne couche de neige quelques jours plus tôt, et toute la ville semblait au ralenti.

Alors qu'elle se garait devant une petite église, Izzy jeta un coup d'œil à Ben. Il avait l'air de se demander pourquoi elle s'acharnait sur lui.

Pourvu qu'elle ait fait le bon choix ! songea-t-elle en s'avançant vers l'église. Dès qu'elle avait vu l'invitation à la représentation de la chorale, sur son bureau, elle avait senti qu'il ne pouvait s'agir d'une coïncidence. Cela *devait* arriver.

Et c'était peut-être son seul espoir pour Miguel.

Ben était-il au courant qu'elle était la pédiatre de Zachary ? Elle n'était même pas sûre que Ben ait revu le garçon après avoir pratiqué l'opération qui lui avait sauvé la vie, le soir même où son épouse avait été tuée dans un accident de voiture.

D'après ce qu'on lui avait dit, Zach était arrivé à l'hôpital après avoir été frappé par une balle de base-ball au sternum, ce qui avait causé un traumatisme contondant. Une équipe de secouristes qui se tenait sur la ligne de touche l'avait amené aux urgences, où ils avaient découvert une importante dissection aortique.

La famille de Zach était certaine que l'adolescent devait sa vie à la présence de Ben à l'hôpital lorsqu'il était arrivé. Alors même que Zach s'effondrait, Ben avait ordonné qu'on le transporte d'urgence en salle d'opération. Durant l'intervention, et contre l'avis de tous, Ben avait insisté pour qu'ils continuent à le transfuser même lorsqu'il avait fait un arrêt cardiaque. Il avait refusé d'abandonner.

Elle espérait simplement que le fait de voir son ancien patient lui rappellerait l'homme qu'il avait été cette nuit-là, et non ce qu'il avait perdu.

Comme le spectacle avait déjà commencé, ils prirent place au fond de l'église pour écouter plusieurs chants de Noël interprétés par un groupe d'enfants du primaire, avant qu'un groupe d'adolescents ne les rejoigne.

C'est alors qu'Izzy repéra Zach. Il était au milieu du dernier rang et, lorsqu'il s'avança pour entamer le solo de *Silent Night*, elle ne put retenir ses larmes. Était-il possible que Ben ne l'ait pas reconnu ? Quatre ans s'étaient écoulés depuis l'opération, et Zach avait beaucoup grandi.

Après le dernier chant, ils se faufilèrent vers la sortie avant que les parents de Zach ne les aperçoivent. Elle ne voulait pas que Ben se retrouve dans une position délicate s'il ne reconnaissait pas l'adolescent. Une fois qu'ils eurent regagné la voiture, Ben se tourna vers elle.

— Pourquoi m'as-tu amené ici, Izzy ?

— Je voulais que tu voies le garçon que tu as sauvé, Ben, alors que tout le monde avait perdu espoir.

— Le garçon que j'ai sauvé alors que j'aurais dû être avec ma femme, tu veux dire ?

Il détourna le regard, mais elle eut le temps de voir la souffrance dans ses yeux.

— C'est ce que tu crois ? Que tu as perdu ta femme parce que tu n'étais pas là ? Ce n'est pas un conducteur ivre qui a causé l'accident ?

Il ne lui répondit pas.

— J'espère que tu ne rends pas Zach responsable de la mort de ta femme ? souffla-t-elle, horrifiée par cette idée.

Après avoir pris une profonde inspiration, Ben répondit :

— Je comprends ce que tu essaies de faire, Izzy, et je sais que ça part d'une bonne intention. Je suis content que Zach aille bien. Et je veux sauver Miguel. Je le veux, je t'assure, mais...

— Je désirais juste que tu voies ce dont tu es capable. On m'a dit que tout le monde au bloc avait abandonné ce gamin. Tout le monde sauf toi. Le personnel a révélé aux parents que l'opération que tu as pratiquée aurait dû être impossible, mais que tu avais refusé de baisser les bras. Et ils t'en seront éternellement reconnaissants ! Nous venons de voir l'enfant que tu as sauvé chanter un magnifique cantique. Il ira à l'université l'année prochaine et obtiendra une bourse. C'est grâce à toi, tu sais !

Le soleil se couchait à l'horizon, et de légers flocons tombaient sur le pare-brise.

— Nous savons tous les deux que tu es le seul espoir de Miguel. Nous ne pouvons pas l'abandonner. Tu dois lui donner une chance, Ben !

Ben se tourna vers elle, affolé.

— Et si je n'en suis pas capable ? S'il meurt sur la table d'opération ?

— Et si tu n'essayes pas de le sauver ? Comment pourrons-nous vivre avec l'idée que nous ne lui avons pas donné une chance ? demanda-t-elle.

— *Nous* ?

— Oui, nous. Même si je ne suis pas en mesure d'opérer moi-même. Si tu me dis ce qui te tracasse vraiment, je verrai peut-être les choses différemment. Échanger ne peut pas nuire, déclara-t-elle en s'engageant sur la route.

Ben laissa échapper un soupir et s'adossa à son siège.

— D'accord. Tu as raison. Peut-être qu'un regard neuf pourrait aider.

Elle fut surprise de voir une ébauche de sourire sur le visage de Ben.

— Cela ne veut pas dire que je te dispense de m'aider avec le serpent ! lança-t-il, avant de redevenir sérieux. Retournons à l'hôpital pour que tu puisses regarder les images sur mon ordinateur. Ensuite, nous irons au zoo.

Sur le chemin du retour, ils commencèrent à discuter du cas de Miguel.

— As-tu parlé de la tumeur à l'un des chirurgiens oncologues ?

— Une biopsie a été faite avant son arrivée. La tumeur est non cancéreuse, déclara Ben.

— Mais c'est quand même une tumeur, non ? Un oncologue pourrait-il t'apporter son expertise ?

— En effet, il y a peut-être une procédure que j'ignore.

Pour la première fois, Izzy vit de l'espoir dans les yeux de Ben. Pourvu qu'elle ne se soit pas trompée !

Le temps qu'ils reviennent à son bureau, Ben avait contacté la chirurgienne oncologue de garde, qui avait accepté d'examiner les scanners de Miguel et de donner un avis à Ben. Il ne leur restait plus qu'à attendre sa réponse.

— Pourquoi ne rentres-tu pas chez toi ? demanda Ben. C'est la veille de Noël. Je parie qu'il y a un bon film qui passe en ce moment.

Il avait raison. Elle avait l'habitude de regarder *Elfe*, la veille de Noël. Mais pas aujourd'hui.

Elle alla prendre des nouvelles de Miguel et constata que le garçon se portait bien. Seul le médicament antiarythmique qu'il recevait en intraveineuse exigeait son maintien en soins intensifs. Sans oublier le fait qu'il pouvait être victime d'une arythmie fatale à tout moment...

Izzy apprit que sa mère était arrivée en son absence et qu'un membre du personnel avait gardé ses autres enfants pendant qu'elle allait voir son fils. Visiblement, cette visite lui avait fait beaucoup de bien.

Son travail à l'hôpital était terminé, décida Izzy. Il ne lui restait plus qu'une chose à faire avant de pouvoir s'enfoncer dans son canapé et profiter de l'un de ses films de Noël préférés.

— Je croyais que nous devions passer par le zoo pour récupérer un serpent ? lança-t-elle à Ben, assis à son bureau, pressée de voir comment il comptait s'y prendre pour faire entrer un serpent dans le service avec la complicité du personnel alors qu'on ne permettait même pas à Miguel de recevoir la visite de ses frères et sœurs.

— Je plaisantais. Je n'ai pas besoin que tu fasses ça, tu sais...

Ben fut interrompu par la sonnerie de son téléphone et Izzy retint son souffle. Peut-être que la chirurgienne avait de bonnes nouvelles ?

Elle comprit que Ben discutait d'une nouvelle technique utilisée pour enlever les tumeurs difficiles à laquelle le Dr Edison avait été formée. Lorsque ce dernier raccrocha, elle crut voir une étincelle d'espoir dans ses yeux.

— Alors ?

— Peux-tu contacter la mère de Miguel et la faire venir demain matin à 7 heures ? Le Dr Edison et moi-même envisageons d'opérer, dit Ben avant de se lever. Et maintenant, rentre chez toi pour ne pas te rendre complice du crime que je m'apprête à commettre !

— Pas question ! J'ai promis de t'aider et je ne vais pas me défiler. Nous sommes dans le même bateau, Ben.

Izzy espérait que Javi serait prêt à les tirer d'affaire s'ils se faisaient prendre.

— Je ne t'emmène pas avec moi, affirma de nouveau Ben, implacable.

Mais elle ne se laissa pas intimider.

— Si ! répliqua-t-elle en attrapant son sac à main et en le suivant jusqu'à la porte. Et rien de ce que tu pourras dire ne m'arrêtera.

16

Ils s'étaient disputés pendant tout le trajet jusqu'au zoo, et au retour, puis s'étaient arrêtés chez elle prendre quelque chose pour y placer le serpent.

En regardant la jolie boîte décorée sur le siège arrière, Ben dut bien admettre que c'était une excellente idée. Personne, en les voyant porter ce qui ressemblait à un cadeau, ne penserait qu'elle contenait quelque chose de plus dangereux qu'un cake aux fruits. Izzy était la gentillesse incarnée, mais elle pouvait se montrer rusée quand il le fallait.

— Tu es enceinte, Izzy. Tu devrais être chez toi dans ton lit, pas en train de faire entrer un serpent à l'hôpital !

— Il n'est que 20 heures...

Ils utilisèrent l'entrée du personnel pour éviter le vigile posté à l'entrée principale. Ils étaient presque arrivés à l'ascenseur quand Izzy l'attrapa par la manche. Le Dr Bailey s'avançait vers eux !

— Je ne m'attendais pas à vous voir ici si tard en cette veille de Noël ! s'exclama celui-ci en les rejoignant.

— Nous non plus, répondit Izzy avec un sourire vacillant. Nous venons juste rendre visite à un patient. Il doit être opéré demain matin et nous voulons lui offrir son cadeau plus tôt.

Le chef de service se tourna vers Ben, qui n'avait rien de sensé à lui dire. Le serpent avait bougé dans la boîte, et Ben avait peur que l'homme l'air remarqué. S'il demandait à voir ce qu'il y avait à l'intérieur, Izzy et lui auraient des ennuis. Surtout lui. Ses jours étaient peut-être déjà comptés, mais il n'avait pas envie d'entraîner Izzy dans sa chute.

— Nous ne voulons pas vous retarder. Je suis sûr que vous avez des projets avec votre famille, ce soir.

— C'est d'ailleurs pour cela que je suis ici. Ma tante a dû être hospitalisée et j'ai promis à ma femme d'aller la voir avant de rentrer à la maison, expliqua le Dr Bailey.

Izzy passa son bras sous celui de Ben.

— Il faut qu'on se dépêche ! Miguel doit se faire opérer tôt dans la matinée.

— Le jour de Noël ? Il doit s'agir d'une opération urgente, souligna le Dr Bailey. J'espère que tout se passera bien. Et je suis heureux de savoir que vous allez collaborer avec le Dr Edison !

Il fit mine de poursuivre son chemin, puis se tourna de nouveau vers Ben.

— Je voulais vous appeler demain, mais autant vous le dire tout de suite : j'ai décidé de recommander au conseil d'administration la poursuite de votre contrat. Au cours des dernières semaines, j'ai constaté une amélioration de votre attitude. Je pense que c'est dû en partie à votre... rapprochement avec Izzy. Joyeux Noël, docteur Murphy !

Après les remerciements d'usage, Izzy et Ben avaient à peine tourné au bout du couloir qu'Izzy éclata de rire.

— Je n'arrive pas à croire ce qui vient de se passer ! déclara-t-elle lorsqu'elle se calma enfin. Il a dit qu'il allait recommander la poursuite de ton contrat. N'est-ce pas une bonne nouvelle ?

— Si, répliqua-t-il, mais si on se fait prendre après le discours dont il vient de me gratifier, on pourra chercher un nouvel emploi tous les deux !

Il savait qu'emmener Izzy était une mauvaise idée.

— Alors nous ferions mieux d'être discrets, dit Izzy lorsque les portes de l'ascenseur s'ouvrirent sur le couloir de l'unité de soins intensifs. On fait comme prévu : je distrais le personnel pendant que tu vas voir Miguel. Tu devras lui demander de ne parler à personne de ta visite, mais c'est un gamin intelligent et je pense que tu peux lui faire confiance.

Il ne s'inquiétait pas pour Miguel. Le garçon garderait leur secret.

Ben utilisa son badge pour les faire entrer dans l'unité de soins intensifs et il se dirigea directement vers la chambre de Miguel, tandis qu'Izzy allait voir les infirmières pour leur dire que Ben voulait expliquer à Miguel la future opération et qu'il ne fallait pas les déranger.

Une fois leur forfait accompli, dans l'ascenseur qui les ramenait au rez-de-chaussée, Izzy sentit son rythme cardiaque ralentir enfin. Elle n'avait jamais eu à s'inquiéter d'être surprise en train de faire quelque chose d'interdit car, même enfant, elle avait toujours été docile, pas du genre à s'attirer des ennuis. Cette nuit, elle avait connu une montée d'adrénaline qu'elle n'avait aucune envie de vivre à nouveau.

— Tu vas rendre le serpent, ce soir ? demanda-t-elle à Ben.

Il n'avait rien dit depuis qu'il était sorti de la chambre de Miguel et l'avait trouvée en train de divertir tout le poste des infirmières en décrivant les objets insolites qu'elle avait eu le plaisir de retirer des orifices de ses petits patients... Il s'était contenté de hocher la tête une fois en direction des portes et avait disparu.

— Je n'arrive pas à croire que nous ayons réussi ! A-t-il apprécié ton cadeau ? demanda Izzy, bien que le sourire de Ben lui ait déjà fourni la réponse.

— Il a été époustouflé. Je pense que le fait que je lui aie demandé de garder le secret pour toujours a rendu la chose plus spéciale encore...

Les portes de l'ascenseur s'ouvrirent et ils sortirent de l'hôpital.

— Je suis garée par là, dit Izzy en désignant un côté du parking.

— D'accord, je t'accompagne.

Ils marchaient en silence quand, soudain, elle murmura :

— Je n'arrive pas à croire que, à Noël prochain, nous aurons un bébé.

— J'ai du mal à m'y faire, moi aussi.

— Ce n'est pas grave. Mais… que ressens-tu à l'idée d'être père ? Et sais-tu quel rôle tu aimerais jouer dans la vie de cet enfant ?

Elle s'arrêta et se tourna vers lui. Elle avait repoussé cette conversation assez longtemps. Il était temps de se montrer totalement honnête, non seulement avec lui, mais aussi avec elle-même.

— Et ce n'est pas tout. Je veux savoir quelle est ma place dans tout ça.

Ben la regarda, avant de s'écarter lentement d'elle.

— Izzy, je…

Il laissa sa phrase en suspens, et Izzy ne put en supporter davantage.

— Il fut un temps où, tout ce que je voulais, c'était que tu désires notre bébé dans ta vie. Mais depuis, j'ai réalisé que je voulais plus. Je mérite plus. Et si tu ne peux pas me le donner, j'ai besoin de le savoir !

— Je tiens à toi, Izzy. C'est la première chose que je peux te dire. Mais pour l'instant, je ne peux rien ajouter…

Quand les yeux de Ben se posèrent sur elle, elle n'y distingua pas l'amour qu'elle avait espéré y voir.

Alors, elle tourna les talons, et heureusement, cette fois, il ne la suivit pas.

Ben essayait de se concentrer sur l'opération qu'il était sur le point de commencer, mais son esprit revenait sans cesse à Izzy. Il y avait tant de choses qu'il aurait dû lui dire hier soir, et qui n'avaient pas franchi ses lèvres. Il avait peur. Peur de faire le pas suivant, vers un avenir avec Izzy.

Mais pourquoi ? Sa vie, songea-t-il, était une illustration de l'intervention que le Dr Edison et lui s'apprêtaient à pratiquer.

Miguel n'avait aucune chance de vivre tant que la tumeur restait à l'intérieur de son cœur. Il devait être opéré, mais l'opération elle-même risquait de le tuer.

Cependant, si l'enfant mourait sur cette table – ce que Ben voulait empêcher à toute force – il saurait au moins qu'il avait fait tout ce qui était en son pouvoir pour sauver le garçon.

Alors pourquoi avait-il si peur de tenter sa chance avec Izzy ? S'il ne prenait pas ce risque, il la perdrait. Il devait juste faire le premier pas vers l'inconnu...

— Docteur Murphy ? dit l'anesthésiste.

Tout le monde était à sa place. C'était à lui de jouer, maintenant.

Il fit un signe de tête à l'anesthésiste et au Dr Edison, l'oncologue, puis tendit la main pour prendre son scalpel après un dernier regard à la petite poitrine de Miguel, préparée et drapée. Il était prêt.

L'opération fut éprouvante. Pendant deux heures, Ben et le Dr Edison s'efforcèrent d'enlever la tumeur qui s'était développée dans le septum interventriculaire du garçon, tandis que la machine de dérivation continuait à lui fournir du sang oxygéné.

Au moment où Ben referma l'incision qu'il avait faite en début d'intervention, il aurait dû être épuisé, mais au lieu de cela, il se sentait plus vivant qu'il ne l'avait été depuis des années.

Une fois que Miguel fut débranché de la machine cœur-poumons et que son cœur eut retrouvé un rythme sinusal normal, Ben se rendit dans la salle d'attente pour parler à la mère de l'enfant. Il espérait aussi y trouver Izzy, mais il fut déçu.

— Miguel a bien supporté l'opération, dit-il. Quand il sortira de la salle de réveil, on le ramènera à l'unité de soins intensifs pour la nuit. Mais dans quelques jours, s'il va bien, je le ferai transférer dans le service pédiatrique pour que vous puissiez passer plus de temps avec lui.

— Mon Miguel est un garçon fort et courageux ! Je vous remercie pour tout ce que vous avez fait pour nous, docteur...

— Ce fut un plaisir. Votre fils est un trésor.

Il décida d'attendre quelques jours avant d'ajouter qu'il souhaitait acheter au garçon un serpent de compagnie.

— Savez-vous où est allée le Dr Jeong ?

— Elle a reconduit les enfants à l'hôtel. Ils étaient trop fatigués.

La femme remercia encore Ben avant qu'il ne la quitte et retourne en salle de réveil pour vérifier l'état de son patient. Lorsque Miguel fut ramené en toute sécurité dans sa chambre, il était presque midi. C'était Noël et, une fois de plus, Ben était seul.

Izzy s'installa sur le canapé et appuya de nouveau sur la télécommande de la télévision. Aucun des films qu'elle avait prévu de regarder le jour de Noël ne parvenait à capter son attention. Elle avait partagé le déjeuner avec la mère de Miguel et ses frères et sœurs. Le repas avait été animé au restaurant de l'hôtel, et tous les enfants très excités par les cadeaux qu'Izzy leur avait offerts.

Et maintenant, tout ce qu'elle voulait, c'était être emportée par la magie de Noël pour pouvoir cesser de penser à Ben.

Quand la sonnette retentit, elle regarda le petit écran de surveillance et sentit son rythme cardiaque s'accélérer : c'était Ben, les bras chargés de cadeaux !

Elle alla ouvrir, sans même se soucier du fait qu'elle portait sa chemise de nuit en flanelle la plus ringarde – mais aussi la plus confortable.

— Salut, Ben.

— Izzy, comment vas-tu ?

— Eh bien, il est tard, je suis fatiguée et grincheuse...

— Je vois. Je peux entrer ?

Elle aurait voulu refuser, mais elle en était incapable. C'était Noël, et elle devait au moins le laisser entrer pour savoir ce qu'il voulait. Et puis, que contenaient les deux paquets qu'il tenait dans ses bras ?

Elle lui tint la porte ouverte, puis le suivit dans le salon avant de reprendre place sur le canapé.

— Je sais qu'il est tard, mais c'est Noël et je voulais t'offrir quelque chose, dit Ben.

— Je n'ai pas de cadeau pour toi, moi, mentit-elle.

— C'est juste pour te montrer à quel point j'apprécie tout ce que tu as fait pour moi.

Elle ouvrit la boîte qu'il lui tendait et en sortit le casse-noisette en bois qu'il avait acheté au marché de Noël, habillé comme les danseurs du ballet auquel ils avaient assisté. Les souvenirs de ce spectacle n'étaient pas de ceux qu'elle voulait ressasser, pourtant. Au fond d'elle-même, elle avait toujours espéré qu'elle et Ben auraient un avenir ensemble, mais c'était un rêve romantique auquel cette soirée avait mis un terme. Elle devait se concentrer sur son bébé et sur son rôle de mère, désormais.

Elle remit le casse-noisette dans la boîte et la referma.

— Merci.

Il lui tendit une autre boîte, beaucoup plus petite.

— Qu'est-ce que c'est ?

Ben prit une profonde inspiration et lui saisit la main.

— C'est un autre cadeau de remerciement, et plus si tu le veux.

Elle le regarda sans comprendre.

— Je n'aurais pas dû te laisser partir hier soir, Izzy. J'ai besoin de toi et de notre bébé. Mais j'avais trop peur de l'admettre.

Il se leva et s'éloigna d'elle, avant de poursuivre.

— Je crois que je suis tombé amoureux de toi le premier soir, quand nous sommes sortis pour faire la fête et que nous nous sommes retrouvés dans ton lit. Ou peut-être que c'était avant. Tu me rendais fou avec toutes tes conversations du matin, mais j'aimais ça !

— J'ai du mal à le croire, murmura-t-elle. J'étais obligée de courir dans tout le service pour réussir à te saluer, le matin ! répliqua-t-elle d'un ton joyeux.

— Alors tu admets que tu me poursuivais ? souligna Ben avec un sourire si doux qu'elle crut que son cœur allait éclater de bonheur.

Voir Ben sourire l'avait toujours rendue heureuse, surtout quand il jouait les docteurs grincheux.

— Admets-tu que tu es fatigué de fuir ?

— Je ne veux pas fuir, dit-il, redevenu sérieux. Ton soleil a chassé toutes les ombres derrière lesquelles je me cachais ces dernières années. Je ne vais pas te promettre d'être toujours aussi joyeux que toi, mais même les mauvais jours, je veux que tu saches que je t'aime.

C'était plus que ce qu'elle avait jamais espéré.

— Je t'aime aussi, répondit-elle, les larmes aux yeux.

Brûlant de savoir ce que contenait la petite boîte, elle l'interrogea du regard.

Il l'ouvrit alors, révélant un solitaire orné d'un diamant en forme de cœur, resplendissant sur le velours noir.

— Veux-tu m'épouser, Izzy ?

Pour une fois, elle resta sans voix. Mais cela ne dura pas longtemps.

— J'aimerais beaucoup t'épouser, Ben. Mais j'ai une question, dit-elle alors que Ben l'attirait dans ses bras : Où as-tu trouvé une bague le jour de Noël ?

— Eh bien, il y a ce bijoutier dont j'ai opéré la filleule...

Saisissant son visage, elle l'embrassa à pleine bouche. Elle avait toujours rêvé d'un Noël parfait, et c'était chose faite, maintenant qu'elle avait Ben.

Épilogue

Izzy tendit leur fille à Ben alors que le couple nouvellement fiancé faisait son entrée, rayonnant de bonheur. C'était presque Noël et elle adorait cette période. Lorsque Nick passa son bras autour de la taille de Bryn, Izzy sentit ses yeux se remplir de larmes.

— Tu ne peux pas mettre cela sur le compte de tes hormones, souffla son mari en lui tendant un mouchoir.

— Je suis ravie que nos amis aient décidé d'annoncer leurs fiançailles à Noël, dit Izzy. Regarde l'écran ! C'est Ailani et Javi, avec Mabel ! Quel dommage qu'ils manquent cet événement ! Mais je ne peux pas leur en vouloir. Le soleil et le sable d'Hawaï, ça doit être le paradis...

— Pas de neige à Noël ? N'est-ce pas ce que tu voulais, toi aussi ? lui lança Ben pour la taquiner.

Mais elle n'était pas dupe. Il avait beau le nier, il avait adoré chaque minute passée à décorer leur maison. C'est même lui qui avait acheté les premiers chaussons de Noël de leur fille.

Lorsque Kalista et Dylan, le frère du futur marié, les rejoignirent, Dylan leva sa coupe de champagne pour porter un toast à Bryn et Nick. Pendant qu'ils prenaient tous un verre, Izzy posa un regard attendri sur l'assistance. Elle avait beaucoup de chance de connaître toutes ces personnes merveilleuses...

Ses yeux se posèrent ensuite sur son mari, qui tenait dans

ses bras leur magnifique fille, la petite Joy. En fermant les paupières, elle fit un vœu de paix, de réconfort et de joie pour tout le personnel de l'hôpital et tous les enfants du service de pédiatrie du Beacon de Boston.

Vous avez aimé ces romans ?
Retrouvez en numérique l'intégrale de votre série
« Un Noël à Boston » :

1. *L'hiver d'une infirmière*, Ann McIntosh
2. *Tendresse à l'hôpital*, Juliette Hyland
3. *Un invité pour les fêtes*, Traci Douglass
4. *Surprise pour un pédiatre*, Deanne Anders

Prologue

— On demande le Dr Darcy en Trauma 1. Le Dr Darcy en Trauma 1.

A l'appel de son nom, Chloé se mit à courir vers l'entrée, le cœur battant à tout rompre. Les traumatismes constituaient la partie la plus effrayante et la plus gratifiante de son métier : la médecine d'urgence. A condition de réfléchir et d'agir vite, on pouvait vaincre la mort. En tant que chef des internes en urgence, Chloé le savait mieux que personne. Chaque fois, elle était tiraillée entre la peur et l'exaltation du défi qui l'attendait.

Enfin, elle arriva dans le hall. Les ambulanciers poussaient un brancard sur lequel reposait une pâle jeune fille.

Ils lui firent aussitôt leur rapport :

— Femme de vingt-deux ans retrouvée inconsciente par sa colocataire avec les deux poignets tailladés. Elle a perdu au minimum un demi-litre de sang. Elle a laissé un message… Apparemment, elle aurait eu le cœur brisé après une rupture. La Saint-Valentin a été la goutte d'eau qui a fait déborder le vase.

Chloé réprima une moue d'agacement. Quel homme valait la peine qu'on se tue pour lui ? A vingt-deux ans en plus !

— Qu'est-ce que vous lui avez administré pour la réanimer ? s'enquit-elle.

— Deux litres de sérum physiologique en perfusion et cinq cents millilitres de colloïde. Sa tension s'est améliorée et les pansements compressifs ont endigué l'hémorragie.

— Merci. Nous prenons le relais.

Chloé appela à ses côtés deux infirmières et un spécialiste des troubles respiratoires. Ensemble, ils firent leur possible pour stabiliser la patiente grâce à plusieurs poches de culot globulaire et de sérum. Au bout d'une demi-heure, la tension de la jeune fille s'améliora et son pouls ralentit. Celui de Chloé aussi : la patiente était presque sauvée.

Chloé lui défit les bandages qu'elle avait aux poignets. Les entailles profondes révélaient des vaisseaux, des tendons et des nerfs endommagés. Aussitôt les pansements défaits, la patiente se remit à saigner. Chloé se tourna vers une des infirmières :

— Appelez la chirurgie vasculaire, et dites-leur qu'on a besoin d'eux tout de suite.

Il fallait absolument stabiliser la jeune fille avant de l'emmener au bloc.

Chloé lui tenait un bras et comprimait les plaies, quand une voix envoûtante la fit se retourner.

— Qu'est-ce qu'on a, Chloé ?

Le Dr Tate Reed s'avançait dans la pièce.

Elle s'était attendue à ce qu'on lui envoie un interne, pas un chirurgien vasculaire, et encore moins le séduisant Tate. La tenue d'hôpital mettait en valeur sa haute stature et son corps athlétique. Ses yeux d'un vert minéral étaient posés sur elle. Comme toujours quand il était là, son cœur cessa un instant de battre.

Elle se força à respirer lentement et se concentra sur son travail.

— Jeune femme de vingt-deux ans, répondit-elle. Tentative de suicide par lacérations des deux poignets. Perte de sang totale estimée à deux litres. Les entailles sont profondes et affectent tous les gros vaisseaux, ainsi que les nerfs et les tendons.

Elle s'apprêtait à défaire le pansement pour qu'il puisse voir par lui-même, mais il lui posa la main sur le bras.

— C'est inutile, Chloé. J'ai confiance en toi.

Il la fixa un instant puis s'écarta d'elle et s'adressa à l'équipe.

— Cette jeune femme est prioritaire. Faites en sorte qu'elle soit prête pour l'opération dans dix minutes. J'aurai besoin de cinq unités supplémentaires de culot globulaire.

Il jeta un nouveau coup d'œil à Chloé puis quitta la pièce sans un mot de plus.

Chloé dut faire un effort pour recouvrer ses esprits.

— Phénotypage du groupe sanguin, ordonna-t-elle. Ensuite, vous enverrez au bloc cinq unités de culot globulaire compatible. Il lui faudra une sonde de Foley pour assurer l'écoulement de l'urine. Nous devons aussi prévenir le chirurgien plasticien de service qu'il devra intervenir quand le Dr Reed aura terminé la réparation vasculaire.

Chloé accompagna la jeune femme au bloc, puis retourna aux urgences.

Il n'était pas loin de 23 heures. Sa garde était presque finie. Heureusement… Le geste de cette jeune femme l'attristait. Comment pouvait-on souffrir au point de croire que la mort seule pouvait vous soulager ?

Elle se plongea dans ses tâches administratives, puis, une fois qu'elle eut terminé, retourna au bloc pour avoir des nouvelles. Le gros inconvénient de la médecine d'urgence, c'était qu'elle ne suivait pas les patients. Elle les accueillait, posait un diagnostic et organisait leur hospitalisation, mais elle avait rarement de leurs nouvelles par la suite. C'était un peu comme commencer un livre sans jamais en terminer la lecture.

Elle patienta sur un des sièges du couloir, jusqu'à ce que Tate sorte de la salle d'opération.

— Pourquoi ne suis-je pas surpris de te voir ? lança-t-il en s'asseyant près d'elle.

Il ôta sa charlotte de chirurgien et se passa la main dans ses cheveux blonds coupés court.

Chloé tâcha de se concentrer sur la raison qui l'avait amenée là.

— Comment va-t-elle ?

— Son état est stable. Les entailles étaient nettes, ce qui a facilité l'anastomose veineuse. Les plasticiens s'occupent d'elle et ils en ont pour deux bonnes heures. Bien sûr, on ne saura pas tout de suite si elle retrouvera le plein usage de ses mains.

A son réveil, cette pauvre jeune fille devrait gérer un double choc physique et émotionnel, songea Chloé avec tristesse.

— Tu sais pourquoi elle a fait ça ? demanda Tate.

Chloé lui sourit. Il témoignait toujours d'une grande compassion à l'égard de ses patients, et cela le rendait encore plus attirant.

— C'est la Saint-Valentin, expliqua-t-elle avec une pointe de sarcasme.

— Ah... Je ne t'ai rien apporté.

Le commentaire la surprit, mais Tate avait l'air si malicieux qu'elle renchérit.

— Je me contenterai d'un verre de vin !

L'expression de Tate changea immédiatement. Il ne souriait plus, semblait soudain très sérieux. Elle déglutit, ne sachant que dire.

— Tope là, lança-t-il enfin. Mais il faudra que ce soit chez moi. Je n'ai pas de vêtements de rechange et je préfère ne pas sortir dans cette tenue.

Muette de surprise, elle le fixa un instant, puis acquiesça d'un lent mouvement de tête.

Tate ouvrit la solide porte en métal de son loft.

Chloé n'y était jamais entrée, mais son intérieur correspondait à l'idée qu'elle s'en faisait. Une paroi entièrement vitrée donnait sur la rivière Charles, et conformément au style loft, il n'y avait pas de cloisons : la salle de séjour était prolongée par la salle à manger et la cuisine ouverte. Un peu plus loin, un grand lit trônait sur une estrade. Le cœur de Chloé se mit à battre plus vite.

Tate passa alors près d'elle, effleurant furtivement son bras. Chloé en tressaillit presque. Une douce chaleur se diffusait en elle.

Tate ouvrit la porte du réfrigérateur dont il sortit une bouteille de vin blanc. Il lui en servit un verre et prit une bière pour lui-même. Il se souvenait de ce qu'elle aimait, il n'avait même pas besoin de le lui demander, se réjouit Chloé. La chaleur en elle se fit plus intense.

— Fais comme chez toi, dit-il. Je reviens tout de suite.

Il désigna le canapé gris ardoise placé devant la cheminée et elle alla s'asseoir docilement.

Un instant plus tard, il sortit de la salle de bains vêtu d'un jean et d'un T-shirt à manches longues qui soulignait ses muscles puissants. Il était nu-pieds et cela ne faisait que renforcer l'aura de sensualité qui émanait de lui.

Elle jeta un coup d'œil à son propre reflet dans le miroir posé sur la cheminée. A côté de lui, elle paraissait bien terne. Sa chevelure rousse et indisciplinée, ses courbes voluptueuses et ses yeux vert émeraude attiraient l'attention, mais en comparaison de Tate, elle faisait pâle figure !

Il s'assit près d'elle, et elle avala une gorgée de vin pour se calmer.

— Alors, dit-il, explique-moi pourquoi la plus belle femme de l'hôpital et la plus convoitée se retrouve seule le soir de la Saint-Valentin.

Belle et convoitée ? Etait-ce vraiment ainsi qu'il la voyait ?

Un doute saisit Chloé. Tate croyait-il les rumeurs selon lesquelles elle aurait utilisé son physique pour favoriser sa carrière ?

Les yeux verts ne recélaient apparemment aucun sous-entendu, mais elle n'était pas prête à répondre sincèrement... Si elle n'avait pas de cavalier ce soir, c'était parce que le seul homme qui l'attirait, le seul pour qui elle avait des sentiments depuis trois ans, était assis à côté d'elle.

— Je pourrais te poser la même question, répliqua-t-elle sur un ton volontairement léger.

— Tu me trouves belle ? plaisanta-t-il.

Chloé se représenta un troupeau d'infirmières enamourées... L'image était si nette qu'elles parurent se matérialiser autour de lui.

— Non, mais tu es un homme très convoité.

Il se rembrunit.

— Pas par tout le monde.

Il pensait à Kate, comprit Chloé. Sa meilleure amie, à elle, et son ancienne petite amie, à lui. Kate travaillait également à l'hôpital et lorsqu'elle avait commencé à sortir avec Tate, Chloé avait compris avec horreur que Tate ne lui inspirait pas que de l'amitié.

La torture avait été cruelle. Plus Tate se rapprochait de Kate, plus Chloé apprenait à le connaître, plus son amour pour lui grandissait et plus il était inaccessible.

Finalement, Kate avait quitté Tate. Mais Chloé n'en avait tiré aucun réconfort. Elle était libre d'exprimer ses sentiments, mais elle n'avait plus l'occasion de rencontrer Tate aussi souvent.

Elle eut soudain très chaud et voulut enlever le cardigan noir qu'elle portait sur son débardeur. Comme elle s'efforçait en vain de le déboutonner de ses doigts tremblants, les mains fortes de Tate l'immobilisèrent puis firent glisser le vêtement le long de ses épaules. Elle ne put réprimer un frisson.

— Tu as froid ? s'étonna Tate.

— Pas du tout !

Il caressa sa peau comme pour vérifier sa température et elle trembla de nouveau.

— Tu recommences, remarqua-t-il.

— Je sais.

Que pouvait-elle dire d'autre ? Si elle était incapable de contrôler les réactions de son corps, du moins pouvait-elle éviter de parler à tort et à travers.

Les mains de Tate remontèrent jusqu'à son cou et frôlèrent ses joues. Ses yeux d'un vert minéral plongèrent dans les siens.

— Pourquoi es-tu là, Chloé ?

Elle n'avait pas envie de répondre à cette question, mais elle n'avait pas le choix.

— Parce que tu me l'as demandé.

Sous ce regard intense, elle se sentait nue. Il ne touchait que sa nuque et son visage, mais c'était comme si son corps tout entier recevait ses caresses.

Sans doute parce qu'il aspirait à les accueillir...

— Pourquoi ? s'enquit-il de nouveau.

Il y avait tant de raisons qu'elle aurait été incapable de les énumérer... D'autant qu'il n'aurait sans doute pas compris.

Elle humecta ses lèvres sèches et osa affronter son regard.

— C'est important ?

L'expression de Tate se modifia légèrement.

— Pas ce soir, non.

Sur ces mots, il s'empara de sa bouche et enroula sa langue autour de la sienne. Elle ne put retenir un gémissement. Jamais elle n'avait été embrassée de cette façon, un peu brutale. Mais elle était incapable d'y résister.

Nouant ses bras autour du cou de Tate, elle glissa ses doigts dans ses cheveux. Tandis qu'il l'embrassait avec une passion accrue, l'une de ses mains traça un sillon léger dans son dos et elle se cambra contre lui.

Aussi soudainement qu'il avait pris sa bouche, Tate s'écarta alors d'elle et se leva. Sans un mot, il la prit par la main et la mit debout, puis l'entraîna vers le lit.

Lorsqu'ils furent sur l'estrade, il ôta son T-shirt. Elle avait cru que le vêtement laissait peu de place à l'imagination... Mais c'était avant qu'il ne soit torse nu. Chacun de ses muscles était parfaitement dessiné. Tendant le bras, elle caressa la courbe solide d'une épaule, sa poitrine puis son ventre plat... et s'arrêta à la ceinture.

Tate la prit par la taille, s'empara de son débardeur et le lui fit passer par-dessus la tête. Jamais elle n'avait été aussi excitée, aussi consciente de son propre corps. De nouveau, les doigts de Tate encerclèrent sa taille, mais cette fois sur sa peau nue. Ce simple contact la brûla au point qu'elle frissonna pour la troisième fois.

— Tu n'as rien de froid, je suis catégorique à ce propos, murmura-t-il en la serrant contre lui.

De son souffle chaud, il lui effleura la nuque, puis ses lèvres déposèrent une pluie de baisers sur sa peau, alimentant le feu qui la consumait déjà. Elle l'attira contre elle et fut récompensée par le renflement dur qui pressait son ventre.

Il la lâcha un instant et s'écarta d'elle le temps de retirer son jean. Puis, sans la quitter des yeux, il fit de même pour elle, et elle se retrouva devant lui, uniquement vêtue de son soutien-gorge de dentelle bleue et d'un string assorti. Au lieu de la prendre dans ses bras, il la parcourut lentement du regard. L'attente se mua pour Chloé en véritable torture. Ne sachant comment exprimer son désir, elle tendit la main vers lui.

De nouveau, plutôt que de la saisir, il passa derrière elle et défit l'agrafe de son soutien-gorge sans bretelles. Le mince rempart de dentelle tomba par terre, les seins gonflés de Chloé jaillirent de leur abri. Les doigts de Tate caressèrent alors ses mamelons, puis gagnèrent sa taille et enfin ses hanches. Un instant plus tard, son string glissait sur le sol.

Tate se débarrassa alors de ses propres vêtements et se tint nu devant elle avec une impudeur dénuée d'arrogance.

Elle poussa un cri lorsqu'il la souleva pour l'attirer contre lui. Elle noua ses jambes autour de son torse qui semblait supporter son poids sans aucun effort. Les draps frais l'accueillirent et le corps chaud de Tate recouvrit le sien. Il s'empara de sa bouche avec une ardeur exacerbée par le contact de leurs peaux nues.

Chloé gémit quand sa paume se posa sur l'un de ses seins tandis que ses lèvres se refermaient sur le mamelon de l'autre. Elle écarta les jambes sous lui... Comme pour le supplier en silence de faire ce qu'elle souhaitait.

Il tendit un bras vers le tiroir de la table de chevet et en sortir un sachet argenté. Il déroula le préservatif sur son sexe dressé, mais ses doigts tremblaient un peu, et elle posa la main sur la sienne pour l'affermir. Il lui saisit alors le poignet et le maintint au-dessus de sa tête, sur l'oreiller.

Se plaçant entre ses jambes, il la pénétra d'un mouvement

précis. Les muscles de Chloé se contractèrent autour de lui et, comme pour leur faire écho, il resserra son emprise.

Jamais Chloé n'avait éprouvé un tel plaisir.

Nouant de nouveau ses jambes autour du torse de Tate, elle s'agrippa à lui pendant qu'il bougeait en elle, la menant un peu plus près de l'extase à chaque poussée.

Chaque fois qu'il entrait en elle ou en sortait, il enflammait tous les nerfs de son corps jusqu'à ce qu'elle menace d'exploser de l'intérieur.

Elle passa brutalement le point de non-retour et se mit à crier, agrippée à Tate. Quelques secondes plus tard, il la rejoignait et ses propres spasmes de plaisir firent écho aux siens.

Lorsqu'il se laissa aller contre elle, sa peau était moite et la chaleur de son haleine remontait contre son cou. Il semblait rassasié et détendu, et elle en était comblée. Elle lui caressa tendrement le dos.

Elle avait perdu toute notion du temps, savourant leur proximité, jusqu'à ce qu'il se soulève sur les coudes pour la regarder. Il était toujours en elle, mais il semblait attendre des réponses ou une explication, comme s'il se demandait comment ils en étaient arrivés là et ce qui se passerait ensuite.

Elle aurait été bien incapable de répondre.

— Je ne veux pas en parler maintenant, murmura-t-il.

Son ton vibrait de regrets contenus, lui brisant le cœur.

— D'accord, dit-elle sans trouver autre chose à dire.

Il se retira d'elle et se rendit dans la salle de bains, la seule pièce fermée du loft.

Chloé s'assit sur le lit et masqua sa nudité avec un oreiller. Un besoin urgent de bouger, de prendre ses vêtements et de s'en aller avec ce qu'il lui restait de dignité la tenaillait. Mais elle n'y parvint pas. Tous les muscles de son corps étaient paralysés par l'improbabilité de ce qui venait d'arriver...

Elle avait fait l'amour avec Tate !

Mais il ne s'agissait pas seulement de sexe. C'était l'expérience la plus cataclysmique de sa vie, tant sur le plan physique qu'émotionnel.

A cet instant précis, elle comprit : elle l'aimait.

Mais il regrettait ce qui venait de se passer...

Et elle ?

Elle s'était juré de ne pas se laisser emporter par ses sentiments, mais qu'aurait-elle pu faire alors que son rêve se réalisait ?

Le bruit d'une porte qui s'ouvrait la ramena à la réalité. Tate la rejoignit sur l'estrade, absolument pas gêné par sa nudité. Son corps était d'une beauté à couper le souffle et ce souvenir serait définitivement gravé au fer rouge dans sa mémoire, elle le savait.

Il tira les couvertures et lui fit signe de se glisser en dessous. Elle n'aurait pas dû accepter, mais refuser était trop difficile. Lorsqu'elle fut entre les draps, il en fit autant de l'autre côté, puis il éteignit la lumière grâce à une commande posée sur la table de chevet.

Les seules lueurs provenaient du feu qui brûlait dans la cheminée et des lumières de la ville qui scintillaient derrière les vitres.

Immobile, Chloé ne savait que dire ou que faire. Un bras puissant entoura alors ses épaules.

— Dors, ordonna Tate en l'attirant contre lui.

Son corps nu se pressa contre ses reins et son dos.

Impossible, pensa-t-elle.

En se réveillant, Tate remarqua immédiatement qu'il n'était pas seul... Des courbes voluptueuses et une peau douce se serraient contre lui.

Il ouvrit les yeux : de splendides cheveux roux étaient étalés sur l'oreiller.

Chloé.

D'un coup, les événements de la nuit défilèrent dans son esprit. La façon dont elle l'avait laissé la déshabiller, la passion incontrôlée qui le submergeait lorsqu'elle était sous lui… Au point qu'il avait eu du mal à se retenir.

Il brûlait d'envie de l'embrasser, de caresser ses seins et plus encore… En partie pour satisfaire son désir, mais aussi pour s'assurer que leur union n'avait pas été aussi explosive qu'il se la rappelait.

La froide lueur du jour le ramenait à la raison.

Comment avait-il pu permettre que cela arrive ? Et pourquoi ? Il n'avait pas attiré une femme ordinaire dans son lit… C'était Chloé, la femme la plus belle et la plus intelligente qu'il ait jamais rencontrée. Ce n'était pas comme s'il venait de prendre conscience de sa beauté. Elle l'avait toujours attiré, mais lorsqu'il avait fait sa connaissance, il commençait à sortir avec Kate. Il avait donc envisagé ce qu'il ressentait pour Chloé comme la réaction normale d'un homme en bonne santé.

Que s'était-il passé la nuit précédente ?

Qu'il soit damné s'il le savait !

Il passa les doigts dans la chevelure rousse. Cette histoire allait mal se terminer.

Les femmes médecins devaient travailler plus dur pour prouver leurs compétences sur un terrain dominé par les hommes.

Les femmes comme Chloé… Bien qu'il n'en connût *aucune* comme elle… étaient soumises à rude épreuve. Personne ne pouvait imaginer qu'elle était aussi intelligente que belle. Pire, certaines mauvaises langues prétendaient que sa réussite n'était pas due à son seul travail.

De telles rumeurs lui étaient parvenues, mais malheureusement il n'aurait fait qu'aggraver les choses en défendant Chloé.

Ces ragots malveillants pouvaient gravement la mettre en danger professionnellement. Encore plus si tous deux se revoyaient et que quelqu'un de l'hôpital venait à l'apprendre. Cela pourrait compromettre la carrière de Chloé. Et pour quel bénéfice ? Il n'avait rien à lui offrir. Ses fiançailles rompues avec Kate l'avaient éprouvé et il n'était pas prêt à s'engager de nouveau.

Et puis, il ne voulait pas blesser Chloé dans le seul but de satisfaire un besoin dont il ignorait encore l'existence la veille.

Il fallait mettre un terme à cette aventure avant même qu'elle ait commencé…

A son réveil, Chloé fut un peu perdue. Mais sa nudité confirmait la folle vérité : elle n'avait pas rêvé… Elle était dans le loft de Tate et ils avaient fait l'amour.

Bouleversée, elle se tourna dans le lit : Tate n'y était plus.

Elle releva la tête. Il se tenait dans la cuisine et la regardait fixement.

Apparemment, il avait déjà pris sa douche et s'était habillé.

— Bonjour ! lança-t-elle, gênée.

— La nuit dernière était une erreur, dit-il.

Immédiatement, le rêve se mua en cauchemar.

— Il vaudrait mieux que nous oubliions ce qui s'est passé, continua-t-il. Je dois partir au travail, mais prends ton temps. Tu n'auras qu'à claquer la porte en partant.

Elle n'eut pas le temps de discuter ou même de répondre. Il quitta aussitôt l'appartement, la laissant muette de stupeur.

Comment pouvait-il se comporter ainsi ?

C'était une évidence… Il ne ressentait rien pour elle. Elle l'attirait physiquement, rien de plus. Rien de comparable avec son amour pour Kate.

Après leur rupture, il avait été fou de colère, anéanti.

Elle-même n'était que l'erreur d'une nuit… comprit-elle. Rien à voir avec son amour pour Kate dont la perte avait failli le détruire.

1

Six semaines plus tard

Chloé venait de rédiger la feuille de sortie de sa dernière patiente et s'apprêtait à rentrer chez elle, mais elle fut soudain prise de nausées et un léger vertige la saisit. Elle s'accrocha à son bureau.

Ces derniers temps, ces malaises se faisaient de plus en plus fréquents. Etaient-ils liés à son aventure avec Tate ? Elle se le demandait. En tout cas, elle avait tenté de lui parler, mais il l'évitait, et le souvenir de leur folle nuit la perturbait dangereusement.

Une voix l'arracha à ses pensées.

— Tu te sens bien ?

Elle se retourna vivement et le regretta immédiatement : de nouveau, elle vacillait.

Son chef de clinique, le Dr Ryan Callum, l'observait avec attention. Il avait sept ans de plus qu'elle et avait quitté l'armée où il exerçait ses fonctions de chirurgien spécialisé en traumatologie pour travailler au Boston General. Avec sa carrure athlétique, ses cheveux noirs, ses yeux bleus, ses cicatrices et ses tatouages, il était la coqueluche des infirmières.

Mais pour Chloé, c'était son mentor en tant qu'interne et un ami.

— Tout à fait, affirma-t-elle.

— Tu mens, dit-il sans colère.

— Oui, mais tu n'insisteras pas, par amitié pour moi.

Il hocha la tête et Chloé se détendit.

— Tu me le dirais, si tu avais besoin de quelque chose ? insista-t-il.

— Bien sûr.

— C'est parfait, en ce cas. Tu as une mine affreuse, rentre vite chez toi.

— Merci. C'est ce que je vais faire.

Un instant plus tard, Chloé gagnait le vestiaire des femmes situé à l'intérieur des urgences. La tête lui tournait et le seul fait de pousser la porte lui coûta le peu d'énergie qui lui restait. Elle fit quelques pas en direction d'un banc devant les casiers, mais une douleur violente dans le bas-ventre la plia en deux. La souffrance était si intense qu'elle tomba à terre. Elle tenta en vain d'appeler au secours tandis qu'un voile noir masquait sa vision.

Quelqu'un cria, mais ce n'était pas elle. Elle s'efforçait en vain de voir et d'entendre ce qui se passait autour d'elle, quand des bras puissants la soulevèrent de terre.

— Tate, souffla-t-elle.

— Non, Chloé, c'est Ryan.

Submergée par la déception, elle perdit conscience.

Tate parcourait la liste des patients qu'il allait opérer dans la soirée. Les portes du bloc s'ouvrirent et un employé de l'hôpital entra, portant une mallette provenant de la banque du sang.

L'aide-soignant qui était à l'accueil demanda :

— C'est le sang pour la salle numéro 7 ?

— Oui. Je vous apporte quatre unités de culot globulaire et deux de plasma frais congelé pour Chloé Darcy… D-A-R-C-Y… Née le 20 mars 1983.

— Très bien, répondit l'aide-soignant. Laissez-le ici, je vais l'apporter dans la salle d'op.

Au nom de Chloé, Tate se pétrifia, puis se ressaisit presque aussitôt.

— Je m'en charge, lança-t-il à l'aide-soignant.

Sans attendre la réponse, il prit la mallette et gagna la salle numéro 7. Pour la première fois de sa vie de chirurgien, il avait peur d'y entrer. C'était un sentiment à la fois nouveau et terrifiant.

Après avoir mis un masque sur son visage, il s'arrêta devant la porte vitrée. Deux anesthésistes se trouvaient à la tête du lit mais il ne put identifier aucun des autres membres du personnel qui entouraient Chloé. Le sol était jonché de compresses imbibées de sang. Le bocal du drain en contenait au moins deux litres... Etait-ce celui de Chloé ?

Il entra dans la salle. Des collègues du service d'obstétrique étaient au chevet de Chloé, et son trouble s'accentua.

— Vous avez besoin d'aide ? demanda-t-il en remettant la mallette à une infirmière.

— Vous devez sortir d'ici, docteur Reed, ordonna une chirurgienne.

C'était Erin Madden, la chef des internes en gynécologie-obstétrique.

— Le Dr Madden a raison, insista un autre praticien, sans doute le Dr Thomas. Il ne s'agit pas d'un problème vasculaire et nous devons vous demander de partir.

Tate dévisagea les infirmières et ses autres collègues : ils semblaient gênés.

— Très bien.

Il quitta la salle, l'esprit fourmillant d'hypothèses. Qu'était-il arrivé à Chloé ? Comment une jeune femme en bonne santé pouvait se retrouver dans un état critique du jour au lendemain ? Et en quoi cela concernait-il des gynécologues ?

Une explication possible lui traversa l'esprit et y demeura. Tandis qu'il surveillait les moniteurs à travers la vitre, une main se posa sur son épaule.

— Tate...

C'était la voix de Kate.

Il se retourna, encore plus troublé.

— Je pense que son état est stable, répondit-il. Ils m'ont fichu dehors, alors je n'en suis pas totalement certain. Mais ils ont cessé de réclamer du sang et je peux voir sur les écrans que son rythme cardiaque a ralenti et que sa pression artérielle a remonté.

— Que s'est-il passé ? demanda Kate.

— Je n'en sais rien. On ne m'a rien dit pour respecter la confidentialité. Je suis arrivé il y a environ un quart d'heure.

— Qui est avec elle ?

— Des gynécologues.

— C'est un kyste ovarien hémorragique ?

— Je l'ignore, Kate.

Elle cessa de poser des questions. Parce qu'elle en était arrivée à la même conclusion que lui ? En tout cas, il lui était reconnaissant de se taire, cela lui permettait de se focaliser sur Chloé.

Un instant plus tard, Kate l'écarta gentiment de la porte et entra dans la salle. Elle y discuta avec Erin Madden. Manifestement, elle obtenait plus d'informations que lui.

— Elle va bien, le rassura-t-elle en revenant. Ils ne m'ont pas révélé ce qu'elle avait, mais ils l'ont opérée et ont stoppé le saignement, d'où qu'il vienne. On va l'emmener aux soins intensifs parce qu'elle a perdu beaucoup de sang.

— Merci Kate, dit Tate sans quitter son point d'observation.

— Tate, ils nous demandent de partir et je pense que nous devrions leur obéir. Chloé est stable et nous ne pouvons rien faire, à part distraire l'équipe.

— Je ne vais pas l'abandonner.

— Tu ne l'abandonnes pas, Tate. Au contraire, nous l'aidons en les laissant faire leur boulot. C'est exactement ce que nous demandons aux gens dans les mêmes circonstances.

Elle le prit par le bras et le secoua légèrement.

— Tu sais parfaitement que Chloé détesterait qu'on la voie dans cet état.

Tate hocha la tête. Kate avait raison...

Après leur folle nuit, s'éloigner de Chloé avait été très difficile, mais il l'avait fait pour elle. Dieu seul savait combien il avait eu envie de l'embrasser chaque fois qu'elle avait tenté de lui parler depuis. Ne serait-ce que pour savoir si le plaisir qu'ils avaient partagé était réel et non un souvenir qui prenait d'énormes proportions dans son esprit.

Mais qui essayait-il de tromper ?

En réalité, les sentiments qu'elle lui inspirait le terrifiaient de plus en plus.

Il jeta un coup d'œil à Kate... Il n'éprouvait rien, pour elle. Comment avait-il pu être aussi stupide ? Il respectait Kate, et dans l'abstrait elle lui convenait parfaitement. Le seul problème, c'était qu'il n'avait jamais été amoureux d'elle. Il lui avait demandé de l'épouser parce que cela paraissait logique. Il était las du célibat, il voulait une épouse, fonder une famille, et Kate réunissait tous les critères qu'il recherchait.

Pour la première fois de sa vie, son esprit rationnel avait été mis en échec. Le refus de Kate l'avait mis en colère et froissé son amour-propre. Aujourd'hui, il s'en réjouissait.

— Tu aimes Matt McKayne ? lui demanda-t-il à brûle-pourpoint.

La question parut la surprendre.

— Oui. Je crois que j'ai toujours été amoureuse de lui, même quand je le détestais.

— En ce cas, tu devrais oublier tout ce qui n'a pas fonctionné entre vous et être avec lui.

— Ce n'est pas si simple, Tate. Je ne peux pas lui faire confiance.

— Kate, ce qui n'est pas *simple*, c'est ce qui arrive à Chloé. Alors évite d'utiliser ce mot à tort et à travers.

Sur ce, il jeta un dernier coup d'œil à travers la vitre et s'éloigna. D'un pas volontairement tranquille, il retourna à l'accueil où il retrouva l'aide-soignant avec qui il avait parlé un peu plus tôt.

Il prit une profonde inspiration et demanda, le cœur battant :

— Je passe après la grossesse extra-utérine rompue ?

Il retint son souffle pendant que l'homme consultait la liste confidentielle où se trouvaient les noms des patients, les procédures et les diagnostics.

— Oui. Dès qu'ils auront terminé avec le Dr Darcy, nous ferons amener votre patient, docteur Reed.

— Merci, marmonna-t-il.

Il continua de marcher sans savoir où il allait.

Chloé était enceinte... Du moins elle l'avait été... Etait-il le père ? Etait-il responsable de cette grossesse qui avait failli la tuer ?

La porte du bloc s'ouvrit devant Ryan Callum.

— Elle est encore là ? s'enquit-il avec une froideur inattendue.

— Oui, répondit Tate. Tu sais ce qui lui est arrivé ?

— Oui.

Tate attendit, mais rien ne vint. Ryan n'avait jamais été du genre agressif, mais en l'occurrence son attitude était clairement hostile.

La question était de savoir pourquoi.

— J'aimerais le savoir, moi aussi, reprit Tate.

— Si Chloé avait souhaité que tu sois au courant, elle te l'aurait dit.

Dit quoi ? se demanda Tate. Y avait-il une raison expliquant que Ryan ait su que Chloé était enceinte et pas lui ?

— Qu'est-ce que c'est censé signifier ?

— Tu es un brillant chirurgien, Tate, fais marcher ton intelligence.

Tate n'avait pas particulièrement envie de se tourmenter davantage. Pour l'instant, il aurait préféré savoir qu'il était le père de ce fœtus qui menaçait la vie de Chloé plutôt que d'apprendre que Ryan l'était.

— Si je comprends bien, je suis à blâmer. C'est ce que tu penses ?

— Elle a prononcé ton nom, pas le mien, quand je l'ai prise à moitié morte dans mes bras pour aller chercher de l'aide. Voilà ce que je pense.

Sans attendre sa réponse, Ryan passa près de lui et se dirigea vers les salles d'opération.

Cela signifiait-il qu'il était le père ?

Et pourquoi était-ce lui que Chloé avait appelé lorsqu'elle gisait sur le sol, quasi mourante ?

2

Chloé ouvrit péniblement un œil. Elle avait mal partout. Elle tenta de bouger pour soulager la douleur, mais son corps refusa de lui obéir.

Où donc était-elle ? Elle n'arrivait même pas à écarquiller les yeux. Elle était épuisée, et une pression s'exerçait sur sa gorge et sa bouche, comme un masque à oxygène. Elle voulut s'en débarrasser, mais ses poignets étaient retenus par des courroies.

Un moniteur se mit à sonner. C'était un bruit familier qui l'apaisa. Une main serra alors la sienne.

— Chloé, c'est Kate.

Kate... Elle reconnaissait sa voix sans pouvoir déchiffrer ses paroles. Elle s'efforça d'interpréter la situation, mais tout était trop difficile et lui opposait trop de résistance.

L'alarme sonna de nouveau et quelqu'un entra dans la pièce. On lui caressa le front et les cheveux.

La voix de Kate résonna encore. Cette fois, elle put comprendre quelques mots.

— Reste calme, d'accord ? Tu es intubée... Aux soins intensifs... Ne t'inquiète pas.

Chloé concentra tous ses efforts pour soulever ses paupières. Lentement, le visage de Kate entra dans son champ de vision.

— Chloé, reprit Kate, je vais devoir sortir un instant pendant que les médecins t'examinent. Je ne serai pas loin et je reviendrai dès qu'on m'y autorisera, d'accord ?

L'information pénétra peu à peu dans son esprit et elle hocha la tête. Visiblement soulagée, son amie lui pressa la main puis s'éloigna.

Chloé s'obligea à garder les yeux ouverts. La pièce se remplissait de monde. On lui posa quelques questions, auxquelles elle parvint tant bien que mal à répondre, et enfin, on lui ôta le tube.

Pouvoir respirer par elle-même la rassura. Une infirmière lui fixa cependant un masque à oxygène sur le visage. L'air se mit à souffler doucement et elle en oublia presque sa gorge irritée.

Le personnel médical quitta la pièce aussi rapidement qu'il y était entré, à l'exception d'une jeune femme en blouse blanche. A la monture en écaille de ses lunettes et à ses cheveux blonds tirés en arrière, c'était sans aucun doute Erin Madden.

Qu'est-ce que cette gynécologue faisait dans sa chambre ?

— Chloé, est-ce que tu savais que tu étais enceinte ?

Enceinte ?

C'était impossible… En deux ans, elle avait fait une seule fois l'amour et Tate avait mis un préservatif. Ce mois-ci, elle n'avait pas eu ses règles, mais elle avait mis cette aménorrhée et les nausées sur le compte du stress. Si elle avait porté l'enfant de Tate, elle l'aurait certainement su !

— Je suis enceinte ? répéta-t-elle d'une voix faible.

— Non, Chloé. Je suis désolée… Tu l'étais. C'était une grossesse extra-utérine. Ta trompe de Fallope droite s'est rompue, c'est pourquoi tu t'es évanouie. Nous avons dû procéder en urgence à une laparotomie et retirer la trompe pour stopper l'hémorragie. Tu as été transfusée et nous avons décidé de te garder aux soins intensifs. Mais tout va bien, maintenant.

— J'ai perdu le bébé…

— Oui. Je suis sincèrement désolée…

Un frisson parcourut Chloé.

— Je veux rentrer chez moi, Erin. J'en ai besoin !

Elle ne pouvait pas rester dans cet hôpital où Tate et elle travaillaient. Le père de l'enfant qu'elle venait de perdre... L'homme qui l'avait rejetée...

Mais Erin fit non de la tête.

— Chloé, vingt-quatre heures à peine se sont écoulées depuis ton opération. Tu sais parfaitement que c'est impossible. On vient seulement de te retirer le respirateur et tu n'es même pas encore assise.

Elle tenta de se redresser, mais son corps la trahit et elle retomba lourdement sur son oreiller.

— S'il te plaît, Chloé, laisse-moi gérer la situation. Je vais te faire transférer en obstétrique où personne ne te connaît.

Chloé soupira faiblement. Elle n'avait pas le choix. Elle allait se retrouver parmi des mères et leurs bébés.

— D'accord, fit-elle en fermant les yeux.

Sa collègue remonta la couverture sur elle.

— Et merci pour tout, Erin.

Une minute plus tard, elle s'endormit.

Chloé remua légèrement. Son ventre la faisait toujours autant souffrir. Une main douce lui repoussa les cheveux en arrière.

Kate.

Tentant en vain de trouver une position plus confortable, elle laissa échapper un gémissement.

Une paume se posa sur son bras, bien trop large pour appartenir à Kate...

Tate !

Chloé n'ouvrit pas les yeux. Elle n'était pas prête à l'affronter.

— Je sais que tu ne dors pas, Chloé.

Soulevant les paupières, elle rencontra son regard. Avec ses yeux rougis soulignés par les cernes, il paraissait fatigué.

— Comment es-tu au courant ? souffla-t-elle.

— Je t'ai regardée dormir, une fois...

— Non. Je voulais savoir comment tu as su que j'étais ici ?

— Cette semaine, je travaille la nuit. J'ai appris qu'on t'avait amenée au bloc.

Elle fit la grimace : qu'il la voie dans cet état ne la réjouissait pas du tout.

— Tu as mal ? s'inquiéta-t-il. Tu veux plus de morphine ?

— Non, ça va.

Ce n'était pas tout à fait vrai, mais elle n'avait aucune envie de le reconnaître.

— J'ai eu très peur, confia-t-il.

— J'en suis désolée, marmonna-t-elle.

— Pourquoi ne m'as-tu rien dit ?

— Je ne comprends pas...

Il la fixa comme s'il pouvait trouver la réponse en l'observant attentivement.

— Pour quelle raison ne m'as-tu pas parlé de ta grossesse ?

Il savait. Elle ignorait comment, mais c'était un fait. En gros, il lui demandait s'il était le père du bébé... Une humiliation supplémentaire !

— C'est important, Tate ?

— Oui.

— Pourquoi ?

— Ça l'est, c'est tout.

— Quelle différence cela ferait, si tu étais le père ? Tu me prendrais en pitié ? Tu te sentirais coupable ? Mais si tu ne l'étais pas, toutes les rumeurs qui courent sur moi seraient fondées et tu aurais la conscience tranquille ? Je crois que tu devrais partir, Tate.

— Nous n'en avons pas fini, Chloé.

Elle s'efforça de retenir ses larmes.

— Sois honnête, Tate. Nous n'avons jamais rien commencé et j'ai besoin que tu t'en ailles.

— Et si je voulais rester ?

— En ce cas, tu aurais dû le faire il y a six semaines. Ou au moins m'écouter quand j'ai essayé de te parler ensuite. Mais tu ne voulais pas avoir affaire à moi et je ne vois pas ce qui aurait changé maintenant. Va-t'en !

— Mais le bébé...

— Il n'y a pas de bébé, martela-t-elle.

En prononçant ces mots, une douleur inconnue la transperça et elle laissa échapper quelques larmes.

Tate se leva alors, tira les rideaux, puis ferma la porte.

Un instant plus tard, il s'asseyait au bord du lit et la serrait dans ses bras puissants.

Chloé se laissa aller. Elle n'aurait pas dû se sentir si bien contre le torse de Tate, mais elle n'y pouvait rien.

Perdant toute maîtrise d'elle-même, elle se mit à sangloter. Tate lui caressa le dos.

— J'ignorais que j'étais enceinte, finit-elle par avouer entre deux hoquets.

— Tout va bien, Chloé, murmura-t-il.

— Non, tout ne va pas bien. Comment ne m'en suis-je pas aperçue ?

— Cela n'aurait rien changé.

Il avait raison. La venue de leur enfant n'aurait pas modifié les sentiments de Tate à son égard.

— Je ne méritais pas d'avoir ce bébé, soupira-t-elle.

— Tu ne méritais pas cette épreuve.

— Tu crois ?

Elle avait commis l'impensable. Elle était tombée amoureuse de l'ex de sa meilleure amie et elle avait couché avec lui. Si Tate était là auprès d'elle, c'était parce qu'il était désolé pour elle. Pas par amour.

Il la repoussa gentiment et prit son visage entre ses mains.

— J'en suis certain, Chloé.

Il avait vraiment l'air de se soucier d'elle... Si seulement cela pouvait être vrai !

Il posa alors ses lèvres sur sa joue mouillée par les larmes, puis la serra de nouveau contre lui. Cela dura une éternité.

Lorsqu'elle se réveilla, il était parti.

Le deuxième jour qui suivit l'intervention fut atroce. Le moindre mouvement était un calvaire. Le matin, une infirmière vint pour l'aider à s'asseoir au bord du lit, les jambes ballantes. Elle tint à peine cinq minutes et dormit pendant trois heures.

A son réveil, Kate était auprès d'elle. Assise dans un fauteuil, elle lisait un gros manuel de médecine.

— Salut, murmura-t-elle.

— Tu sembles en meilleure forme, assura Kate.

— C'est-à-dire dans un sale état, répliqua Chloé, qui avait du mal à maintenir ses yeux ouverts.

— Tu veux me dire ce qui s'est passé ? demanda Kate.

Chloé n'avait pas pensé à grand-chose, ces dernières vingt-quatre heures, mais elle avait quand même anticipé les questions de son amie.

— J'ai fait une grossesse extra-utérine et ma trompe droite s'est rompue.

— Je ne savais pas qu'il y avait un homme dans ta vie.

Kate semblait blessée par ce manque de confiance.

— Ce n'est pas le cas.

— Oh !

— J'ai couché avec quelqu'un, il y a quelques semaines, mais c'était une erreur et ça n'a pas marché.

Kate ne répondit pas tout de suite.

— Je suis désolée, dit-elle enfin.

— Moi aussi.

Il n'y avait rien de plus vrai. Elle aurait préféré passer sa vie à rêver de l'homme qu'elle aimait plutôt que de vivre un tel drame.

— Je peux faire quelque chose pour toi ? s'enquit Kate.

— Je suppose que tu n'accepteras pas de me faire sortir d'ici ?

— Non, désolée. Trouve autre chose.

— J'aimerais avoir mes vêtements et des affaires de toilette.

— C'est dans mes compétences. Tu veux des produits de maquillage et de la lingerie fine ? demanda Kate en lui adressant un clin d'œil.

Chloé lui fut reconnaissante d'alléger la conversation.

— Absolument ! Mais je dois admettre que la tenue d'hôpital est très confortable.

— C'est dur d'être un patient ?

— Oui, mais je ne sais pas ce qui est pire : me sentir impuissante où être hospitalisée sur mon lieu de travail.

C'était la triste vérité. Elle qui était habituée à accomplir plusieurs tâches à la fois, elle dépendait de ceux-là même qu'elle impressionnait auparavant par son hyperactivité.

Cette vulnérabilité était difficilement supportable.

— C'est un gros changement, admit Kate, mais les deux premiers jours sont les plus difficiles. Demain, tu pourras te déplacer un peu et tu rentreras chez toi dans quelques jours.

— Ce ne sera jamais assez tôt !

Chloé hésita à poser la question qui la tourmentait :

— Est-ce que tout le monde est au courant ?

— Non. Aux urgences, la version officielle est que tu avais un kyste ovarien qui s'est rompu. Je crois que les internes comptent t'envoyer des fleurs. Tes gardes seront assurées pendant les huit prochaines semaines. Comme ça, tu n'auras pas à travailler avant les examens.

— Deux mois... C'est long et court à la fois.

— Tu en as besoin, Chloé. Exceptionnellement, tu vas t'occuper de toi. Si tu avais une patiente qui avait vécu la même expérience, c'est exactement ce que tu lui aurais conseillé.

— Je suis tout à fait d'accord, fit une voix masculine.

Quelqu'un tira le rideau et Ryan Callum apparut.

— Salut, dit Chloé, gênée que Ryan en sache plus qu'elle sur ce qui s'était passé la nuit où elle avait été opérée.

Les yeux de Kate passèrent de l'un à l'autre.

— Je vous laisse, annonça-t-elle en se levant.

Un instant plus tard, elle refermait la porte derrière elle.

— Je ne voulais pas vous déranger, toutes les deux, s'excusa Ryan en s'asseyant sur la chaise que Kate venait de libérer.

— Ce n'est pas le cas.

— Comment te sens-tu ?

— Pas trop mal, le rassura-t-elle. C'est toi qui m'as secourue, l'autre nuit ?

— Oui. Je n'ai jamais eu aussi peur de ma vie.

— Je suis désolée.

— Ne le sois pas. Je suis passé voir si tout allait bien et te dire que j'ai été le seul à avoir eu connaissance de ton taux de bêta-HCG.

Chloé rougit, mais que personne d'autre n'ait pu voir que le test de grossesse était positif la rassurait. Tout le monde pourrait ainsi croire à la fable du kyste ovarien rompu.

— Merci, fit-elle avec reconnaissance.

— Ne me remercie pas. Je ne veux pas qu'une telle information puisse te nuire dans ta future position au Boston General. A ce sujet, ton poste t'attend dès que tu seras prête.

— Merci, répéta Chloé, les larmes aux yeux.

— Tu le mérites, souviens-t'en.

Mais il paraissait avoir autre chose en tête.

— Pourquoi ai-je l'impression que tu ne me dis pas tout ?

— Parce que c'est le cas, mais ce n'est pas le moment d'en parler et cela ne me regarde pas.

— Depuis quand gardes-tu pour toi tes compliments ou tes critiques, Ryan ?

— Depuis l'entrée en scène de Tate Reed.

Le cœur de Chloé cessa de battre. Qu'est-ce que Ryan savait exactement ?

Elle prit son air le plus détaché.

— Et alors ?

— Je veux que tu sois prudente, Chloé.

Ryan avait donc deviné la nature de sa relation avec Tate. Aussi, elle répliqua :

— C'est un peu tard pour ça, tu ne crois pas ?

— Fais attention, c'est tout. Je ne le connais pas très bien, mais j'en sais un rayon sur ce genre d'hommes. Si l'administration doit choisir entre toi et son très estimé chirurgien vasculaire, tu ne gagneras pas.

— Tate ne ferait jamais ça..., commença-t-elle.

Elle s'interrompit brusquement. Après tout, elle ignorait ce que Tate ferait ou ne ferait pas.

— Merci, Ryan..., conclut-elle. Pour tout.

3

Le troisième jour, Chloé put se déplacer dans sa chambre et prendre une douche. Elle avait encore des nausées, mais il faudrait sans doute un peu de temps pour que son taux de bêta-HCG baisse. Cela expliquait aussi ses fréquentes crises de larmes.

On frappa à la porte et Kate écarta le rideau, toute souriante et visiblement surexcitée.

— Matt m'a demandé de l'épouser, annonça-t-elle en s'asseyant près du lit.

Réprimant l'émotion qui menaçait de la faire pleurer, Chloé tendit les bras vers son amie et celle-ci se leva pour l'embrasser.

— C'est formidable !

— Il m'aime... Il m'a toujours aimée, confia Kate.

Chloé la serra plus fort. Comment Matt ne l'aurait-il pas adorée puisqu'elle était parfaite ?

Elle ferma les yeux, s'efforçant de contenir une jalousie naissante. Elle devait arrêter tout de suite ! Elle avait la chance d'être vivante et d'avoir des amis dont l'affection était sincère.

Tout ce qui lui manquait, c'était d'avoir l'homme qu'elle idolâtrait...

Lorsqu'elles s'écartèrent l'une de l'autre, le visage de Kate rayonnait de bonheur.

— Je voulais que tu sois la première à savoir.

— Je suis si contente pour toi et Matt !

— Tu veux bien être ma demoiselle d'honneur ?

— Rien ne me ferait plus plaisir que de me tenir près de toi devant l'autel, le jour de ton mariage.

— Qui a parlé de mariage ? lança une voix qu'elle connaissait bien.

Vêtu d'un pantalon noir et d'une chemise jaune, Tate apparut dans l'encadrement de la porte. Ils ne s'étaient pas vus depuis qu'il était passé la voir aux soins intensifs. De toute façon, elle n'avait plus rien à lui dire.

— Matt m'a demandé de l'épouser et j'ai accepté, répondit Kate.

— Toutes mes félicitations, Kate.

Celle-ci se leva de nouveau de sa chaise et fit la bise à Tate. Chloé les observa, songeuse. Tate pensait-il à sa propre demande en mariage... Celle que Kate avait repoussée ?

On frappa de nouveau à la porte, puis Erin et Ryan entrèrent ensemble dans la pièce.

— Je voulais juste savoir si tu avais besoin de quelque chose, déclara l'obstétricienne.

— Tout va bien, merci.

— Quand penses-tu que Chloé pourra sortir ? demanda Tate à Erin.

— Demain si elle se sent assez bien pour partir, mais elle ne pourra pas rester seule pendant les prochaines semaines.

— Elle peut habiter chez moi, suggéra Kate.

Son offre était sans aucun doute sincère, mais Chloé ne pouvait l'accepter.

— Non, Kate, je n'ai pas l'intention de m'immiscer entre Matt et toi.

— Tu seras la bienvenue chez moi, Chloé.

Tous les yeux se tournèrent vers Ryan. Il ne paraissait pas du tout gêné par la surprise que sa proposition suscitait.

— Je ne pense pas que ce soit une bonne idée, intervint Tate, visiblement furieux.

— Pourquoi donc ? demanda Ryan avec désinvolture.

— Parce que Chloé est encore interne et que tu es son chef de clinique.

Seigneur ! s'étrangla Chloé. Est-ce que Tate venait vraiment de dire ça ? Ne se rappelait-il pas que Kate était interne et lui son mentor, lorsqu'ils sortaient ensemble ?

Elle jeta un coup d'œil à son amie qui semblait avoir fait le même rapprochement et arborait une mine embarrassée.

— Ce n'est pas parce que tes intentions envers Kate n'étaient pas honorables que les miennes ne le sont pas non plus, riposta Ryan. Pour guérir, Chloé a besoin de se trouver dans un endroit sûr sans que cela ne l'engage à rien.

— Je suis d'accord avec Tate, intervint Erin.

Tous les yeux se tournèrent vers elle. Chloé lui fut reconnaissante d'avoir mis un terme à une dispute entre deux mâles dominants avant qu'elle ne devienne franchement désagréable.

— Je ne crois pas que tu sois en mesure de juger la situation, répliqua Ryan.

Chloé n'en revenait pas : jamais Ryan n'avait fait preuve d'une telle agressivité. Cette attaque à l'encontre d'Erin était particulièrement déplaisante.

— Ça suffit ! trancha-t-elle. J'apprécie votre sollicitude, mais je suis adulte et capable de prendre mes propres décisions. Erin, tu es certaine que je ne peux pas rentrer chez moi ?

Manifestement blessée par la remarque de Ryan, Erin inspira profondément.

— Tout à fait. Tant que ton taux d'hémoglobine sera bas et ta tension insuffisante, tu risques d'avoir des vertiges et de t'évanouir. Tu ne peux pas rester seule.

Les yeux de Chloé allèrent de Ryan à Tate.

Si Ryan ne s'était pas montré si détestable, elle aurait accepté sa proposition. Habituée aux rumeurs selon lesquelles elle aurait utilisé sa beauté et sa sensualité pour faire avancer sa carrière, elle ne craignait pas d'ajouter un peu d'huile sur le feu. Mais pourquoi Ryan était-il furieux contre Tate ? S'il avait des vues sur elle, elle ne voulait pas risquer de blesser un homme qui deviendrait son collègue quand elle ferait partie du personnel médical.

Restait Tate... Mais il ne lui avait rien proposé, malgré sa dispute avec Ryan.

Elle se tourna vers lui.

— Tate, est-ce que je pourrais habiter quelque temps dans ton loft ?

Personne ne dit mot. Ni Kate, ni Ryan, ni Erin. Et en tout cas, pas Tate.

— C'est le moins que je puisse faire, répondit-il enfin.

Craignant ce qui allait suivre, elle réprima un cri. Allait-il annoncer à tout le monde qu'il était à l'origine de sa grossesse ?

— Kate a le droit d'être seule avec Matt pour profiter de leurs fiançailles, expliqua-t-il.

Ces mots broyèrent le cœur de Chloé... Encore et toujours Kate ! Cela durerait-il jusqu'à la fin des temps ?

Fidèle à sa promesse, Tate parut sur le seuil de la chambre le lendemain matin. Chloé n'avait pas passé une bonne nuit, en proie aux doutes. Etait-ce bien raisonnable d'aller s'installer chez Tate ? Elle en avait envie, mais ne prenait-elle pas le risque de souffrir de nouveau ?

Elle avait finalement cessé de se poser de vaines questions. Levée de bonne heure, elle s'était douchée et habillée de façon à se sentir à peu près elle-même lorsqu'il arriverait.

Son pantalon noir la moulait sans la serrer et son pull à torsades rouge la rendait de nouveau féminine.

— On a signé ta feuille de sortie ? s'enquit-il.

— Oui.

— Très bien. Je vais chercher un fauteuil roulant et je reviens.

— Je n'en ai pas besoin !

— Chloé, c'est à peine si tu peux faire quelques pas dans le service sans devoir t'asseoir. Tu as le choix : soit tu acceptes le fauteuil, soit je te porte.

La deuxième éventualité lui rappela le final d'un film romantique, mais elle ne s'attarda pas longtemps sur cette vision.

— Je préfère le fauteuil.

— C'est moins drôle, mais d'accord.

Cet humour léger la prit de court, et elle ne put s'empêcher de sourire.

Mais elle ne tarda pas à déchanter quand Tate la poussa dans les couloirs de l'hôpital. Les infirmières, les internes et les médecins marquaient un temps d'arrêt en les croisant. Elle avait toujours suscité l'attention, mais jusqu'à maintenant cela ne l'avait pas vraiment gênée. Elle valait mieux que ce que les autres voyaient en elle et le savait.

Cette fois, ils devaient imaginer les pires des scénarios, en l'apercevant avec Tate... Et ils n'étaient pas loin de la vérité !

Elle s'obligea à fixer ses mains croisées sur ses genoux. Elles portaient encore les marques des nombreuses intraveineuses qu'on lui avait faites.

— Tout va bien ? demanda Tate.

— Oui.

— Tu n'en as pas l'air.

Comment avait-il deviné son malaise ?

— Les gens me regardent bizarrement.

— Je pensais que cela ne t'affectait plus depuis longtemps.

— Je ne vois pas pourquoi ils me dévisagent !

— Tu es ravissante, pourtant tu t'arranges pour que ta beauté ne soit pas un obstacle à ta progression. Ça les étonne.

Jusque-là, elle ignorait ce qu'il pensait d'elle. Malgré son désir d'en savoir davantage, elle se tut et redressa le menton tandis qu'ils terminaient leur parcours jusqu'au parking.

Arrivée devant chez Tate, elle tenta de franchir seule la distance entre l'entrée de l'immeuble et le loft. Mais les vertiges étaient trop forts. Elle aurait eu besoin de s'asseoir ou du moins de prendre appui quelque part. Il lui fallait de l'aide et cette réalité était dure à avaler.

— Bon sang, Chloé !

Un bras fort la saisit par la taille et la soutint. Tate déverrouilla la large porte de métal, puis la souleva de terre et la porta à l'intérieur.

— Je peux marcher, protesta-t-elle.

— Bien sûr !

Un instant plus tard, il la déposa sur le lit et une couverture toute douce remplaça la chaleur de son corps.

Des yeux verts plongèrent dans les siens quand il s'accroupit auprès d'elle.

— Cesse de vouloir être forte, Chloé. Je sais que je ne suis pas dans tes petits papiers, actuellement, mais tu dois apprendre à demander de l'aide.

— Pourquoi dis-tu ça ?

— Parce qu'il n'est jamais bon de prendre des risques inutiles.

— Pourquoi penses-tu que je t'en veux ?

— Parce que je suis responsable de ta grossesse.

— Moi aussi, Tate. Et si les choses n'avaient pas tourné de cette façon, j'aurais été heureuse d'avoir ce bébé.

Elle hésita un instant avant de poser la question :

— Tu veux avoir des enfants ?

— Oui. C'était l'une des raisons pour lesquelles je voulais me marier.

— Avec Kate.

Il avait utilisé l'imparfait... Cela signifiait-il qu'il renonçait au mariage et à la paternité ?

— En effet, acquiesça-t-il. Au fait, j'ignorais que tu étais aussi proche de Ryan Callum.

Il avait changé de sujet un peu trop rapidement pour que ce ne soit pas suspect. De toute évidence, cela lui était trop pénible de parler de Kate.

— C'est mon superviseur, répondit-elle.

— Il t'a invitée à séjourner chez lui.

— Mon évanouissement l'a effrayé.

— Il n'a pas été le seul.

— Tu l'as été ? Pourquoi ? demanda-t-elle franchement.

— Parce que j'ai de l'affection pour toi, Chloé. Tu ne peux pas l'ignorer.

Ces paroles lui firent chaud au cœur, mais elle avait du mal à y croire. S'il l'appréciait, pourquoi l'avait-il ignorée pendant tout ce temps ?

— Tu as cessé de me parler après que nous avons couché ensemble, lui fit-elle remarquer.

— Cela ne signifie pas que je n'éprouve rien pour toi.

— Explique-toi !

Il se passa la main dans les cheveux.

— Je ne suis pas l'homme qu'il te faut, Chloé.

— Tu ne crois pas que c'est à moi d'en juger ?

— Non, dit-il en se levant.

Il s'éloigna, mettant ainsi un terme à la conversation.

•

Le canapé était très confortable, mais, cette nuit-là, Tate eut du mal à trouver le sommeil...

Impossible de dormir avec Chloé si proche !

Les semaines précédentes, il n'avait cessé de se demander comment ils en étaient arrivés là. Et la réponse n'était pas agréable : il avait été faible... C'était la seule raison. Car pour le reste, il n'était pas l'homme qu'il fallait à Chloé.

Chloé... La seule femme qu'il n'aurait jamais dû mettre dans son lit ! Tous ces mois passés à dormir seul, à panser ses plaies et à restaurer son amour-propre avaient certainement brouillé sa raison.

Le problème n'était pas qu'une femme l'ait désiré, mais que cette femme soit Chloé. Depuis ses quinze ans, il n'avait que l'embarras du choix, mais elle, elle était différente.

Il la respectait.

En tant que médecin, elle était extraordinaire.

Et en tant qu'amie, elle était totalement dévouée.

Plus important, elle était la meilleure amie de Kate.

Il ne put retenir un soupir.

Jusqu'à sa rencontre avec Kate, un an auparavant, il avait consacré toute son existence à sa profession. Il avait poursuivi sa carrière et franchi chaque étape avec succès, depuis sa sortie de l'école de médecine jusqu'au poste prestigieux qu'il occupait maintenant.

A un peu plus de trente ans, il faisait partie des dix meilleurs chirurgiens vasculaires du pays, et un hôpital de pointe lui versait un salaire important.

Pendant toute cette période, il avait enchaîné les conquêtes. Il aimait le sexe, et ses partenaires connaissaient les règles du jeu. Il les respectait et appréciait ce qu'elles lui offraient, mais il ne ressentait rien pour elles.

Puis il avait rencontré Kate. Au départ, il n'avait pas envisagé une liaison avec elle. Il avait commencé par être son chef de clinique en chirurgie générale. Il l'avait aidée à affûter ses capacités en lui offrant des cas qui lui permettaient de perfectionner ses techniques chirurgicales.

Mais à force de la côtoyer à l'intérieur et à l'extérieur de l'hôpital, il avait compris ce qu'il voulait vraiment : une femme qui serait son égale.

Kate semblait la personne idéale et il l'avait courtisée avec la même opiniâtreté qu'il mettait à poursuivre sa carrière.

Il n'avait jamais connu un seul échec de toute sa vie… jusqu'à Kate. Il lui avait demandé de l'épouser et elle avait refusé.

En homme à qui habituellement tout réussit, il ne l'avait pas bien pris…

Mais toute la colère qui grondait en lui était mal venue ! Il n'aurait pas dû en vouloir à Kate mais à lui-même, puisqu'il n'avait jamais été amoureux d'elle.

Comment avait-il pu penser qu'il se contenterait d'un compagnonnage fondé sur l'entente intellectuelle et le respect mutuel ?

Sans aucune étincelle ?

Sans aucune chaleur ?

C'était une décision insensée et dont les conséquences lui avaient paru derrière lui. Malheureusement, sa relation passée avec Kate risquait de ruiner un avenir possible avec Chloé.

Comment espérer que Chloé voie en lui autre chose que l'ex de sa meilleure amie ?

Chloé.

Les images se pressaient dans son esprit.

Chloé tremblant sous ses caresses.

Chloé sous lui, vibrante de plaisir.

Chloé sur la table d'opération, presque morte.

Les suites catastrophiques de leur seule nuit d'amour auraient pu tuer en lui tout désir, mais ce n'était pas le cas. Il brûlait d'envie de la toucher, de la réconforter et de rester auprès d'elle jusqu'à savoir exactement où tout cela allait les mener.

4

Chloé avait froid.

Adoptant une position fœtale, elle roula sur le côté, mais une violente douleur lui déchira aussitôt le ventre et quelqu'un se mit à crier dans l'obscurité. Elle s'obligea à ouvrir les yeux, et lorsqu'elle y parvint, le cauchemar se dissipa peu à peu.

Elle tira alors le drap sur elle, se sentant plus vulnérable que dans son rêve. Elle s'efforça de respirer lentement et prit peu à peu conscience du lieu où elle se trouvait.

Chez Tate...

— Tu vas bien ? Est-ce que je peux t'aider en quoi que ce soit ?

Au prix d'un petit effort, elle se redressa. Il était là, vêtu d'un jean et d'un pull crème, assis devant le comptoir de la cuisine. Il buvait un café, son ordinateur portable posé devant lui.

— Tu n'es pas à l'hôpital ? s'étonna-t-elle.

— Je travaille chez moi.

— Tate, comment serait-ce possible puisque tu es chirurgien vasculaire ?

— J'ai annulé toutes mes interventions des deux prochaines semaines et je me suis arrangé pour être remplacé pendant mes gardes.

— Tu n'as pas besoin de faire ça.

— Bien sûr que si. Je te connais, Chloé, et je ne te fais pas confiance. Si tu risques d'avoir des vertiges ou de t'évanouir, tu ne dois pas rester seule.

C'était un sacrifice colossal, mais elle se sentait incapable d'en discuter avec lui. Son malaise de la veille excluait toute négociation.

— Merci, dit-elle seulement.

Elle s'assit au bord du lit et, avant que ses pieds ne touchent le sol, il fut auprès d'elle.

— Je peux me débrouiller, affirma-t-elle.

— Prouve-le.

Elle le dévisagea, détaillant ses joues rasées de près, ses yeux verts et ses sourcils dressés. Il ne capitulerait pas, c'était clair... Bizarrement, cette protection la réconforta plus qu'elle ne l'agaça.

Elle réussit à se mettre debout... L'entreprise la plus douloureuse et la plus difficile depuis son opération !

Elle fit ensuite quelques pas en direction de la salle de bains, Tate sur les talons.

Parvenue devant la porte, elle se tourna vers lui.

— Tu es satisfait ?

— Je n'irai pas jusque-là, mais bravo.

Bien sûr qu'il n'était pas satisfait ! songea-t-elle. Elle avait envahi sa vie et maintenant il était obligé de s'occuper d'elle.

— Parfait. Alors si tu veux bien m'excuser...

— Ne t'enferme pas.

— Quoi ? s'exclama-t-elle, choquée.

Elle avait besoin d'intimité, ne serait-ce que pour étudier sa cicatrice.

— Les toilettes sont séparées, mais si tu dois te doucher, je veux pouvoir t'entendre.

Chloé s'efforça d'adopter un ton léger :

— C'est la seule raison ? plaisanta-t-elle.

— J'ai une mémoire photographique, Chloé. Je peux te voir nue chaque fois que j'en ai envie. Prends ta douche, je suis là si tu as besoin de moi.

Pendant les quatre jours suivants, Chloé ne quitta pas le loft. Elle dormit, étudia et passa plus de temps à discuter avec Tate qu'elle ne l'avait fait pendant toutes les années précédentes. Lorsqu'il sortait avec Kate, elle avait appris certaines choses à son propos, mais désormais elle avait l'occasion d'être en tête à tête avec lui et elle adorait ces conversations.

Ils parlèrent de tout... De leurs familles respectives, de leur passé, de leur éducation et de leurs plans de carrière. Chloé le découvrait chaque jour un peu plus.

Elle était allongée sur le canapé et lisait un article sur les douleurs abdominales quand on sonna à la porte. Sans paraître surpris, Tate alla ouvrir.

Chloé se pencha un peu pour découvrir le visiteur. C'était une femme aux cheveux gris réunis en chignon et aux yeux du même vert que ceux de Tate. Sa mère, sans aucun doute, déduisit Chloé.

Immédiatement, elle tâcha de se rendre présentable en tirant sur son pull à col roulé crème et en remettant un peu d'ordre dans sa chevelure rousse.

Comme la mère et le fils s'approchaient d'elle, elle voulut se lever mais son ventre sensible la ralentit.

— Je vous en prie, ma petite, restez assise, gronda doucement la mère de Tate.

— Maman, dit celui-ci en souriant, je te présente Chloé. Chloé, voici ma mère, Lauren Reed.

Chloé tendit la main, mais la nouvelle venue la prit dans ses bras.

— Je suis ravie de faire votre connaissance, Chloé. Je suis si contente de savoir que vous allez mieux !

Un doute s'empara de Chloé : Lauren savait-elle pour son fils et elle ? Tate lui avait-il parlé de la grossesse ?

Mais Lauren semblait si attentionnée qu'elle préféra repousser ses questions.

— Merci, madame Reed.

— Appelez-moi Lauren, je vous en prie.

— Merci, Lauren.

— J'ai demandé à ma mère de rester avec toi pendant que je fais quelques courses, cet après-midi.

— Ce n'est pas nécessaire, protesta Chloé en rougissant.

— Je savais que tu dirais cela, c'est pourquoi nous avons décidé tous les deux de ne pas t'avertir. Je serai de retour dans quelques heures. Amusez-vous bien.

Il prit ses clés et sa veste, et lui adressa un clin d'œil. Chloé en resta muette d'étonnement.

— Je peux vous faire une tasse de thé, Chloé ?

La voix de Lauren la fit revenir à la réalité.

— Très volontiers, merci.

Lauren s'affaira dans la cuisine ouverte, puis revint avec la théière et des tasses sur un plateau.

— Encore merci de me tenir compagnie, dit Chloé.

— J'en suis ravie, à vrai dire. Mon fils ne fait plus très souvent appel à moi et j'apprécie d'avoir l'occasion de vous rencontrer, puisque vous en êtes la raison.

— Je lui suis très reconnaissante de ce qu'il fait pour moi.

— Ne soyez pas trop enthousiaste. Nous savons tous les deux qu'il a des défauts. Il n'est pas mauvais qu'on les lui rappelle de temps à autre.

— Pardon ?

Lauren eut un petit sourire.

— Tate est têtu et indépendant. Ce sont des qualités en ce qui concerne sa carrière, mais déplorable pour sa vie privée.

Ces affirmations surprirent Chloé. Lauren dut le deviner, car elle ajouta.

— Ne prenez pas mal ce que je vais vous dire, ma petite. Votre amie Kate est adorable, mais elle ne convenait pas à Tate. Elle ne le stimulait pas. Mon fils a besoin de relever des défis, qu'on le mette dans une situation inconfortable.

Apparemment, la mère de Tate en savait beaucoup sur les relations amoureuses de son fils, comprit Chloé. Elle tâcha de se rappeler toutes les fois où elle avait mis Tate en difficulté...

Depuis leur première et seule nuit ensemble jusqu'à l'obligation où il était maintenant de dormir sur son canapé. Si le but était de lui rendre la vie difficile, elle avait réussi.

— Madame Reed... Lauren... Tate et moi, nous ne sommes pas engagés sentimentalement l'un envers l'autre.

Lauren sourit de nouveau.

— Je suis désolée de l'entendre, mais j'espère que cela ne durera pas trop longtemps.

— Je ne suis pas sûre...

Lauren l'interrompit en lui posant la main sur le bras.

— Chloé, je connais bien mon fils et j'ai confiance en lui. Vous devriez en faire autant. Maintenant, finissons-en avec les choses sérieuses et parlez-moi de vous.

Deux heures plus tard, Chloé riait si fort que ses douleurs abdominales se firent presque plus aiguës.

La porte d'entrée s'ouvrit et Tate parut, un bouquet de fleurs dans une main et toute une collection de sacs dans l'autre.

— Je vois que vous vous êtes très bien débrouillées sans moi, toutes les deux, constata-t-il avec un sourire.

— Je racontais justement à Chloé la fois où tu voulais tellement un petit frère que tu as coupé les cheveux d'Emilie et insisté pour qu'on l'appelle Eli.

— Ce n'est pas mon meilleur exploit, admit-il.

Lauren se releva du canapé.

— Eh bien, Chloé, j'ai été ravie de vous rencontrer et de passer l'après-midi avec vous. Je compte revenir vous voir très bientôt.

— Je ne te chasse pas, maman.

— Je sais, mais je suis venue pour Chloé, pas pour toi. Prends soin d'elle, elle en vaut la peine.

Chloé ne put se retenir de rougir.

Après les avoir embrassés tous les deux, Lauren s'en alla.

— Je te demanderais bien de quoi vous avez parlé, dit Tate, mais je crains de le regretter.

— Ta mère est merveilleuse, Tate. Tu as de la chance de l'avoir… Et aussi que vous soyez aussi proches.

— J'en ai conscience… Même si elle a la mauvaise habitude de se mêler de ma vie privée.

En songeant à toutes les révélations de Lauren, Chloé rougit de nouveau. Tate reconnaîtrait-il un jour que Kate n'était pas faite pour lui ? Comprendrait-il qu'une autre femme l'attendait ?

Elle se força à reprendre ses esprits et fixa les fleurs aux couleurs brillantes.

— Tu permets que je les mette dans un vase ?

— Je peux le faire, mais d'abord je veux que tu voies ce que je t'ai apporté.

Les emplettes de Tate lui étaient donc destinées…

— Je ne sais pas quoi dire !

— Ne dis rien… Et fais ce que je te dis.

Le premier sac contenait ses produits de bain préférés, depuis la lotion moussante jusqu'au gel douche, en passant par le lait hydratant. Le tout parfumé au citron et au bois de santal.

Elle leva vers lui un regard interrogateur.

— J'ai pensé que tu avais besoin de te sentir comme chez toi, expliqua-t-il.

Stupéfaite, elle passa au paquet suivant : c'était des bonbons gélifiés aux fruits. De nouveau, elle le fixa avec étonnement.

— C'est ce que tu aimes grignoter en étudiant, non ?

Le troisième sac recélait des pantalons de yoga ainsi que des T-shirts à manches longues.

— J'ai estimé que tu avais besoin de vêtements confortables, précisa Tate, et je savais que ceux-ci étaient tes préférés.

Dans un dernier sac, il y avait des culottes en coton à taille haute qui auraient convenu à des grands-mères. Horrifiée, Chloé voulut les remettre où elle les avait trouvées. Cette fois, elle n'osait plus regarder Tate.

— Elles ne frotteront pas contre ta cicatrice, se justifia-t-il d'un ton embarrassé.

Comment avait-il deviné que ses slips l'irritaient au niveau de l'incision ? se demanda Chloé. Une telle sollicitude la toucha. Peu d'hommes auraient eu ce genre d'attention.

— Merci.

Comme pour changer de sujet, ils se levèrent ensemble et prirent le bouquet de fleurs. La main de Tate se referma sur la sienne. L'espace d'un instant, ils demeurèrent face à face, les yeux dans les yeux. Il était si près que l'odeur de son savon lui chatouillait les narines... Le même qu'elle partageait avec lui depuis quelques jours. Allait-il l'embrasser ?

— Je vais chercher un vase pour que tu puisses arranger ces fleurs, dit-il finalement.

— D'accord, parvint-elle à articuler.

Ils se rendirent tous deux dans la cuisine. En cherchant un ciseau pour couper la ficelle et tailler les tiges, Chloé ouvrit un tiroir et tomba sur...

Un écrin bleu pâle.

Tout d'abord, elle voulut le remettre là où il était et ne plus jamais poser les yeux dessus. Au lieu de cela, elle souleva lentement le couvercle : à l'intérieur étincelait une bague de fiançailles en diamant.

Pas besoin d'être voyante pour deviner que Tate l'avait achetée pour Kate... Mais pourquoi l'avait-il gardée ?

La voix de Tate l'arracha à ses pensées.

— Manie-la délicatement !

Elle était comme une gamine surprise en train de plonger les doigts dans un pot de confiture. Sans réfléchir, elle tendit la boîte à Tate. Il la ferma et la remit dans le tiroir.

— Tu l'as gardée, constata-t-elle. Pourquoi ?

— J'ai mes raisons.

Il était clair qu'il ne souhaitait pas en discuter et elle n'insista pas. Pourtant sa réponse n'avait aucun sens. Espérait-il que Kate changerait d'avis ? Ou voulait-il se rappeler ce qu'ils avaient vécu ensemble ? Quels étaient ses sentiments envers elle ?

Ces questions se pressaient dans son esprit, mais elles devraient y rester. Tate n'avait manifestement aucune envie d'y répondre.

5

Au bout de deux semaines, Tate reprit son travail, à la grande satisfaction de Chloé. Jamais elle ne parviendrait à recouvrer son indépendance si elle était constamment assistée.

Un coup frappé à la porte l'arracha à ses pensées. Abandonnant la révision des algorithmes de réanimation, elle posa une main sur son ventre et se leva en s'appuyant de l'autre sur le canapé.

Kate apparut dans l'encadrement de la porte. Vêtue d'un jean et d'une chemise violette ajustée, elle rayonnait de bonheur. Chloé maudit son pantalon de yoga et son ample gilet bleu. Elle faisait pâle figure en comparaison ! De nouveau, une pointe de jalousie la titillait.

— Salut, belle inconnue ! lança son amie.

Le sourire de Kate effaça ses pensées négatives. Après qu'elles se furent embrassées, elles gagnèrent le salon.

— Comment te sens-tu ? s'enquit Kate.

— Fatiguée et endolorie, répondit-elle.

Et un peu perdue aussi..., faillit-elle ajouter.

— Parlons de choses plus gaies, enchaîna-t-elle. Que deviens-tu ?

— Je suis ravie ! C'est drôle, parce que j'ai pensé pendant des années que cette période d'examens serait la pire de ma vie, surtout si je devais quitter Boston. Au lieu de cela, c'est la meilleure !

Matt a trouvé un appartement pour nous deux, à New York, et nous avons décidé de nous marier en août dans les Hamptons.

Le sourire de Kate était contagieux et une vague de bonheur submergea Chloé, lui faisant oublier ses problèmes pendant quelques secondes. Un scintillement attira alors son attention. Comment avait-elle pu manquer cela ? Kate portait à la main gauche un anneau de platine orné d'une grosse émeraude.

— Cette bague est magnifique, Kate !

— Je le sais. Pour la première fois depuis longtemps tout est parfait.

La jalousie travailla une fois de plus Chloé.

— Tout se passe bien avec Tate ?

Ce changement brutal de sujet prit Chloé par surprise. Elle plongea dans les prunelles grises de son amie, mais aucune malice n'y perçait. Kate ne se doutait de rien.

Aussi, elle plaqua sur son visage le sourire qu'elle arborait chaque fois qu'elle parlait de Tate.

— Je lui suis très reconnaissante pour tout ce qu'il a fait pour moi.

— Et Ryan ?

De nouveau, la question prit Chloé de court.

— Il a été formidable, assura-t-elle. Il m'a appelée deux fois et, la semaine prochaine, il viendra m'aider à préparer les oraux.

— Tu ne te sens pas mal à l'aise avec lui ?

— A cause de ma grossesse ?

— Oui.

— Au début, oui, mais Ryan s'est montré très discret et compréhensif.

— Tu crois que vous pourrez encore travailler ensemble ?

— Bien sûr. Nous sommes tous les deux des professionnels très compétents, alors je ne vois pas ce qui poserait problème. Ce sera plus facile que pour toi, si tu devais exercer dans le même service que Tate, l'homme avec qui tu as été presque fiancée.

Chloé se reprocha aussitôt d'être autant sur la défensive, mais Kate ne parut pas le remarquer.

— Je suppose... En réalité, j'ai l'impression que ma relation avec Tate date d'un siècle.

— C'était il y a neuf mois, pourtant.

— Oui, mais depuis nous avons tous les deux poursuivi notre chemin.

— Kate, il t'a dit qu'il t'aimait et il t'a demandée en mariage !

— Il n'en avait pas vraiment envie.

— Comment peux-tu être si sûre que Tate en a terminé avec toi ?

La lourde porte du loft s'ouvrit, mettant un terme à la conversation. Elles se tournèrent toutes les deux vers l'homme qui venait d'entrer. Il était rare qu'il fasse une apparition dans la journée et Chloé s'interrogea : avait-il su que Kate lui rendrait visite ?

Il parut pourtant sincèrement surpris à la vue de son ex, et celle-ci se leva du canapé pour l'accueillir.

— Salut ! Je suis juste passée voir Chloé.

— Tu es toujours la bienvenue, Kate.

— Merci.

Nulle tension ne semblait régner entre eux, mais le spectacle n'en était pas moins pénible, songea Chloé.

Tate retira sa veste et la posa sur une chaise, puis vint s'asseoir avec elles.

Chloé laissa échapper un soupir. Aux yeux de Tate, elle ne serait jamais aussi belle que Kate !

— Tu es fatiguée ? s'inquiéta Tate. Tu veux qu'on te laisse te reposer ?

— Ça va, merci !

Mais Kate et Tate l'observaient d'un air sceptique.

— Je ne suis pas habituée à ne rien faire, c'est tout ! expliqua-t-elle. C'est dur de ne plus pouvoir sortir comme avant.

— On pourrait dîner dehors, suggéra Tate. Pas très loin d'ici, de préférence.

— Ce serait formidable, acquiesça-t-elle.

— Tu veux te joindre à nous, Kate ? proposa Tate.

Chloé se tourna vers son amie, espérant un refus de sa part.

— Pourquoi pas ? répondit Kate.

— C'est réglé !

Tate retira sa cravate et alla téléphoner pour retenir une table.

Chloé se leva aussi et gagna l'estrade où elle ouvrit le tiroir que Tate lui avait attribué. Elle n'avait pas grand-chose d'autre à mettre qu'une robe de jersey bleu qui moulait ses seins et ses hanches.

Elle se rendit dans la salle de bains pour se changer, puis réunit sa chevelure indisciplinée en queue-de-cheval et se maquilla légèrement.

Lorsqu'elle eut terminé, elle jeta un coup d'œil à son reflet dans le miroir : ce n'était pas mal, mais sans comparaison possible avec Kate.

Un brin mélancolique, elle sortit de la salle de bains. Kate et Tate étaient assis sur le canapé. Son arrivée stoppa net leur conversation, mais elle dissimula sa gêne en arborant un large sourire.

— Où allons-nous ?

— Kate a proposé un restaurant italien.

— C'est parfait... Allons-y !

Lorsqu'ils franchirent le seuil de la petite salle qu'elle connaissait déjà, Chloé se sentit revivre. Enfin elle voyait du monde !

Le patron du restaurant les accueillit à bras ouverts.

— Docteur Reed ! Docteur Darcy ! s'exclama-t-il en venant à leur rencontre. Nous avons une excellente table pour vous.

Chloé lui sourit largement, tandis que Tate la prenait par le bras et la guidait jusqu'à la banquette de cuir. Elle y prit place à côté de Kate.

Tate s'assit en face d'elles, et ils commencèrent par parcourir la carte en silence.

Quand le serveur s'approcha, Tate commanda une bouteille

de vin rouge, des amuse-gueules et une escalope milanaise, tandis que Kate optait pour une pizza et Chloé pour des pâtes aux fruits de mer.

— J'espérais que tu choisirais un plat de viande, remarqua Tate après le départ du serveur. Tu as besoin de fer, Chloé.

— C'est pour cela que la femme de ménage remplit le frigo de steaks, d'épinards et de céréales enrichies en minéraux ?

— Peut-être, répliqua-t-il avec un petit sourire satisfait.

Kate éclata de rire et Chloé en fit autant.

Le patron revint avec une bouteille qu'il déboucha devant eux, puis fit goûter à Tate. Quand ce dernier l'y autorisa, il commença à remplir les verres. Chloé refusa : le vin pourrait accentuer ses vertiges et ses nausées.

Le gérant posa alors les yeux sur l'émeraude de Kate.

— Toutes mes félicitations ! Je n'avais pas compris que vous célébriez un événement heureux. Le Dr Reed a très bon goût en matière de femmes et de bagues.

Chloé retint une exclamation horrifiée. Le patron avait connu Tate et Kate du temps où ils formaient un couple. Elle jeta un coup d'œil à son amie, qui semblait légèrement embarrassée.

— Merci beaucoup, Antonio, répondit Tate sans manifester aucune gêne.

Après le départ du patron, il se tourna vers Kate.

— Il avait au moins raison sur un point. Ta bague est magnifique, Kate.

Chloé le scruta : comparait-il cette bague à celle qu'il avait achetée pour son ex ?

— Merci, fit Kate. La date du mariage est fixée au long week-end du mois d'août, dans les Hamptons. J'espère que vous viendrez.

— Je ne manquerais ça pour rien au monde, répliqua aimablement Tate.

Puis ils parlèrent travail, et Chloé poussa un soupir de soulagement. Ensuite, les amuse-bouches arrivèrent, suivis de près par les plats qu'ils avaient commandés.

Tout en dînant, ils évoquèrent l'hôpital et les examens imminents. Tate et Kate se demandèrent brièvement des nouvelles de leurs familles respectives. Leur aisance stupéfiait Chloé. Manifestement, elle était la seule des trois à trouver cette situation étrange.

Elle baissa les yeux vers ses pâtes aux fruits de mer. Elles étaient délicieuses, pourtant elle y avait à peine touché. Elle n'avait toujours pas retrouvé son appétit et les nausées n'avaient pas encore disparu.

— Tu vas bien ? demanda Tate en fixant son assiette pleine.

— Oui, mais je n'ai pas très faim.

— Cette sortie était peut-être prématurée, suggéra Kate.

Pas la sortie ou le repas, mais le fait qu'ils soient réunis tous les trois...

— Je vais demander l'addition et on rentre, déclara Tate.

Sans la laisser répondre, il fit signe au serveur qui arriva promptement.

— Je peux prendre un taxi, protesta Chloé. Restez, tous les deux, et profitez de votre repas.

— Il n'en est pas question, répliqua Tate.

Chloé se tourna vers son amie.

— Je suis désolée.

— Ne le sois pas. Il est normal que tu t'épuises très vite, mais tu iras bientôt mieux, la rassura Kate en lui pressant affectueusement la main.

Ils firent le trajet ensemble et déposèrent Kate devant sa voiture, puis rejoignirent le loft.

Chloé se sentait vidée.

— Tu retournes à l'hôpital, ce soir ? demanda-t-elle à Tate.

— Non. J'ai pensé qu'on pourrait se détendre en regardant un film. Mais si tu tombes de sommeil, je comprendrais.

La banalité de cette suggestion sidéra Chloé. Rien n'était pourtant ordinaire, entre eux !

— Très volontiers, répondit-elle sur un ton léger. Accorde-moi une minute, je vais ôter cette robe et me laver la figure.

— Pas de souci.

Elle gagna la salle de bains où elle se déshabilla et enfila un short ample ainsi qu'un T-shirt. Ce n'était pas exactement de la lingerie fine, mais là encore, c'était tout ce qu'elle avait.

Lorsqu'elle retourna dans la chambre, les lampes étaient éteintes. D'ordinaire dissimulée dans un meuble, la télévision était en revanche branchée. A sa grande surprise, Tate était installé sur le lit. Toujours habillé, il était étendu sur la couverture. Durant les semaines passées, il n'avait pas quitté le canapé pas plus qu'il ne s'était approché du lit.

— J'ai pensé que ce serait plus confortable pour toi, expliqua-t-il.

— Merci.

Elle grimpa les deux marches de l'estrade tandis qu'il tirait la couverture.

— Tu as des préférences ? demanda-t-il en prenant la télécommande.

— Quelque chose de drôle. Rien de sérieux ou de violent… Je n'ai pas besoin de faire encore des cauchemars.

— Tu fais des cauchemars ?

Elle regretta immédiatement cette confidence.

— Oui.

— Tu veux m'en parler ?

— Tu ne seras pas vexé, si je dis non ? Ils me torturent suffisamment pour que je n'aie pas envie de les revivre.

— Bien sûr.

Quelques instants plus tard, il avait sélectionné un dessin animé comportant une fougueuse héroïne aux cheveux roux.

— J'ai pensé que tu apprécierais un personnage qui t'est familier, commenta-t-il.

Elle se tourna vivement vers lui. Il n'émettait aucun son, mais il était clair qu'il riait silencieusement. Elle ne put s'empêcher de sourire.

— Crois-moi, Chloé, mes sœurs et mes nièces jurent que ce film est génial et autant apprécié des adultes que des enfants.

— C'est ce qu'on va voir, plaisanta-t-elle à son tour.

Mais elle s'endormit rapidement, et quand elle remua, un bras fort l'étreignit.

— Tout va bien, Chloé, murmura une voix grave dans l'obscurité.

Cela arriva plusieurs fois jusqu'à ce qu'elle se blottisse dans ses bras comme elle l'avait fait une fois. Quelques semaines plus tôt...

Après cette soirée, elle ne fut jamais seule. Comment Tate s'était-il arrangé pour éviter les nuits de garde pendant quatre semaines au total ? Elle n'osa le lui demander. Toutes les nuits, il dormait près d'elle... Lui habillé et sur les couvertures, elle en dessous.

C'était divinement agréable, mais elle craignait de devenir trop dépendante de lui. Lorsqu'elle serait guérie, leurs chemins se sépareraient forcément.

Elle posa le manuel qu'elle lisait et se leva. Elle se sentait de mieux en mieux chaque jour. Cependant, sa cicatrice était encore un peu douloureuse, et les nausées n'avaient pas totalement disparu.

Gagnant la salle de bains, elle entra dans la cabine de douche. L'eau chaude ruissela sur son corps, lui faisant oublier ses préoccupations. Lorsqu'elle se planta devant le lavabo, la vapeur recouvrait le miroir. Elle s'enveloppa dans une serviette et entreprit de brosser sa longue chevelure emmêlée.

Une main couvrit la sienne.

Sous l'effet de la surprise, elle perdit l'équilibre et s'appuya sur le rebord de granit. Malheureusement, la serviette tomba du même coup par terre.

— Seigneur !

— Non, ce n'est que moi... Tate, fit une voix sarcastique.

Elle sourit et oublia durant quelques secondes sa nudité. Puis, se retournant, elle se pencha pour ramasser le tissu-éponge, mais Tate l'avait précédée.

En se redressant, il s'arrêta à mi-parcours. N'osant baisser les yeux vers lui, Chloé préféra les fermer.

Du bout des doigts, il caressa l'incision qui barrait son bas-ventre. Il l'avait déjà vue nue, il lui avait même fait l'amour, mais ce geste était plus intime que tout ce qui avait pu se passer entre eux auparavant.

Le visage de Tate était très proche de son sexe et elle était nue alors qu'il était habillé...

Il posa la paume sur son ventre. Sa main monta ensuite de quelques centimètres et s'arrêta avant ses seins.

Elle rouvrit finalement les yeux lorsqu'il l'enveloppa de nouveau dans la serviette. Il était clair qu'il ne la trouvait plus à son goût... L'humiliation la brûla comme un fer rouge imprimé sur sa chair.

Tate la saisit par les épaules et la tourna vers le miroir. Elle fixa en silence son reflet brouillé par la vapeur. Tate lui prit alors la brosse des mains et commença à coiffer ses longues mèches rousses en faisant attention à ne pas lui faire mal. Il était difficile de ne pas fondre, tant le geste était intime. Mais Chloé restait tendue. Il ne leva pas les yeux de sa tâche tant qu'elle ne fut pas terminée.

Quand ce fut fait, leurs regards se croisèrent dans la glace.

— Quelle est la date de ta prochaine consultation ? demanda-t-il à brûle-pourpoint.

Prise par surprise, elle frissonna.

S'écartant d'elle un instant, il alla chercher son peignoir. Le tissu-éponge noir était chaud et lourd, lorsqu'il le posa sur ses épaules et l'aida à l'enfiler.

— Quand dois-tu voir le Dr Thomas ? insista-t-il.

— La semaine prochaine. Pourquoi ?

— Je vais devoir m'organiser en conséquence.

— Ce n'est pas la peine ! Je prendrai un taxi.

— Je veux t'accompagner.

— Pourquoi ?

— J'ai quelques questions à lui poser.

— A quoi bon, puisqu'on ne peut pas revenir en arrière ?

— J'ai besoin de savoir que tu iras bien.

— C'est le cas.

— Je viendrai quand même.

— Sois raisonnable, Tate. J'ai rendez-vous à l'hôpital. Que vont penser les gens s'ils nous voient ensemble ?

— Ça m'est complètement égal.

C'était sans doute vrai en ce qui le concernait, mais Chloé, elle, se souciait de sa réputation. Elle avait eu vent des rumeurs qui couraient sur prétendue vie amoureuse, elle ne tenait pas à ce qu'on dise qu'elle récoltait les miettes laissées par sa meilleure amie.

— Pas à moi, lâcha-t-elle.

— Tu as tort.

— Sans doute, mais je n'y peux rien.

— Je suis désolé.

Elle se tourna vers lui. Tate était manifestement sincère, mais pourquoi se faisait-il du souci pour elle ?

— Ce n'est pas ta faute, reprit-elle.

— Vraiment ?

Elle ne pouvait pas continuer ainsi !

— Absolument. Et je pense que je devrais rentrer chez moi.

— Je voudrais que tu restes ici jusqu'à ton rendez-vous avec le Dr Thomas.

— Ce n'est pas une bonne idée.

— Rien de ce qui s'est passé entre nous n'en était une, renchérit-il.

Là encore, c'était exact, mais cela faisait quand même mal à entendre.

— Tu as raison, acquiesça-t-elle.

— Alors pourquoi ce revirement ?

— Parce que la situation est anormale, Tate. Nous ne formons pas un couple et nous ne pouvons pas continuer à jouer cette comédie.

— Tu penses que je joue un rôle ?

Visiblement, elle l'avait blessé sans le vouloir.

— Non, Tate. Tu as été formidable, pendant toutes ces semaines. Mais ce n'est pas vraiment toi et je ne veux pas continuer de compter sur ta générosité et ta culpabilité. J'ai besoin de retrouver mon indépendance.

Le visage de Tate se crispa.

— Ce n'est pas exactement cela, Chloé.

— Vraiment ? Jusqu'à mon hospitalisation, tu ne voulais rien avoir à faire avec moi. Je comprends pourquoi et j'apprécie ton aide, mais... Ce n'est pas ce que tu avais prévu.

Il la fixa comme s'il allait discuter, mais aucun argument ne franchit le seuil de ses lèvres.

— Très bien. Je te ramènerai chez toi dès que tu seras prête.

— Merci.

Un profond soulagement la gagna, alors que Tate se dirigeait vers la porte de la salle de bains. Mais il se retourna brusquement.

— Chloé, j'ai toujours l'intention de t'accompagner à ta consultation, la semaine prochaine.

Peut-être n'en avaient-ils pas totalement terminé, tous les deux...

6

Chloé resta trois jours chez elle… Le quatrième, elle crut devenir folle si elle ne retournait pas travailler.

En arrivant à l'hôpital, elle était plus nerveuse que le premier jour de son internat, mais elle se détendit dès qu'elle franchit les portes des urgences.

Le vestiaire n'avait pas changé, en dépit du fait qu'elle avait failli y mourir sur le sol. Frissonnante, elle gagna son casier et en sortit une tenue bleue. Le pantalon comprimait légèrement son ventre encore un peu gonflé.

En entrant dans la section B, réservée aux soins mineurs, elle croisa Ryan Callum. Il se tenait devant le comptoir central.

— Apparemment, certains d'entre nous ne savent pas quand ils doivent rester chez eux. Sois la bienvenue, Chloé.

Il lui souriait, mais il y avait de l'inquiétude dans sa voix.

— Merci… Pour tout, dit-elle.

Elle allait prendre un dossier quand un pleur d'enfant retentit. Ce n'était pas nouveau ou inattendu, mais le cri était si désespéré qu'elle alla voir de quoi il s'agissait.

Dans un box, un interne était en train de maintenir une petite fille sur un brancard pendant qu'une infirmière préparait une perfusion.

— Docteur Russel ! lança Chloé. Je peux vous parler une minute ?

Visiblement furieux, l'interne la suivit hors du box.

— Oui, docteur Darcy ?

— De quoi souffre cette petite fille ?

— En quoi est-ce que cela te regarde ?

— Andrew, dis-moi ce qu'elle a.

— J'ignorais que tu étais de retour. Ça doit être sympa de prendre cinq semaines de congés. Je me demande ce qui te vaut ce traitement de faveur, mais pas besoin d'être grand clerc pour le deviner.

— Je te suggère de retrouver ton professionnalisme avant de dire quelque chose que tu regretteras. Je t'ai posé une question.

— Tu ne seras pas toujours chef, Chloé.

— C'est exact. Le premier juillet, je ferai partie du personnel médical du Boston General… Je te le répète, Andrew, fais attention à ce que tu vas dire.

Le visage du jeune homme exprima l'incrédulité, puis la résignation.

Elle était la seule interne à avoir été engagée directement après sa formation. Si Andrew voulait conserver le moindre espoir d'obtenir un poste plus tard au Boston General, il devait tenir sa langue.

— Elle a trois ans et elle est tombée d'une hauteur de deux mètres et demi. Après l'accident, elle était somnolente et passive. Maintenant, elle est combative et irritable. Je voulais lui administrer un sédatif avant de lui faire passer un scanner.

— Regarde-la ! Elle est parfaitement consciente et réactive.

— Cela n'exclut pas la possibilité d'un traumatisme crânien.

— Je suis d'accord. En revanche, tu n'as pas à faire subir à un enfant de trois ans un traitement aussi brutal, sans compter des radiations inutiles.

— Que suggères-tu ?

— Appelle la pédiatrie, demande que l'enfant soit admise en observation et trouve les parents.

— Rien d'autre ?

Son regard débordait d'animosité.

— Andrew, je te garantis que lorsque tu présenteras ton choix thérapeutique au Dr Callum et au pédiatre, ils te féliciteront pour ta prudence. Pourquoi ne pas y aller tout de suite ?

Il obtempéra, et elle retourna dans le box. Dès que la petite fille la vit, son menton minuscule se mit à trembler et ses yeux se remplirent de larmes. Se déplaçant lentement, Chloé s'assit à côté d'elle.

— Bonjour, ma puce. Tu n'as plus besoin d'avoir peur, personne ne va te faire de mal.

L'enfant lui jeta un regard soupçonneux, puis se tourna vers l'infirmière qui tenait encore le matériel de perfusion.

— C'est bon, Cassie, tu peux partir, dit Chloé.

Dès que l'infirmière fut sortie, la petite fille se détendit. Chloé garda le silence pendant quelques minutes et fut récompensée quand l'enfant se rapprocha d'elle.

— Cela te plairait si on te donnait quelques jouets ?

L'enfant hocha la tête et tendit les bras. En la soulevant, Chloé vacilla légèrement, surprise par la difficulté inattendue de la tâche. Retrouvant son équilibre, elle sortit du box et se dirigea vers l'aire de jeux de la pédiatrie.

— Jaclyn !

La petite fille s'agita, faisant de nouveau chanceler Chloé. Une femme courait comme une folle dans leur direction. Lorsqu'elle fut près d'elles, la petite fille sauta de ses bras dans ceux de sa mère.

— Dieu merci ! cria la femme. Comment va-t-elle ?

— Bien mieux, maintenant. Nous avons demandé à un pédiatre de venir l'examiner. Il faudra peut-être qu'on la garde cette nuit en observation, mais je pense qu'elle n'a rien. Vous pouvez attendre avec elle dans l'aire de jeux, si vous voulez.

— Merci d'avoir pris soin d'elle.

— Vous avez une gentille petite fille… Ce n'était pas trop difficile !

La maman s'éloigna, son enfant serrée contre son cœur.

Chloé déglutit. Elle voulait être mère, elle aussi.

Elle avait dit à Tate que tout allait bien se passer, mais ces cinq dernières semaines, une question l'avait hantée : pourrait-elle être de nouveau enceinte ?

Et surtout, rencontrerait-elle un autre homme qu'elle aimerait et dont elle voudrait porter le bébé ?

S'arrachant à ces sombres pensées, elle fit marche arrière pour prendre un dossier.

Quatre heures plus tard, elle était exténuée. Elle avait passé la journée à suturer, plâtrer et suivre de près les analyses qu'elle ordonnait. C'étaient des traitements simples, mais elle se sentait vidée.

Assise devant un ordinateur, elle faisait défiler des images réalisées en coupes fines de l'abdomen de sa patiente. Le radiologue les avait déjà examinées et mis son rapport en pièce jointe, mais elle se faisait toujours sa propre idée avant de lire les conclusions de ses collègues.

Il s'agissait d'une inflammation de l'appendice, dans la fosse iliaque droite. Ce n'était pas une surprise puisqu'elle l'avait déjà diagnostiquée à l'examen.

Ryan la rejoignit devant l'écran.

— Si tu savais déjà que c'était une appendicite, pourquoi avoir demandé un scanner ?

— Parce que la patiente sera plus vite admise en chirurgie que si j'avais demandé aux collègues de me croire sur parole, répondit-elle.

— Tu trouves plus simple d'exposer cette femme à des radiations que de défendre ta position ?

Il la défiait comme il le faisait toujours. Elle lui fut reconnaissante de ne pas la ménager.

— Aujourd'hui, en tout cas, admit-elle.

— Je crois que cette ruse n'aura servi à rien, releva Ryan d'une voix froide.

Levant la tête, elle suivit son regard : Tate se tenait de l'autre côté de la salle. Flanqué d'un interne et d'un étudiant en médecine, il portait sa tenue de chirurgien.

— On dirait que l'équipe tout entière débarque pour discuter de ta patiente, continua Ryan.

Les yeux fixés sur Ryan, Tate s'approcha d'eux à grandes enjambées.

— Ryan.

— Tate.

Leur hostilité mutuelle était presque palpable.

— J'ai été surpris d'apprendre que le Dr Darcy avait une patiente pour nous, lança Tate. J'aurais cru que les urgences se montreraient moins protocolaires.

— Les urgences ont toujours soutenu le Dr Darcy dans tous ses choix professionnels... Y compris sa décision de reprendre le travail, répliqua Ryan.

Les yeux de Chloé allèrent de l'un à l'autre. Elle devait mettre un terme à l'affrontement avant que des paroles irréparables ne soient prononcées. L'interne semblait mal à l'aise, d'autant qu'il était inhabituel qu'on déplace une équipe pour un simple cas d'appendicite.

— La patiente a vingt-quatre ans, commença-t-elle. Lorsqu'elle s'est présentée, elle souffrait depuis presque deux jours de souffrances abdominales croissantes qui sont maintenant localisées dans le quadrant inférieur droit. En dehors de la douleur, elle a des nausées et elle vomit. Elle est aussi un peu fiévreuse, son pouls bat à cent trente et sa tension est normale. Le ventre est sensible et la palpation a provoqué une douleur vive au niveau du point de McBurney, accompagnée d'une défense discrète. Les analyses ont montré un taux élevé de globules blancs. L'hémoglobine est normale ainsi que l'ionogramme, et les reins fonctionnent bien.

Le rapport était en grande partie destiné à l'étudiant en médecine.

— Demande à Chloé pourquoi elle a demandé un scanner, suggéra Ryan.

Tate l'interrogea du regard.

— Je voulais seulement prouver qu'il s'agissait bien d'une appendicite.

Ryan ne se contenta pas de cette explication.

— Chloé me disait justement que la chirurgie n'accepterait pas une patiente si le diagnostic se fondait seulement sur un examen.

Ce fut dit comme un défi lancé entre deux départements. Il était tout aussi clair que le taux de testostérone grimpait dangereusement.

— Je ne pense pas qu'on doive faire des hypothèses sur ce qu'un service fera ou ne fera pas, répliqua Tate. Docteur Munnoch, soumettez à la patiente le formulaire de consentement éclairé et expliquez à l'étudiant de quoi il s'agit.

L'interne et l'étudiant s'éloignèrent aussitôt.

— Chloé, je peux te parler une minute ? demanda Tate.

C'était moins une question qu'une injonction adressée à Ryan de quitter les lieux.

— D'accord, fit-elle.

Tandis que Ryan s'éloignait, elle réfléchit à la façon dont elle allait formuler la question :

— Qu'est-ce que tu fais ici, Tate ?

— J'allais te demander la même chose.

— C'est ici que j'exerce mon métier.

— Cela ne me pose pas de problème, Chloé. Où et avec qui tu travailles ne me regarde pas.

— Qu'est-ce que c'est censé vouloir dire ?

— Ryan se montre très protecteur envers toi.

— Il a toujours été là pour moi et il m'a sauvé la vie. S'il y a quelqu'un qui peut comprendre une relation entre un mentor et sa protégée, c'est bien toi…

Elle s'était laissé emporter par la colère et elle regretta ces paroles aussitôt après les avoir prononcées. Etablir une comparaison entre Ryan et elle d'une part, et Tate et Kate d'autre part, n'était ni juste ni approprié.

— Il ne s'agit pas de Kate.

— Il ne s'agit que d'elle, au contraire.

— C'est loin d'être la vérité.

Cette conversation ne les menait nulle part, s'agaça-t-elle intérieurement.

— Pourquoi es-tu là, Tate ?

— J'ai accepté de faire quelques remplacements pour compenser mes absences récentes. J'ai été surpris d'apprendre par mon interne que tu étais de retour aux urgences. J'ai voulu m'assurer que tu allais bien.

— Tu n'as pas à t'inquiéter pour moi. Je peux prendre soin de moi toute seule.

— C'est ce que nous verrons. A quelle heure termines-tu ton service ?

— Maintenant.

— Je vais te raccompagner chez toi.

— C'est inutile.

— Je ne te donne pas le choix, Chloé. C'est ton appartement ou mon loft... Ce sont tes seules options.

Il était inutile de discuter. Il ne changerait pas d'avis, quels que soient ses arguments, comprit Chloé.

— Très bien. Je vais juste terminer mon rapport et me changer.

Un peu plus tard, elle regagna le vestiaire. Elle ôta sa tenue d'hôpital et la mit dans le panier à linge. Son jean la serrait désagréablement et elle décida finalement de le déboutonner et de défaire la fermeture Eclair. Sortant ensuite de sa poche un élastique pour cheveux, elle le passa dans la boutonnière et autour du bouton de façon à gagner quelques centimètres.

Laissant flotter sa chemise autour de sa taille, elle enfila enfin ses bottes et sortit.

— Tout va bien ?

La voix de Tate la fit sursauter.

— Personne ne t'a dit qu'il est très impoli de se tenir devant la porte du vestiaire des femmes ?

— Non, mais comme je te l'ai dit il y a quelques jours, je me soucie peu de l'opinion des autres.

Chloé finirait par avoir sa peau..., songea Tate en s'affalant dans son canapé. Si elle ne se mettait pas d'abord en danger à trop vouloir travailler !

Il détestait l'avoir laissée devant chez elle, tout comme il détestait son loft vide. En fait, ce qui l'ennuyait le plus, c'était qu'elle n'y soit plus.

Quand donc l'erreur initiale — introduire Chloé dans son lit et dans sa vie — s'était-elle muée en ce qui pouvait lui arriver de mieux ?

Il ne l'avait pas prévu et il ne l'avait même pas voulu. Il n'y avait pas de place pour l'improvisation dans son existence. Mais Chloé était arrivée et jamais il n'avait éprouvé un tel manque d'assurance que depuis qu'il la fréquentait.

Les questions se bousculaient dans sa tête : où en était-il avec elle ? Les choses iraient-elles plus loin entre eux ? Sa relation précédente avec Kate ruinait-elle toutes ses chances avec Chloé ?

Il ne parvenait pas à lire en elle... Sauf que, depuis son hospitalisation, il y avait chez elle une tristesse nouvelle qu'elle s'efforçait de dissimuler. Etait-ce parce qu'elle avait perdu son enfant ou y avait-il autre chose ?

Ryan ajoutait une note fâcheuse à cette situation déjà compliquée.

Les voir ensemble était très agaçant, pesta Tate intérieurement. N'importe quel observateur aurait pu dire que Chloé était plus à l'aise avec Ryan qu'avec lui.

Tate étouffa un juron. Il n'avait jamais été jaloux de quelque chose ou de quelqu'un et il n'appréciait pas vraiment de le devenir. Mais lorsqu'il les voyait ensemble, il avait envie de jeter aux orties tout ce pour quoi il avait travaillé si dur et casser la figure de Ryan.

Et puis, il y avait le comportement de Chloé... Elle avait changé et cette métamorphose ne devait pas être prise à la légère, il le sentait. Car quelque chose les reliait encore, ça, il en était certain.

7

Assise dans la salle d'attente du Dr Thomas, Chloé feuilletait distraitement un magazine. Elle ne s'était toujours pas habituée à son statut de patiente. Tate, si. Il avait insisté pour venir avec elle à la consultation.

Elle avait tenté de l'en dissuader. Qu'il soit présent quand on lui annoncerait qu'elle ne pouvait plus avoir d'enfants ne la réjouissait pas du tout. Mais il n'avait rien voulu entendre.

Sauf... qu'il n'était pas là. Elle était seule dans la pièce. Tate avait-il changé d'avis au dernier moment ? Avait-il eu un empêchement ?

La voix d'une infirmière la sortit de ses pensées.

— Chloé Darcy !

Chloé se leva et la suivit dans l'une des salles d'examens du service. Jetant un dernier regard à la porte d'entrée, elle laissa échapper un soupir de soulagement. Tate n'était vraiment pas là.

Elle attendit encore dix minutes avant que le Dr Thomas n'entre dans la pièce. C'était un homme d'âge moyen, qui vint s'asseoir près d'elle, face au bureau.

— Vous semblez en meilleure forme, constata-t-il.

— Merci.

— Comment vous sentez-vous ?

— Pas trop mal. L'incision cicatrise bien, même si elle me fait parfois un peu mal. Je suis encore fatiguée et j'ai toujours des nausées. J'espère que cela ne me nuira pas trop pour mes examens. Ils ont lieu dans deux semaines.

Le Dr Thomas prit quelques notes.

— Je me souviens bien de cette période de ma vie... On vous a fait une prise de sang ?

— Oui. Il y a une heure, environ.

— Parfait. Vous pourriez vous changer pendant que je vais voir si les résultats sont prêts. J'ai demandé au Dr Madden de venir vous examiner. Il y a un drap, sur le lit. Vous enlevez tout de la taille aux pieds.

Après son départ, Chloé suivit ses instructions, puis s'enveloppa dans le drap.

L'attente dura un siècle. Avait-on une terrible nouvelle à lui annoncer ? Ses pires pressentiments allaient-ils se concrétiser ?

Lorsqu'on frappa à la porte, elle retint son souffle. Tate allait-il finalement débarquer ?

Non, c'était Erin Madden. La petite blonde était juchée sur des talons hauts et avait lâché ses cheveux, ce qui était rare.

— Bonjour Chloé. Le Dr Thomas m'a demandé de passer te voir. Difficile de croire que huit semaines ont déjà passé depuis ton opération. Comment te sens-tu ?

— Bien. J'ai de bons et de mauvais jours, évidemment. J'ai repris le boulot cette semaine et ça m'a aidée. Mais je n'étudie pas autant que je le voudrais et je serai contente quand l'examen sera passé. J'aurais pensé que tu étais plongée dans tes bouquins, toi aussi.

— Tu sais ce qu'on dit des meilleures intentions. Allez... dis-moi comment tu te sens *vraiment*.

— Déçue, frustrée... Tu as le choix ! J'ai du mal à admettre que j'ai commis une erreur pareille, d'abord en tombant enceinte et ensuite en ne m'en apercevant pas. Je voudrais en finir avec tout ça, mais je suis toujours fatiguée et nauséeuse. En plus, je suis d'une émotivité qui me fait honte !

— Tu es peut-être un peu dure avec toi-même.

— Je sais.

— Chloé, cela ne t'ennuie pas si je palpe ton ventre ? Ensuite, nous ferons une échographie.

Quelque chose n'était pas normal... s'alarma Chloé intérieurement.

— Qu'est-ce que tu me caches, Erin ? demanda-t-elle en s'étendant sur la table d'examen.

Sans répondre, Erin se lava les mains, puis posa les mains sur le ventre de Chloé. Ses doigts pressèrent une zone située deux centimètres au-dessus du pubis.

— Tes analyses de sang révèlent un taux élevé de bêta-HCG.

— Qu'est-ce que ça veut dire ?

— Si nous avions procédé à une salpingotomie et enlevé simplement le fœtus, il pourrait rester un peu de placenta dans la trompe de Fallope, ce qui expliquerait ces résultats, mais...

— Mais ?

— Mais la trompe était rompue et nous étions incapables d'endiguer l'hémorragie, si bien que nous avons effectué une salpingectomie et enlevé la trompe de Fallope. Ton taux d'hormones ne devrait donc pas être aussi important, à moins que...

— A moins que quoi ?

— Je pense que tu es enceinte, Chloé.

Le temps s'arrêta tandis que les mots faisaient lentement leur chemin dans l'esprit de Chloé.

— Je ne comprends pas...

— Je crois que tu as fait une grossesse hétérotopique. L'un des fœtus se trouvait dans la trompe de Fallope et l'autre dans l'utérus. C'est très rare, on n'en rencontre que cinq cas sur trente mille.

— On peut s'en assurer ? demanda Chloé, le cœur battant.

— C'est ce qu'on va voir, oui.

Erin lui étala du gel sur le ventre puis posa la sonde sur l'abdomen.

Les deux femmes se tournèrent simultanément vers l'écran :

la silhouette d'un bébé apparut. Son cœur palpitait, ses jambes et ses bras remuaient.

— Un bébé..., fit Chloé avec émerveillement.

— Ton bébé, confirma Erin. Je prends quelques mesures pour connaître la date exacte de la conception.

— Il n'y en a qu'une possible.

— Ce qui nous donne quatorze semaines.

— Tout va bien pour lui ? s'enquit Chloé.

Sa surprise initiale venait de se muer en crainte que l'opération et le traitement aient fait du mal à son enfant.

— Pour autant que je puisse l'affirmer actuellement, il se porte comme un charme. Avant que nous ne connaissions ton groupe, tu as reçu pas mal de produits sanguins ainsi que des médicaments que nous ne recommandons pas pendant une grossesse. Mais pour l'instant, dis-toi seulement que tu attends un enfant.

— Un enfant..., répéta Chloé.

Les deux femmes contemplèrent l'écran en silence.

— C'est merveilleux, ajouta-t-elle.

— Très bien. Je vais te prescrire des analyses de sang prénatales et une autre échographie dans quatre semaines. Nous pourrons examiner en détail l'anatomie du bébé.

— Erin, est-ce que c'est normal, si je suis excitée et terrifiée en même temps ?

— Bien sûr que oui ! Tu vas être une mère formidable, Chloé. Toutes mes félicitations.

En se rhabillant, Chloé souriait comme jamais depuis des mois. Cette fois, elle ne maudit pas son ventre légèrement arrondi en enfilant son jean.

Elle sortit du service et croisa Tate qui marchait vers elle à grandes enjambées, toujours vêtu de sa tenue d'hôpital.

— Je suis désolé, Chloé. Une autre équipe opérait un patient présentant une hémorragie massive. J'ai été appelé pour clamper l'aorte.

— Ce n'est pas grave.

— On peut discuter quelque part ?

Chloé réprima un soupir. Elle aurait voulu prétendre qu'il n'y avait rien à dire, mais ce n'était pas vraiment le cas.

— D'accord.

Ils gagnèrent l'une des nombreuses cafétérias de l'hôpital. Après avoir commandé un café double pour lui et un thé à la menthe pour elle, ils s'assirent à une table.

— Comment s'est passée ta consultation ? s'enquit-il.

Elle avait besoin d'un peu de temps pour s'habituer à sa grossesse avant d'en informer Tate.

— Bien.

— Toutes les analyses étaient normales ?

— Oui... Tate, je peux te demander quelque chose ?

— Depuis quand as-tu besoin d'une permission ?

Il lui souriait et elle ne put s'empêcher d'en faire autant.

— Qu'est-ce que nous aurions fait si ma grossesse n'avait pas été extra-utérine ?

Il ne répondit pas tout de suite.

— Mais elle l'était, finit-il par dire.

— Oui. Le bilan confirme que le fœtus se trouvait dans ma trompe de Fallope droite.

C'était la vérité... Et en même temps un mensonge.

— Alors à quoi bon en discuter ? s'étonna-t-il.

— Parce que j'aimerais le savoir.

Tate soupira et l'espace d'un instant il parut ne pas vouloir poursuivre la discussion.

— Nous aurions trouvé une solution.

— C'est-à-dire ?

— Nous aurions fait au mieux pour l'enfant, Chloé. Pourquoi parlons-nous de cela ?

— Parce que j'y réfléchis. Je me suis demandé si tu y avais pensé, toi aussi.

— Non, Chloé, je ne me suis pas attardé sur ce qui n'a jamais été une possibilité dans mon esprit.

Elle acquiesça en silence. Elle n'avait aucun droit de se sentir blessée... Pourquoi Tate aurait-il envisagé cette éventualité ? Il considérait certainement qu'il l'avait échappé belle.

Elle était la seule à avoir rêvé qu'ils pourraient vivre ensemble.

Elle ne pouvait pas lui dire la vérité.

Pas aujourd'hui, en tout cas.

Pas quand son cœur était rempli d'amour pour la vie qu'ils avaient créée ensemble.

Tate resta un moment seul à la cafétéria après le départ de Chloé.

Rares étaient les fois où il en avait voulu à son métier, mais c'en était une. Une question de vie ou de mort l'avait empêché d'assister à la consultation de Chloé et il allait devoir en supporter les conséquences.

Il voulait vraiment être auprès d'elle. Elle redoutait une éventuelle stérilité, il le savait et souhaitait ardemment la soutenir. Il avait aussi besoin de s'assurer qu'elle allait et qu'elle irait bien.

Les cauchemars de Chloé l'avaient effrayé. Auparavant, le souvenir de l'opération qu'elle avait subie le hantait mais ces mauvais rêves y avaient ajouté des gémissements de peur qui restaient gravés dans sa mémoire.

Qu'aurait-il fait si la grossesse n'avait pas été extra-utérine ?

Honnêtement, il n'en savait rien. Ses sentiments pour Chloé s'étaient développés à partir du moment où il avait craint de la perdre.

Sans cette menace, auraient-ils été les mêmes ?

Pendant les deux semaines suivantes, Chloé flotta sur un petit nuage. Tout ce qui lui paraissait pénible auparavant s'était évaporé :

elle allait être mère ! Chacun des symptômes de la grossesse était le bienvenu et lui rappelait la vie qui grandissait en elle.

Après avoir vécu cinq ans à préparer et à craindre son examen final, elle se révéla, le jour dit, confiante en ses connaissances et en ses compétences.

Huit heures plus tard, elle arriva toute souriante chez Kate. Cela faisait longtemps qu'elles avaient prévu de fêter ensemble l'événement et elle n'aurait manqué ce rendez-vous pour rien au monde.

Les deux amies s'embrassèrent avant que Chloé ne rentre dans l'appartement.

— Où est Matt ?

— Il a une audition qu'il ne peut manquer, à New York. On se retrouve le week-end prochain, mais il nous a laissé ça dans le frigo !

Kate sortit du réfrigérateur une bouteille d'un champagne très cher entourée d'un gros ruban.

— Tu es certaine qu'il ne la réservait pas pour vos retrouvailles ? s'inquiéta Chloé.

— Il y a un message qui dit « Toutes mes félicitations à Kate et à Chloé. Je n'ai jamais douté de votre succès. Avec tout mon amour, Matt. »

Kate remplit deux coupes et en tendit une à Chloé, puis leva la sienne.

— A l'accomplissement de nos souhaits et à notre bonheur, lança-t-elle.

Chloé trinqua avec son amie, puis porta la coupe à ses lèvres. Dès qu'elle les trempa dans le liquide pétillant, elle se rappela son état : elle ne pouvait pas boire d'alcool.

— Qu'est-ce qui ne va pas ? demanda Kate. Il est mauvais ?

— Pas du tout, mais... J'attends un bébé, Kate.

Son amie écarquilla les yeux.

— Je croyais qu'il s'agissait d'une grossesse extra-utérine ?

— Elle l'était... Mais il y en avait une autre, intra-utérine celle-ci. J'attendais des jumeaux, en quelque sorte.

— Seigneur ! Tu es enceinte de combien ?

— De seize semaines.

— Waouh ! On peut se réjouir pour toi ?

— Tout à fait ! Je le suis pour moi, d'ailleurs. Et excitée... Et morte de peur.

— Tu as prévenu le père ?

Chloé scruta le visage de Kate, cherchant un quelconque jugement. Son amie ignorait à coup sûr qu'elle avait passé une nuit avec Tate. Sinon, elle n'aurait pu s'empêcher d'en parler.

— Non, Kate. Je ne le sais que depuis quinze jours et j'avais besoin d'un peu de temps pour me faire à cette idée. Je voulais aussi passer l'examen.

— Mais tu vas le lui dire ? Je veux dire... Si tu travailles au Boston General, tu ne pourras pas dissimuler ton état.

— J'en suis consciente... Mais pas aujourd'hui et pas ce soir. C'est notre grande soirée, Kate. Toutes mes félicitations... Tu vas devoir boire pour deux.

— Je serai honorée d'accomplir ma première mission en tant que tatie Kate ! Maintenant, préparons-nous... Nous sommes attendues à une réception.

— Félicitations, Chloé, tu es superbe !

Ce compliment accompagna Chloé pendant toute la soirée.

Elle n'était pourtant pas certaine d'avoir fait le bon choix en sélectionnant cette robe de cocktail verte au décolleté plongeant devant et derrière, pourvue de fronces sur les côtés qui masquaient les changements de sa silhouette.

Cela ne l'empêchait pas de remercier gracieusement toutes les personnes qui se réjouissaient d'autant plus pour elle qu'elle avait failli mourir.

Elle était aussi très heureuse de passer la nuit en compagnie de presque tous les internes avec qui elle avait travaillé pendant des années. C'était la fin d'une époque et le début d'une nouvelle vie.

La fête avait lieu dans un pub situé près de l'hôpital et très fréquenté par le personnel. Une fois par an, il était fermé au public pour cette célébration. Les lumières étaient tamisées et un orchestre était installé au fond de la salle.

Chloé se promena parmi les invités, elle dansa et évita discrètement les boissons alcoolisées.

— Je ne suis sûrement pas le premier à te le dire, mais puis-je te répéter combien tu es ravissante et à quel point je suis fier de toi, docteur Darcy ?

Faisant volte-face, elle sourit à Ryan qui se tenait derrière elle, deux flûtes de champagne dans les mains.

— Je n'y serais pas arrivée sans toi, confia-t-elle.

— Tu aurais connu le même succès n'importe où et sans aide. Je suis juste heureux que tu aies fait ton internat ici et que tu restes parmi nous.

— Merci.

Il lui tendit une flûte.

— Buvons à la santé du Dr Darcy, une amie, une source d'inspiration et maintenant une collègue.

Souriante, elle trinqua avec lui. Mais comme elle reculait le bras, une main se referma sur ses doigts qui tenaient la flûte.

Elle n'eut pas besoin de se retourner. Ce ne pouvait être que Tate.

— Dansons, dit-il.

Ce n'était pas une prière... Prenant la flûte, il la déposa sur une table puis entraîna Chloé sur la piste.

— Je peux te demander à quoi tu joues ? lui demanda-t-elle en tâchant de parler plus fort que la musique, mais pas assez pour être entendue des autres danseurs.

— Je pourrais te poser la même question.

— Je fête mon succès et je n'apprécie pas d'être dérangée et remorquée de cette façon quand l'envie t'en prend.

Elle avait articulé les derniers mots plus fort qu'elle ne le voulait, juste au moment où les batteries se taisaient pour faire place à un slow langoureux.

Estimant la conversation terminée, elle voulut s'écarter. Mais une fois de plus, elle fut tirée en arrière. Cette fois, Tate la serra contre lui, une main posée sur ses reins et l'autre retenant fermement la sienne.

— Je pensais, au contraire, que tu apprécierais mon intervention, plaisanta-t-il.

— Et pourquoi donc ?

— J'ai cru comprendre que tu ne voulais pas boire d'alcool, souffla-t-il à son oreille.

Elle se cambra pour le dévisager.

— Ce n'est pas bon pour le bébé, précisa-t-il.

Elle aurait voulu s'enfuir... Faire son possible pour éviter une conversation qu'elle n'était pas prête à soutenir, mais elle en était incapable quand Tate la prenait ainsi dans ses bras.

— Comment es-tu au courant ? demanda-t-elle d'une voix faible.

— Tu viens de me le confirmer.

— Tate..., supplia-t-elle.

— Tu as changé. Il y a quinze jours, j'ai compris que ces changements n'étaient pas dus à l'opération.

— Qu'est-ce que tu veux dire ?

— J'ai remarqué que tes hanches et tes seins étaient plus pleins. La grossesse a encore ajouté à ta perfection.

Une vague de chaleur la submergea. Elle crut défaillir.

— On ne devrait pas parler de ça ici.

— Vraiment ? Quand comptais-tu me mentionner ta grossesse ? A moins que cela ne me regarde pas ?

— Pas ici ! répéta-t-elle en détournant le regard.

— Partons, alors.

Sans attendre sa réponse et avec la même force, il l'entraîna loin de la piste. Tandis qu'ils se frayaient un chemin parmi la foule, il ne s'arrêta pas une seule fois. Enfin, ils sortirent du pub et parvinrent devant sa Range Rover, dont il ouvrit la portière pour elle.

Chloé retint un juron. Elle n'avait même pas dit au revoir à Kate !

— Où allons-nous ?

— Nous allons terminer cette conversation.

Peu pressée de parler, elle se tut.

Quand Tate se gara devant son propre immeuble, elle n'en fut pas étonnée. Si elle avait été l'offensée, elle aurait aussi voulu traiter l'affaire sur son propre territoire.

Un peu plus tard, il ouvrit la porte de son loft pour la laisser entrer. Parvenue au milieu du salon, elle se tourna vers lui.

— Et maintenant quoi, Tate ?

— Ça !

S'approchant d'elle, il l'attira pour la seconde fois contre lui. Plongeant la main dans ses cheveux, il s'empara de sa bouche.

Chloé n'aurait pas pu se dégager de son étreinte si elle l'avait voulu... De toute façon, elle n'était pas certaine d'en avoir envie. Depuis qu'ils avaient passé une nuit ensemble, il semblait que ce soit leur seul mode de communication... Le seul moment où ils étaient parfaitement synchronisés, le seul moment où elle pouvait oublier tout ce qui rendait leur relation si compliquée.

Elle entrouvrit les lèvres pour retrouver le goût des siennes et il en profita aussitôt pour plonger sa langue dans sa bouche offerte.

Puis, il fit glisser les bretelles de sa robe le long de ses épaules et tira sur le tissu. Un souffle d'air frais la frôla dans le dos tandis que les mains qui l'avaient maintenue immobile caressaient librement ses courbes. Quand le haut de sa robe descendit au niveau de sa taille, il déboutonna sa chemise et plaqua son torse contre ses seins.

Cette douce friction la fit se consumer. Tate se mit alors à lui taquiner le cou avec ses lèvres et sa langue.

Une large paume se referma sur l'un de ses seins gonflés par la grossesse, puis il se pencha pour en prendre la pointe dans sa bouche.

Le plaisir était si délicieux qu'elle poussa un cri. Tate s'arrêta un instant. Ses yeux quittèrent sa cible pour rencontrer les siens. Le regard qu'ils échangèrent était aussi primitif que la sensation qu'elle venait d'éprouver.

Elle gémit quand Tate abandonna ses seins pour descendre le long de son corps. Cette fois, il remonta le bas de sa robe, qui rejoignit le haut au niveau de la taille. Il la prit par les fesses et la souleva de terre.

En nouant ses jambes autour des hanches de Tate, elle savoura son sexe durci contre le sien. Vibrant de plaisir anticipé, elle s'agrippa à lui tandis qu'il la portait à travers le loft et la déposait sur lit.

Il enleva sa chemise et sa ceinture. Puis, tel un prédateur, il se pencha sur elle. Son corps frôla le sien sans exercer aucune pression.

Appuyé sur ses avant-bras, il enfonça l'une de ses mains dans ses longs cheveux roux éparpillés sur l'oreiller. Son visage s'approcha du sien et il s'empara de nouveau de sa bouche. Elle frissonna. Son cœur battait la chamade comme jamais.

Il abandonna ensuite ses lèvres pour taquiner ses mamelons et continua d'alterner ainsi les caresses, chacune d'entre elles constituant une torture plus exquise que la précédente. Quand il laissa ses seins tranquilles, elle en fut immédiatement frustrée... Jusqu'à ce qu'elle comprenne ses intentions.

Les lèvres de Tate descendirent le long de son ventre et, après avoir léché un instant son nombril, il poursuivit son chemin plus bas.

Elle ne portait pas de sous-vêtement sous sa robe et lorsqu'il eut complètement remonté sa robe sur sa taille, il ne resta plus aucune barrière entre eux. Après avoir embrassé délicatement l'un de ses genoux, il traça un sillon brûlant avec sa langue à l'intérieur de sa cuisse.

Tout naturellement, elle écarta les jambes pour l'accueillir. Il l'ouvrit avec sa langue et elle faillit se laisser emporter par un orgasme brutal. Sans perdre de temps, il fit subir à son sexe le même délicieux supplice qu'il avait infligé à ses seins.

Il plongeait au plus profond de son intimité, et chacun des mouvements qu'il effectuait la menait plus près du plaisir… Un plaisir incandescent comme elle n'en avait jamais connu.

Et puis, elle fut vaincue par une dernière caresse. Cambrant le dos, elle poussa un grand cri. Mais elle eut beau se crisper sous lui, il ne s'interrompit pas et continua d'entretenir son désir.

Se couchant sur elle, il l'embrassa légèrement sur la bouche.

— Nous n'en avons pas terminé, susurra-t-elle.

Elle posa la main sur son bas-ventre et le caressa doucement. Il ne l'en empêcha pas, mais resta immobile au-dessus d'elle.

— Je ne veux pas te faire de mal, dit-il entre ses dents serrées.

— Alors, donne-moi ce que je veux, répliqua-t-elle en glissant les doigts sous la ceinture de son jean pour prendre son sexe durci à travers le boxer.

Il sembla lutter contre lui-même, puis s'écarta d'elle et se déshabilla. Enfin, il lui retira ce qui restait de sa robe et parcourut des yeux son ventre arrondi et sa cicatrice. La prenant dans ses bras, il roula sur le côté d'un mouvement souple, de façon à être sur le dos. Comprenant son intention, elle s'assit sur ses cuisses puissantes et contempla son sexe dressé. Le spectacle était magnifique… Elle ne put s'empêcher de le toucher pour vérifier si le contact serait aussi agréable que la vue. La verge de Tate était dure et douce à la fois…

— Vas-y doucement, Chloé, lui dit-il, le visage crispé.

Comme elle se penchait vers lui, ses seins effleurèrent son torse.

— Pourquoi ?

— Parce que jamais je n'ai eu autant envie d'être à l'intérieur d'une femme.

Tout en l'embrassant, elle se souleva au-dessus de lui et d'un seul mouvement s'empala sur lui. Ils poussèrent un même cri, étouffé par la bouche de l'autre.

Elle se mit alors à remuer lentement. Tate posa les mains sur ses hanches pour contrôler son rythme.

— Chloé, je ne vais pas pouvoir tenir beaucoup plus longtemps.

— Alors ne te retiens pas.

Tandis qu'elle accélérait et faisait en sorte qu'il s'enfonce plus profondément en elle, il semblait approcher de l'explosion. Tate était de plus en plus dur. Il gémissait et quand il s'agrippa plus fermement à elle, elle se souleva une dernière fois, puis retomba. Tate cria et un jet chaud se répandit en elle, la propulsant au sommet du plaisir.

Enfin, elle se laissa aller sur Tate qui glissa une fois de plus ses mains dans ses cheveux.

— Epouse-moi, murmura-t-il.

Ces mots arrachèrent Chloé à la béatitude.

— Pardon ?

— Je crois que tu m'as très bien entendu.

Il était étendu sous elle avec l'expression confiante d'un homme sûr de la réponse.

— Non ! Je ne me marierai pas avec toi.

Les mots les surprirent tous les deux, mais ce fut la colère évidente de Tate qui la fit bouger. S'arrachant de lui, elle jaillit hors du lit.

Si elle aimait Tate ? Oui, et peut-être à jamais. Mais pour rien au monde elle n'épouserait un homme qui n'était pas amoureux d'elle.

Lui tournant le dos, elle scruta le sol pour trouver ce qui restait de sa robe. A la vue du petit tas de tissu, elle prit rapidement une décision.

S'approchant d'une commode, elle ouvrit un tiroir contenant des tenues d'hôpital. Malgré son changement de silhouette, elle nageait dans le pantalon et le haut, mais peu lui importait. Elle gagna ensuite le canapé sur lequel elle s'assit pour enfiler ses chaussures. Quand elle releva la tête, Tate était devant elle, simplement vêtu d'un jean.

— Tu ne partiras pas comme ça, Chloé. Je pense que tu me dois au moins une explication.

Il était torse nu, superbe et... Très, très en colère.

— Ah bon ? C'est toi qui m'as demandée en mariage, c'est donc à toi de t'expliquer.

— Tu es enceinte, Chloé.

— J'en suis tout à fait consciente.

— Tu as une autre proposition ?

— Fais attention à ce que tu dis, Tate ! répondit-elle en se levant.

— Qu'est-ce que tu attends de moi, Chloé ?

— Je n'en sais rien, mais pas ça.

— Tu attends un enfant, alors nos désirs doivent passer en second.

— On n'est plus dans les années soixante ! Le mariage n'est plus la seule solution quand une grossesse s'annonce.

— Tu penses que ton enfant n'a pas besoin d'un père ?

Pour la première fois, la résolution de Chloé vacilla.

— Je n'ai pas dit ça...

— Réfléchis, Chloé. Comment vas-tu t'en sortir en tant que mère célibataire ? Tu exerces un métier prenant qui ne t'offrira aucun des privilèges liés à la maternité dans d'autres professions. Comment vois-tu les choses ? Tu vas accoucher et retourner au travail le lendemain ? Entre le remboursement de ton prêt étudiant et la crèche, ton salaire sera insuffisant. A moins bien entendu que tu ne négliges ton enfant pour prendre des gardes supplémentaires.

— Je...

— Chloé, nous ne sommes pas parfaits, mais nous nous respectons mutuellement... Et nous sommes plus que compatibles dans un certain domaine.

Il avait en partie raison... Que devait-elle faire ?

Les questions s'enchevêtraient, et elle dut s'y perdre quelques instants, car Tate s'approcha soudain d'elle avec un écrin dans les mains.

L'espace d'un instant, elle fut comme hypnotisée. Ce ne pouvait pas être... Il n'oserait quand même pas...

S'emparant vivement de la boîte, elle souleva le couvercle, priant pour se tromper. Mais c'était bien la bague qu'il avait destinée à Kate.

Submergée par la rage, elle ferma l'écrin d'un coup sec et...

Sa main claqua sans même qu'elle ait compris son geste. Sa paume la brûlait. Elle venait de gifler Tate...

Immobiles, ils étaient aussi stupéfaits l'un que l'autre. Mais l'écrin qu'elle tenait encore dans la main fut suffisant pour qu'elle n'ait aucun regret.

— Non, conclut-elle. Je ne me contenterai pas d'être un second choix. Au revoir, Tate.

8

Chloé attendait dans la salle d'attente pour sa seconde échographie. Autour d'elle, il n'y avait que des femmes enceintes, la plupart accompagnées par leur compagnon. Un douloureux sentiment de solitude l'étreignit. Elle n'avait pas prévenu Kate de ce nouveau rendez-vous médical, et elle n'avait plus parlé à Tate depuis leur dispute.

D'ailleurs, elle s'était renseignée : il avait raison. En tant que médecin, elle ne bénéficiait pas des avantages dont jouissaient les employés de l'hôpital. Son congé de maternité ne serait pas rétribué.

La banque l'avait également avertie qu'elle devrait commencer à rembourser son prêt étudiant dès son entrée en fonction, trois semaines plus tard.

Il ne lui restait plus beaucoup de choix. Elle ne pourrait pas s'absenter plus de quinze jours, et ensuite elle devrait faire des semaines de soixante heures pour couvrir les échéances du remboursement, la crèche, le loyer et la nourriture.

Elle allait devoir demander de l'aide, mais à qui ? Pas à Tate, en tout cas. Et si elle s'adressait à Kate, ou plutôt à Matt, elle mettrait des années à les rembourser. En outre, c'était un peu délicat d'emprunter à Kate de l'argent pour subvenir aux besoins de l'enfant qu'elle avait conçu avec son ex. Elles n'avaient plus parlé du père de son bébé, mais la vérité finirait bien par éclater un jour.

Quant à ses parents, ils étaient tous deux professeurs d'université à la retraite. Ils ne pourraient pas la soutenir financièrement. Et puis, ils vivaient dans le Montana : ils ne venaient pas souvent à Boston et ne pourraient même pas garder son enfant.

A l'idée qu'elle allait laisser son bébé entre les mains d'inconnus, elle aurait voulu être enceinte pour toujours. Au moins, ils resteraient ensemble...

La voix d'une infirmière la sortit de ses sombres pensées.

— Madame Darcy !

Se levant, Chloé la suivit dans une salle d'examen et fut accueillie par Erin, pour son plus grand plaisir.

— J'ignorais que tu étais encore ici ! s'étonna-t-elle. Je croyais que tu allais prendre des vacances avant de déménager.

Erin eut un petit sourire.

— Tu sais ce qu'on dit des projets trop bien planifiés. J'ai refusé cette association, en Californie. Finalement, je reste ici, au Boston General.

— J'en suis ravie ! Cela veut dire que tu pourras me suivre jusqu'à mon accouchement ?

— Si tu le souhaites, oui.

— Super !

Erin s'assit derrière le bureau et parcourut le dossier de Chloé.

— Ton accouchement est prévu pour le 9 novembre. Tes analyses hématologiques montrent que tu ne souffres d'aucune maladie et que tu es immunisée contre la rubéole et la varicelle. Ton taux d'hémoglobine est un peu bas, aussi nous devrons nous assurer que tu prends bien tes vitamines et du fer.

— D'accord.

— Chloé, le problème réside dans ton groupe. Tu es B négatif et ton test est revenu positif aux anticorps anti-C et anti-K.

— Et alors ?

— Cela veut dire que le bébé risque une anémie.

— Qu'est-ce que tu entends par « risque » ?

— Cela dépend de son groupe sanguin. Pour évaluer le danger

potentiel, on a besoin de faire un test génétique de ton sang et de celui du père. De cette façon, on pourra déterminer les probabilités que le bébé soit affecté.

A l'idée d'en parler à Tate, l'estomac de Chloé se noua.

— Il n'y a pas d'autres options ?

— Il faudrait faire une cordocentèse : prélever directement du sang dans le cordon ombilical. Mais ce n'est pas sans danger.

— Non ! s'exclama Chloé en posant une main protectrice sur son ventre. C'est Tate.

— Pardon ?

— Tate Reed est le père du bébé.

— Je le sais, dit simplement Erin. Ce n'est pas un test de paternité, Chloé. Il s'agit seulement de déterminer un profil génétique de vos groupes respectifs. Ensuite, nous mettrons les cellules en culture pendant trois semaines et nous utiliserons des marqueurs spécifiques pour rechercher d'éventuels sous-groupes d'antigènes.

Mais Chloé avait besoin d'autres explications :

— Comment es-tu au courant, pour Tate ?

— Il était au bloc la nuit de ton opération. J'ai très vite compris que son inquiétude ne relevait pas d'une simple amitié.

— Il se sentait coupable.

— Je ne crois pas qu'il s'agisse de cela... Mais je manque de perspicacité quand il s'agit des hommes, avoua Erin en se levant. Viens, on va faire cette échographie.

Après avoir frappé à la lourde porte de métal, Chloé retint son souffle. Elle n'avait pas téléphoné pour prévenir Tate de son arrivée et elle craignait un peu sa réaction.

Il parut sur le seuil, vêtu d'un jean délavé et d'une chemise ivoire. En la voyant, il ne manifesta ni surprise ni joie.

— Il faut qu'on parle, dit-elle.

Sans répondre, il lui fit signe d'entrer. Comme il ne s'écartait pas, elle le frôla en passant et crut aussitôt prendre feu. Pour avoir moins chaud, elle souleva ses cheveux d'une main et s'éventa de l'autre.

Sans un mot, Tate gagna la cuisine et lui rapporta un verre d'eau. Ils s'assirent tous les deux sur le canapé.

— Comme au bon vieux temps, remarqua-t-il sur un ton sarcastique.

— Tate..., commença-t-elle.

— Je suis désolé, l'interrompit-il. J'ai dépassé les bornes, l'autre nuit. Apparemment, je supporte mal les refus et mon mauvais caractère prend le dessus.

— Je n'aurais pas dû te gifler. Je suis vraiment navrée.

— Je n'en suis pas si sûr...

Chloé hésita un instant, puis se lança :

— J'ai besoin de ton aide.

— J'en suis ravi.

Manifestement, il pensait à autre chose.

— Non, Tate. Mes analyses sanguines ont révélé deux anticorps sanguins qui pourraient attaquer le sang du bébé, en fonction de son groupe. On doit déterminer s'il risque une anémie.

Les yeux de Tate se posèrent sur son ventre.

— De quoi as-tu besoin ?

— Que tu fasses toi aussi un test génétique pour évaluer le risque.

— C'est d'accord... mais à une condition.

— Pardon ?

— Je ferai les analyses après que tu auras emménagé chez moi.

— Tu plaisantes !

— Absolument pas. Tu attends quelque chose de moi et j'attends quelque chose de toi en retour. Puisque tu ne veux pas m'épouser, je me contenterai de t'avoir sous mon toit.

— Pourquoi ?

— Tu as besoin de moi, Chloé. Pas seulement pour ce test

mais pour tout ce qui concerne cette grossesse et le bébé. Tu es juste trop têtue pour l'admettre.

— Et si je refuse ?

— Je te connais. Tu veux ce qui est le mieux pour ton enfant.

— Et Kate ? lança-t-elle sans réfléchir.

Tate ne cilla pas.

— Quoi, Kate ?

— Tu l'as demandée en mariage, tu voulais passer ta vie avec elle, avoir un enfant avec elle, expliqua péniblement Chloé.

— Oui, et je te l'ai aussi proposé. Jusqu'à maintenant, le score est nul de mon côté.

— Ce n'est pas la même...

— Sur ce point, nous sommes d'accord, l'interrompit-il. Kate ne m'a pas giflé.

— Comment te faire comprendre...

— Il n'y a rien à comprendre, Chloé. Tu es enceinte et tu as besoin de moi.

— Tu ne peux pas être sérieux.

— Si, et je vais te le prouver.

Il prit son téléphone portable sur la table basse et composa un numéro. Un frisson d'angoisse parcourut Chloé. Qui était-il en train d'appeler ?

— Salut, c'est Tate. Je voulais que tu sois la première à apprendre la nouvelle. Chloé et moi sommes ensemble et elle va s'installer chez moi définitivement.

Ensemble ? Définitivement ? Quand cette décision avait-elle été prise ? S'adressait-il à sa mère ? A l'une de ses sœurs ?

Chloé n'eut pas le temps de réfléchir plus : Tate lui tendait le téléphone.

— Elle veut te parler.

— Allô ? hasarda-t-elle.

— Je ne sais pas quoi dire, fit la voix de Kate.

Chloé se tourna vers Tate, sidérée et peinée à la fois. Il n'avait pas le droit d'appeler son amie ainsi, sans la prévenir avant. L'appareil collé à l'oreille, elle gagna la salle de bains.

— Je suis vraiment désolée, Kate.

— Tu n'as pas à t'excuser. Tate et moi, c'est terminé depuis longtemps. C'est lui, le père de ton bébé ?

— Oui.

— Waouh ! Je ne m'y attendais absolument pas !

— Je suis désolée.

— Arrête de t'excuser !

Ne sachant qu'ajouter, Chloé se tut et Kate reprit :

— Tu es heureuse ?

— Je suis submergée, Kate... Par tout !

— Ce n'est pas étonnant. Je peux faire quelque chose ?

— Sois mon amie.

— Demande acceptée.

— Merci.

— Tu sais que c'est logique... Tate et toi ?

Chloé était partagée entre le rire et les larmes.

— Je crois que le bonheur t'embrouille les idées, Kate.

— Nous verrons, répondit son amie. Tu es chez lui en ce moment ?

— Oui.

— Tu te caches dans la salle de bains ?

— Je n'utiliserais pas le terme « se cacher », mais oui.

— Bonne chance, Chloé. J'ai l'impression que tu vas en avoir besoin.

— Merci.

Quand Kate raccrocha, Chloé ne put retenir un soupir : le soulagement et la colère se disputaient en elle.

Elle sortit de la salle de bains et rejoignit la grande pièce du loft : Tate était dans la cuisine, appuyé au comptoir de granit.

— Tu es satisfait ? lança-t-elle.

Mais elle manquait de l'énergie nécessaire à une dispute.

— Tout à fait, répliqua-t-il. Tu as l'air fatiguée, Chloé.

— Quelle sagacité ! Au cas où tu ne l'aurais pas remarqué, j'ai eu du pain sur la planche ces derniers temps.

S'approchant d'elle, il la prit par la main et l'entraîna jusqu'au canapé.

— Assieds-toi, ordonna-t-il doucement.

Trop épuisée pour protester, elle obéit.

Tate se posta derrière elle et, avant qu'elle n'ait pu faire un geste, il se mit à lui masser la nuque.

A mesure que ses muscles se dénouaient, elle cessa peu à peu de lui en vouloir. Les doigts de Tate se glissèrent dans ses cheveux et pressèrent des points stratégiques à l'arrière de son crâne.

— Ça va mieux ? s'enquit-il.

— Mmm..., murmura-t-elle.

En réalité, elle ne s'était pas sentie aussi détendue depuis des semaines.

Il fit le tour du canapé et la prit dans ses bras. Elle se laissa complètement faire, incapable de la moindre réaction. Il la porta jusqu'au lit, posa sur elle une couverture et l'embrassa avec délicatesse.

— Repose-toi. Nous réglerons les détails quand tu te sentiras mieux.

Elle était totalement exténuée et sombra aussitôt dans un bienfaisant sommeil.Perché sur l'un des tabourets de la cuisine, Tate buvait un café, tout en surveillant la respiration de Chloé. Chaque fois qu'elle remuait, il tendait l'oreille, guettant le retour de son souffle à peine perceptible.

Il s'était posté à cet endroit précis pour ne pas l'observer à chaque instant.

Mais Chloé avait besoin de lui et, à vrai dire, il avait besoin d'elle.

Cela n'avait rien d'étonnant, finalement... Elle était belle, intelligente, et surtout c'était la seule femme qui ait réussi à le rendre fou.

Il s'était toujours conduit honorablement envers les femmes, mais Chloé parvenait à le faire sortir de ses gonds. Il la désirait ardemment, il fallait qu'elle soit à lui, chez lui, et pour cela tous les moyens seraient bons.

Au début, il avait craint de nuire à la réputation de Chloé. Mais ces scrupules n'étaient plus d'actualité, puisqu'ils allaient rester ensemble. Et il n'avait plus peur de la perdre puisque leur enfant les reliait pour toujours.

Jamais il ne la laisserait partir…

Il pourrait la rendre heureuse et ils mèneraient ensemble une vie merveilleuse.

A condition qu'elle le laisse faire.

L'autre jour, il avait commis une erreur monumentale en lui offrant la bague qu'il avait destinée à Kate. Il l'avait gardée pour la simple raison qu'il était trop humiliant de la rapporter au bijoutier. Mais la proposer à Chloé était d'une grossièreté qu'il n'avait pas comprise sur le moment.

Un bourdonnement gronda dans le sac de Chloé, et Tate se déplaça sans bruit pour y prendre son portable et l'éteindre.

L'appel venait de Ryan Callum.

Curieux comme l'amour pouvait modifier un homme !

Sa jalousie envers Ryan ne cessait de l'étonner. Il n'y avait assurément rien entre Chloé et lui, mais que Ryan lui ait sauvé la vie l'agaçait profondément, d'autant que c'était *lui* qu'elle avait appelé au secours ce jour maudit.

Qu'elle se confie à Ryan quand elle avait besoin de parler l'irritait tout autant. Elle ne devait pas être aussi proche d'un autre homme… Ami ou non !

Comme il remettait le téléphone en place, une enveloppe portant le logo du service d'obstétrique attira son attention. Il l'ouvrit et en sortit les clichés… Les pieds, les mains, le cœur et le profil d'un bébé se dessinaient sous ses yeux.

Submergé par l'émotion, il s'assit sur le canapé.

C'était leur bébé… La personne que Chloé et lui avaient créée ensemble. Il reconnaissait son propre nez et il aurait voulu en savoir davantage, mais pour rien au monde il n'aurait réveillé Chloé.

Sa conversation avec elle lui revint à l'esprit. Cette grossesse était à haut-risque, non seulement parce qu'il y avait eu cette rupture de la trompe de Fallope, mais aussi parce que l'enfant pouvait souffrir d'anémie.

Une horrible angoisse l'étreignit soudain. Ce n'était plus seulement Chloé qu'il craignait de perdre. Mais également le bébé. Leur bébé.

Elle lui avait demandé de faire un test génétique... Ce qui revenait à prouver qu'il était le père. Il en avait déjà la certitude, mais il ferait ces analyses.

Il ferait n'importe quoi pour elle.

Chloé releva la tête de ses dossiers, en proie à une grande nervosité. C'était son dernier jour en tant qu'interne, mais surtout le dernier de sa vie de célibataire. Tate lui avait donné deux semaines pour s'organiser, et elles étaient passées. D'ici quelques heures, ils vivraient ensemble. Son existence allait complètement changer, songea-t-elle.

Certes, ils avaient déjà habité sous le même toit pendant un mois. Mais cette fois, ce n'était pas la même chose : il lui avait clairement fait comprendre qu'ils formeraient un couple.

Leur désir mutuel était toujours présent, mais de toute évidence Tate ne l'accueillait chez lui que parce qu'elle portait son enfant.

Elle ne put retenir un soupir. Ces quatre derniers mois, elle avait cessé de contrôler les événements et cela semblait devoir continuer. Mais c'était sans importance si son bébé était en sécurité. La semaine précédente, il avait commencé à bouger et chaque fois qu'il donnait un coup de pied ou de tête, l'amour la submergeait.

La petite personne qui grandissait dans son ventre comptait

plus que tout et si la vie commune avec Tate pouvait lui procurer un foyer stable, c'était la meilleure solution. Point.

Elle se replongea dans les dossiers de ses patients et en sortit un qui portait la mention :

« Douleurs thoraciques »

En entrant dans le box, elle se présenta :

— Madame O'Brien ? Je suis le Dr Darcy.

Une femme d'une quarantaine d'années leva vers elle des yeux écarquillés par la peur.

— Tout va bien se passer, la rassura Chloé en s'asseyant sur un tabouret, près du lit. Quand cela a-t-il commencé ? ajouta-t-elle en posant la main sur le bras moite de Mme O'Brien.

— Il y a environ deux heures, répondit la femme d'une voix haletante.

Chloé jeta un coup d'œil aux moniteurs : saturation en oxygène de quatre-vingt-cinq pour cent, pouls à cent-vingt.

— Que ressentez-vous, en ce moment ?

— J'ai du mal à respirer et j'ai une douleur au milieu de la poitrine. Ça me fait encore plus mal si je prends une grande inspiration.

— Cela vous était déjà arrivé ?

— Non.

— Vous avez eu des problèmes médicaux ?

— Non.

— Des interventions chirurgicales ?

— Je me suis cassé la jambe il y a quelques semaines.

Chloé tira le rideau, puis découvrit sa patiente. Elle avait la jambe gauche plâtrée, et la peau était rougie et gonflée au-dessus du plâtre.

— Quand a-t-elle commencé à vous faire souffrir ?

— Il y a plusieurs jours, mais j'ai cru que j'avais fait trop d'efforts.

— Vous prenez des médicaments ?

— Des antidouleurs et ma pilule contraceptive.

— Pas d'allergies ?

— Non.

— Très bien, madame O'Brien, nous allons vous faire une perfusion pour fluidifier votre sang et procéder à quelques analyses de façon à confirmer mon diagnostic. Je pense que vous avez un caillot de sang qui a cheminé depuis votre jambe jusqu'à vos poumons. Cela s'appelle une embolie pulmonaire.

Chloé appuya sur la sonnette située près du lit et attendit l'arrivée de l'infirmière.

— Julie, pouvez-vous injecter la dose habituelle d'héparine en cas d'embolie pulmonaire à Mme O'Brien ? Je vais demander un électrocardiogramme et un angio-scanner.

Une fois de plus, elle posa sur le bras de la femme une main rassurante, puis elle sortit du box pour rédiger la prescription et appeler le radiologue de service.

Un peu plus tard, elle observait le tracé de l'électrocardiogramme, lorsqu'une sensation familière la saisit. Elle se retourna : Tate était là. Il avait échangé sa tenue chirurgicale contre un costume de ville et il était beau à tomber.

— Je rentre chez moi, dit-il, mais je voulais te donner ceci.

Il lui remit un écrin. Par bonheur, ce n'était pas le même qui avait contenu la bague de Kate.

— Ouvre-le, Chloé.

Elle obéit, non sans jeter un regard anxieux autour d'elle.

C'était une chaîne de platine au bout de laquelle était suspendue une clé incrustée de diamants. Chloé en écarquilla les yeux.

— Je voulais t'offrir un cadeau qui marque notre nouveau départ, expliqua-t-il. Puisque je ne peux pas glisser une bague à ton doigt, j'ai pensé que ce bijou nous permettrait d'accéder à notre avenir commun. Tu trouveras la clé du loft sous le velours.

C'était la déclaration la plus romantique qu'il lui ait jamais faite. Chloé eut envie de se jeter dans ses bras et de presser ses lèvres contre les siennes...

— Docteur Darcy, on vous attend en radiologie. C'est urgent.

Lui adressant un sourire d'excuse, elle se mit à courir jusqu'à la radiologie.

Mme O'Brien avait perdu connaissance.

— Que s'est-il passé ?

— Elle s'est évanouie pendant l'angio-scanner, expliqua le technicien, et on n'arrive pas à prendre sa tension. La dernière fois, quand on l'a sortie de la machine, on avait 6/2,5. J'ai un pouls, mais il est faible.

— On a du matériel de réa, ici ?

— Non.

Chloé se tourna vers les infirmières.

— Alors il ne nous reste plus qu'à l'installer sur le brancard et à courir... Emmenez-la en Trauma 1 ! Vite !

Chloé observa rapidement le technicien : il semblait dépassé par les événements.

— Vous avez vu un caillot ?

— Le radiologue n'a pas encore examiné les clichés.

— J'entends bien, mais qu'est-ce que vous avez vu ? C'est important !

— Oui, je crois qu'il y a une embolie en selle entre l'artère pulmonaire droite et l'artère pulmonaire gauche.

— Merci.

De nouveau, elle se précipita en direction du Trauma 1. A son arrivée, l'équipe était déjà en action. Le visage de Mme O'Brien était en partie caché par un masque à haute concentration et les infirmières avaient installé la perfusion. Sa pression artérielle était de 5/2.

— Donnez-lui deux litres de sérum physiologique et administrez-lui de la noradrénaline par une voie différente de celle que vous utilisez pour l'héparine.

— Besoin d'aide ? fit la voix de Ryan.

Elle jeta un coup d'œil par-dessus son épaule : il était sur le seuil du box.

— Je commence une thrombolyse en plus des anticoagulants administrés par intraveineuse, expliqua-t-elle.

— Tu ne crains pas une hémorragie cérébrale ?

— Sa tension est basse, on a trouvé une embolie en selle à l'angio-scanner et il y a un risque de défaillance cardiaque.

— J'appelle tout de suite la pharmacie, pour qu'on nous apporte ce qu'il faut.

— Merci.

Chloé resta auprès de sa patiente jusqu'à ce que son état soit stable et qu'on puisse la transférer aux soins intensifs. La pression artérielle était presque normale et sa respiration s'améliorait. Elle avait repris conscience et ne montrait aucun signe de dommages neurologiques.

Après avoir signé son dossier, Chloé se changea et vérifia l'écran de son téléphone. Elle avait raté des appels de Tate, de ses parents et de Kate. Il était minuit une, et officiellement elle n'était plus interne.

La voix de Ryan l'arracha à ses pensées.

— Toutes mes félicitations. Je te proposerais bien un verre pour fêter l'événement, mais étant donné que tu es enceinte et que le père du bébé se révèle plutôt protecteur, ce sera pour une autre fois.

— Ne le prends pas mal, Ryan... Ces temps-ci, ma vie est suffisamment compliquée pour que je n'y ajoute pas des brouilles avec mes amis.

— Chloé, tu sais que je n'apprécie pas particulièrement Tate ces temps-ci, mais je pense que tu as fait le bon choix. Un bébé a besoin de ses deux parents et Tate et toi, vous êtes suffisamment sensés pour surmonter vos différences.

— Je ne sais pas quoi dire, murmura Chloé, étonnée par le changement d'attitude de Ryan.

— Tu n'as pas besoin de dire quelque chose. Tu fais ce qu'il faut et je ne t'en respecte que davantage.

9

Comme convenu, Tate arriva à 15 heures tapantes.

Chloé terminait de fermer son dernier carton avec du ruban adhésif. Elle avait quelques jours de congés après la fin de son internat.

— Tu es prête ? demanda Tate lorsqu'elle lui ouvrit la porte.

— Ça changerait quelque chose, si je ne l'étais pas ?

— Non. Je ferais comme si c'était le cas.

Ils échangèrent un sourire suave, puis il prit sa valise et ils quittèrent l'appartement. Un peu plus tard, Tate l'aidait à s'installer à l'avant de sa voiture.

Tandis qu'ils roulaient dans les rues sinueuses de Boston, la beauté de cette chaude journée estivale la calma et elle ne réalisa où ils étaient que lorsqu'il s'arrêta et que la portière s'ouvrit de nouveau pour elle.

Devant eux se dressait l'un des plus beaux hôtels cinq étoiles de Boston… Tate ouvrit le coffre et fit signe au chasseur de s'occuper des bagages, puis il vint la prendre par le bras.

— Pourquoi sommes-nous ici ? s'étonna-t-elle en entrant dans le hall.

— Pour fêter notre nouveau départ.

Il baisa le dos de sa main puis la quitta pour se rendre à l'accueil. Au bout d'une minute, il revint auprès d'elle et ils prirent l'ascenseur avant d'emprunter un long couloir.

Tate y ouvrit une porte majestueuse, puis souleva Chloé dans ses bras et ils franchirent ainsi le seuil d'une suite luxueuse. Il ne la posa pas tout de suite et elle eut tout loisir d'admirer le salon et la terrasse attenante. Ils rentrèrent dans la chambre où les attendait une bouteille de champagne dans un seau de glace posé près du lit double. Tate poursuivit son chemin jusque dans la salle de bains : la baignoire y était pleine d'une eau mousseuse, parsemée de pétales de roses. Chloé n'en revenait pas.

Après l'avoir délicatement posée sur ses pieds, il la fit doucement pivoter sur elle-même et défit la fermeture Eclair de sa robe d'été qui glissa sur le sol. Muette d'étonnement, Chloé se retrouva presque nue.

— J'ai pensé que tu aimerais te détendre, expliqua Tate.

Elle se tourna vers lui.

— Tu te joins à moi ?

— J'adorerais cela, répliqua-t-il avec regret, mais si je le faisais, ton bain ne serait plus aussi relaxant... Appelle-moi quand tu voudras sortir.

Après l'avoir parcourue du regard avec un plaisir visible, il quitta la pièce.

Chloé se plongea dans l'eau et s'y laissa fondre. Elle ne tarda pas à fermer les yeux...

Et fut réveillée par la voix de Tate.

— Chloé, dit-il en pressant gentiment son épaule.

L'eau était presque froide, réalisa-t-elle.

— Je me suis endormie.

— En effet. Lève-toi avant d'être transformée en sirène.

Elle se mit debout avec l'aide de Tate et sortit de la baignoire. Il l'enveloppa dans une grande serviette chaude et l'essuya délicatement, puis remplaça la serviette par un peignoir en éponge.

— Merci, murmura-t-elle.

— Tu veux dormir un peu plus ?

Baissant les yeux vers sa robe qui gisait sur le sol, elle chuchota :

— Je n'ai pas de quoi me changer.

— J'y ai pensé, répliqua-t-il avec un sourire. Je t'ai préparé un sac de nuit et tes autres affaires sont dans la chambre. La boîte qui est posée près du lavabo est un cadeau pour toi.

Elle défit le ruban de satin et souleva le couvercle : c'était une chemise de nuit de soie ivoire. Elle la déploya. Les bretelles étaient minces et le décolleté plongeant. Une fente montait jusqu'à la cuisse.

Chloé enfila le vêtement, légèrement anxieuse. Maintenant que sa grossesse était plus avancée, elle ne serait certainement pas à son avantage dans une tenue si élégante.

La soie glissa pourtant le long de son corps et l'enveloppa tout entier, accentuant la rondeur de ses seins et de son ventre. Elle se sentit sexy et plus sûre d'elle qu'elle ne l'avait été depuis longtemps.

Lorsqu'elle sortit de la salle de bains, Tate avait enlevé sa veste, en partie déboutonné sa chemise et remonté ses manches. Il était assis sur le grand lit dont les draps étaient tirés.

— Tu es éblouissante, Chloé.

— Merci, répondit-elle en souriant. Tu n'es pas mal non plus.

— Tu veux boire un verre ? proposa-t-il en lui montrant la bouteille de champagne.

Elle posa la main sur son ventre.

— Je ne crois pas que ce soit une bonne idée.

— C'est du jus de raisin pétillant... Pour nous deux.

Il ouvrit la bouteille et remplit deux flûtes.

— A notre nouveau départ !

Lorsqu'elle se fut assise près de lui, il lui tendit une flûte et ils trinquèrent. Le liquide frais coula dans la gorge de Chloé. Il lui prit la flûte des mains et le goût de la boisson fut rapidement remplacé par celui de sa bouche.

— Ça m'a manqué, murmura-t-il contre ses lèvres.

Une douce chaleur irradiait de son corps et les effluves de son eau de Cologne suffirent à enivrer Chloé sans qu'il y ait besoin d'alcool.

Il cessa de l'embrasser pour prendre son visage entre ses mains.

— Est-ce que tu me désires, Chloé ?

— Oui, répondit-elle sans honte. Et toi, est-ce que tu me désires ?

Le cœur battant, elle attendit sa réponse.

Un petit sourire aux lèvres, il prit sa main et la posa sur son sexe durci sous le tissu gris.

— A chaque minute, depuis que je t'ai possédée.

Elle ne douta pas de sa sincérité. Sur ce plan, ils étaient à égalité et c'était un bon début.

Lui rendant son sourire, elle tendit la main vers sa ceinture. Elle la défit, puis s'attaqua au bouton et à la braguette de son pantalon. Son érection palpitait sous l'étoffe. Après avoir caressé doucement la dernière couche de tissu qui les séparait, elle s'intéressa à sa chemise et la déboutonna lentement, effleurant le torse musclé de Tate. Puis elle fit glisser le vêtement le long de ses épaules.

Se levant du lit, elle lui prit les mains pour lui faire comprendre qu'il devait se lever. Le pantalon et le boxer ne tardèrent pas à échouer par terre.

— Je me sens un peu nu, Chloé, remarqua-t-il. Tu comptes te joindre à moi ?

Il ne semblait nullement embarrassé... Pourquoi l'aurait-il été, d'ailleurs ? Il était magnifique et sa virilité suffisait à la faire palpiter de désir.

— Bien sûr, répondit-elle. Tu veux me déshabiller ?

— Volontiers.

L'attirant contre lui, il rassembla la soie légère dans ses grandes mains et la lui fit passer par-dessus la tête.

— C'est mieux ainsi, souffla-t-il.

— Fais-moi l'amour, Tate, demanda-t-elle doucement.

Sans répondre, il la souleva dans ses bras, la posa sur le lit et se plia à sa volonté.

Tate entra dans le laboratoire de l'hôpital, prêt à tenir la promesse qu'il avait faite à Chloé. Ils avaient passé la semaine à se donner mutuellement du plaisir et à apprendre à se connaître. Chaque jour, il était un peu plus heureux et un peu plus confiant en l'avenir.

La voix de Ryan Callum résonna avant même qu'il n'arrive devant le comptoir de l'accueil.

— Combien de temps faut-il pour avoir les résultats d'un test de paternité ? demandait-il.

— Deux ou trois semaines, docteur Callum. On vous bipera dès qu'on les aura.

— Merci.

Tate se tenait sur le seuil quand Ryan se retourna pour partir. Leurs yeux se rencontrèrent, mais ils ne prononcèrent pas un mot. Tate s'écarta et Ryan passa.

Pourquoi Ryan faisait-il un test de paternité ?

Le doute s'empara de Tate. Une relation amicale pouvait tourner autrement, il le savait mieux que personne, et il était clair que peu d'hommes étaient capables de résister au charme de Chloé. En outre, Ryan la connaissait suffisamment pour savoir qui elle était au-delà des apparences.

Avaient-ils été plus que des amis ?

Non, c'était impossible ! Chloé le lui aurait dit... Mais alors pourquoi Ryan faisait-il un test de paternité en même temps que lui ?

Se concentrant sur son but, il s'approcha du comptoir.

— Je suis Tate Reed. Le Dr Erin Madden a dû vous faxer une prescription pour un test génétique.

— Oui, docteur Reed. Si vous voulez bien vous asseoir, nous allons étiqueter les tubes et vous appeler dès que nous serons prêts.

Tate acquiesça d'un hochement de tête.

Un quart d'heure plus tard, tout était terminé...

Si jamais il n'était pas le père de l'enfant, voulait-il vraiment le savoir ? Cela ne changerait rien. Il s'était engagé envers Chloé et ils l'élèveraient ensemble.

Mais Ryan saurait...

L'univers où il avait évolué pendant une semaine lui parut différent. Il n'y avait plus seulement Chloé et lui, ainsi que l'émerveillement de leur future vie commune.

Ryan venait de s'immiscer entre eux et il n'appréciait pas spécialement l'intrusion de ce nouvel élément.

Chloé était étendue sur le canapé, les pieds en l'air et son ordinateur sur les genoux. Elle consultait les maisons que l'agence immobilière leur proposait. Le loft était génial pour une personne, presque parfait pour deux, mais il ne convenait pas à une famille.

Sa paroi abdominale se tendit soudain. Le bébé s'étirait ou donnait des coups de pieds, comme il lui plaisait. Elle sourit, se réjouissant qu'il aille aussi bien.

Retournant à son écran, elle s'efforça d'être objective. Chaque maison était plus impressionnante que la précédente. Au début, elle en avait même conçu quelque réticence : la taille et le prix de ces propriétés étaient exorbitants.

Sur le plan financier, elle n'arrivait pas à la cheville de Tate. Il avait même déposé une grosse somme sur son compte pour qu'elle puisse rembourser son prêt étudiant. Elle avait protesté, mais elle était sortie vaincue de la discussion. Tate lui avait démontré qu'elle prendrait mieux soin de son enfant si elle n'était pas obligée de travailler comme une brute. A quoi bon, puisqu'il avait largement de quoi les entretenir tous les trois ?

Le même raisonnement s'appliquait à leur future maison. Elle n'aurait même pas pu payer une infime partie de son prix. Là encore, Tate l'avait convaincue qu'il valait mieux pour leur bébé passer toute son enfance dans le même foyer plutôt que d'en changer quand elle serait riche... Si cela arrivait un jour.

Leur bébé... Plus elle avançait dans sa grossesse, plus elle se détendait. Mais chaque jour elle avait un peu plus à perdre. Erin lui avait parfaitement tracé le déroulement des événements et elle était bien suivie, mais elle se faisait quand même du souci. La prochaine échographie n'allait pas tarder et, malgré la joie de découvrir son enfant sur l'écran, elle se rappelait le but de l'examen… S'assurer qu'il n'y avait pas de problème.

Et Tate serait avec elle. Elle avait toujours été indépendante, cependant elle était heureuse de ne pas affronter cette épreuve toute seule.

La clé tourna dans la serrure et la porte du loft s'ouvrit. Dès que Tate entra, la flamme de désir qui l'embrasait toujours en sa présence la consuma une fois de plus.

— Salut ! lança-t-elle.

— J'ai fait le test génétique, annonça-t-il d'une voix rude.

Elle s'en étonna un peu. Mais peut-être n'appréciait-il pas qu'on lui rappelle la raison de leur union…

— Merci, répondit-elle. Ils t'ont dit quand tu aurais les résultats ?

— Dans deux ou trois semaines, précisa-t-il en gagnant la cuisine comme pour mettre fin à la conversation.

Elle étouffa un soupir. Ne marchaient-ils plus main dans la main ?

Il ne se retourna pas et, quand il lui parla, elle imagina aisément son expression.

— Archer m'a appelé il y a quelques heures. Il a une urgence familiale et il voudrait que je le remplace toutes les nuits de cette semaine.

— Oh !

Elle ne le croyait pas, sans avoir pour autant la force de discuter. Elle préférait faire comme si tout allait bien plutôt que de perdre ce qu'ils avaient lentement réussi à construire ensemble.

— J'ai déjà une liste d'interventions fixées à lundi et des réunions administratives de prévues. Je ne serai pas souvent là, continua-t-il.

La « lune de miel » prenait fin, comprit-elle. Mais qu'est-ce qui avait changé ? Etait-ce à cause du test génétique ou bien s'était-il déjà lassé d'elle ?

— Personne ne peut te remplacer ? demanda-t-elle avec une sorte de désespoir.

Il se retourna pour la regarder, mais son expression était indéchiffrable.

— Non, Chloé. Je rends à Archer la pareille, puisqu'il m'a remplacé pendant ta convalescence.

— Et pour l'échographie ?

— Je t'accompagnerai.

— Tu veux que je déplace le rendez-vous avec l'agent immobilier ?

— Non. Tu n'as qu'à y aller seule, ton choix me conviendra.

— C'est notre maison, Tate ! Tu devrais être là.

— Je ferai ce que je peux, Chloé, mais j'ai aussi un métier à exercer. Mon emploi du temps a été fixé il y a longtemps... Avant le bébé et toi.

Chloé préféra ne pas insister.

— Tu reprends aussi le travail cette semaine, continua-t-il. Nous aurons de la chance si nous nous croisons... Nous avons passé de merveilleux moments ensemble, mais ce n'est pas la réalité... Je crois que nous devons tous les deux l'admettre.

Chloé avait autre chose à admettre : peu à peu, ses espoirs d'un bonheur tranquille s'évanouissaient.

Pourtant, lorsqu'ils furent au lit, ils firent l'amour avec une ardeur nouvelle. Elle cria son nom lorsqu'il la pénétra et il la supplia de recommencer à chaque poussée... Jusqu'à ce qu'ils soient tous les deux emportés par le plaisir.

Après cela, il l'attira contre lui sans rien dire.

Au matin, il était parti.

10

Quand Chloé retourna à l'hôpital, tout avait changé dans sa vie, même si elle ne se sentait pas différente. Désormais, elle était avec Tate, elle portait son enfant et elle faisait partie du personnel médical de l'hôpital.

Lexi, l'aide-soignante préposée aux urgences qu'elle connaissait depuis cinq ans, lui adressa un large sourire.

— Bon après-midi, docteur Darcy.

— Bonjour, Lexi.

Elle gagna le comptoir central et consulta le tableau sur lequel étaient consignés les médecins et les infirmiers, ainsi que les tâches qui leur étaient attribuées.

La liste des patients en attente d'un traitement figurait sur un autre panneau. Leurs noms n'étaient pas indiqués, mais le personnel pouvait prendre connaissance de leur âge, de leur sexe et des symptômes qu'ils présentaient. Le nom du médecin qui les prenait en charge était indiqué et, bien entendu, ces renseignements étaient constamment mis à jour.

Chloé était désignée sous le nom de Darcy et on l'avait affectée à la Section B réservée aux soins mineurs. Les patients étaient traités rapidement de façon à faire de la place aux suivants.

Sa première réaction fut de prendre un dossier et d'entamer sa journée de travail, mais elle se retint. Pour la première fois, elle n'était plus une interne. Désormais, son rôle allait être différent : elle était appelée à superviser le travail des futurs médecins.

Au bout de cinq minutes, Kristen Inglewood, une interne de troisième année, s'approcha d'elle. Chloé s'en réjouit car Kristen était excellente.

— Bonjour, docteur Darcy.

— Bonjour, Kristen, mais tu peux continuer de m'appeler Chloé. Qu'est-ce que tu as ?

— Un garçon de quatre ans qui a de la fièvre depuis quatre jours. Il présente les symptômes de la grippe et il a mal à la tête.

— Pourquoi les parents l'amènent-ils aujourd'hui ?

— Hier, une rougeur est apparue sur la joue et s'étend lentement sur le torse et les membres.

— En dehors de cela, c'est un enfant en bonne santé ?

— Oui. D'après son carnet de santé, il a été vacciné en temps et en heure dans le cadre scolaire.

— Tu l'as examiné ?

— Oui. Globalement, il a l'air d'aller bien. Il joue dans le box et ne montre aucun signe de léthargie. Les signes vitaux sont normaux. Il a trente-huit de fièvre, ses yeux, ses oreilles et sa gorge ne sont pas infectés. Il n'a pas de problème respiratoire et la rougeur se présente comme une sorte de dentelle qui part de sa joue gauche et forme des plaques sur son torse et son bras gauche.

— Tu as plusieurs hypothèses ?

— Cinquième maladie ou parvovirus. L'autre possibilité serait l'adénovirus, mais la rougeur est plus typique de la cinquième maladie.

— OK... Allons le voir ensemble.

— Euh... Chloé...

Pour la première fois, Kristen parut gênée et ses yeux se posèrent sur le ventre de Chloé.

— Oui, je suis enceinte.

Chloé n'avait pas fait d'annonce publique, mais c'était inutile. Durant les deux derniers mois, sa grossesse était devenue plus apparente et sa relation avec Tate était publique.

— Je le sais et toutes mes félicitations, Chloé. Le Dr Reed est formidable… Mais je pense aux effets du parvovirus sur les femmes enceintes et leurs bébés. Au cas où tu ne serais pas immunisée, il vaudrait mieux éviter le contact avec ce patient.

Chloé pesta intérieurement. Elle avait du mal à intérioriser ce genre de choses : elle appartenait maintenant à un groupe vulnérable. De nombreuses maladies infectieuses pouvaient nuire aux mères et aux enfants qu'elles portaient.

— Merci, Kristen. Si tu es satisfaite et si les parents acceptent le diagnostic, je signerai le dossier.

Les heures suivantes furent occupées par de multiples fractures, des blessures sans gravité réclamant des points de suture, des gorges irritées, des problèmes vésiculaires et des éruptions cutanées. Chloé avait toujours été consciencieuse, mais elle se montra encore plus prudente et évita le contact avec les patients porteurs d'une maladie infectieuse. Puis elle dut prendre en charge une étudiante qui avait absorbé les médicaments de sa compagne de chambre, traitée pour hyperactivité. Elle espérait ainsi rester éveillée pour étudier. Au final, elle souffrait d'hallucinations et d'autres symptômes psychotiques.

Chloé s'assit à l'un des nombreux postes de travail à la disposition des médecins et téléphona au centre antipoison. Elle espérait recevoir de l'aide de la part de spécialistes.

— Je t'ai apporté à manger, fit la voix de Tate.

Il se tenait près d'elle, toujours vêtu de sa tenue d'hôpital et un sac de papier brun à la main.

Ne sachant exactement où ils en étaient, elle lui sourit timidement.

— Merci. J'ai encore quelques petites choses à faire, ensuite je prendrai une pause pour dîner.

— Tu dois te restaurer, Chloé. Tu travailles depuis six heures et je suis certain que tu ne t'es pas arrêtée une seule fois. Je te rappelle qu'il ne s'agit pas que de toi.

— Le bébé et moi, nous allons bien, Tate. Il est très important pour moi, tout comme mon métier. Je suis parfaitement capable de m'occuper de nous deux.

— J'ai besoin d'aide ! cria une voix.

Chloé se leva d'un bond. La patiente qui présentait des troubles psychotiques était en train de saccager la salle d'examen et s'en prenait à une infirmière.

Chloé allait venir en aide à celle-ci, mais une main ferme la retint.

— N'y pense même pas, Chloé.

Tate traversa la pièce puis tira la jeune femme en arrière pour l'éloigner de l'infirmière.

— J'ai besoin de cinq milligrammes d'Haldol, ordonna Chloé à une autre infirmière accourue au secours de sa collègue.

Une minute plus tard, la seringue était entre ses mains.

— Donne-la-moi, intima Tate, qui maintenait toujours la patiente immobile.

Chloé obéit sans discuter. Tate avait la force nécessaire pour immobiliser la jeune femme d'une main, tout en lui injectant le produit de l'autre. Un instant plus tard, la drogue avait fait son effet.

Maintenant que la patiente était calmée, plusieurs infirmières l'installèrent sur un brancard et l'attachèrent avec des sangles.

— Merci, dit Chloé à Tate en quittant la pièce.

— Tu vas me promettre de mieux veiller à ta sécurité. Je ne serai pas toujours là et je ne veux pas passer mon temps à m'inquiéter pour toi.

— Tu veux dire pour le bébé.

— Non, Chloé, je veux dire pour toi, martela-t-il en s'éloignant.

Elle resta sans voix un moment, puis retourna à son bureau et ouvrit le sac de papier. Elle mangea la barre de céréales, la salade de fruits et but la moitié de la bouteille d'eau avant de rapporter l'incident dans le dossier de la jeune femme. Elle appela ensuite le service de médecine.

Lorsqu'elle fut venue à bout de la paperasserie, son service était terminé depuis deux heures. Son estomac gargouillait et le bébé ne cessait de lui envoyer des coups de pied.

Elle se changea, puis elle prit lentement le chemin du loft.

Lorsqu'elle ouvrit la porte, les lumières étaient éteintes et Tate n'était pas là. Elle s'y attendait, mais un douloureux sentiment d'abandon l'étreignit tout de même.

Elle ne revit Tate que trois jours plus tard, pour l'échographie. Elle était étendue sur la table d'examen et le ventre à l'air quand Tate la rejoignit. Il était mal rasé et paraissait fatigué.

— Désolé d'être en retard, murmura-t-il.

— Ce n'est pas grave.

La radiologue commença à promener la sonde sur son ventre et des images de leur bébé apparurent sur l'écran : d'abord son profil, puis son front, son nez, ses lèvres et son menton.

Quand la main de Tate se referma sur la sienne, Chloé poussa un soupir de soulagement et une partie de son anxiété s'évapora.

Ils avaient beau être tous les deux médecins, il était difficile d'interpréter les images. Heureusement, la radiologue leur expliquait à mesure.

— Vous voulez connaître son sexe ? demanda-t-elle.

Chloé se tourna vers Tate pour avoir son avis.

— On fait comme tu veux, Chloé.

— Je préfère avoir la surprise.

— Je suis d'accord. L'arrivée de ce bébé ne nous a pas suffisamment étonnés… Il nous en faut encore ! lança-t-il avec un grand sourire. Non, nous ne souhaitons pas, répondit-il pour eux deux.

— D'accord. Nous allons juste étudier l'artère cérébrale moyenne. En mesurant le pic systolique de vélocité, nous saurons s'il y a un risque d'anémie fœtale.

Pour mesurer cette vélocité, il fallait que le vaisseau apparaisse de façon verticale sur l'écran. La technicienne posa donc la sonde de sorte qu'elle soit perpendiculaire à l'artère. Elle refit le même geste encore et encore de façon à obtenir une moyenne.

Tout d'abord, Chloé n'en pensa rien. Mais comme la radiologue demeurait silencieuse, elle commença à craindre le pire.

Elle se tourna vers Tate, qui lui pressait la main.

— Quelque chose ne va pas ? s'enquit-il.

— La vitesse du flux a une valeur normale haute, c'est-à-dire un peu plus rapide qu'on ne le voie d'ordinaire à ce stade. Je vais revoir les images avec le médecin spécialiste en périnatalogie de service aujourd'hui. Elle voudra peut-être refaire l'échographie elle-même. Je reviens tout de suite.

Dès qu'elle fut partie, Chloé se tourna vers Tate.

— Le bébé avait l'air bien, n'est-ce pas ?

— Il est très beau et il semble en pleine forme, la rassura-t-il.

La porte s'ouvrit et la radiologue parut sur le seuil, suivie par une femme d'une cinquantaine d'années vêtue d'une blouse blanche.

— Docteur Reed, docteur Darcy, je suis le Dr Young. Vous voulez bien que je jette un coup d'œil à votre bébé ?

— Allez-y.

De nouveau, du gel tiède fut appliqué sur le ventre de Chloé et le bébé se dessina sur l'écran. Le silence s'installa dans la pièce pendant que le Dr Young étudiait à son tour l'artère cérébrale moyenne.

— La vélocité se situe en haut de la fourchette, admit-elle, mais ce n'est pas exceptionnel. Les autres images sont normales et je ne repère pas d'excès de liquide autour du cœur, des poumons ou dans la cavité amniotique.

— Comment voyez-vous la suite ? demanda Tate.

— Nous allons procéder à des échographies hebdomadaires pour surveiller tout cela. Je présume que vous avez fait toutes les analyses de sang nécessaires pour déterminer les groupes sanguins possibles de votre enfant ?

— Oui ! répondirent ensemble Tate et Chloé.

— Y a-t-il autre chose que nous puissions faire ? s'enquit Tate. Chloé peut-elle continuer à travailler ou doit-elle se reposer à la maison ?

— C'est inutile, docteur Reed. Nous devons seulement garder l'œil sur le bébé et provoquer l'accouchement s'il commence à décompenser. Les anticorps présents dans le sang du Dr Darcy pourraient attaquer ses globules rouges s'il existe une incompatibilité entre vos deux groupes. Par exemple, si le docteur Darcy n'est pas porteuse d'antigènes Kell et que le bébé en possède, les anticorps de la maman attaqueront les globules rouges du bébé contenus dans la moelle osseuse. Si l'examen que nous venons de faire révèle un problème ou si nous décelons une faiblesse cardiaque, il sera plus sûr de provoquer l'accouchement, ainsi que je vous le disais.

— Et Chloé ? s'inquiéta Tate. Elle ne court aucun risque ?

— Au cas où elle aurait besoin d'une transfusion, il serait plus difficile de trouver des produits sanguins qui lui conviennent. Si le bébé naît prématurément, on devra peut-être aussi faire une césarienne.

Tate pressa de nouveau la main de Chloé.

— Merci, docteur Young.

L'image disparut de l'écran et on essuya le ventre de Chloé pour la seconde fois.

— Docteur Darcy, précisa le Dr Young, la réceptionniste a été avertie de programmer pour vous une échographie hebdomadaire ainsi que des analyses sanguines pour que nous puissions suivre votre taux d'anticorps. Le Dr Madden aura mon rapport à la fin de la semaine. Je vous souhaite une bonne journée.

Chloé était toujours étendue sur la table d'examen quand les deux femmes quittèrent la pièce. Puis Tate l'aida à se redresser et à se rhabiller.

En quittant le service, il lui demanda :

— Je dois appeler ma secrétaire pour qu'elle modifie quelques petites choses. Cela ne t'ennuie pas de m'attendre ?

Chloé était en train de rentrer ses nouveaux rendez-vous sur son smartphone. Elle en était à sa vingt-troisième semaine et il en fallait quarante pour que le bébé ait atteint son développement complet. Et au moins trente-six pour qu'il naisse en bonne santé.

Tate s'éloigna dans un couloir et s'adossa à un mur, bouleversé. Les clichés qu'il avait consultés quelque temps plus tôt ne l'avaient pas préparé à voir le bébé sur l'écran. Dans la salle d'échographie, devant le ventre de Chloé et les images sur le poste vidéo, il avait enfin compris : ces deux êtres constituaient sa famille.

Depuis que le ventre de Chloé s'arrondissait, il la trouvait plus belle que jamais, dans toute sa maternité rayonnante. Mais aujourd'hui, sa beauté lui avait coupé le souffle. Il ne lui avait pas menti : leur enfant était beau. C'était logique si lui ou elle ressemblait à sa mère.

Il avait examiné les images avec attention et son imagination avait fait le reste.

Espoir, anticipation... Aucun mot ne pouvait exprimer combien il avait hâte que leur enfant naisse. Ce bébé... Leur bébé... Il constituait la clé de leur relation. Il était la pièce qui manquait dans sa vie, sans qu'il ne l'ait jamais su.

Cet enfant l'aiderait à garder la meilleure chose qui lui soit jamais arrivée... Chloé.

Chloé notait encore ses rendez-vous sur son téléphone quand Tate revint vers elle.

— Tu es prête à partir ?

— Oui.

Une fois installée dans la Range Rover, le sens des réalités lui revint.

— Tate, tu n'es pas censé retourner à l'hôpital ?

— Je me suis arrangé pour être remplacé jusqu'à demain matin.

— Merci.

— J'ai aussi appelé l'employée de l'agence immobilière. Elle va nous retrouver au loft et, en ce moment, elle nous organise les visites des maisons que tu as sélectionnées. Si le bébé naît plus tôt que prévu, il faut que nous puissions l'accueillir convenablement.

— Merci, répéta Chloé.

Tate lui prit la main. Elle s'étonnait toujours de l'effet qu'il avait sur elle... Chaque fois qu'il la touchait, elle était brûlante, excitée, mais aussi apaisée.

Tout allait bien se passer, il suffisait d'y croire.

L'employée de l'agence les attendait dans le hall de l'immeuble.

Ils passèrent donc le reste de la journée à visiter des maisons toutes plus spectaculaires les unes que les autres.

La première était de style victorien, avec des finitions de marbre et de hautes colonnes blanches, mais elle manquait de la chaleur que Chloé recherchait pour y élever ses enfants.

La seconde était plus moderne et ressemblait beaucoup au loft de Tate avec ses espaces totalement ouverts. Mais l'escalier n'était pas pourvu de rampes. Chloé avait assez longtemps travaillé aux urgences pour savoir qu'il suffisait d'un moment d'inattention des parents pour qu'un enfant ait un accident sérieux.

La troisième fut immédiatement son coup de cœur.

Le rez-de-chaussée ne comportait pas de cloisons. Il était occupé par un salon immense, lieu de réunion familiale comportant une grande cheminée à foyer fermé. Il donnait sur une cuisine de taille respectable rénovée de façon à accueillir un four double, un réfrigérateur-congélateur et un îlot central le long duquel on pouvait aligner au moins six tabourets.

Il y avait également une salle à manger, un bureau, des toilettes et une chambre d'amis avec salle de bains privée.

Quand Chloé emprunta l'escalier, la solide rampe de bois la rassura. A l'étage, s'ouvrait d'abord un large espace consacré aux enfants. La porte du fond donnait sur la suite parentale. La chambre était assez grande pour qu'on y mette un grand lit. Un coin salon s'organisait autour d'une autre cheminée à foyer fermé.

Chloé pénétra ensuite dans une salle de bains luxueuse comportant un Jacuzzi, une immense cabine de douche, un lavabo à deux vasques et une charmante banquette. Les toilettes étaient séparées et il y avait un immense dressing attenant. Elle n'avait certainement pas assez de vêtements pour le remplir.

Elle parcourut lentement les autres pièces de l'étage. Deux petites chambres communiquaient par une salle d'eau minuscule. La quatrième était contiguë à la suite parentale et avait été transformée en nurserie. Des agneaux y ornaient les murs vert mousse. Le cœur de Chloé se mit à battre plus vite. Comme un fauteuil à bascule lui tendait les bras, elle ne put s'empêcher de s'y asseoir.

D'ici quelques semaines, tout ceci deviendrait une réalité.

— Vous souhaitez voir l'extérieur ? suggéra l'employée de l'agence.

Chloé se ressaisit. Elle avait presque oublié l'employé et Tate !

Elle se tourna vers lui et il lui sourit.

— Bien sûr que oui ! dirent-ils ensemble.

Situé à l'arrière de la maison, le jardin constituait la touche finale. Des arbres au feuillage abondant prodiguaient aux habitants ombre et intimité. L'herbe était épaisse et il y avait déjà une aire de jeux.

— Elle te plaît, lui murmura Tate à l'oreille.

— Beaucoup. Et toi ?

— Si elle te convient, oui.

Il lui caressa le cou, puis il rejoignit l'employée de l'agence qui les avait laissés seuls.

Il revint quelques minutes plus tard.

— Elle va soumettre mon offre au propriétaire. Avec un peu de chance, nous saurons demain si cette maison est à nous.

— Tu penses vraiment que nous aurons cette chance ?

Songeant à son hospitalisation et à sa grossesse à haut-risque, elle émit un petit rire. Tate posa une main sur son ventre, puis l'embrassa sur la bouche.

— Oui, Chloé, j'en suis certain.

Ce soir-là, Tate resta avec elle et, malgré les craintes éveillées par l'échographie, Chloé fut plus détendue. Ils commandèrent leur dîner chez un traiteur et mangèrent dans le patio. En fin de journée, la chaleur du mois de juillet était plus supportable.

Il ne régnait plus aucune tension entre eux et à 21 heures, l'employée de l'agence immobilière les appela : leur offre était acceptée. Ils pourraient prendre possession de la maison deux semaines plus tard.

— Ce sera le long week-end du 4 août, remarqua Chloé... La date fixée pour le mariage de Kate et de Matt.

Tate demeura impassible, mais il ne répondit pas tout de suite.

— Je vais demander à mes parents de se charger des formalités à notre place, dit-il enfin. Je ne veux pas que tu ailles toute seule dans les Hamptons.

— Tu es sûr ?

— Bien entendu. Cela ne t'ennuie pas si on se couche de bonne heure, ce soir ? Ces nuits de garde ont été épuisantes.

— D'accord. La journée a été très fatigante pour moi aussi.

Tate gagna la salle de bains, sans lui demander de la rejoindre. Elle n'en fut ni surprise ni blessée.

Après avoir fermé les volets électriques, elle enfila une nuisette de satin et se glissa entre les draps. Quand Tate s'étendit auprès d'elle, l'odeur de son savon emplit l'atmosphère. Il l'attira contre lui, dans la position qu'ils adoptaient toujours pour dormir. Il était nu, mais il ne lui fit aucune avance et, quelques minutes plus tard, il s'endormit.

Tate se réveilla dans la nuit, le cœur battant la chamade. Il avait rêvé de Chloé gisant sur la table d'opération, emportée par une hémorragie mortelle.

Il tenait un bébé dans ses bras, mais Ryan était sur le seuil du bloc. Il voulait lui prendre l'enfant... Tout ce qui lui restait de Chloé.

Quand était-il tombé amoureux de Chloé ?

Il n'en avait aucune idée, mais c'était une certitude.

Il ne pouvait pas la perdre... Pas maintenant.

Il se serra contre elle pour se rassurer. Elle émit un ronronnement satisfait et colla son derrière contre lui. La légère chemise de nuit de soie était remontée et elle était nue jusqu'à la taille.

Il aurait pu la laisser dormir, d'autant qu'elle lui avait fait part de sa fatigue, mais il était incapable de lui résister.

Jamais il ne pourrait lui résister.

Il posa ses lèvres sur son cou, embrassa doucement son épaule et prit dans sa paume un sein gonflé. Il le pressa gentiment, puis s'intéressa au mamelon. Le satin glissait sous ses doigts, l'excitant davantage.

Tout en continuant de l'embrasser, il laissa ses mains parcourir le corps abandonné et parvenir au cœur de son intimité. Elle était humide et prête à l'accueillir.

S'efforçant de patienter, il continua de la caresser. Elle gémit, puis sa respiration se fit haletante.

— S'il te plaît, Tate !

C'était tout ce dont il avait besoin... Elle avait envie de lui.

Soulevant sa jambe, il se glissa facilement en elle. Les muscles de Chloé se resserrèrent aussitôt autour de son sexe. Tout en allant et venant en elle, il flattait son clitoris. Il ne fallut pas longtemps pour qu'elle crie et se cambre contre lui, agitée par des spasmes de plaisir.

S'enfonçant profondément en elle, il la rejoignit dans l'orgasme. Ensuite, il resta où il était, aussi près d'elle que possible. Elle ne se retourna pas vers lui et il fut bientôt récompensé par le rythme paisible de sa respiration.

Elle dormait…

— Je t'aime, Chloé, murmura-t-il contre ses cheveux.

Puis, il céda au sommeil.

11

Le week-end du 4 août était arrivé et, à la grande satisfaction de Chloé, Tate avait pris son vendredi. De cette façon, ils avaient pu partir de bonne heure. La journée allait être chaude et la circulation très dense car nombreux seraient ceux qui partiraient à la plage pour ce grand week-end.

Installée près de Tate, dans la voiture, Chloé faisait le point sur sa vie, et celle du bébé qui grandissait en elle. Les deux dernières échographies l'avaient presque rassurée. Au niveau de l'artère cérébrale moyenne, tout était normal et le bébé ne présentait aucun symptôme de faiblesse cardiaque. Tout allait certainement bien se passer.

A l'hôpital, elle endossait peu à peu son rôle de médecin titulaire et Tate était redevenu l'homme dont elle était tombée amoureuse. Il n'avait pas manqué une seule échographie !

Elle ne redoutait même plus ce week-end dans les Hamptons pour le mariage de Kate. Cette cérémonie aiderait Tate à laisser définitivement le passé derrière lui.

Elle lui jeta un regard de côté. Cesserait-elle un jour d'être sous son charme ? Vêtu d'un T-shirt noir moulant et d'un jean, il portait des lunettes de soleil d'aviateur... Et il était superbe !

Si seulement il avait pu lui dire qu'il l'aimait !

— Combien d'enfants veux-tu avoir ? demanda-t-il soudain.

Chloé fut prise de court et bafouilla presque.

— Pourquoi cette question ?

— Tu es fille unique et j'ai trois sœurs… Je me demandais si tu avais des projets.

— Je n'y ai pas réfléchi.

— Tu as apprécié d'être la seule fille de tes parents ?

— Pas vraiment. Si j'avais le choix, je voudrais que notre bébé ait au moins un frère ou une sœur. Et toi ?

— Je voudrais autant d'enfants de toi que tu le souhaiteras.

Chloé s'imagina en train de courir derrière un bambin plein d'entrain.

— Il ne vaudrait pas mieux voir d'abord comment le premier se comporte ? plaisanta-t-elle.

— Je ne pourrais pas rêver d'une meilleure mère pour mes enfants.

Les yeux fixés sur la route, il lui caressa le genou. Elle ne doutait pas de sa sincérité, mais un désagréable souvenir la perturba : Tate avait demandé Kate en mariage parce qu'il voulait des enfants. Cela signifiait-il qu'il avait vu en elle la mère idéale pour eux ?

Et s'il avait changé d'avis à propos de Kate, pouvait-il en faire autant avec elle ?

Fermant les yeux, elle s'efforça de ne plus y penser.

Trois heures plus tard, Tate s'arrêtait devant l'hôtel. L'employé chargé de garer la voiture ouvrit la portière à Chloé. Elle eut à peine le temps d'enfiler ses sandales ornées de pierres bleues avant de poser les pieds sur le trottoir. Puis elle lissa sa robe de grossesse rose, un peu froissée par le voyage.

Tate lui tendit un chapeau de paille.

— N'oublie pas ça. Je ne veux pas que tu prennes un coup de soleil.

L'attirant contre lui, il l'embrassa, puis l'entraîna dans le hall de l'hôtel.

— Chloé ! fit la voix de Kate.

Ils se tournèrent vers leur amie, qui courait dans leur direction. Chloé embrassa Kate avec joie.

— Tu es magnifique ! s'exclama celle-ci.

— Merci, répondit Chloé en posant la main sur son ventre.

— Moi aussi, je suis content de te voir, Kate ! plaisanta Tate.

— Salut Tate, répondit Kate en l'étreignant brièvement. Merci à l'homme qui a amené ma meilleure amie à mon mariage.

Chloé échangea un sourire avec Tate. Manifestement, il n'y avait plus aucune tension entre Kate et Tate, et c'était très bien ainsi.

Matt les rejoignit à cet instant et les deux hommes se serrèrent la main.

— Chloé, tu sembles en pleine forme, lança Matt en la serrant dans ses bras.

— Merci… Et toutes mes félicitations à vous deux.

— Je m'occupe de nos réservations, dit Tate en quittant le groupe pour se rendre à l'accueil.

— Qu'est-ce qu'on fait, maintenant ? demanda Chloé.

— J'ai pensé que tu voudrais te reposer, répondit Kate. Tate m'a dit que tu étais un peu fatiguée et que tu aurais sans doute besoin d'une petite sieste.

— Quand as-tu parlé avec Tate ? s'étonna Chloé.

— Quand je l'ai appelé pour avoir de tes nouvelles. Je voulais la vérité, non la version stoïque que tu me servais.

Chloé s'interdit de faire des reproches à son amie. N'avait-elle pas passé les six derniers mois à prétendre qu'elle allait bien alors que c'était faux ?

— Plus tard, dans l'après-midi, poursuivit celle-ci, nous avons rendez-vous au spa pour une manucure et un soin des pieds. Ensuite, j'ai prévu un petit dîner avec le témoin de Matt, sa femme et nos deux familles.

— Je crois que la sieste s'impose, admit Chloé avec un sourire.

L'enthousiasme de Kate lui faisait plaisir.

— Absolument ! Je veux que tu prennes soin de la petite personne qui grandit en toi. Sa maman est ma meilleure amie.

— Merci.

— Tout est réglé, dit Tate en les rejoignant. Kate, tu auras tout loisir de bavarder avec Chloé tout à l'heure.

— Oui, docteur Reed, répliqua Kate sans perdre son sourire.

Tate conduisit Chloé jusqu'à l'ascenseur puis dans leur chambre. C'était une suite disposant d'un grand balcon et d'une vue imprenable sur l'océan.

Face à la fenêtre trônait un lit à baldaquin aux tentures de coton blanc. La décoration était résolument marine et la salle de bains comportait une immense baignoire Jacuzzi et une cabine de douche spacieuse. Un chasseur avait déjà apporté leurs bagages et le bruit des vagues emplissait la pièce.

Chloé s'aventura sur le balcon pour respirer l'odeur d'iode.

— C'est beau, remarqua-t-elle.

— Je vois autre chose d'encore plus beau, s'enthousiasma Tate en l'enlaçant.

Comme il posait ses lèvres sur sa nuque, elle le taquina :

— Je croyais que j'avais besoin d'une sieste ?

— J'en ai peut-être besoin aussi...

Le reste de la journée fut consacré au plaisir et aux soins de beauté. Au spa, Chloé papota avec Kate comme au bon vieux temps... Elles parlèrent de leur travail, de leurs familles et, pour la première fois, des hommes de leur vie. Chloé ne livra pas grand-chose de sa relation avec Tate. Elle craignait que Kate ne repense à sa propre relation avec Tate. Mais la future épouse était tellement expansive que Chloé n'aurait de toute façon pas pu placer un mot.

Cependant, elle s'inquiétait un peu à propos du dîner. La dernière fois que les parents de Kate avaient vu Tate, il était le petit ami de leur fille. Maintenant, il était avec la meilleure amie de leur fille... Très visiblement enceinte, de surcroît.

Finalement, tout se passa très bien. Ils accueillirent Tate

comme un vieil ami et furent aux petits soins pour elle, qu'ils connaissaient depuis neuf ans.

Vers 23 heures, Kate se tourna vers elle.

— Tu es prête ?

— Bien sûr... Où allons-nous ?

Kate et Tate lui souriaient.

— Je ne veux pas être seule pendant la nuit précédant mon mariage, expliqua Kate. Ton adorable Tate a été assez aimable pour me prêter ma meilleure amie.

Chloé se tourna vers Tate qui paraissait ravi de sa surprise.

— C'est un homme très généreux, répondit-elle, contente que Kate ait parlé de Tate comme s'il lui appartenait.

Elles quittèrent la salle de restaurant en gloussant comme des lycéennes. La chambre de Kate était la suite nuptiale. Située au dernier étage de l'hôtel, elle jouissait d'une vue panoramique et du même confort dont Chloé disposait dans sa propre chambre.

Kate leur avait acheté des pyjamas assortis. Après s'être déshabillées et démaquillées, elles s'installèrent dans le grand lit.

Si Chloé avait eu une sœur, cela n'aurait pas pu être mieux...

— Est-ce que tu arrives à croire qu'on est là ? demanda Kate dans l'obscurité.

— Franchement ? Non.

— L'an dernier, je n'aurais jamais imaginé que Matt me dirait un jour qu'il m'aimait au bout de tout ce temps.

— Est-ce que ça valait la peine ?

— Quoi donc ?

— D'avoir autant attendu... La souffrance d'aimer quelqu'un qui ne vous le rend pas.

— Oui. A l'époque, je ne l'aurais jamais dit, mais oui ! J'ai détesté Matt pendant des années parce que je pensais qu'il avait ruiné mes chances d'aimer un homme autant que je l'aimais. Mais je m'en réjouis aujourd'hui. Mon amour pour lui m'a empêchée de prendre une mauvaise décision.

— Tu fais allusion à Tate ?

— J'adore Tate, Chloé, mais je n'ai jamais été amoureuse de lui. Tu ne peux pas savoir à quel point je suis heureuse que vous soyez ensemble. C'est tellement logique !

— C'est toi qu'il voulait épouser !

— Il me l'a proposé, c'est vrai. Mais, en dehors même de mes sentiments pour Matt, il y avait quelque chose qui n'allait pas entre nous. Alors que toi, tu le rends fou... Parfois le destin fait bien les choses.

Le lendemain, tout se passa comme prévu. Rayonnante, Chloé précéda Kate le long de l'allée centrale. Elle portait une robe de soie bleue à bretelles. De style Empire, elle était ajustée sous la poitrine et flottait jusqu'au sol.

Kate était éblouissante dans sa robe de soie blanche qui moulait son corps élancé avant de s'évaser à partir des genoux... Elle ressemblait à une sirène !

La cérémonie fut émouvante et coïncida avec le soleil couchant. Jamais Chloé n'avait trouvé son amie aussi belle et aussi heureuse. Il n'y avait plus de place pour la jalousie.

Plus tard, Matt et Kate dansèrent ensemble dans le patio éclairé par des lanternes, et Chloé les contempla, attendrie.

Tate alors s'approcha d'elle, tenant un verre de vin pour lui et un autre d'eau gazeuse pour elle.

— Comment vont mes deux chéris ? s'enquit-il.

Il était superbe dans son costume noir, songea Chloé. Et il portait une cravate bleue assortie à sa robe Empire.

— Nous sommes en pleine forme, répondit-elle. Est-ce que tu réalises que notre bébé a exactement vingt-six semaines ? Chaque jour qui passe est une bénédiction.

— En ce qui me concerne, chaque jour que je passe avec toi est aussi une bénédiction.

— Tu sais ce que je veux dire...

— Pouvons-nous vous interrompre pour vous inviter à danser ? fit la voix de Kate.

Chloé leva les yeux vers l'heureux couple qui se tenait devant elle.

— Je crois que nous pouvons arranger cela, dit Tate en se levant.

Prenant la main de Kate, il l'entraîna vers la piste.

Chloé ne comprit qu'au bout de quelques secondes : l'invitation l'incluait. Vacillant un peu sur ses talons hauts, elle se leva. Avant même qu'elle ait retrouvé son équilibre, Tate était derrière elle et la soutenait.

— Je vais bien, assura-t-elle.

Kate était seule sur la piste. Comment Tate avait-il pu être assez prompt pour la secourir ? s'étonna Chloé. S'agenouillant devant elle, il resserra les lanières de ses sandales argentées.

— Il n'y a pas de problème, Tate, je te promets !

— Prends soin d'elle, Matt. Il n'y a personne comme elle.

Matt répondit par un bref hochement de tête et Tate s'éloigna pour rejoindre Kate.

Matt prit alors le bras de Chloé et la conduisit à son tour jusqu'à la piste. Ils commencèrent à danser au rythme d'une valse lente. Chloé ne parvenait pas à détourner les yeux de Tate qui tenait dans ses bras une Kate vêtue de sa belle robe blanche.

— Il faut que tu laisses tomber, Chloé.

Elle tourna la tête vers Matt.

— Pardon ?

— Le passé. On ne peut rien y changer et le ressasser ne sert qu'à les punir et à nous torturer. Ce n'est juste pour personne.

Qu'elle soit aussi transparente la stupéfia.

— Comment peux-tu oublier, toi ?

— Ce n'est pas le cas, répondit Matt. Mais je sais aussi que je suis le seul à blâmer. J'ai fait le mauvais choix et cela m'a coûté neuf ans de bonheur avec la femme que j'aime.

Chloé ne put réprimer un soupir.

— Je ne suis pas celle qu'il voulait, Matt. Tate avait d'abord choisi Kate.

— Etait-ce vraiment un choix ? Je n'y étais pas, mais je doute qu'il l'ait demandée en mariage pour les bonnes raisons. Et même si c'était le cas, tout le monde fait des erreurs. Tu ne vas pas le lui faire payer jusqu'à la fin de votre vie commune ?

— Bien sûr que non !

Matt avait raison. Elle faisait du mal à Tate et elle s'en faisait aussi.

— Chloé, il y a quelques mois tu m'as fait le plus beau des cadeaux en me disant que Kate m'avait suivi à New York. Laisse-moi en faire autant pour toi. Tate t'aime. Par bonheur pour moi... Et pour lui... Il ne regarde pas ma femme comme il te regarde.

A cet instant précis, Chloé leva les yeux : Tate la fixait, un petit sourire aux lèvres. La musique s'arrêta au même instant et Matt la raccompagna jusqu'à sa chaise.

— Oublie le passé, Chloé, et tu verras que je ne me trompe pas à propos du présent.

Après un week-end formidable, Chloé rentra à Boston avec Tate le lundi soir. Ils se rendirent directement à leur nouvelle maison. Tate alluma les lampes de l'entrée et une chaude lumière se refléta sur les parquets cirés.

— Je me suis arrangé pour que les déménageurs apportent l'essentiel demain, pendant que nous travaillons. De cette façon, nous pourrons y habiter tout de suite. Tu auras tout le temps de choisir les meubles que tu veux, ou engager un décorateur d'intérieur pour le faire à ta place.

— Merci.

Posant la main sur son ventre, Chloé fut récompensée par un petit coup de pied amical.

— Malgré tout, j'ai pensé que tu apprécierais une certaine surprise, dit-il.

Lui prenant la main, il l'entraîna à l'étage. Mais il ne l'emmena pas dans leur chambre, comme elle l'imaginait.

Il ouvrit la porte à côté : la nurserie était complètement meublée. Il y avait une table à langer pourvue de minuscules couches, des couvertures, des lotions et des crèmes. Un cliché de l'échographie montrant le bébé de profil avait été encadré et trônait sur la commode.

Elle en ouvrit un tiroir : des vêtements de bébé verts et jaunes y étaient bien rangés. Et la bibliothèque était remplie de livres destinés aux enfants de zéro à cinq ans.

— Comment as-tu fait ? s'étonna-t-elle.

— Bien plus facilement que je ne le craignais. L'une de mes sœurs m'a fait une liste de tout ce qu'il fallait à un nouveau-né. En une seule visite au magasin, je crois que j'ai acheté le double de ce qu'elle me conseillait.

— Merci, Tate... Et remercie aussi ta sœur.

— Tu pourras le faire toi-même la prochaine fois que tu la verras.

— J'adore ta famille, dit-elle en souriant.

— Tant mieux, parce que ma famille vous adore, le bébé et toi.

Chloé lui sourit. Les paroles de Matt résonnaient encore dans sa tête. Etait-il possible que Tate l'aime comme elle l'aimait ?

Oserait-elle le lui demander et risquer que sa réponse lui brise le cœur ?

12

Cherchant des yeux Chloé, Tate traversa les urgences. Il n'avait rien de particulier à lui dire, mais après quatre jours passés avec elle au mariage de Kate, il supportait difficilement d'être séparé d'elle.

Normalement, il devait passer la prendre dans la soirée. Ensuite, ils regagneraient leur nouvelle maison où ils dormiraient pour la première fois.

Mais l'attente était trop longue... Ce soir, il allait lui dire qu'il l'aimait.

Il entra dans la section B et se dirigea vers le bureau du médecin de garde. Chloé n'y était pas, mais Ryan était en train de téléphoner et lui tournait le dos.

N'ayant nullement envie de lui parler, Tate s'apprêtait à battre en retraite, quand les paroles de Ryan captèrent son attention.

— Donc, l'enfant est de moi.

Un poignard s'enfonça dans la poitrine de Tate. Il cessa un instant de respirer.

— Le Dr Madden a-t-elle été mise au courant des résultats ? poursuivait Ryan. Merci de m'avoir prévenu et, bien entendu, j'apprécie votre discrétion.

Foudroyé sur place, Tate se rappela Chloé sur la table d'opération... Ryan était le père de son bébé...

Il allait perdre la femme qu'il aimait et la famille qu'il avait toujours voulue.

A cet instant, Ryan se retourna. La confrontation était inévitable.

— Que comptes-tu faire ? lança Tate.

— Pardon ?

— Quelles sont tes intentions en ce qui concerne le bébé ?

Son bébé...

— Cela ne te regarde pas.

— Réponds à ma question, Ryan.

— Je serai le père que mon enfant mérite.

— Et elle ?

Il était incapable de prononcer le prénom de Chloé... Pas devant Ryan.

— Ce sont nos affaires, Tate. Maintenant, si tu veux bien m'excuser, je n'ai pas envie d'en discuter avec toi.

Sur ces mots, Ryan s'éloigna. Tate était trop abattu pour le retenir.

La journée de travail était finie, et Chloé se dirigeait vers le bureau de Tate. Depuis le coup de fil d'Erin, elle était au bord de la crise de nerfs. Les résultats étaient arrivés... Tate et elle étaient porteurs de l'allèle dominant Kell : leur bébé avait soixante-quinze pour cent de chances d'être affecté par l'anticorps anti-K détecté lors de ses premières analyses de sang.

Erin avait fixé une nouvelle échographie au lendemain et elle était déjà passée au laboratoire pour faire une évaluation du niveau actuel de ses anticorps.

Chloé n'en pouvait plus d'angoisse, d'autant que Tate aurait dû passer la prendre pour qu'ils rentrent ensemble dans leur nouvelle maison.

Elle s'était donc changée au vestiaire, avait pris son sac dans son casier, puis avait décidé de retrouver Tate.

La porte de son bureau était fermée. Elle frappa.

— Entre, fit la voix de Tate.

Elle obéit. A sa grande surprise, il était en train de boire un verre de scotch.

Elle referma la porte et s'assit en face de lui.

Les yeux de Tate étaient injectés de sang, ses cheveux en désordre et il n'avait pas ôté sa tenue chirurgicale. La dernière fois qu'elle l'avait vu dans cet état, c'était lorsqu'il avait rompu avec Kate.

— Les résultats des analyses sont arrivés, dit-il sur un ton monocorde.

Ce n'était pas le Tate qu'elle connaissait. Jusqu'à maintenant, il s'était toujours montré positif et rassurant.

— Ce n'est pas si grave, Tate.

— Vraiment ? Cela ne change rien à ce que tu penses de moi ? Comment vois-tu notre famille ?

Il paraissait vraiment blessé, mais pourquoi à ce point ?

— Non, Tate, rien n'a changé. Nous surmonterons cette épreuve ensemble.

— Qu'est-ce que tu fais de Ryan ?

— Ryan ? répéta-t-elle, abasourdie.

— Que pense-t-il de cette situation ?

— Comment veux-tu que je le sache ? Les grossesses à haut-risque ne sont pas son rayon.

— Il ne t'a pas contactée après avoir appris la nouvelle ?

Elle ne comprenait plus rien.

— Quelle nouvelle, Tate ? De quoi parles-tu ?

— Qu'il est le père du bébé.

Une énorme colère s'empara de Chloé. Elle se leva d'un bond et se pencha au-dessus du bureau... Autant que le lui permettait son ventre arrondi.

— La seule personne qui puisse être le père, c'est toi !

— Je suis allé aux urgences, tout à l'heure. Ryan était en train de parler au téléphone. Le test de paternité a confirmé qu'il était le père.

— Quel test de paternité, Tate ?

— Celui que tu m'as demandé de faire.

— Tu t'es imaginé qu'il s'agissait de savoir si tu étais le père ?

L'espace d'un instant, le regard de Tate exprima le doute.

— Evidemment.

— Tu as cru que j'ignorais l'identité du père de mon bébé ? Tu as pensé que je couchais avec mon mentor ? Ryan ? Et maintenant, tu peux croire que je serais avec toi si j'avais toutes ces idées en tête ? Waouh ! Je constate que tu as une haute idée de moi.

Des larmes de colère et de chagrin jaillirent de ses yeux. Rien ne pouvait être plus humiliant que cette révélation brutale.

Se redressant, elle s'écarta de l'homme qu'elle aimait pour sortir de la pièce. Tate tenta de lui prendre le bras, mais elle s'arracha à son étreinte.

— J'ai entendu Ryan parler au téléphone, aujourd'hui. Il disait que l'enfant était de lui.

— Laisse-moi te le dire une bonne fois pour toutes car je ne me répéterai pas : je n'ai jamais couché avec Ryan Callum ou avec n'importe quel autre médecin de cet hôpital, en dehors de toi. Le fait que je doive te le préciser est dégradant et je ne mérite pas un tel affront. Ces deux dernières années, j'ai fait l'amour avec un seul homme... Toi. Alors, soit tu choisis de croire que tu es le père de mon bébé...

— Les analyses de sang...

— Ce n'était pas un test de paternité. Il s'agissait seulement de déterminer les anticorps pouvant affecter le fœtus. Nous savons maintenant qu'il a soixante-quinze pour cent de chances de développer une anémie sévère. Je m'imaginais que c'était la pire nouvelle de la journée, mais je me trompais.

— Chloé...

— Ne me touche pas, Tate. Maintenant que je connais le fond de ta pensée, je ne le supporterai pas.

Elle quitta le bureau, mais Tate ne tenta pas de la suivre.

Une fois dans le couloir, elle se sentit perdue. Où pouvait-elle donc aller ?

Le loft de Tate ne contenait plus aucun meuble et il n'était pas question de regagner leur nouvelle maison… Plus maintenant.

Plongeant la main dans sa poche, elle en sortit son téléphone et composa un numéro.

— Allô ? répondit la voix de Kate.

— Salut ! Je suis navrée d'interrompre ta lune de miel, mais j'ai besoin de toi.

— Chloé ?

— C'est moi, oui.

— Qu'est-ce qui ne va pas ? Tu as un problème ?

— Tate a cru que le bébé était de Ryan.

— Chloé…

Le ton n'était pas aussi outragé que Chloé s'y attendait.

— Il a émis l'hypothèse que j'ignorais qui était le père du bébé ! insista-t-elle.

A l'autre bout du fil, Kate déglutit.

— Chloé, je me dois d'être honnête avec toi. Avant que je sache, pour Tate et toi, c'est aussi ce que j'ai pensé.

— Quoi ?

— Ecoute, je ne savais pas que tu avais un homme dans ta vie, et surtout pas Tate. Ryan est sensationnel et, après ton opération, il s'est montré très protecteur envers toi. J'en ai tiré une déduction erronée.

— Je n'arrive pas à croire que les deux personnes que j'aime le plus au monde aient une si mauvaise opinion de moi.

— Tu te trompes, Chloé ! Je n'ai pas imaginé une seconde que tu couchais avec Ryan pour qu'il favorise ta carrière, pas plus que je n'ai cru les rumeurs qui courent à ton propos. Je me suis seulement dit que tu avais une relation amoureuse avec ton mentor. Tout comme Tate et moi.

— Non, Kate, rien de tel ne s'est produit. Pardonne-moi de t'avoir dérangée, mais je dois te quitter. J'ai juste besoin d'un peu de temps.

— Chloé…

— C'est bon, Kate. Je ne t'en veux pas du tout. Comment aurais-tu pu deviner que j'étais amoureuse de ton ex et que je couchais avec lui ?

— Chloé...

— Je dois vraiment partir.

— Prends soin de toi, Chloé, s'il te plaît.

— Bien sûr. Je t'aime.

13

Chloé passa la nuit à l'hôtel. Le lendemain, elle arriva suffisamment tôt à l'hôpital pour se changer grâce aux vêtements qu'elle avait toujours en réserve dans son casier. Son échographie était fixée à 8 heures du matin, mais elle n'avait pas pu prévenir Tate lors de leur discussion de la veille.

Habituée à la routine, elle baissa son pantalon et s'installa sur la table d'examen. Presque aussitôt, son bébé apparut sur l'écran.

La radiologue prenait ses mesures en silence. Elle commença par évaluer la quantité de liquide amniotique. Il semblait avoir considérablement augmenté.

Quand le médecin passa au bébé, son silence inquiéta Chloé. Quelque chose avait changé, elle avait subi suffisamment d'échographies pour le comprendre. Elle se pencha un peu plus vers l'écran. Du liquide commençait à s'amasser dans les poumons, le cœur et le ventre du bébé.

— Je vais appeler le Dr Madden et la spécialiste en périnatalogie, annonça la technicienne.

Chloé acquiesça en silence. Elle avait deviné d'elle-même : le bébé souffrait de défaillance cardiaque.

Erin ne tarda pas à arriver.

— Chloé, quand as-tu mangé ou bu pour la dernière fois ?

Elle connaissait le sens caché de cette question.

— Hier soir... Le bébé a un problème cardiaque ?

— Oui. Je suis désolée, Chloé, mais on va devoir provoquer l'accouchement.

La panique s'empara de Chloé.

— Je ne suis pas prête ! Le bébé n'a que vingt-six semaines !

— On n'a pas le choix, Chloé. L'inversion du flux sanguin dans le cordon montre que le bébé peut mourir si on attend trop longtemps. Le Dr Young est en train de revoir les images et elle téléphone aux soins intensifs pédiatriques pour qu'ils se préparent.

Des hypothèses plus horribles les unes que les autres se pressaient dans l'esprit de Chloé.

— Que va-t-il se passer ?

Erin s'assit sur la chaise occupée ordinairement par Tate.

— Pour l'instant, le bébé pèse un peu plus d'un kilo, moins si l'on compte le liquide qui s'est accumulé dans ses cellules. Après la naissance, il sera sous respirateur et on lui administrera des médicaments par voie veineuse pour aider ses poumons à terminer leur développement. Nous placerons le cathéter sur le cordon ombilical de façon à avoir accès à l'artère tout en le nourrissant. Il y a au moins quatre-vingts pour cent de chances de survie, et cinquante pour cent qu'il n'y ait pas de complications.

Chloé étouffa un sanglot.

— On ne peut pas dire que j'ai été très chanceuse ces derniers temps, Erin.

— On doit se concentrer sur le positif, Chloé. Nous avons diagnostiqué les problèmes à temps et nous allons t'accoucher.

— Par césarienne ?

— Oui, c'est le moyen le plus rapide. De toute façon, il se présente encore par le siège, ce qui compliquerait un accouchement par les voies naturelles.

Chloé hocha la tête... Elle se devait d'être forte pour deux.

— D'accord.

— L'équipe est en train de préparer la salle, en face de la nurserie. Il faut qu'on y aille le plus vite possible.

— D'accord, répéta Chloé.

Erin lui essuya le ventre, puis elle lui offrit le bras et l'aida à descendre de la table. Prenant le sac de son amie au passage, elle marcha auprès d'elle sans la presser.

— Je dois te dire que ce sera un peu chaotique, Chloé. Tout le monde va s'occuper de toi, te poser des questions, te changer, t'examiner et te palper. Je dois passer un coup de fil et me changer. Rappelle-toi que tout va bien se passer. Tu as des questions à propos de la césarienne ?

— Non.

— Est-ce que tu veux que j'appelle Tate ?

— Oui.

Chloé s'efforçait de paraître calme, mais elle était absolument terrifiée. Tate devait être là, impérativement. Il s'agissait aussi de son enfant et il avait le droit de savoir qu'il allait bien.

Ainsi que l'avait prévenue Erin, un chaos organisé régnait dans la salle d'opération. Cette agitation lui rappela les urgences, sauf qu'elle en était la cause au lieu de l'orchestrer.

Sans trop s'en rendre compte, elle se retrouva assise sur le bord de la table et les jambes pendantes. S'efforçant de garder son calme, elle prodiguait à son bébé des paroles d'apaisement.

On lui appliqua de l'antiseptique sur le dos, puis l'aiguille pénétra sous sa peau. En quelques minutes, une douce chaleur se répandit dans ses jambes et ses fesses. Les infirmières l'allongèrent alors sur la table.

Grâce à la péridurale, elle était comme une observatrice extérieure. Elle voyait ce qu'on lui faisait, mais elle ne sentait plus rien.

Une dizaine de personnes s'affairaient dans la salle. Une couveuse se trouvait dans un coin, entourée par le personnel médical de néonatalogie : deux infirmières et un médecin réanimateur. Trois autres infirmières, Erin et un interne en obstétrique étaient postés autour d'elle. L'anesthésiste qui se trouvait derrière elle redressa la table, puis lui mit les embouts des lunettes à oxygène dans les narines.

— Est-ce que Tate va venir ? demanda-t-elle.

Quelqu'un poussa la porte et des yeux verts retinrent les siens. Tout le reste disparaissait derrière le masque chirurgical, la coiffe et la tenue stérile.

— Docteur Reed, vous pouvez vous asseoir sur un tabouret près de votre épouse, dit l'anesthésiste.

Sans prendre la peine de corriger l'erreur, Tate obéit.

— Je suis désolé, Chloé, murmura-t-il en lui caressant le front.

— J'ai peur, avoua-t-elle.

— Chloé, est-ce que tu sens quelque chose ? demanda Erin.

Elle ne voyait presque rien, ne ressentait rien. Est-ce qu'on la touchait ?

— Non, répondit-elle.

— La patiente s'appelle Chloé Darcy et elle va subir une césarienne en urgence, déclara l'infirmière de bloc. Elle n'a pas d'allergies. Nous disposons de deux unités de culot globulaire et on lui a administré un gramme de céfazoline à 9 h 30. Est-ce que quelqu'un a des remarques à formuler ?

— Non, fit Erin.

— On peut y aller, confirma l'anesthésiste.

Soudain, le silence régna dans cette salle si bruyante un instant auparavant. Erin demanda des instruments, puis le bruit des appareils à cautériser et à aspirer résonna dans la salle.

Cholé jeta un coup d'œil à la couveuse. D'ici quelques instants, on y installerait le bébé.

— Tu vas bien ? murmura Tate.

Chloé tâcha de se concentrer sur ses quelques sensations physiques pour ne pas se laisser déborder par ses émotions.

— Je ne sens pas grand-chose... A peine un petit tiraillement et un peu de pression.

— Incision utérine, dit une infirmière à l'ensemble de l'équipe.

— Chloé, tu vas sentir une légère poussée sur ton ventre

quand nous allons faire sortir le bébé. Tate, si tu veux te lever, tu pourras assister à la naissance de ton enfant. Il se présente par le siège, nous verrons donc en premier ses jambes et son derrière.

Tate se tourna vers Chloé, qui l'encouragea :

— Vas-y !

Elle cligna des yeux pour le soutenir, puis le bruit du liquide amniotique qui se déversait sur le drap et le sol la fit frémir. Les médecins extirpèrent le bébé de son ventre, la pression se fit plus intense. Elle se tourna alors vers Tate : il semblait ne pas y croire jusqu'à ce qu'un petit piaillement brise le silence ambiant.

L'interne apporta le bébé à l'équipe de néonatalogie et Chloé s'inquiéta de ne pas le voir.

Tate revint s'asseoir auprès d'elle, lui prit la main.

— Il est petit, mais il va bien.

— C'est un garçon ?

— Oui, Chloé. Nous avons un fils.

Jamais un homme ne lui avait paru aussi fier…

— Tate, je crois que je vais vomir.

Cessant de sourire, il prévint l'anesthésiste et ils firent tourner sa tête sur le côté. Le brassard du tensiomètre lui serrait le bras, la pièce devenait tout d'un coup très bruyante.

Erin demandait qu'on lui ouvre les poches de sang et elle réclamait des médicaments dont Chloé n'avait jamais entendu parler. Ça n'allait vraiment pas… Tout se brouillait.

Elle jeta un dernier coup d'œil à son enfant. L'une des infirmières s'était déplacée et son petit corps apparut. Son visage était recouvert d'un masque et le réanimateur lui prodiguait une assistance respiratoire.

Tate se leva de nouveau pour s'approcher du bébé. Cette fois, il devint livide.

Une infirmière de néonatalogie vint lui parler.

— Docteur Reed, nous allons transférer votre fils aux soins intensifs pédiatriques. Vous voulez venir avec nous ?

— Vas-y, lui intima Chloé sous le masque à oxygène qui avait remplacé les lunettes.

— Non, refusa Tate.

— Je t'en prie, Tate. Je ne veux pas qu'il ait peur ou qu'il soit seul.

— Il est entre d'excellentes mains, n'est-ce pas ?

— Oui, répondit l'infirmière, nous allons prendre grand soin de votre fils, docteur Darcy.

Chloé était trop fatiguée pour discuter. Tout ce qu'elle voulait, c'était dormir.

Se penchant sur elle, Tate lui caressa le front.

— Chloé, tu es la personne qui compte le plus au monde à mes yeux et rien ni personne ne m'obligera à te quitter. Je me moquais bien se savoir si j'étais le père du bébé. J'étais seulement terrifié à l'idée de te perdre. Tout ce que je veux, c'est toi. Je t'aime et je veux passer le reste de ma vie avec toi. Je te le répéterai chaque jour jusqu'à ce que tu me croies.

— On a besoin de deux unités de culot globulaire et deux autres de plasma frais congelé, intervint Erin. Préparez les instruments pour une hémorragie postpartum et une hystérectomie.

— Il va nous falloir au moins une heure pour avoir du sang qui corresponde à son groupe, observa l'anesthésiste.

— Quoi qu'il en soit, on commence, répliqua Erin d'une voix cassée.

Chloé déglutit : même Erin semblait avoir peur.

L'obscurité l'enveloppa alors et elle se rappela son premier évanouissement dans le vestiaire.

— Tate ! cria-t-elle.

— Je suis là et tout va bien se passer, je te le promets.

— Je t'aime, murmura-t-elle.

Puis elle sombra dans le noir.

Quand Chloé ouvrit les yeux, elle reconnut les lieux. C'était les soins intensifs. Elle voulut bouger mais elle en fut empêchée par une douleur familière dans l'abdomen.

Quelqu'un lui caressa le front, ce qui l'apaisa aussitôt.

— Tout va bien, Chloé. Repose-toi.

Elle ferma de nouveau les yeux et lorsqu'elle les rouvrit, Tate était près d'elle, vêtu de sa tenue d'hôpital, les yeux fixés sur elle. Elle posa la main sur son ventre : il était plat. Une vague de panique la submergea.

— Il va bien, la rassura Tate. Son état est stable et il est à la nurserie. Erin a pu endiguer ton hémorragie et elle a réussi à ne pas procéder à une hystérectomie. Nous avons un fils magnifique, Chloé.

— Un petit garçon...

— Je t'aime, Chloé Darcy, dit Tate en lui prenant la main.

Elle ne put se retenir ses larmes, qui jaillirent de ses yeux et ruisselèrent le long de ses joues.

— A cause du bébé ?

— Non, mais je lui serai éternellement reconnaissant de m'avoir aidé à te garder.

— Parce que tu ne peux pas avoir Kate.

Malgré la douleur et les médicaments qui brouillaient son esprit, elle l'observa attentivement. Elle avait besoin de connaître la vérité.

— Je suis ton second choix, reprit-elle d'une voix malheureuse.

— Non, Chloé, tu es mon premier choix. Tu m'as sauvé de moi-même. Ma relation avec Kate était une énorme erreur. Parce qu'elle correspondait aux critères que je recherchais chez une femme, j'ai cru que c'était suffisant. Ce n'est qu'en te rencontrant que j'ai compris ce dont j'avais besoin. J'ai *besoin* de toi, Chloé. J'ai besoin de ma belle compagne, si intelligente et compatissante... Même si elle me rend fou, parfois.

— Tu m'as évitée. Tu ne m'as jamais dit ce que tu ressentais.

— J'avais peur de toi, des sentiments que tu éveillais en moi.

Au début, je répugnais à m'engager une seconde fois et j'ai pensé qu'une liaison avec moi nuirait à ta réputation, c'est pour ça que je t'ai maintenue à distance. Je me suis vite rendu compte que j'en étais incapable... Mais en reconnaissant mon amour pour toi, je risquais d'être brisé en mille morceaux si je te perdais. Et c'est vrai, Chloé. Je ne peux pas envisager ma vie sans toi.

— Moi non plus, Tate.

Tate la prit dans ses bras et l'embrassa sur la bouche. Elle se remit à pleurer, mais cette fois c'était de bonheur.

— Chloé ?

— Oui, murmura-t-elle contre son cou.

— J'ai besoin de t'entendre prononcer les mots.

— Cela fait longtemps que je t'aime, Tate. Mais si je te l'avais avoué, je craignais d'apprendre que ce n'était pas réciproque.

— Eh bien, tu n'auras plus jamais à t'inquiéter à ce propos, parce que je te le répéterai chaque jour jusqu'à la fin de nos vies.

— Tate... Quand pourrai-je voir notre fils ?

— Quand tu auras accepté de m'épouser. Nous devons lui montrer le bon exemple.

Il souriait contre sa joue, sentit-elle, et elle s'écarta pour le contempler.

— Oui ! Je ne veux plus jamais être loin de toi.

Il se pencha pour l'embrasser sur la bouche avec une infinie tendresse.

Puis il plongea sa main dans sa poche.

Un frisson parcourut Chloé, et Tate lui prit la main, y passa un anneau de platine à l'annulaire. Celui-ci était orné d'une émeraude ronde entourée par deux cercles concentriques de diamants. La couleur de la pierre centrale était assortie à ses yeux : cette fois, le bijou lui était spécialement destiné.

— Cela fait un moment que j'emporte cette bague partout dans l'espoir que tu accepteras un jour d'être ma femme, confia Tate.

— J'adorerais être ta femme, Tate.

Elle lui tendit les bras. Maintenant qu'il lui avait dit qu'il l'aimait autant qu'elle l'aimait, le goût de ses lèvres était encore plus enivrant.

— Eh bien, c'est réglé, fit-il. Allons voir notre fils, maintenant.

Tate l'installa dans un fauteuil roulant et la poussa vers la nurserie malgré les protestations des infirmières. Il la conduisit jusqu'à la couveuse qui contenait la plus précieuse petite personne au monde.

C'était la perfection même...

Il avait dix doigts aux mains et aux pieds, il pesait un kilo et sa couche minuscule avait tendance à glisser le long de son derrière. Malgré tous les tubes et les moniteurs qui l'entouraient, il paraissait satisfait de son sort.

Une multitude d'émotions successives submergea Chloé. L'orgueil, le bonheur, la peur, la culpabilité et l'émerveillement... Toutes causées par le petit bonhomme.

— Je peux le toucher ? demanda-t-elle à l'infirmière qui le surveillait.

— Bien sûr, docteur Darcy. Je crois qu'il adorerait être caressé par sa maman.

Chloé se lava les mains avant que l'infirmière n'ouvre la porte de l'incubateur. Elle caressa le dos du bébé qui était couché sur le ventre. Le masque qui dissimulait en partie son visage l'aidait à respirer.

— Bonjour, mon petit homme. Ta maman t'aime tant !

Se tournant vers Tate, elle murmura :

— Il est parfait !

— Bien sûr, puisqu'il est de toi.

— Il est de nous, Tate.

Il eut un sourire d'orgueil, et le calvaire qu'il avait enduré à l'idée de ne pas être le père se lut subrepticement sur son visage.

— Tout est derrière nous, Tate. Kate, Ryan, les malentendus... C'est terminé. Aujourd'hui, nous formons une famille, et c'est le plus beau jour de ma vie.

— Tu es sublime, Chloé... Tout comme notre fils.